TAYLOR & CLAY

VON LIEBE UND LEMUREN

AUF UMWEGEN ZUM GLÜCK

Lektorat: Corinna Luerweg
Umschlaggestaltung: Inke Bitterlich

Taylor & Clay

Die Übersetzer*innen und Autor*innen Babette Schröder und Wolfgang Thon haben schon bei vielen Projekten erfolgreich zusammen gearbeitet. So waren sie für ihre Übersetzung des Buches „Stone Blind“ für den Deutschen Jungendliteraturpreis nominiert. Unter dem Pseudonym „Taylor & Clay“ schreiben sie Liebesromane aus männlicher und weiblicher Sicht. Dass hinter den unterschiedlichen Perspektiven tatsächlich ein Mann und eine Frau stecken und mit der Perspektive auch der Stil wechselt, macht die Romane besonders authentisch und unterhaltsam.

2024

1
JANE

„Du siehst ein strahlendes Licht. Geh darauf zu", säuselte die sanfte Stimme in meinem Ohr. Dazu erklang sphärische Musik. „Das Licht ist warm, und mit jedem Schritt fühlst du dich unbeschwerter, freier, ruhiger, ausgeglichener. Mit jedem Schritt bist du …"
Plötzlich legte sich eine feste Hand auf meine Schulter. Erschrocken fuhr ich hoch, riss die Augen auf und die Kopfhörer aus meinen Ohren. Mit dem Ellenbogen fegte ich dabei den Becher mit meinem geliebten Morgentee von der Bank, auf der ich bis eben so friedlich gesessen hatte. Er zerschellte in tausend Scherben auf dem Steinboden. Vor das strahlende Licht, das ich vor meinem inneren Auge gesehen hatte, schob sich eine tiefdunkle Wolke.

Vor mir stand Margery Craighdon, die ich seit meiner Jugend nur „M" nannte, obwohl sie weniger an die legendäre Figur aus James Bond als an die weibliche Ausgabe von Higgins aus der Achtzigerjahre-Serie „Magnum“ erinnerte. Kakifarbenes Tropenhemd und Shorts, das kurz geschnittene Haar seitlich gescheitelt – nur der Schnurrbart fehlte.

„M, du hast mich fast zu Tode erschreckt!"

Die Cheftierpflegerin der *Animal Farm* setzte eine bemüht entschuldigende Miene auf. „Die Wölfin aus dem Linley Tierpark ist da, Jane. Ich dachte, das willst du sicher wissen."

„Was? Jetzt schon?“ So viel zu meinem ruhigen besonnenen Start in den Tag. Aber natürlich wollte ich dabei sein. Wenn ein neues Tier auf die *Animal Farm* kam, war das ein ganz besonderer Moment, und es gehörte zur Tradition des Zoos, dass möglichst alle im Team das neue Mitglied willkommen hießen.

„Ja. Martin Rogers hat noch einen Termin. Darum ist er in aller Herrgottsfrühe losgefahren."

„Ich zieh mir nur schnell andere Schuhe an, dann komme ich", rief ich und war schon auf dem Weg zum Haus. Als ich die Diele betrat, um rasch meine Clogs gegen Gummistiefel zu tauschen, wäre ich fast über Bullterrier Joey gestürzt. Genau wie Margery gehörte er zum Inventar der *Animal Farm*, die ich erst vor zwei Monaten von meinem Onkel geerbt hatte. Anders als die meist etwas brummige M freute sich Joey jedoch jedes Mal, wenn er mich sah, als sei ich Stunden weg gewesen. Ich kraulte dem Hund einen Moment das kurze grau-weiße Fell, woraufhin er sich sofort ergeben auf den Rücken warf.

Wie alle Tiere auf der *Animal Farm* hatte auch Joey in seinem kurzen Leben schon einiges durchgemacht. Wenn man sie richtig erzog, waren Staffordshire Bullterrier wunderbare Begleiter, zeigte man ihnen allerdings nicht konsequent ihre Grenzen auf, setzte sich ihre aufmüpfige Seite durch. Früher hatte man sie für Hundekämpfe genutzt. Vermutlich waren die Leute, bei denen Joey das erste halbe Jahr seines Lebens verbracht hatte, mit dem kleinen Kerl heillos überfordert gewesen. Vollkommen verwahrlost und verängstigt hatte man ihn im Wald gefunden. Normalerweise nahm die *Animal Farm* nur Wildtiere auf, doch bei Joey hatte mein Onkel eine Ausnahme gemacht. Und Joey merkte man an, wie dankbar er dafür war.

Ich richtete mich auf, um in meine Gummistiefel zu schlüpfen, und Joey lief zu seinem Hundebett, von dem mich aus einem grauen Fellknäuel mit dem charakteristischen schwarz-weißen Ringelschwanz ein gelbes Augenpaar beobachtete. Frank, einer der Lemuren, war operiert worden, und aus unerklärlichen Gründen hatte sich Joey des kleinen Halbaffen angenommen. Er vergötterte ihn geradezu und sorgte sich rührend um ihn. Ausnahmsweise hatte ich den Lemuren darum bis zu seiner Genesung mit Joey in meiner Diele untergebracht, wo sie am wenigsten Unfug anstellen konnten.

Ich verließ das Haus durch die Küchentür und durchquerte den Garten, der durch einen hohen Eisenzaun vom Zoo getrennt war. Durch ein Tor gelangte ich vom Garten in den Tierpark. Daneben stand mein Tretroller, mit dem ich mich für gewöhnlich über das weitläufige Gelände bewegte. Mit kräftigen Tritten stieß ich mich ab. Die kühle Morgenluft strich mir über die Wangen und weckte meine Lebensgeister.

Nachdem mein Teebecher zu Bruch gegangen war, hatte ich noch nicht einmal meinen Morgentee trinken können. Ich schwor auf den Breakfast Tea aus dem „Black Dog Tearoom" in Lyme Regis mit dieser wunderbaren Malznote vom Assam. Ohne ihn kam ich nur schwer in den Tag, eine Tasse Kaffee war ein Schlummertrunk dagegen. Zugleich wirkte der Tee entspannend, eine unschlagbare Kombination, die ich neuerdings noch mit einer kurzen Morgenmeditation verstärkte. Nun gut, heute musste ich wohl irgendwie ohne Hilfe in Schwung kommen.

Am Wolfs- und Bärengehege wartete bereits Martin Rogers, einer der zahlreichen Ehrenamtlichen auf der *Animal Farm.* Heute hatte der Rentner eine Wölfin aus einem anderen Tierpark abgeholt, die dort unter nicht artgerechten Bedingungen gelebt hatte und völlig vereinsamt war.

„Die Kleine ist total verängstigt", brummte Martin finster unter der Schiebermütze, und die Falten schienen sich noch tiefer in sein wettergegerbtes Gesicht zu graben.

„Na, dann wollen wir mal." Margery öffnete die Klappe des Pick-ups, auf dem sich in einem Käfig die unglückliche Wolfsdame befand. „Hilf mir mal, Tom", sagte sie, woraufhin ihr ein muskulöser Mann in den Dreißigern zur Seite sprang.

Tom war eine Art Hausmeister im Zoo – unser Mann für alles. Irgendwo musste stets ein Zaun geflickt, ein Schloss repariert oder etwas neu gestrichen werden. Um all diese Dinge kümmerte sich Tom, und er packte überall dort mit an, wo es eben nötig war. So wie jetzt.

„Wo ist Annie, M?“, fragte ich Margery. „Wollte sie die Wölfin nicht begrüßen?“

„Doch natürlich, aber sie hat heute Schule. Sie war kreuzunglücklich und wollte doch tatsächlich schwänzen.“ Margery schnaubte. „Das habe ich ihr natürlich verboten, aber sie will heute Mittag gleich nach dem Unterricht vorbeikommen.“

Ich verkniff mir ein Grinsen. Ich konnte mir lebhaft vorstellen, wie unsere Auszubildende ihren gesamten Charme eingesetzt hatte, um Margery um den Finger zu wickeln. Vergeblich, wie es aussah.

Tom und Margery stellten den Käfig in das Tiergehege. Durch die Blätter der Steineichen schien die Frühlingssonne auf das großzügige, leicht hügelige Gelände, durch das sogar ein kleiner Bach floss. Drei Bären – zwei ehemalige Zirkustiere und einer, der in einem viel zu kleinen Käfig auf einem privaten Hof gehalten worden war – teilten sich das weitläufige Gehege mit einem Luchs und fünf Wölfen. Wir hatten das Gelände so angelegt, dass die Tiere es frei erkunden, Höhlen graben, im Bach baden oder einfach nur ihre Ruhe haben konnten. Im Moment gaben sie sich desinteressiert, hielten sich jedoch in sicherem Abstand. Die anderen Wölfe ließen sich gar nicht erst blicken – die scheuen Tiere würden sich erst in den nächsten Tagen mit ihrer neuen Mitbewohnerin vertraut machen. Vorsichtig streckte die Wölfin die Schnauze aus dem Käfig und kroch mit eingezogenem Schwanz hervor. Dann blieb sie zunächst flach auf dem Boden liegen, als wollte sie sich möglichst unsichtbar machen.

Leise zogen sich Margery und Tom zurück. Zu viert standen wir am Zaun und warteten. Nach einiger Zeit beobachteten wir mit angehaltenem Atem, wie sich die Wölfin etwas aufrichtete, geduckt nach vorne robbte und zum ersten Mal in ihrem Leben frisches Wasser aus dem Bach trank. Erleichtert stieß ich die Luft aus. Zu sehen, wie ein gepeinigtes Tier in seiner neuen Umgebung ankam und diese zu erkunden begann, ging uns allen jedes Mal nahe.

Nun, das wäre geschafft. Vor mir lag jedoch ein voller Tag, und ich konnte es mir nicht leisten, hier noch länger herumzustehen.

„M, könntest du mir eben helfen, Frank seine Spritze zu geben, bevor du mit dem Füttern anfängst?“, fragte ich.

„Klar“, erwiderte sie und schwang sich auf ihr Klapprad, mit dem sie sich im Zoo fortbewegte.

Ich bedankte mich bei Martin für seinen Einsatz und folgte ihr mit meinem Roller.

Zurück im Haus wurden wir erneut mit Freudensprüngen von Joey begrüßt. Sein Freund Frank hatte sich bereits erstaunlich gut von der OP erholt und schien beim Anblick von Margery zu ahnen, was ihm blühte. Er hasste Spritzen und rettete sich mit einem gewagten Sprung auf den Garderobenschrank, der in der Diele stand. Joey winselte und sah abwechselnd zu seinem Kumpel auf dem Schrank und mit fragendem Blick zu uns.

„Warte“, sagte ich zu Margery, „ich habe eine Idee.“ Ich ging in die Küche und kehrte mit einer Trittleiter zurück, die ich vor dem Schrank aufstellte. Mit skeptischem Blick beobachteten Margery und Joey, wie ich hinaufstieg. Als ich gerade die Hand nach Frank ausstreckte, ging die Haustür auf. Der Lemur machte einen großen Satz und landete auf der Schulter des Mannes, der durch die Tür getreten war.

„He! Verflucht, was ist …?”

Aus Angst um seinen Freund sprang auch Joey sofort laut bellend auf den Eindringling zu, der sich jetzt mit vor Angst geweiteten Augen an die Wand presste. Margery reagierte geistesgegenwärtig. Mit zwei schnellen Schritten hatte sie den Mann erreicht, packte den Lemuren und zog ihn von der Schulter des Mannes, der daraufhin erleichtert aufatmete. Gleichzeitig stieg ich etwas zu hastig von dem Tritt, blieb mit dem Absatz meines Clogs an der letzten Stufe hängen und fuchtelte mit den Armen. Dann spürte ich, wie jemand mit kräftigem Griff meinen Arm fasste und meinen Sturz abbremste, bis ich schließlich direkt neben dem aufgebrachten Joey auf dem Boden landete. Ich hielt ihn fest und redete beruhigend auf ihn ein. Dabei fiel mein Blick auf zwei lederne Herrenschuhe rechts und links neben mir. Langsam sah ich an den dazugehörigen langen Beinen hinauf, bis ich an seinem Schritt hängen blieb. Ich errötete, packte den Hund am Halsband und rappelte mich auf.

Zum ersten Mal nahm ich den Mann, der mich offenbar vor einem schlimmeren Sturz bewahrt hatte, richtig wahr. In seinem lässigen blauen Anzug wirkte er im ländlichen Cornwall wie ein Außerirdischer, allerdings wie ein ziemlich attraktiver Außerirdischer. Etwas unsicher strich er sich das dichte dunkle Haar nach hinten, wobei ihm eine Strähne gleich wieder in die Stirn fiel. Seine Augen hatten die Farbe des Meeres an einem stürmischen Tag. *Was? Mein Gott, wie kitschig!* Der Blick, mit dem er abwechselnd auf Joey und mich und zu Margery schaute, die den verschreckten Lemuren im Arm zu bändigen versuchte, wirkte allerdings weniger männlich, sondern erinnerte eher an ein Reh im Scheinwerferlicht. Es musste sich um Riccardo handeln, den Papageienflüsterer, über den ich so viel Gutes gehört hatte. Er wollte sich heute vorstellen, denn er sollte sich um unseren Neuzugang, einen Rosakakadu, kümmern, der sich vor Verzweiflung fast alle

Federn ausgerupft hatte. Vermutlich war er ein Vogel- und kein Hundetyp, ganz zu schweigen von Lemuren.

„M, vielleicht bringst du Joey und Frank vorübergehend in den Wirtschaftsraum?"

Margery warf dem Mann einen abschätzenden Blick zu, fügte sich jedoch und nahm Lemur und Bullterrier mit sich, die sich widerstandslos in ihr Schicksal ergaben. So schroff und ungelenk Margery auch oft im Umgang mit Menschen war, so sensibel und geschickt ging sie mit Tieren um. Wie ein weiblicher Dr. Dolittle schien sie ihre Sprache zu verstehen.

Nachdem Joey und Frank verschwunden waren, wich sichtlich die Spannung aus den breiten Schultern des Mannes, und er reichte mir galant eine Hand, um mir aufzuhelfen.

„Darf ich?", fragte er.

Ich zögerte kurz, dann nahm ich sein Angebot an. Mit kräftigem Griff packte er zu und zog mich derart schwungvoll nach oben, dass ich das Gleichgewicht verlor und gegen ihn fiel.

„Sind Sie immer so stürmisch?", sagte er, „Ms …", setzte er dann lächelnd hinzu.

„Fields", erwiderte ich. „Wer von uns beiden hier wohl stürmisch ist", entgegnete ich, ohne nachzudenken, stieß mich von ihm ab und zog meine Hand zurück.

Seine Mundwinkel zuckten spöttisch. „Also, ich glaube, nach dieser beeindruckenden Zirkusnummer …", er deutete auf den Boden, wo ich eben noch mit Joey gelegen hatte, „… ist das wohl keine Frage." Er räusperte sich. „Bitte entschuldigen Sie", fuhr er fort. „Ein Mann mit einem Pick-up sagte, ich würde Sie hier finden. Die Klingel funktioniert nicht. Ich habe zweimal geklopft, aber Sie haben mich wohl nicht gehört."

Verlegen strich ich mir eine Haarsträhne hinters Ohr, die sich bei meinem heldenhaften Einsatz aus dem Pferdeschwanz gelöst hatte. „Bitte entschuldigen Sie", sagte ich.

„Frank, also ich meine der Lemur, hat eine Phobie gegen Spritzen. Und der Hund will ihn einfach nur beschützen."

„Oh, für Phobien habe ich viel Verständnis. Meine richtet sich allerdings eher gegen Hunde." Er lächelte immer noch, was ihn tatsächlich noch attraktiver machte. Dass er sich gerade als Hundehasser geoutet hatte, schien ihm kein bisschen peinlich zu sein. „Rick Wiseman", stellte er sich schließlich vor.

„Freut mich", sagte ich, um einen möglichst professionellen Ton bemüht, dann stutzte ich. „Wie sagten Sie? Wiseman?"

Er sah mich etwas verunsichert an. „Ja?"

„Nicht Sorrentino?"

„Nein … Rick Wiseman", wiederholte er.

Irritiert wich ich einen Schritt zurück und stieß dabei gegen die Trittleiter, woraufhin der Mann nach meinem Arm griff, um einen erneuten Sturz zu verhindern. Die Berührung durchfuhr mich wie ein elektrischer Stromschlag, und ich blickte unwillkürlich auf seine Hand hinunter.

„Bitte entschuldigen Sie", sagte er und ließ mich sofort los. „Ich komme wegen der Anzeige."

„Der Anzeige?", wiederholte ich verwirrt.

„Ja, wegen des Cottages. Bin ich hier nicht richtig?"

Jetzt fiel bei mir der Penny. „Ach, doch natürlich. Aber …" Fieberhaft kramte ich in meinem Hirn, konnte mich jedoch nicht erinnern, dass sich jemand auf mein Inserat gemeldet hatte. „Hatten wir einen Termin?", fragte ich vorsichtig.

„Nein, hatten wir nicht. Als ich Ihre Anzeige gesehen habe, bin ich einfach spontan hergefahren und dachte, ich sehe es mir gleich mal an. Aber wenn ich ungelegen komme …"

„Jane? Kommst du mal? Ich müsste mich langsam ums Füttern kümmern, und Frank hat seine Spritze immer noch nicht bekommen!", rief Margery in diesem Moment und steckte den Kopf aus dem Wirtschaftsraum. Für den potenziellen

Mieter hatte sie nur einen kurzen kritischen Blick übrig.

„Ich komme sofort!", rief ich ihr zu.

„Es tut mir leid", wandte ich mich dann an Wiseman. „Sie können sich gern im Hof auf die Bank setzen, aber ich brauche hier mindestens noch eine Stunde. Danach könnte ich Ihnen das Cottage zeigen."

Gerade wollte ich ihm vorschlagen, dass es vielleicht besser wäre, wenn er abends noch mal wiederkäme, da sagte er schon: „Kein Problem. Ich warte gern." Wieder lächelte er, und um seine Augen erschienen sympathische Lachfältchen.

Ich räusperte mich. „Okay, also dann bis später."

Er nickte und hielt meinen Blick eine Sekunde länger fest als nötig, dann drehte er sich um und entfernte sich in Richtung Hof.

Margery und ich schafften es diesmal mit vereinten Kräften, dem kleinen Lemuren seine Spritze zu geben. Anschließend brachte ich ihn zurück in die Diele, gefolgt vom wachsamen Joey, der sich sofort zu ihm gesellte.

***

Gut zwei Stunden später hatte ich ununterbrochen telefoniert – mit anderen Zoos, die Interesse bekundeten, von uns ein Tier aufzunehmen, mit einer Dame, die uns mit einer großzügigen Spende unterstützen wollte, vorher aber eine Führung durch die *Animal Farm* wünschte, und mit dem Veterinäramt, dem vom Zoll ein illegal eingeführter Leguan übergeben worden war. Zwischen zwei Telefonaten hatte ich schnell eine Banane verschlungen, im wahrsten Sinne des Wortes ein Ohnmachtshappen, aber jetzt brauchte ich endlich etwas Richtiges. Ich wollte mich einen Moment in den Hof auf meine Lieblingsbank setzen und in Ruhe überlegen, wonach mir der Sinn stand.

Als ich hinaustrat, war meine Bank besetzt – von dem Mann in dem lässigen Anzug. Herrje, den hatte ich total vergessen!

Hatte er tatsächlich die ganze Zeit hier gewartet? Offensichtlich. Wie es aussah, schien ihm das aber nicht viel auszumachen. Er hatte die Arme auf der Lehne der Bank ausgebreitet, den Kopf zurückgelegt und genoss mit geschlossenen Augen die wärmenden Strahlen der Märzsonne. Er hatte mich noch nicht bemerkt, und so blieb ich einen Moment in der Tür stehen und betrachtete ihn. Er erinnerte mich ein bisschen an die Schauspieler aus den romantischen Hollywood-Filmen der 1940er- und 1950er-Jahre, die ich in meiner Jugend am Sonntagnachmittag so gern gesehen hatte. Gerade Nase, markantes Kinn und volle Lippen. Der Mund wirkte ein ganz kleines bisschen trotzig.

Er musste gespürt haben, dass ich ihn beobachtete, denn plötzlich schlug er die Augen auf und drehte den Kopf in meine Richtung.

„Ah, da sind Sie ja. Hallo", sagte er und lächelte freundlich.

Ich wusste nicht, ob er mich noch hatte starren sehen, aber ich fühlte mich ertappt und errötete schon wieder wie ein Schulmädchen. Ich schluckte und riss mich zusammen.

„Ja, tut mir leid. Der ganz normale Wahnsinn. Ich habe gar nicht mehr damit gerechnet, dass Sie noch da sind."

„Es gefällt mir hier", erwiderte er und musterte mich mit einem Blick, der andeutete, dass er damit nicht nur das Anwesen meinte. Auf einmal wurde mir auf unangenehme Weise bewusst, dass ich noch in meinem Arbeitsoverall steckte, der alles andere als sauber war.

„Ich hole … nur eben den Schlüssel für das Cottage. Sie können ja schon mal vorgehen", stammelte ich. „Es liegt dort links hinter der Ecke", fügte ich noch hinzu und verschwand wieder im Haus, ohne seine Reaktion abzuwarten.

Drinnen zog ich rasch den Overall aus und warf ihn in den Wirtschaftsraum. Darunter trug ich Jeans und T-Shirt, auch nicht gerade schick, aber deutlich besser. *Warum interessiert dich das überhaupt?* In der Kommode in der Diele kramte ich nach dem Schlüssel für das Cottage. Wie ein Geist tauchte aus dem Nichts Margery auf und erschreckte mich heute schon zum zweiten Mal. In dem ganzen Trubel hatte ich ganz vergessen, ihr von dem Interessenten für das Cottage zu erzählen. Als ich sie nun rasch ins Bild setzte, presste sie missbilligend die Lippen zusammen.

„Seriös sah der aber nicht aus", bemerkte sie abschätzig, reichte mir jedoch den Schlüssel. „Womit verdient der denn sein Geld?"

„Das weiß ich noch nicht, M. Ich hatte noch keine Gelegenheit, mit ihm zu sprechen."

„Du solltest ihm gründlich auf den Zahn fühlen. Hast du schon mal von Mietnomaden gehört? Ich habe gerade neulich gelesen, dass das viel häufiger vorkommt, als man denkt. Das ist ganz schlimm. Die wirst du nur ganz schwer wieder los …", ereiferte sie sich.

„Keine Sorge, M", unterbrach ich sie, ehe sie sich weiter in finstere Geschichten hineinsteigern konnte, „ich nehme ihn gründlich unter die Lupe", sagte ich leichthin, stellte mir das unwillkürlich bildlich vor und merkte zu meiner eigenen Überraschung, dass mir der Gedanke gefiel. Ich drehte Margery den Rücken zu und ging eilig in Richtung Hof. Als ich durch die offenstehende Tür hinaustrat, warf ich kurz einen kritischen Blick auf mein Spiegelbild in der Glasscheibe. Ich sah aus wie ein gerupftes Huhn, überall hatten sich Strähnen aus meinem Pferdeschwanz gelöst. Auf dem Weg zum Cottage blieb ich kurz stehen und band mein Haar neu zusammen, in der Hoffnung, einen einigermaßen aufgeräumten Eindruck zu machen. Ich straffte die Schultern, atmete tief durch und ging um die Ecke zu dem Cottage, das aus grobem Naturstein gebaut war. Es war klein, hatte aber viel Charme und wirkte mit seinen hellblauen Fenster- und Türrahmen freundlich und einladend. Vor dem Eingang befand sich ein kleiner Kiesplatz, den man als Terrasse nutzen konnte. Dort wartete mein potenzieller Mieter auf mich und lehnte lässig an der Tür.

Als er mich sah, trat er zur Seite, damit ich aufschließen konnte. Während ich mit der Tür kämpfte, die wie immer klemmte, spürte ich, wie er mich beobachtete. Schließlich warf ich mich beherzt mit der Schulter gegen das Holz und fiel buchstäblich mit der Tür ins Haus, konnte mich jedoch noch auffangen.

„Bitte, kommen Sie doch herein", sagte ich bemüht lässig und machte eine einladende Geste.

Als er an mir vorbei in das Cottage trat, nahm ich einen angenehmen Duft wahr. Sandelholz, wenn ich mich nicht täuschte, und noch etwas anderes. Rick Wiseman sah nicht nur gut aus, er roch auch gut. Doch wenn dieser Mann tatsächlich mein neuer Mieter werden sollte, waren derartige Gedanken tabu. Was Männer anging, mochte ich es lieber unverbindlich. Da ich in Beziehungen gern die Kontrolle behielt und bestimmte, wann, wie oft und wie lange ich einen Mann sah, war es für mich geradezu eine Horrorvorstellung, etwas mit einem Typen anzufangen, der auf meinem Grundstück wohnte. *Also, reiß dich zusammen, Jane! Ganz gleich, wie gut er riecht.*

„Also … wie Sie sehen, ist es nicht sehr groß, aber es ist alles da, was man braucht", sagte ich.

Die Haustür führte direkt in den Wohnraum, der mit einer Küchenzeile, einem winzigen Esstisch für zwei und einem Sofa mit Couchtisch eingerichtet war. An einer Wand stand ein moderner Ofen, den mein Onkel hatte einbauen lassen, als ich mit sechzehn vom Haupthaus hierher gezogen war.

„Der Ofen funktioniert super. Wenn Sie da Feuer machen, ist die Hütte ruckzuck warm", erklärte ich.

Er sah sich um und sagte schließlich: „Hübsch. Gefällt mir.

Und das Schlafzimmer?"

„Das ist hier", erwiderte ich und ging, ohne nachzudenken, auf die Tür zu. Erst, nachdem ich sie geöffnet hatte und er direkt hinter mir im Eingang stand, wurde mir bewusst, wie klein das Zimmer war. Es passten gerade ein schmales Bett mit einem Nachttisch und ein kleiner Kleiderschrank hinein. Ich trat zur Seite, um Mr. Wiseman hindurchzulassen, und als er an mir vorbei ins Zimmer trat, streifte er mit der Hand leicht meinen Arm. Meine Haut kribbelte schon wieder. Um nicht wieder auf dumme Gedanken zu kommen, setzte ich die Besichtigung zügig in Richtung Bad fort. Keine gute Idee, wie sich herausstellte, denn der Flur zwischen Schlafzimmer und Bad war derart schmal, dass wir uns erneut verdammt nahekamen. Dummerweise war ich vorausgegangen. Er folgte dicht hinter mir, und als ich mich umdrehte, um ihn in das kleine Duschbad zu lassen, verhielt ich mich derart ungeschickt, dass wir eine Art Mambo aufführten, bis wir uns „Entschuldigung" murmelnd viel zu dicht aneinander vorbeischoben.

Ich ließ ihn allein im Bad und ging schnurstracks zurück ins Wohnzimmer und von dort hinaus auf den Kiesvorplatz. Ich brauchte dringend frische Luft. Wenige Minuten später kam Mr Wiseman hinterher.

„Ich würde es gern mieten. Es ist doch ab sofort frei, oder?", fragte er und suchte meinen Blick.

„Ja, schon …", antwortete ich und sah zur Seite. Seine Entschlossenheit überforderte mich etwas.

„Die Miete für den ersten Monat kann ich Ihnen gleich in bar geben, wenn Ihnen das recht ist. Die Kaution würde ich dann in den nächsten Tagen überweisen."

Meine Güte, hatte der Mann ein Tempo drauf! Nun, ich brauchte das Geld dringend. Nachdem ich meine Stellung als Leiterin der Wildtierauffangstation in Namibia aufgegeben hatte, um hier in Mousehole Anwesen und Zoo meines Onkels zu übernehmen, hatte ich nur Ausgaben und kaum Einnahmen gehabt. Ich liebte das alte Herrenhaus mit dem Tierpark – hier war ich aufgewachsen. Doch abgesehen davon, dass mein Onkel in den letzten Jahren nicht mehr viel an dem Haus getan hatte, entsprach die Einrichtung nicht meinem Geschmack. Ich wollte mir Zeit lassen, um in Ruhe alles auf- und auszuräumen, und mir dann überlegen, wie ich es einrichten wollte. Und dafür brauchte ich Geld. Da sich auf mein Inserat hin, das ich bereits vor zwei Wochen aufgegeben hatte, sonst niemand gemeldet hatte, schien mir sein Angebot äußerst verlockend. Ich überlegte einen Moment und zupfte mit den Zähnen an meiner Unterlippe.

„Ehrlich gesagt", antwortete ich schließlich, „geht das alles ein bisschen schnell."

„Ich dachte, Sie mögen es stürmisch", sagte er grinsend und verzog sofort das Gesicht, als bereute er seinen frechen Spruch. „Bitte entschuldigen Sie." Er lächelte betont höflich. „Es ist nur so, ich suche wirklich dringend etwas. Mein Leben war in letzter Zeit ziemlich … turbulent, aber jetzt muss ich unbedingt arbeiten. Ich habe nämlich …"

Allmählich merkte ich, dass ich heute noch nichts Richtiges gegessen und schon einiges geleistet hatte. Und jetzt redete auch noch dieser Mann auf mich ein und erzählte mir etwas von einer Komposition und einem Musical, an dem er arbeitete. Ich sah ihn fasziniert an und hörte nur mit halbem Ohr zu. Sein Lächeln war bezaubernd. Erst jetzt bemerkte ich, dass sich auf einer Wange ein Grübchen bildete. Auf einmal wirkten seine Augen sehr ernst, strahlten jedoch weiter eine große Wärme aus. Wärme, Licht … Wie war das noch? *Du gehst auf ein warmes Licht zu. Mit jedem Schritt fühlst du dich …*

„Ms Fields. Ms Fields", hörte ich wie durch Watte meinen Namen. „Ist alles in Ordnung?" Erst jetzt spürte ich, dass mir offenbar die Beine weggesackt waren, denn ich saß auf dem Boden im Kies. Etwas verwirrt sah ich zu meinem künftigen Mieter hoch, der mit besorgter Miene über mir kauerte und meinen Oberkörper stützte. Irgendwie schien ich in Gegenwart dieses Mannes unter Fallsucht zu leiden. Es drohte zur Gewohnheit zu werden, dass ich ihm vor die Füße sank.

Ich schüttelte den Kopf. „Alles okay, ich habe heute nur noch nichts gegessen", sagte ich. Als er mich zweifelnd und weiterhin mit ernster Miene musterte, setzte ich etwas harscher als beabsichtigt hinzu: „Es geht mir gut, habe ich gesagt. Wann wollen wir das Geschäftliche regeln?" Noch etwas benommen stand ich auf.

„Jederzeit. Während Sie den Mietvertrag vorbereiten, kann ich ja schon mal meine Habseligkeiten aus Lyme Regis holen. Also, dann, auf gute Nachbarschaft", fügte er erneut lächelnd hinzu.

Weg war er. Verblüfft schaute ich ihm hinterher, wie er beschwingten Schrittes über den Kies in Richtung Parkplatz entschwand. Erst langsam kam ich wieder zu mir. Was hatte ich da gerade getan? Ich hörte Margerys Stimme in meinem Kopf: „Mietnomaden". Herrgott, hatte ich gerade tatsächlich einem Mann, über den ich überhaupt nichts wusste, als dass er behauptete, ein Musical zu komponieren, das Cottage überlassen? Ohne irgendeinen Vertrag, ohne einen Nachweis, dass er liquide war, ohne überhaupt zu wissen, dass er der Mann war, der er behauptete zu sein?

Was hat der Kerl mit mir gemacht?

2
RICK

„Oh, Rick! Ja, bitte …"

Ihre Haut schmeckte nach Salzwasser und Sonne, und ihr dunkles, kastanienbraunes Haar roch nach … *nassem Hund?*

Kastanienbraunes Haar? Eve hat schwarzes Haar. Meine Irritation wurde durch lautes Bellen verstärkt.

Als dann noch mein Handy bimmelte, Klingelton *Glockengeläut*, wurde ich endgültig aus meinem Traum gerissen. Was auch ganz gut war. Ich hatte schon lange nicht mehr von Eve geträumt, und allmählich die Hoffnung gehegt, dass ich über sie hinweg wäre. Aber es war Eve gewesen, auch wenn sie plötzlich eine andere Haarfarbe hatte …

Schlaftrunken warf ich die Decke zurück, tastete nach dem nervig bimmelnden Quälgeist auf dem Nachttisch neben meinem Kingsize-Bett und hob gleichzeitig den Kopf, um zur Tür meines, wie ich plötzlich fand, geschrumpften Schlafzimmers zu blicken, als der Hund erneut kläffte. Irgendwie klang es ziemlich aggressiv, fand ich. Obwohl ich zugegebenermaßen jedes Kläffen von Hunden mehr oder weniger aggressiv fand.

Macht Steven etwa ernst mit seiner Drohung, mich mit seinem Rottweiler …? Der Gedanke, dass mein Ex-Vermieter und wütende Ex-Ehemann meiner Ex-Geliebten mit seinem mörderischen Köter vor der Tür stand, machte mich schlagartig wach.

Ein frischer Anflug von Panik durchflutete mich, als das hartnäckige Bellen, das ohnehin schon zu nah für meinen Geschmack klang, noch näher zu kommen schien. *Ich bringe dich um, Shirley!*, schwor ich, während ich vergeblich nach dem Handy tastete, um das nervige Geläut endlich abzustellen. Mein Kopf schmerzte nach meiner Unterhaltung mit Jack Daniels letzte Nacht.

Meine Hand griff ins Leere.

Wo ist dieses …?

Ich drehte mich noch weiter herum und … landete unsanft auf dem Boden, als das Bett unvermittelt und viel zu früh endete.

Auch das noch! Ich fluchte erneut und bewegte unwillkürlich die Hände, mit denen ich den kurzen Sturz abgefangen hatte. *Jetzt noch ein gebrochenes Handgelenk, dann wäre die Katastrophe perfekt! Keine Bleibe, keine Freundin und keine Arbeit …*

Moment!

Meine Handgelenke waren intakt. Der weiche Teppich unter dem Bett - ein Flokati! *Echt jetzt?* - hatte den Sturz gedämpft. *Teppich?*

Während meine Gedanken sich klärten, ebbte auch die Panik ab, als ich erkannte, dass das Bellen von draußen kam. Es drang durch das einen Spalt geöffnete Fenster in mein Zimmer. Und so klang auch kein Rottweiler. Kein Rottweiler, kein Steven. Ich runzelte die Stirn und rappelte mich auf.

Wo bin ich überhaupt?

Ich öffnete die Augen ganz und nahm den Raum um mich herum bewusst wahr. Eine weiß verputzte Wand, ein relativ neutraler Kleiderschrank aus weiß lackiertem Holz, zwei Koffer, die ich als meine identifizierte. Einer war aufgeklappt und die Garderobe darin zerwühlt.

Und der Hundegeruch …

Er kam nicht aus dem Haar meiner Traumfrau, sondern aus dem Flokati vor dem provisorischen Bett, das eher einer Pritsche glich, auf der ich die Nacht verbracht hatte. Gestern Abend war er mir nicht aufgefallen, aber das lag wohl vor allem an Jacks Alkoholgehalt und nicht an Rick Wisemans Nase.

Das Rauschen des vom Adrenalin beschleunigten Blutes in meinen Ohren ließ nach und ich sortierte mich.

Meine Traumfrau? Es war nicht Eve gewesen, von der ich seit unserer Trennung regelmäßig nachts träumte. Während ich das immer noch läutende Handy suchte, fiel mir ein, wer das Gesicht in meinem Traum gewesen war. Ein Gesicht, das zu einem Körper gehörte, der …

Endlich! Das Handy lag unter meiner achtlos auf den Boden geworfenen Jeans. Ich hob es auf und linste auf das Display.

Morrison? Ich blickte auf die Handyuhr. *Acht Uhr dreißig? Was beim Heiligen Ray C. …?*

Das Kläffen draußen vor dem Fenster schwoll wieder an, und es machte den Eindruck, als würde der dazugehörige Hund versuchen, durch das gekippte Fenster zu springen. Jedenfalls kratzte etwas am Holz des Simses. Des Simses eines Fensters eines Zimmers eines Cottages, das nicht in Lyme Regis lag, wo Steve hätte auftauchen können, sondern in Mousehole, diesem idyllischen Kaff am westlichsten Ende von Cornwall. Ein Cottage, das ich gestern ohne lange Verhandlungen gemietet hatte, obwohl es auf dem Grundstück eines Zoos mit dem vielsagenden Namen *Animal Farm* lag. Und die Besitzerin des kastanienbraunen Haarschopfs aus meinem Traum nahm dort nicht nur Hunde, sondern alle möglichen ausgesetzten oder sonst wie unerwünschten Viecher auf. Mit einem dieser kläffenden Monster und seinem schwarz-weißen Ringelschwanz-Kumpel hatte ich gestern bereits näher Bekanntschaft gemacht, als mir lieb war. Sah ich etwa aus wie ein Kletterbaum für Lemuren, Herrgott? Und was diese Dogge oder Terrier oder was auch immer das andere Untier war, mit meinem Anzug, geschweige denn meinem Bein angestellt hätte, wenn nicht die Besitzerin der *Animal Farm* beherzt dazwischen gegangen wäre, wollte ich mir so früh am Morgen ganz sicher nicht ausmalen.

Allerdings - dass ich mich trotzdem dafür entschieden

hatte, das Cottage sofort zu mieten, lag zum einen an meiner aktuellen Zwangslage. Wenn ich nicht obdachlos sein wollte, war das auch finanziell die schnellste Lösung. Der andere Grund war die Vermieterin, das neue Gesicht aus meinem Traum.

Wieder läuteten die Glocken.

Ich warf einen prüfenden Blick zum Fenster - gut, der Spalt war zu klein für jede Art von Hund, aber man weiß ja nie! Ich schloss es ganz, schob meine Besorgnis vor einer bevorstehenden Hunde-, Lemuren- oder vielleicht sogar Godzilla-Attacke beiseite, und nahm das Gespräch an. Mein Agent hatte es seit meinem Ausstieg aus *The Lannisters* nicht leicht mit mir gehabt. Es hatte ihm überhaupt nicht gefallen, dass ich einfach nur aus *Sentimentalität*, wie er meine Reaktion auf Eves und Danys Betrug an mir nannte, aus diesem erfolgreichen Bandprojekt ausgestiegen war. Dany war nicht nur mein Bandleader, sondern auch mein Freund gewesen. Aber Morrison legte solche *Irritationen,* wie er das nannte, unter der Rubrik „Life sucks" ab, wie alles, was er nicht ändern oder vermitteln oder anderweitig gewinnbringend nutzen konnte.

„Was willst du um diese Zeit von mir?", fauchte ich in das Handy, während ich mich im Zimmer nach meiner Jogginghose umsah.

„Wo verflucht steckst du, Rick?" Morrisons Stimme klang ziemlich belegt. Vermutlich hatte er sich gestern Abend wie üblich ausgiebig mit seinem Freund Guinness vergnügt, was mich einigermaßen tröstete.

Ich klemmte mir das Handy zwischen Schulter und Ohr, fischte die dünne Jogginghose aus gechinzter Baumwolle aus meinem aufgeklappten Koffer und versuchte hineinzusteigen, ohne das Handy weg- und mich lang hinzulegen. Das Schlafzimmer war ohnehin so klein, dass ich wahrscheinlich gar nicht hätte umfallen können.

„Wieso?"

„Wieso?" Morrison knurrte gereizt. „Ich habe seit gestern Abend versucht, dich zu erreichen, und stehe jetzt wie ein Idiot vor deiner Bude. Sie ist ausgeräumt, und dein ausgesprochen aggressives Arschloch von Vermieter hätte fast seinen Dalmatiner auf mich gehetzt, als ich ihm sagte, dass ich ein Freund von dir wäre und dich sprechen wollte."

„Der Dalmatiner ist ein Rott…" Ich unterbrach mich, als ich begriff, was er da sagte. „Du bist in Lyme Regis?", erkundigte ich mich verblüfft. Morrison war zwar mein Agent, aber wir waren vor allem Trinkkumpane, die sich gelegentlich in einem Pub über ihre Misserfolge beim weiblichen Geschlecht mit etlichen Pints und Jacks hinwegtrösteten.

Ich hatte den Verdacht, dass wir an einer echten Männerfreundschaft vor allem durch seine kurzatmige französischen Dogge gehindert wurden, die ihn stets begleitete. Ich konnte Hunde einfach nicht leiden. Was auf rassenunabhängiger Gegenseitigkeit beruhte.

Allerdings hatte er mir vor zehn Tagen einen Job vermittelt, der zumindest meine finanziellen Probleme auf einen Schlag lösen würde. Vorausgesetzt, ich hatte Zeit und Ruhe genug, ihn ordentlich zu erledigen.

Das wütende Kläffen vor dem Fenster wurde von einer aggressiven weiblichen Stimme übertönt. „Molly! Komm gefälligst her, du dummes Schwein!"

Molly?

Ich trat einen Schritt zurück und warf einen Blick aus dem Fenster. Die Stimme gehörte eindeutig nicht meiner charmanten neuen Vermieterin, sondern ihrer matronenhaften Mitarbeiterin. Sie sah in ihrer kakifarbenen Zoo-Uniform aus, als erwarte sie jeden Moment Rommels Afrika-Korps an der Küste Cornwalls. Ihre missbilligenden Blicke und ihre herabgezogenen Mundwinkel hatten eine mehr als deutliche

Sprache gesprochen, als Jane ihr eher beiläufig erklärt hatte, dass ich ein Interessent für das zu vermietende Cottage wäre.

Cerberus ist nichts dagegen, dachte ich, auch wenn diese Frau, Marjorie oder so ähnlich, weniger den Zugang zum Hades, sondern eher die Pforte zum Paradies bewachte.

„Bin ich. Und wo bist du? Und was ist das für ein Lärm?“, brachte sich Morrison wieder in Erinnerung.

„Ein Hund, glaube ich“, arbeitete ich seine Fragen von hinten nach vorne ab. „In Mousehole. Und was willst du in Lyme Regis?“

„Mousehole?“ Morrison lachte und bekam einen Hustenanfall. „Du hättest dir wirklich denken können, dass es ein Fehler ist, die Frau deines Vermieters zu vögeln, aber dass du dich deshalb gleich in ein Mauseloch flüchtest, ist schon ein bisschen übertrieben, findest du nicht?“ Er keuchte, nachdem er sich von dem Husten erholt hatte. „Ich hoffe, du bist nicht bei einer anderen Freundin untergekrochen, die ebenfalls einen Ehemann mit einem Hund hat!“ Er lachte wieder, und diesmal war der Hustenanfall schlimmer.

Ich wartete geduldig, bis er sich wieder beruhigt hatte.

„Nein. Erstens hat sich Shirley mir gegenüber als Ex-Freundin, und nicht als Ehefrau meines mittlerweile Ex-Vermieters vorgestellt”, ich hatte Morrison die Situation mehr als einmal erklärt, aber er hörte nur richtig zu, wenn der Satz mit einem Pfund-Zeichen endete. „Und zweitens habe ich hier ein Cottage gemietet. Von der Besitzerin einer Art …”, ich überlegte einen Moment, „Wildtier-Sammel-Zoos, damit ich in Ruhe …“

„In Ruhe? In einem Zoo?“

Diesmal machte ich mir ernsthaft Sorgen, dass sein Hustenanfall final sein könnte. Es dauerte fast zwanzig Sekunden, bis er wieder sprechen konnte.

„Diese Wildtier-Tussy muss ja der Hammer sein, wenn du

deshalb bereit bist …"

„Ich stehe halb nackt in meinem Schlafzimmer und bin gerade aus dem Bett gefallen, nachdem du mich aus einem sehr angenehmen Traum gerissen hast!" Meine Stimme klang eine Spur barscher als beabsichtigt, was vielleicht daran lag, dass er mit seiner Bemerkung dichter am Bulls Eye gelandet war, als er ahnte. „Ich habe die Kaffeemaschine noch nicht gefunden, geschweige denn einen Schluck getrunken, deshalb wäre ich dir sehr dankbar, wenn du zur Sache kommen würdest, Morrison."

„Molly! Komm gefälligst her! Der Mann in dem Cottage mag keine Hunde, und dich mag er erst recht nicht! Also lass ihn in Ruhe, oder willst du in seiner Pfanne landen?"

Pfanne? Für was hält sie mich? Für einen Koch mit einer perversen Vorliebe für …?

„Wer war das denn? Die Wildtierlady? Die klingt aber eher wild als La…"

„Das war ihr Cerberus, Marion oder so ähnlich", erwiderte ich verärgert.

„Cerberus? Ist das nicht dieser zweiköpfige Hund aus der griechischen …?"

„Morrison!"

„Ja, schon gut." Mein Agent holte tief Luft. „Du wolltest doch kleine, kurzfristige Jobs annehmen, während du an dem Musical schreibst, damit du deine Miete bezahlen kannst. In welchem Käfig auch immer du jetzt haust, stimmt's?"

Ich runzelte die Stirn. Das klang nicht schlecht. „Ja, klar, solange sie mich nicht am Komponieren hindern …"

„Rick, für wie blöd hältst du mich?"

Ich schwieg. Laut. Und vielsagend.

Morrison schnaubte. „Dafür, dass ich dir diesen Sahneauftrag vermittelt habe, könntest du eigentlich …"

„Morrison, ich bin dir dankbar. Wirklich." Ich holte tief Luft und zählte bis zehn. Sehr schnell. „Es war eine kurze

Nacht, und ich bin, wie gesagt, noch nicht ganz wach. Es wäre schön, wenn du …"

„Schon gut, schon gut."

Eines musste ich ihm lassen, er konnte von Nervensäge zu professionellem Agenten schneller umschalten als Eve von liebevoller Freundin zu kaltschnäuziger Ex-Freundin, und das wollte was heißen.

„Ich habe da eine Anfrage, die vielleicht etwas für dich ist. Ein Hotel in Plymouth, genauer gesagt *das* Hotel in Plymouth. Boringdon Hall. Es ist eines der besten Häuser …"

„Das kenne ich", unterbrach ich ihn. Ich hatte mit Shirley dort übernachtet, als sie, wie sich herausstellte, ihrem Ex-Freund-Ehemann gesagt hatte, sie wäre über das Wochenende bei ihrer Schwester.

„Schön", sagte Morrison. „Jedenfalls hat mich der Barmanager angerufen. Ihr Pianist hat für heute Abend kurzfristig abgesagt. Er braucht dringend Ersatz, und …" Morrison genoss seine nächsten Worte sichtlich, „… meine Erste-Wahl-Pianisten haben natürlich alle andere Verpflichtungen."

„Warum fährst du nicht selbst hin? Dafür spielst du doch zweitklassig genug."

„Schon gut, tut mir leid! Aber ich bin genervt, weil ich versuche, dir Jobs für deinen Lebensunterhalt zu verschaffen, und du es mir mit deinem Verhalten zurzeit wirklich nicht leicht machst!"

Ich unterdrückte eine scharfe Erwiderung. Morrison war im Grunde ein herzensguter Kerl und seit meiner unfreiwilligen Trennung von Eve und dem Ausstieg aus der Band tatsächlich einer der letzten Menschen, die sich noch mit mir abgaben. Was an meinem asozialen Verhalten nach der Trennung lag, das hatte ich mir vor einer Weile widerwillig eingestehen müssen. Zwar war die Trennung schon ein paar Jahre her, aber he, andere Leute nahmen sich noch längere Auszeiten … Nur wollte mir gerade niemand einfallen.

„Okay, tut mir leid, Morrison." Ich atmete tief durch. „Was erwarten sie?"

„Jazzstandards. Das Real Book hoch und runter, und vielleicht ab und zu mal Gästewünsche."

„Bridge over troubled Water, Rocket Man oder Candle in the Wind?"

Morrison lachte. „Ich fürchte, eher so etwas wie ‚Für Elise'. Aber im Ernst, nichts, was du nicht schaffen würdest. Und die Bezahlung …" Er machte eine vielsagende Pause, und ich tat ihm den Gefallen.

„Sie bezahlen mich sogar dafür?"

„Allerdings. Dreihundert Pfund. Aber du musst spätestens heute Nachmittag um siebzehn Uhr da aufschlagen, weil er dich vorher checken will. Und du spielst bis ein Uhr morgens. Höchstens."

Solche Jobs fingen für gewöhnlich um zwanzig Uhr an und dauerten fünf Stunden. Aber gut fünfzig Pfund pro Stunde waren für einen Alleinunterhalter am Piano ein verdammt guter Preis. In den Nachtklubs, in denen ich manchmal jazzte, gab es meist nur freie Getränke. Und wenn ich Glück hatte, einen Koch, der mehr als Fish und Chips drauf hatte.

„Was ist der Haken?"

„Du meinst außer meinen fünfzehn Prozent und dass das Benzingeld inklusive ist?"

„Zehn Prozent!"

„Rick, ich …"

„Morrison, wenn das Benzingeld nicht extra bezahlt wird, kann ich mir keine fünfzehn Prozent leisten. Du kennst mein Auto!"

„Du bist einfach zu sentimental, was diese Karre angeht. Nur weil dein Dad …"

„Das steht nicht zur Debatte!“, unterbrach ich ihn mit meiner kühlen, sachlichen Stimme, die ihm sagte, dass ich es ernst meinte. Ich wartete einen Moment, ob er es schluckte. Ich brauchte das Geld, keine Frage, weil ich meine Rücklagen aus unserer Band in den letzten Jahren verbraucht hatte. Und ich musste dringend an dem Musical arbeiten, der Zeitplan dafür war verdammt eng. Aber für fünfzigtausend Pfund Honorar lohnte sich der Stress. Insbesondere, weil ich anschließend wieder im Geschäft sein würde, falls ich die Sache nicht vermasselte.

Morrison knurrte am anderen Ende, und ich wusste, dass ich gewonnen hatte, als er ergeben seufzte. „Also gut, Rick. Zwölfeinhalb Prozent. Dieses eine Mal. Aber …“

„Du hast meine Frage nicht beantwortet. Was ist der Haken? Und es sind elf Prozent.“

„Das Boringdon ist eines der ersten Häuser in Plymouth, Rick, und die Gäste sind vor allem gelangweilte Ehefrauen.” Er machte eine vielsagende Pause. „Dein Trinkgeld dürfte also meine elfeinhalb Prozent locker wettmachen. Allerdings hat der Barmanager, ein gewisser Jim Waters, schon von dir gehört, Rick. Er war nicht sonderlich begeistert, als ich dich vorgeschlagen habe.” Er zögerte kurz. „Ich hoffe, du verstehst mich, Rick?“

„Du meinst, er macht sich Sorgen um seine Whiskyvorräte?”

„Er macht sich wohl eher Sorgen um den Ruf seines Etablissements.”

„Keine Sorge, Morrison. Die frische Landluft hier in Cornwall stärkt auch den Charakter.”

„Das hoffe ich, Rick. Wenn du dich schlau anstellst, kannst du den Job möglicherweise den ganzen Sommer über machen. Ich schicke dir die Adresse und die Kontaktdaten von Waters.“ Er zögerte. „Du passt doch noch in deinen Smoking, richtig?“

„Natürlich." Ich warf einen Blick auf den geschlossenen Koffer. Hoffentlich hatte meine Vermieterin ein Bügeleisen. „Und danke, Morrison."

„Schon gut, Rick. Der nächste Pub-Besuch geht auf deine Rechnung."

Er legte auf.

Ich blieb einen Moment regungslos stehen und schüttelte den Kopf. Es war schon unglaublich, auf was für eine Achterbahnfahrt mein Leben mich gerade mitnahm.

Nachdem ich mir nach der Trennung von Eve alle Mühe gegeben hatte, mich zu ruinieren und allen zu beweisen, dass ich ein Arsch war, tauchte wie aus dem Nichts die Chance auf, mit der Arbeit an diesem Musical meinen Ruf und meine Finanzen zu sanieren. Nur, damit mir das Schicksal auf den Kopf spuckte und ich von einem völlig zu Recht eifersüchtigen Ehemann aus meiner Wohnung geworfen wurde. Um mich dann einen Tag später ans äußerste Ende von Cornwall zu verschlagen, mir eine neue Bleibe in den Schoß zu legen und mich mit einer neuen Versuchung zu konfrontieren.

Von der ich die Finger lassen sollte, wenn ich Wert darauf legte, länger als eine Woche hier zu wohnen.

Ich machte mich auf den Weg in die Küche, um endlich das längst benötigte Koffein in meinen Verbrennungskreislauf zu füllen, als mein Handy erneut klingelte.

Ich erwartete, dass Morrison mir noch einmal eine Ermahnung auf den Weg mitgeben wollte, und nahm das Gespräch an, ohne auf das Display zu blicken.

„Nein, ich werde sie nicht vögeln, klar?"

„Rick?"

Oh verdammt! Das hat mir gerade noch gefehlt.

„Oh, Shirley … Ich …"

„Wen willst du vögeln?"

Bevor ich die Chance hatte, sie zu korrigieren, drang

hysterisches Schluchzen aus dem Lautsprecher.

„Molly! Jetzt hör endlich auf, dem Kerl nachzustellen, du Dummerchen, und komm her!“ Die schrille Stimme von … Margarete übertönte ein Grunzen, als besagte Molly offenbar versuchte, meine Haustür in Trümmer zu legen.

„Molly? Ist das deine Neue?“ Hysterisches Lachen. „Das hat ja nicht lange gedauert!“ Hysterisches Schluchzen. „Wenn ich mir vorstelle, dass ich deinetwegen meine Ehe aufs Spiel gesetzt habe …“

Wie bitte? Das ist ja wohl die Realitätsverdrehung des Jahrhunderts. Wer hatte denn gesagt, dass sie sich von ihrem Freund getrennt hätte, weil er sie betrogen hat?

„Shirley …“ Ich versuchte, beruhigend zu klingen. „Es ist nicht so, wie du denkst!“

Okay. Das war jetzt nicht unbedingt die effektivste Wortwahl, um eine aufgewühlte Ex-Geliebte zu beruhigen.

„Molly! Komm nicht auf die Idee, auf ihn raufzuspringen!“

„Was?“ Shirleys Stimme drang mit einer ähnlichen Dezibelzahl wie ein durchstartender Phantom-Düsenjet, aber wesentlich schriller aus dem Lautsprecher. „Wo verflucht bist du?“, schrie sie. „Und was verdammt macht ihr da?“

„Shirley! Das ist jetzt gerade ein sehr ungünstiger Zeitpunkt, um hysterisch…“

Ihrem heulenden Schrei nach zu urteilen war diese Formulierung ebenfalls nicht geeignet, sie zu besänftigen.

Ein lautes Klopfen an der Haustür unterbrach mich.

„Shirley, ich melde mich …“

„Ist das Molly? Wage nicht, einfach aufzulegen, du verfluchter Bastard!“, schrie sie.

Das Klopfen steigerte sich zu einem ungeduldigen Hämmern.

Es reicht! Wie soll man bei diesem Chaos logisch denken?

Ich riss wütend die Tür auf, bereit, einer

zähnefletschenden Monstermolly und der tödlichen Bedrohung einer wildgewordenen … Miriam gegenüberzutreten.

„Könnten Sie vielleicht Ihr verfluchtes Molly-Mistvieh woanders retten als ausgerechnet vor meiner …?“ Ich verstummte.

Wie gesagt, ich hatte noch keinen Kaffee und mein Motor hatte einen extremen Kaltstart hinlegen müssen. Und meine morgendliche Glut wurde auch nicht gerade dadurch gedämpft, dass eine Frau in gebückter Haltung vor meiner Tür versuchte, ein grunzendes … *Etwas* an den beachtlichen Fettrollen am Hals zu packen, um zu verhindern, dass dieses Vieh in mein Cottage eindrang. Dabei rutschte ihre lange Strickjacke hoch und zeigte zwei wunderschöne, lange Beine in einer ziemlich knappen Jeansshorts. Und sie war eindeutig nicht Afrika-Corps-Margery – keine Ahnung, warum mir ihr Name ausgerechnet jetzt einfiel. Die hatte mit verschränkten Armen und einer vernichtenden Miene Position in einem Sicherheitsabstand von zwei Metern bezogen, vor mir oder vor dem *Etwas*, das war von meiner Position aus nicht zu entscheiden.

„Mistvieh?“ Die Traumfrau erhob sich langsam, während sich das plötzlich friedliche Wesen an ihren nackten, leicht gebräunten Beine schubberte und ich es plötzlich zutiefst beneidete.

Möglicherweise wollte Bodyguard-Margery auch nur meine Vermieterin vor mir bewachen, was ich ihr irgendwie nicht verdenken konnte. Ich öffnete den Mund, schloss ihn und wiederholte den Vorgang noch einige Male. Etwas, was mir nur sehr, sehr selten vor einer wunderschönen Frau passierte.

Als sie mich anstarrte, vertiefte sich die Röte auf ihren Wangen, und ich war sicher, dass das nichts mit ihrer zuvor gebückten Haltung zu tun hatte.

Sie fing sich zuerst und fuhr sich mit der Zunge über die Lippen, bevor sie sprach. „Galt das Mistvieh mir oder Ihrem

Anrufer?"

„Ich …"

„Wer verflucht ist das, Rick? Hast du schon wieder eine Neue?"

Shirleys Stimme war laut genug, um in ganz Mousehole gehört zu werden. Vermutlich dachte Jane dasselbe, denn sie verzog das Gesicht, und während ich noch nach Worten suchte, hatte sie sich umgedreht und einer noch missbilligender dreinblickenden Margery das plötzlich lämmchenfromme Tier übergeben. Ich erinnerte mich daran, dass ich so etwas schon mal gesehen hatte. Es war ein Hängebauchschwein. *Molly? Ernsthaft?*

„Nimmst du Molly?" Dann beugte sie sich zu mir vor, sodass ihr Mund dicht an meinem Handy war. Und an meinem Ohr. Unter ihrem warmen Atem bildete sich eine Gänsehaut auf meinem Hals.

„Keine Sorge", hauchte sie in die Sprechmuschel. „Ich wollte nur die arme Molly vor ihm retten, mehr will ich von ihm nicht."

Sie warf mir ein zuckersüßes Lächeln zu, schob mir ein paar ausgedruckte Seiten in die Hand, während sie mit den Lippen an meiner Wange das Wort „Mietvertrag" formte, drehte sich auf dem Absatz um und marschierte hoch erhobenen Hauptes davon. Während ich meinen Blick nicht vom eindeutig provozierenden Schwung ihrer Hüften lösen konnte, drang wie aus weiter Ferne Shirleys Stimme aus meinem Handy.

„Molly? Und wer war diese …? Rick! Ich bringe dich um!"

„Sicher, Shirley. Mach das", erwiderte ich abgelenkt. „Ich melde mich dann später, wenn du damit fertig bist, okay?"

„Rick, wage es nicht, einfach aufz…"

Ich beendete das Gespräch und drehte mich um, um ins Cottage zurückzugehen. Dabei begegnete ich dem vernichtenden Blick von Cerberus. Schließlich hielt Margery es offenbar für sicher, ihren Wachposten aufzugeben, und entfernte sich mit einem hochmütigen Blick.

„Margery.“ Ich salutierte zackig, ohne auf eine Reaktion zu warten und merkte erst, als ich die Tür des Cottages hinter mir schloss und einen Blick in den langen, schmalen Ikea-Spiegel warf, der neben der Garderobe hing, dass ich wie ein Honigkuchenpferd über beide Ohren grinste.

Und das, ohne einen einzigen Schluck Kaffee getrunken zu haben.

***

Ich warf einen Blick in den Rückspiegel und beobachtete, wie das hell erleuchtete „Boringdon Hall” allmählich kleiner wurde. Ich seufzte müde und gut gelaunt und löste mit einer Hand die Smokingfliege, während ich mit der anderen meinen mitgenommenen, aber heiß geliebten Jaguar MKII über die schmale Kiesauffahrt zu den schmiedeeisernen Toren lenkte und auf die schmale Zufahrtsstraße einbog, auf der jetzt, um ein Uhr morgens, keinerlei Verkehr herrschte.

Es hatte geregnet, und der Asphalt und das Blech der geparkten Fahrzeuge glänzten im Licht der wenigen Laternen.

Normalerweise wäre das die trostlose Zeit nach einem langweiligen und schlecht bezahlten Auftritt, die ich mir gewöhnlich mit einigen Gläsern aus einer Flasche Jack vertrieb.

Heute jedoch pfiff ich leise vor mich hin - *The Windmills of Your Mind* - während ich in meine Smoking-Innentasche griff und den Umschlag mit den 300 Pfund Sterling und den Vertrag für meine Auftritte für den Rest der Saison betastete.

Gut gemacht, Morrison, dachte ich. *Und wie ich dir sagte, Jim Waters hatte keinerlei Grund zur Klage.*

„Jedenfalls bin ich froh, dass du endlich erwachsen geworden bist, Rick”, hatte er am Ende seines Kontrollanrufs in einer Pause meines Auftritts gesagt. Seine Stimme klang diesmal kein bisschen spöttisch. „Ich hoffe, das bleibt so."

„Klar."

Ich runzelte die Stirn, als ich mich an seine Worte erinnerte. War ich tatsächlich erwachsen geworden, wie er es nannte? Ich trank schon seit einiger Zeit nicht mehr, wenn ich spielte, und auch nur noch selten allein zu Hause. Und nie so viel, dass es unangenehm hätte werden können. Und was Frauen anging - die paar One-Night-Stands waren allesamt direkt nach der Trennung von Eve passiert. Mit Gästen ließ ich mich nie ein, das wusste er.

Als Morrison dann anfing, sich nach meiner „Unterkunft" zu erkundigen, hatte ich das Gespräch unter einem Vorwand beendet. Ich hatte keine Lust gehabt, darüber zu sprechen, vor allem, weil ich genau wusste, was er eigentlich meinte.

Lass die Finger von deiner Vermieterin! Dieser Spruch wäre zweifellos gekommen, wenn ich nicht mit dem Verweis darauf, dass ich weiterspielen musste, aufgelegt hätte. Unwillkürlich dachte ich an ihr schmales Gesicht mit den großen braunen Augen.

Als ich jetzt die letzten Meilen auf der mittlerweile wieder menschenleeren, einspurigen Landstraße zwischen hohen Hecken dahinglitt, dachte ich darüber nach, ob Morrison mich vielleicht besser kannte, als mir lieb war.

Denn aus *The Windmills of Your Mind* wurde *Pretty Women,* je näher ich Mousehole, der *Animal Farm* und eben besagter Vermieterin kam. *Es hat keinen Sinn, dir falsche Hoffnungen zu machen, alter Junge,* sagte ich mir. *Selbst wenn Jane Fields Interesse an dir hätte, müsstest du erst mal ihren Cerberus einschläfern, bevor du an sie rankommst. Und du weißt ja nicht mal, ob es nicht einen Mr Animal Farm gibt.* Außerdem hatte Morrison recht - ich sollte mich lieber auf das Musical konzentrieren. Wenn ich es richtig anstellte, konnte das mein Ticket zurück ins Rampenlicht und in die Erfolgsspur sein. Das Letzte, was ich dabei brauchen konnte, war ein Drama mit einer neuen Shirley.

Wie sich herausstellte, als ich das Herrenhaus passierte und auf die Zufahrt zum Cottage einbog, war das auch gar nicht nötig.

Der kleine rote Mazda MX5 stand mitten auf dem schmalen Weg. Ich stoppte hinter dem Fahrzeug, schaltete den Motor aus, schloss die Augen und atmete einmal tief durch, um das plötzliche Gefühl von Ärger zu unterdrücken, das in mir hochstieg.

Noch bevor ich die Hand an den Griff der Fahrertür legen konnte, wurde sie aufgerissen.

„Was verdammt denkst du dir eigentlich? Glaubst du wirklich, du kannst mich einfach so abservieren?"

Shirleys Stimme war sicher bis Plymouth zu hören. Ich stieg aus und atmete tief durch. *Woher, verdammt, hat sie die Adresse?* Ich hätte mir fast mit der Hand auf die Stirn geschlagen, als es mir einfiel. Ich hatte einen Nachsendeantrag für meine Post ausgefüllt, als ich nach Lyme Regis zurückgefahren war, um meine restlichen Sachen zu holen. Sicherheitshalber hatte ich ihn auch noch mal ausgedruckt und den Ausdruck dann vergessen. Shirley hatte ihn ganz offensichtlich gefunden. *Besser sie als Steven,* sagte ich mir, aber als ich die aufgebrachte Person vor mir musterte, war ich mir nicht mehr so sicher.

Ich warf unwillkürlich einen Blick zum Herrenhaus hinüber und glaubte, einen Schatten an einem der Fenster zu erkennen, aber ich war mir nicht sicher. *Mist! Dass Shirley hier mitten in der Nacht aufkreuzt, hat mir gerade noch gefehlt! Wenn Jane das mitkriegt … oder schlimmer noch, Cerberus! Sie würde mich sicher nicht mal mehr auf Rufweite an Jane heranlassen.* Okay, darüber konnte ich noch in Ruhe nachdenken, sobald ich die aufgebrachte Shirley besänftigt und wieder nach Hause geschickt hatte. Bevor etwa noch ihr Mann …

Mein Blick zuckte zur Straße. Aber da war alles ruhig, zum

Glück.

„Wir hatten immerhin eine Beziehung …"

„Wir hatten Sex, und den auch nur, weil du mir weisgemacht hast, dein angeblicher Ex-Freund hätte keine Lust mehr auf dich."

„Das ist ja so was von unverschämt …"

Ich seufzte. Das Prinzip kannte ich. Sobald eine Beziehung zu Ende ging, wurde plötzlich die Vergangenheit neu interpretiert, wie in einem Reversi-Spiel, wo die letzte Farbe die aller vorigen Jetons änderte.

„Jedenfalls entsprach deine Schilderung nicht der Wahrheit, daran hat dein Ehemann …" Ich betonte das Wort nachdrücklich, „ … keinerlei Zweifel gelassen, als er seinen verfluchten Rottweiler auf mich gehetzt und mich vor die Tür gesetzt hat!"

Als sie merkte, dass sie mit ihrer Keifnummer nicht weiterkam, schaltete Shirley reaktionsschnell um und machte auf schluchzendes Häufchen Elend. „Das ist bestimmt diese Wildtier-Bitch, die dich …"

„Hör auf, Menschen zu verunglimpfen, die du gar nicht kennst!", unterbrach ich sie gereizt. „Sie heißt Jane und sie ist …"

„Ah, ihr seid schon auf Vornamen-Basis, ja?" Wieder kippte ein Schalter und Shirley stemmte die Hände auf die Hüften. „Ich glaube, ich werde sie mir morgen früh mal …"

„Das wirst du ganz sicher nicht!", fuhr ich ihr in die Parade. „Wenn du nicht sofort verschwindest, rufe ich deinen Mann an, damit er dich hier abholt."

Das zumindest ließ sie verstummen. Entgeistert starrte sie mich an.

„Steig in dein Auto und fahr zu deinem Mann zurück, Shirley. Ich meine es ernst. Es war ein Fehler, von vornherein, es ist vorbei, und es ist besser so."

„Aber ich liebe …"

„Du liebst mich nicht, sondern du wolltest eine Abwechslung. Mehr nicht." Ich wartete einen Moment, um zu sehen, ob meine Worte zu ihr durchgedrungen waren.

In dem Moment klingelte ihr Handy. Shirley hielt das Gerät einen Moment unschlüssig in der Hand und sah mich aus zusammengezogenen Augen an. „Das ist Steven."

Ich bemühte mich, mir meine Erleichterung nicht anmerken zu lassen. „Dann solltest du wohl besser rangehen, meinst du nicht?"

Ich verschränkte die Arme und lehnte mich an meinen Jaguar, während ich gleichzeitig zum Herrenhaus hinüberschielte. Hatte sich da nicht doch was bewegt? Ich war mir ziemlich sicher. *Na gut,* sagte ich mir. *Dieses Schauspiel kannst du dir gern ansehen, Cerberus.* Trotzdem hoffte ich, dass es nicht Jane war, die das hier verfolgte. Ihr verächtlicher Blick morgen früh würde mich erheblich mehr treffen als Margerys zweifellos triumphierend vernichtende Blicke. Für den Cerberus war das hier sicherlich ein Freudenfest.

„ … sicher, Schatz, ich bin schon unterwegs." Sie beendete das Gespräch und sah mich unsicher an. „Rick …"

Ich hob die Hände und trat einen Schritt von ihr zurück. „Mach's gut, Shirley", sagte ich.

Shirley merkte, dass es mir ernst war, warf mir noch einen letzten Blick zu, drehte sich herum und stieg in ihr Auto. Ich sah zu, wie sie beim Zurücksetzen über einen Feldstein schrammte, der den Rand der Zufahrt zum Cottage markierte, und die hintere Schürze des tiefergelegten Sportwagens verbeulte. Dann legte sie den Vorwärtsgang ein und schoss mit durchdrehenden Reifen und aufheulendem Motor davon.

Ich seufzte und warf einen Blick auf das Herrenhaus. *Wenn sie bislang nicht wach geworden ist, dann bestimmt jetzt,* dachte ich. Aber nirgendwo flammte Licht auf, und auch hinter dem

Fenster im zweiten Stock, hinter dem ich Bewegung gesehen zu haben glaubte, rührte sich nichts mehr.

Seufzend setzte ich mich in meinen Wagen, fuhr die paar Meter zum Cottage, nahm meinen Kram aus dem Kofferraum und trug ihn ins Haus.

Ich ging zu der kleinen Bar und schenkte mir ein Gläschen Jack ein. Immerhin hatte ich etwas zu feiern.

Einen gelungenen Auftritt und einen erfolgreichen Abgang.

Ich prostete meinem Spiegelbild im Fenster zu und trank den Alkohol. Langsam, statt ihn zu kippen, wie sonst. Irgendwie schmeckte er nicht mehr so gut wie früher. *Morgen ist ein verdammt harter Arbeitstag,* sagte ich mir, als ich in die kleine Küche ging, das Glas ausspülte und auf das Abtropfsieb stellte. Obwohl der Alkohol mir normalerweise half, die Erinnerung an Eve zu verdrängen.

Im Bett schloss ich die Augen und wartete darauf, dass mein Geist schmerzliche Bilder aus meiner Erinnerung heraufbeschwor. Schließlich gestand ich mir ein, dass ich nicht wegen der Arbeit auf den Alkohol verzichtet hatte, sondern deswegen, weil ich morgen unbedingt einen tadellosen Eindruck auf eine kastanienbraune Schönheit machen wollte, deren Bild mir als Erstes in den Kopf geschossen war, als ich die Augen schloss.

3
JANE

Draußen war es noch dunkel, als mich Whams *Wake me up before you go go* aus dem Schlaf riss. Blinzelnd sah ich auf die roten Leuchtziffern des Radioweckers aus den 1980er-Jahren, der mich schon in meiner Schulzeit geweckt hatte: 06:00 Uhr. Jetzt stand er auf dem Nachttisch im Gästezimmer, in dem ich mich vorerst eingerichtet hatte.

Mein Kopf schmerzte, und ich hatte das Gefühl, gerade erst eingeschlafen zu sein. Vermutlich war das auch so, nachdem mich mein Untermieter mit seinen Liebesdramen die halbe Nacht wachgehalten hatte. Als ich draußen Lärm hörte, war ich aufgestanden und hatte vom Fenster aus beobachtet, wie eine blonde Furie den etwas zerzaust aussehenden Wiseman anfauchte, dann in ihren Sportwagen stieg und mit heulendem Motor davonjagte. Anschließend war ich hellwach gewesen. Ich hatte meine lange Lieblingsstrickjacke angezogen, mir ein Glas Rotwein eingeschenkt und mich auf das dunkelgraue Sofa mit den dicken Polstern ins Wohnzimmer meines Onkels gekuschelt – das jetzt mein Wohnzimmer war.

Wie oft hatte ich mit ihm in dem gemütlichen Raum mit den dunklen Deckenbalken gesessen, dem Tanz des Kaminfeuers zugesehen und vor mich hin geträumt? Er am einen Ende des Sofas, die Beine übereinandergeschlagen, den Arm auf die Lehne gestützt. Ich am anderen Ende, meist im Schneidersitz. Hier hatte er mich getröstet, als meine Mutter kurz nach der Trennung meiner Eltern bei einem Autounfall ums Leben gekommen war. Hier hatten wir alle wichtigen Gespräche geführt – als ich am ersten Tag Angst hatte, in die Schule zu gehen, weil ich niemanden in der Klasse kannte und keine Eltern mehr hatte. Als ich untröstlich war, weil meine beste Freundin auf einer Party mit Pete Leicester geknutscht hatte, in den ich heimlich verliebt war. Als ich bei den Prüfungen fürs A-Level plötzlich unter Panikattacken gelitten hatte. William war immer für mich da gewesen, hatte mich an seinen ansehnlichen Bauch gedrückt und versucht, mich aufzuheitern und zu beruhigen, was ihm je nach Thema mal besser und mal schlechter gelungen war.

Nachdem es nun mein Wohnzimmer war, betrachtete ich es mit anderen Augen und nahm manches jetzt überhaupt erst richtig wahr. Die Landschaftsgemälde unterschiedlicher Größe, die an den Wänden hingen, hatten für mich einfach immer zur Einrichtung gehört. Ich fragte mich, welche davon ich eigentlich wirklich mochte und behalten wollte. Mein Blick war auf den alten Sekretär aus Akazienholz und auf das Büffet gefallen. Bislang hatte ich lediglich die oberste Schublade von Williams privatem Schreibtisch geöffnet, weil ich Briefmarken gesucht hatte, die drüben im Zoo-Büro ausgegangen waren. Heute Nacht hatte ich mich an den Schrank gewagt, der sich unterhalb des ausklappbaren Pults befand, und darin diverse Fotoalben sowie Kartons mit alten Briefen entdeckt. Ich kam mir fast wie eine Spionin vor. War es richtig, sich diese Sachen überhaupt anzusehen? Etwas so Intimes wie Briefe? Vielleicht sollte ich sie einfach entsorgen. Doch es waren die letzten Dokumente, die mir vielleicht noch etwas über meine Familie verraten konnten, nachdem mein Vater nach der Trennung von meiner Mutter auf Nimmerwiedersehen nach Australien verschwunden war.

Allmählich zog vor dem Fenster der Morgen herauf. Zeit, aufzustehen. Ich fühlte mich heute nicht in der Verfassung, Margery oder meinem attraktiven Untermieter zu begegnen, ehe ich in Ruhe mein morgendliches Teeritual vollzogen hatte. Seit ich denken konnte, wohnte Margery in einer kleinen Einliegerwohnung im hinteren Teil des Hauses. Ich schlich an der Tür zu ihrem Bereich vorbei in die Küche und wollte gerade

Wasser in den Kessel füllen, als ich eine fette schwarze Spinne in der Spüle sitzen sah. Ich hatte kein Problem mit Spinnen, mit keinem Tier, doch ich musste sofort daran denken, was mein Onkel in solchen Fällen immer gesagt hatte: „Spinne am Morgen bringt Kummer und Sorgen." Ein alberner Aberglaube. Ich stülpte ein Glas über das Tier, schob vorsichtig eine Postkarte darunter und setzte die Spinne vor dem Küchenfenster ins Freie.

Als ich mich wieder umdrehte, stand Margery im geblümten Morgenrock wie eine Concierge in der Tür, das kurze Haar wie immer adrett gescheitelt. „Hast du das gestern Nacht auch gehört?", kam sie wie üblich direkt zur Sache.

„Dir auch einen guten Morgen, M", erwiderte ich betont freundlich und schenkte ihr ein Lächeln. „Und wenn du das kleine Melodrama meinst, ja, das habe ich auch gehört."

„Und?", fragte sie und sah mich mit hochgezogenen Augenbrauen an.

„Was, und?"

„Na, was gedenkst du zu tun? So was darfst du diesem Kerl nicht durchgehen lassen!"

„Ich kann ihm ja wohl kaum verbieten, Damenbesuch zu empfangen, M. Diese Zeiten sind wirklich vorbei", erwiderte ich, fand den Gedanken insgeheim allerdings ganz reizvoll. Die Vorstellung, dass ich eine gewisse Macht über diesen „Kerl" ausüben könnte, gefiel mir irgendwie.

„Du kannst als Vermieterin aber auf der Einhaltung gewisser Regeln bestehen. So eine Art Hausordnung", beharrte sie. „Mir war dieser Mensch ja gleich suspekt. Hat er wenigstens den Mietvertrag unterschrieben?"

Das Wasser kochte, und ich nutzte die Gelegenheit, ihre Frage zunächst zu ignorieren, nahm erst einen Becher aus dem Schrank, füllte Tee in das Sieb und brühte ihn auf. Im Hintergrund hörte ich Joey an der Dielentür kratzen, der uns offenbar gehört hatte.

„Jane?", hakte Margery unerbittlich nach.

„Noch nicht", sagte ich schließlich leicht gereizt. „Er muss ihn doch erst mal durchlesen. Sicher bringt er ihn heute vorbei." Ich konnte nur hoffen, dass Wiseman nicht tatsächlich so ein Schlitzohr war, wie Margery meinte.

„Dein Wort in Gottes Gehörgang", schnaubte sie, machte auf dem Absatz ihres erstaunlich eleganten Pantoffels kehrt und verschwand wieder in ihren Gemächern.

Ich atmete langsam aus. Nachdem ich die Begegnung mit Missus Tugendwächter nun bereits hinter mir hatte, konnte ich meinen Tee genauso gut mit Joey auf meiner Lieblingsbank im Hof genießen. Die Sonne schien, und nach dem nächtlichen Drama war kaum damit zu rechnen, dass ich dem Cottage-Casanova begegnete.

Ich zog mir meine warme Strickjacke über Pyjamahose und T-Shirt, schlüpfte in meine Clogs und ging in die Diele, wo ich stürmisch von Joey begrüßt wurde. Frank hatte sich erneut auf dem Garderobenschrank in Sicherheit gebracht, zuckte provozierend mit dem buschigen Schwanz und sah mich herausfordernd an. Der Lemur schien sich gut erholt zu haben. Bald würden wir ihn zu seinen Artgenossen zurückbringen müssen – das würde ein harter Schlag für Joey werden.

Mit dem kleinen Bullterrier an meinen Fersen trat ich auf das Kopfsteinpflaster in den Hof und setzte mich auf die Bank. Mit einem Satz war Joey neben mir. Ich kraulte ihn hinter den Ohren, atmete die frische Morgenluft ein und ließ mein Gesicht von der Sonne wärmen. Genüsslich trank ich einen Schluck Tee.

Unwillkürlich glitt mein Blick zu dem Oldtimer meines Untermieters, der dort parkte – der Kühlerfigur nach zu urteilen offenbar ein Jaguar. Er wirkte zwar, als habe er schon bessere Zeiten gesehen, passte jedoch perfekt zu seinem hollywoodmäßigen Aussehen und Auftreten. Wieder wanderten meine Gedanken zu der Blondine von gestern Nacht. Sie war attraktiv gewesen, zumindest hatte es aus der Ferne so gewirkt. Offenbar besaß Wiseman ebenso viel Talent, schöne Frauen aufzureißen, wie sie zu verärgern, wenn man überlegte, dass die Dame nach der keifenden Stimme am Telefon schon die zweite Eroberung war, die ihm eine Szene machte. Als ich daran dachte, wie ich einfach in sein Telefon gesäuselt hatte, musste ich schmunzeln. Was hatte mich nur geritten? Rick Wiseman schien mich mit seiner lässigen, leicht provokanten Art irgendwie herauszufordern, und ich musste zugeben, dass mir das gefiel. Es gefiel mir, wie sexy ich mich in seiner Gegenwart fühlte.

Im Haus schlug eine Tür und riss mich aus meinen Gedanken, die sich ohnehin zu sehr um den Cottage-Casanova drehten. Ich schaute auf die Uhr auf meinem Handy. Zeit, mich anzuziehen, gleich ging der Betrieb im Tierpark los. Außerdem hatte sich Riccardo Sorrentino, der Papageienflüsterer, für heute Vormittag erneut angekündigt, nachdem er gestern wegen eines familiären Notfalls kurzfristig hatte absagen müssen.

***

Ich saß an dem großen antiken Mahagonischreibtisch, der seit jeher im Büro der *Animal Farm* stand, und versuchte, aus den Tabellen schlau zu werden, die mir Mrs Hughes, die Steuerberaterin meines Onkels, übergeben hatte. William war völlig unerwartet an einem plötzlichen Herzstillstand gestorben. Margery hatte ihn morgens tot in seinem Bett vorgefunden. Ich war zwar irgendwie immer davon ausgegangen, dass ich die *Animal Farm* irgendwann einmal übernehmen würde, aber eben irgendwann. Nicht jetzt. Und ich hatte mir vorgestellt, dass mein Onkel die Leitung nach einer Übergangsphase, in der wir den Zoo gemeinsam betrieben hätten, an mich übergeben würde. Nun musste ich ins kalte Wasser springen und irgendwie durchhalten, bis ich wieder Land sah.

Als mich die Nachricht von Williams plötzlichem Tod erreichte, hatte ich in Namibia eine Auffangstation für verwaiste und verletzte Wildtiere geleitet. Auch wenn sich das dortige Projekt nicht nur durch die betreuten Tierarten deutlich von der *Animal Farm* unterschied, war mir die Leitung eines solchen Unternehmens dadurch nicht ganz fremd. Zudem kannte ich den Laden, seit mein Onkel mich damals zu sich genommen hatte.

Dennoch, mit der Buchhaltung stand ich auf Kriegsfuß und verstand nur annähernd die Hälfte von Mrs Hughes Tabellen. Ihren Worten und ihrem ernsten Blick hinter der goldgerahmten Brille nach zu urteilen, mit denen sie mir die Dokumente übergeben hatte, war die Lage des Zoos allerdings nicht gerade rosig. Die Wildtierfarm erhielt jährlich eine Summe vom Staat, die jedoch bei Weitem nicht alle Kosten deckte. Einen Teil konnten wir durch die Eintrittsgelder decken, für den Rest waren wir auf Spenden angewiesen. Die *Animal Farm* genoss in Cornwall zwar einen hervorragenden Ruf und hatte viele Freunde, dennoch mussten wir immer wieder durch Sonderaktionen auf uns aufmerksam machen.

Frustriert schob ich die Papiere zusammen und ließ den Blick aus dem Fenster zum Besuchereingang gleiten, der schräg gegenüber von meinem Büro lag. Dort entdeckte ich Margery, die mit einem kleinen drahtigen Mann auf mein Büro zustapfte, der wild gestikulierend auf sie einredete. War das etwa der Papageienflüsterer? Wieder einmal wanderten meine Gedanken gegen meinen Willen zu meinem neuen Untermieter. Bei der Vorstellung, dass ich ihn im ersten Moment für Riccardo Sorrentino gehalten hatte, musste ich schmunzeln.

Margery und ihr Begleiter verschwanden aus meinem Blickfeld, und schon hörte ich ein Klopfen an meiner Tür. Ohne meine Antwort abzuwarten, trat Margery gleich darauf in das Büro, der kleine Mann war hinter ihrem Rücken zunächst nicht zu sehen.

„Hallo M."

„Jane, ich möchte dir Mr Sorrentino vorstellen", sagte sie und trat zur Seite, um dem kleinen Papageienmann Platz zu machen. „Riccardo, das ist Jane Fields."

„Ah, buongiorno Signora Fields. Es ist mir eine große Freude!", sagte Riccardo mit unüberhörbarem italienischem Akzent und streckte mir die Hand hin. Ich stand von meinem Schreibtischstuhl auf und ergriff sie, woraufhin er über das ganze Gesicht strahlte und zwei Reihen perlweißer Zähne erschienen. Ich schätzte ihn ein paar Jahre älter als mich, vielleicht Ende dreißig. Auf dem Kopf trug er eine Fischermütze, dazu einen marineblauen Kapuzenpullover und verwaschene Jeans. Er hatte den dunklen Teint eines Südländers und große schokoladenbraune Augen, mit denen er mich nun erwartungsvoll ansah.

„Freut mich sehr, Mr Sorrentino", sagte ich und trat hinter dem Ungetüm von einem Schreibtisch hervor.

„Riccardo", korrigierte er mich.

„Riccardo", sagte ich. „Jane. Hoffentlich können Sie unserem Neuzugang helfen. Es ist ein Rosakakadu, er ist fast kahl."

„Na, da haben wir doch schon etwas gemeinsam", sagte Sorrentino, nahm die Mütze ab und brachte einen kahlrasierten Schädel zum Vorschein.

Ich musste lachen, der Mann hatte offensichtlich Humor. Im Gegensatz zu Margery, die mit leicht missmutiger Miene ungeduldig an der Tür wartete.

„Am besten sehen wir uns das Sorgenkind gleich mal an", sagte ich und lud Mr Sorrentino mit einer Geste ein, vorauszugehen.

„Oh, Nein, bitte Signore, nach Ihnen", erwiderte er galant

und hielt Margery und mir die Tür auf.

Margery schritt als Erste hindurch, ich folgte ihr. Das Papageienhaus befand sich nur ein paar Gehminuten vom Zoobüro entfernt. Als wir das Gebäude mit der großzügigen Voliere erreichten, öffnete Margery die Tür und betrat die Schleuse, die zwischen dem eigentlichen Käfig und dem Eingang lag. Papageien waren äußerst geschickt darin, nach der Fütterung oder Reinigung der Voliere mit den Pflegern aus der Tür zu schlüpfen. Die Schleuse sorgte dafür, dass sie nicht gleich ins Freie entkommen konnten, wo sie sich nicht zurechtfinden würden. Sorrentino und ich folgten Margery in die Schleuse.

„Wollen Sie allein reingehen, Riccardo?", fragte Margery den Papageienflüsterer.

„Ja, wenn die Signore gestatten", erwiderte der Italiener mit einem charmanten Lächeln, öffnete die Tür zur Voliere, trat vorsichtig ein und blieb am Eingang stehen. Dann holte er etwas Futter aus der Tasche seines Kapuzenpullovers, streckte die Hand aus und hielt sie zwei Weißhaubenkakadus hin, die nebeneinander auf einer Stange saßen. Sofort richteten die Tiere die Hauben auf, rückten zu ihm heran und pickten vorsichtig an dem Futter.

Während ich fasziniert beobachtete, wie zutraulich die Papageien auf Riccardo reagierten, den sie heute zum ersten Mal sahen, beugte sich Margery verschwörerisch zu mir. „Jane, du musst dir den Kerl nachher vorknöpfen."

Ich sah sie verständnislos an. „Wieso soll ich ihn mir vorknöpfen? Bis jetzt macht er doch einen hervorragenden Eindruck", erwiderte ich.

„Nicht Riccardo", gab Margery gereizt zurück. „Ich meine den Kerl im Cottage." Sie deutete mit dem Kopf in Richtung des kleinen Häuschens. „Verlange den unterschriebenen Mietvertrag und stelle klar, dass nächtliche Eskapaden hier nicht erwünscht sind", raunte sie mir zu.

Ich ignorierte Margery und lächelte stattdessen Riccardo zu, der sich nun allmählich dem Rosakakadu zuwandte. Poppy sah erbärmlich aus. Normalerweise lebten die verspielten und geselligen Tiere in Gruppen. Poppy hatte man jahrelang allein gehalten und sich überhaupt nicht um sie gekümmert. Das hatte dazu geführt, dass sie sich Kummerspeck angefuttert hatte – eine Schwäche dieser Rasse. Sie setzte schnell Fett an, wenn sie sich langweilte. Schließlich hatte sich Poppy in ihrer Verzweiflung die Federn ausgerissen. Ihr Körper wies bereits deutlich kahle Stellen auf, bevor ein Nachbar eine Meldung beim Tierschutz gemacht hatte.

Vorsichtig machte Riccardo einen Schritt auf Poppy zu, einer der Weißhaubenkakadus hatte sich mittlerweile auf seiner Schulter niedergelassen.

„Ja, du bist eine Schönheit, mein kleiner Prinz", sagte er zu dem Kakadu. Dann streckte er ganz langsam die Hand aus und wandte sich an Poppy. „Ciao, mia povera ragazza, was hat man dir angetan?" Der Rosakakadu hob den Kopf und sah Riccardo interessiert an. „Amore, wir kriegen dich schon wieder hin", gurrte der Papageienflüsterer mit seinem breiten italienischen Akzent, der Poppy offenbar gefiel. Jedenfalls schien sie keine Angst zu haben, wie es bisher bei jedem der Fall gewesen war, der versucht hatte, sich ihr zu nähern. Stattdessen streckte sie zögernd den Kopf vor und rückte auf ihrer Stange ganz vorsichtig ein kleines Stück näher.

Margery nutzte den Moment, in dem Riccardo weiter auf den Papagei einredete, um sein Vertrauen zu gewinnen, und nervte mich erneut mit ihren Mietnomaden-Geschichten.

„Lass mich mit deinen Räuberpistolen in Ruhe, M. Der Mann ist vielleicht ein Frauenheld, na und? Das heißt noch lange nicht, dass er seine Miete nicht bezahlt", zischte ich harscher als beabsichtigt, woraufhin ein Kakadu, der am Rand der Voliere saß, erschrocken die Federn aufplusterte. In etwas milderem Ton fügte ich hinzu: „Ich meine, die erste Miete hat er mir ja sogar schon gegeben. Und ich bin mir sicher, William hätte auch nichts gegen Mr Wiseman gehabt." Vielleicht konnte ich ja mit diesem Argument landen.

Ich sah wieder zu Riccardo Sorrentino und traute meinen Augen kaum, als Poppy ganz vorsichtig auf seine Hand tippelte. Mit angehaltenem Atem drehte ich mich zu Margery um und bedeutete ihr, Sorrentino allein zu lassen und mit mir die Voliere zu verlassen.

Kaum waren wir im Freien, fing Margery erneut an, mich zu nerven. „William … Oh ja, die zwei hätten sich bestimmt blendend verstanden", schimpfte sie halblaut vor sich hin, weil Zoobesucher mit zwei kleinen Kindern an uns vorbeikamen. „Frauenheld. Was ist das überhaupt für ein absurdes Wort? Als wären solche Männer Helden! Sie verletzen Frauen und stürzen sie …"

„Jetzt mach aber mal halblang, M. Was soll das heißen? Was meinst du mit solche Männer?", fragte ich leicht verwirrt. Doch in dem Moment rief Tom, der im Lemurengehege eine Schaukel reparierte, nach Margery.

M zögerte einen kurzen Moment, dann zuckte sie die Achseln. „Ach, nichts. Vergiss es." Sie entfernte sich mit energischen Schritten in Richtung Lemuren.

Seltsam. Meine Güte, M ist heute echt noch anstrengender als sonst. Nachdenklich ging ich zurück zum Büro. Ihre Bemerkung über William hatte mich irgendwie neugierig gemacht, es klang, als würde mehr dahinter stecken als nur ihre Abneigung gegen Rick Wiseman. Ehe ich an den Schreibtisch zurückkehrte, brauchte ich eine kurze Pause, um mich zu sammeln. Ich trat durch das Eisentor, das den Tierpark mit dem Privatgrundstück verband. Und stand prompt vor … dem „Kerl".

Er hielt eine Papiertüte im Arm und sah aus, als käme er

gerade vom Einkaufen. Wieder trug er eine Anzughose, diesmal mit einem kurzärmeligen verwaschenen T-Shirt von irgendeiner Musikband, das seine definierten Oberarme betonte.

„Oh, hallo", grüßte er freundlich und setzte sofort ein gewinnendes Lächeln auf. „Wie geht's?"

Bildete ich mir das nur ein, oder wirkte er etwas verunsichert? „Gut", erwiderte ich knapp.

„Ich komme gerade aus Penzance. Kennen Sie dieses kleine Feinkostgeschäft am Market Place? Die haben den besten Espresso." Er hielt inne und ließ den Blick über mein Gesicht gleiten, woraufhin ich herausfordernd das Kinn hob und mich um einen möglichst coolen Blick bemühte. „Ehrlich gesagt, sehen Sie aus, als könnten Sie einen Kaffee vertragen. Ich bringe Ihnen einen, wenn Sie …"

„Sehr charmant. Vielen Dank", erwiderte ich gereizt. „Mir wäre allerdings mehr geholfen, wenn mir Ihre Betthäschen künftig nicht mehr den Schlaf rauben würden", entgegnete ich in einer Schärfe, die mich selbst etwas überraschte, und machte auf dem Absatz kehrt, nur um erneut Margery in die Arme zu laufen.

Diese sah zum ersten Mal heute einigermaßen zufrieden aus und nickte mir anerkennend zu. Offenbar hatte sie die Szene verfolgt und raunte mir aufmunternd zu: „Sehr gut. Jetzt hol dir noch den Mietvertrag von dem Kerl."

Ich warf unwillkürlich einen Blick über meine Schulter zu dem Kerl, verdrehte die Augen über Margerys Hartnäckigkeit und musste an die Spinne von heute Morgen denken. Vielleicht war an dem Spruch ja doch etwas dran. „Sonst noch was, M?", fragte ich resigniert und ging bereits wieder zurück in Richtung Tierpark.

Margery folgte mir. „Riccardo leistet wirklich gute Arbeit mit dem Papagei."

„Ja, es war faszinierend, wie Poppy auf ihn reagiert hat,

oder?"

Margery nickte. „Du solltest ihn regelmäßig mit ihr arbeiten lassen. Das wäre sicher auch für die anderen Papageien gut."

Tja, dass ich neue Kosten produzierte, anstatt welche einzusparen, würde Mrs Hughes zwar nicht gefallen, aber das Wohl der Tiere stand an oberster Stelle. Das hatte ich von klein auf von William gelernt. Dann musste ich eben neue Geldquellen auftun.

Ich atmete einmal tief durch, dann wandte ich mich zu Margery um. „Alles klar, M, ich rede mit ihm."

***

Zu meiner großen Überraschung ging der Nachmittag ohne weitere Nervereien zu Ende. Margery war am anderen Ende des Zoos beschäftigt und verschonte mich von weiteren Spitzen gegen den „Kerl". Riccardo berichtete mir von seinem Therapieplan mit Poppy, und wir vereinbarten, dass er künftig zweimal die Woche mit ihr und den anderen Papageien arbeiten würde. Ich hatte es sogar geschafft, ein paar Punkte auf meiner gefühlt unendlichen To-do-Liste abzuhaken – ein sehr befriedigendes Gefühl. Ich war eine große Freundin dieser Listen und musste gestehen, dass ich manchmal sogar etwas aufschrieb, das ich bereits erledigt hatte, nur um das schöne Gefühl zu erleben, den Punkt anschließend von der Liste streichen zu können.

Als ich das Büro gerade verlassen wollte, fiel mein Blick wieder auf die Tabellen von Mrs Hughes, und der Hauch von Zuversicht, die ich gerade noch empfunden hatte, war im Nu wieder verflogen. Seufzend ließ ich mich zurück auf den Schreibtischstuhl fallen und hatte nicht zum ersten Mal in den vergangenen Wochen das Gefühl, heillos überfordert zu sein. An der gegenüberliegenden Wand hing ein Foto, das William und mich vor dem damals neu eröffneten Lemurengehege zeigte. Hand in Hand grinsten wir in die Kamera. *Ach Onkel, du fehlst mir*, dachte ich und fühlte mich ziemlich verloren. Nach Williams Tod war Margery die Letzte, die so etwas wie Familie für mich war. Wir waren zwar nicht verwandt, aber da sie, seit ich denken konnte, zum Zoo gehörte, kannte ich sie von klein auf. Daher wusste ich auch, dass sich unter ihrer harschen Fassade ein weiches Herz verbarg, dennoch war es nicht immer leicht, mit dem alten Dragoner auszukommen.

Mein Magen knurrte und riss mich aus meinen trübsinnigen Gedanken. Ich musste dringend etwas essen. Also machte ich mich mit Mrs Hughes' Tabellen auf den Weg ins Herrenhaus. Als ich am Cottage vorbeikam, warf ich einen verstohlenen Blick hinüber. Es brannte Licht, Wiseman schien zu Hause zu sein, doch ausnahmsweise herrschte Ruhe.

Zurück im Haus machte ich mir in der Küche schnell ein Käsebrot, schenkte mir ein Glas Rotwein ein und ging hinauf ins Wohnzimmer. Ich setzte mich an den Sekretär meines Onkels, starrte erneut etwas ratlos auf die Zahlen und biss nebenher in mein Brot. Frustriert trank ich einen großen Schluck Rotwein und lehnte mich auf dem knarrenden Schreibtischstuhl zurück. Wieder glitt mein Blick hinunter zu dem Schrank, den ich gestern zum ersten Mal geöffnet hatte, und erneut wanderten meine Gedanken in die Vergangenheit.

Ich war sieben gewesen, als mein Vater von heute auf morgen aus unserem Leben verschwand und meine Mutter und ich ebenso überstürzt zu meinem Onkel, dem Bruder meines Vaters gezogen waren. So traurig ich über den Weggang meines Vaters war, ich erinnere mich, wie groß mein Glück war, von nun an mit so vielen Tieren zu leben. William kümmerte sich damals bereits um vernachlässigte und verletzte Wildtiere. Von Anfang an bezog er mich in die Pflege der Tiere ein und übertrug mir kleine Aufgaben, worauf ich mächtig stolz war.

Vorsichtig beugte ich mich hinunter und öffnete erneut

den Schrank unter dem Schreibpult. Diesmal wagte ich mich weiter vor und zog behutsam einen Karton mit Fotos heraus. Ich hob ihn hoch, nahm mein Weinglas in die andere Hand und setzte mich mit beidem aufs Sofa. In dem Karton befand sich ein buntes Sammelsurium an Aufnahmen aus allen möglichen Jahrzehnten. Von meinem Vater und meinem Onkel als Kinder in kurzen Hosen und von meinem Vater, der stolz sein Diplom in die Kamera hielt. Schließlich stieß ich auf Bilder von der Hochzeit meiner Eltern. Eigentlich wusste ich gar nicht, warum sie sich damals überhaupt getrennt hatten und warum mein Vater von heute auf morgen komplett aus meinem Leben verschwunden war. Ich war noch so jung gewesen, und William hatte es mir später nie erklärt. Er war mir ein so liebevoller Ersatzvater gewesen, dass ich meinen richtigen Vater kaum vermisst hatte. Doch wenn ich ihm irgendwelche Fragen nach der Vergangenheit stellte, hatte William immer ausweichend geantwortet.

Ich kramte weiter in den alten Bildern und stieß auf erstaunlich viele Fotografien von meiner Mutter. Meine Mutter auf einem Pferd. Wo war das? Es sah aus, als sei es hier hinter dem Haus entstanden. Meine Mutter auf einer Bank im Garten eines Pubs, wie sie glücklich in die Kamera lächelte. Sie war eine schöne Frau gewesen – dichte braune Locken, zarte Gesichtszüge und ein wunderhübsches Lächeln. Meine Erinnerungen an sie waren größtenteils verschwommen. Wenn ich zurückdachte, kam es mir jedoch so vor, als sei ihr Gesicht oft ernst gewesen. Wenn sie aber lächelte, hatte es sich angefühlt, als ginge die Sonne auf – strahlend und voller Wärme.

Als ich ein weiteres Bild von meiner Mutter aus dem Karton zog, stutzte ich. Es zeigte sie hochschwanger in einem hübschen Umstandskleid … und mit meinem Onkel. Die beiden standen vor Williams altem Range Rover, hielten sich an den Händen und lächelten sich an. Dabei sahen sie sich anscheinend tief in die Augen. Plötzlich schoss mir Margerys Bemerkung von heute Mittag durch den Kopf: *Die zwei hätten sich bestimmt blendend verstanden … Als wären solche Männer Helden.* Solche Männer. Was meinte sie damit? War William in ihren Augen ein Frauenheld gewesen? Solange ich denken konnte, hatte er sich nur um seine Tiere und um mich gekümmert. Außer Margery hatte ich nie eine Frau in seiner Nähe gesehen.

Wieder betrachtete ich das Bild meiner schwangeren Mutter. Sie sah verliebt aus. Und auch William sah sie nicht an, als sei sie für ihn nur seine Schwägerin gewesen, sondern … viel mehr.

4
RICK

Penzance ist ein sympathischer kleiner Ort in der Nähe von Mousehole, und ebenfalls sehr malerisch. Aber deswegen war ich nicht in aller Herrgottsfrühe dorthin gefahren. Ich brauchte nach der letzten Nacht endlich vernünftigen Kaffee – meine wahre Droge. Der Kaffee hier im Ort war bestenfalls britisch, soweit ich bisher gesehen hatte. Und das einzige Café in Mousehole, das meine Bedürfnisse möglicherweise befriedigen konnte, *The Old Pilchard Press,* hatte ausgerechnet heute geschlossen. In Penzance gab es das *Cornish Hen,* ein Delikatessengeschäft am Market Place, in dem man nicht nur frische Croissants und Käse, sondern auch ausgezeichneten italienischen Kaffee bekam. Und genau den wollte ich jetzt.

Zudem hatte ich nach den unerfreulichen Ereignissen der letzten Nacht und meiner derzeitigen miesen Laune gehofft, mich vom Acker machen zu können, bevor Jane oder ihre Gouvernante mir über den Weg liefen. Das war mir glücklicherweise auch gelungen, obwohl der Zoo bereits geöffnet war, den Autos nach zu urteilen, die auf dem kleinen Parkplatz vor dem Eingang standen. Ich hatte hundsmiserabel geschlafen und so übel geträumt wie schon lange nicht mehr. In diesem Zustand war ich überhaupt nicht ansprechbar, und an Arbeit war ebenfalls nicht zu denken, jedenfalls nicht, ohne vorher eine wirkungsvolle Kaffeeinfusion bekommen zu haben.

Außerdem wollte ich, wenn ich Jane heute begegnete, Herr meiner Sinne und meiner Stimmung sein.

Wenigstens hatte ich diesmal zur Abwechslung nicht von Eve, sondern von einer blonden Medusa geträumt, bei deren Anblick ich zwar nicht zu Stein wurde, mich aber plötzlich nicht mehr rühren konnte. Dass das eine Verbesserung zu meinen üblichen selbstquälerischen Träumen war, konnte ich allerdings nicht unbedingt behaupten.

Bedauerlicherweise kam Jane in diesem Traum gar nicht vor, aber vielleicht sollte ich in Anbetracht der Stimmung froh darüber sein.

Jedenfalls hatte ich nach zwei Americanos im *Cornish Hen* einen klaren Kopf und gute Laune, und auf dem Rücksitz lag eine Tasche mit portugiesischen Croissants, Hirschschinken, Ziegengouda, Büffelcamembert sowie mehreren Paketen Kaffeebohnen der speziellen Espressomischung des *Cornish Hen*. Im Cottage gab es eine elektrische Kaffeemühle, die zwar altmodisch, aber besser als nichts war. Und ich freute mich auf mein erstes richtiges Frühstück in meiner Bleibe.

Außerdem hatte ich vor, Jane als Friedensangebot zu einem echten Wiseman'schen Kaffee in mein Cottage einzuladen. Es war zwar nicht gerade *Rick's Café,* aber vielleicht würde der Viertelliter frische, fettarme Vollmilch dieses Manko ausgleichen. Ich hatte ihn erstanden, obwohl ich nie Milch im Kaffee trank. Ein solches Sakrileg lag mir fern. Und auch wenn Jane mir nicht wie eine Café-Latte-Lady vorkam - sicher war sicher. Ich war jedenfalls gespannt, wie sie ihren Kaffee trank, und freute mich bereits darauf. Allerdings wäre es mir in ihrem Fall völlig gleichgültig. Von mir aus könnte sie die Bohnen auch lutschen, wenn sie wollte.

Ich bog gut gelaunt und *Pretty Women* pfeifend in die Zufahrt des Cottages ein. Ich stieg aus, nahm die Tüte von der Rückbank und sah, wie Jane in diesem Moment aus einer Seitentür des Zoogeländes in den Garten trat. Sie hatte mich nicht bemerkt, und ich beschloss, den Stier bei den Hörnern zu packen und sie sofort auf einen Kaffee einzuladen.

Mit wenigen Schritten war ich bei ihr, und sie sah hoch, als sie mich kommen hörte.

„Oh, hallo." *Echt jetzt? Was ist los? Ist dir ein Doppeldeckerbus über die Zunge gefahren? Das kannst du besser!* „Wie geht's?" *Hilfe!*

Zunge an Hirn: Wo steckst du? Bevor ich versuchen konnte, meine belämmerte Begrüßung noch zu verschlimmern, kam mir Jane gnädigerweise zu Hilfe.

„Gut."

Ah. Das war … auch nicht viel besser. Ich schaltete einen Gang hoch.

„Ich komme gerade aus Penzance. Kennen Sie dieses kleine Feinkostgeschäft am Market Place? Die haben den besten Espresso!" *He, Bel Ami, du klingst wie die schlechteren Hälften von Casanova, Don Juan und Henry VIII in einer Person. Reife Leistung!* Ich musterte aufmerksam ihr Gesicht. Sie sah mitgenommen aus. *Versuch's doch mal mit Charme, wie wär das? Sag einfach was Nettes! Unaufgeregt! Bodenständig! Lässig!* „Ehrlich gesagt, sehen Sie aus, als könnten Sie einen Kaffee vertragen. Ich bringe Ihnen einen rüber, wenn Sie …!"

Oh! Ooookayyyy!

Ihr Blick sagte mir bereits, dass Aufrichtigkeit, Wahrheit und Ehrlichkeit überschätzt wurden, wenn es um Aussehen ging. Ich Blödmann! Und ihre nächsten Worte erledigten die spärlichen, zerbrechlichen Reste meines ohnehin in ihrer Gegenwart unerklärlich zaghaften, um nicht zu sagen, tollpatschigen Egos.

„Sehr charmant. Vielen Dank."

Klimaerwärmung? Davon war hier nichts zu spüren. Die Temperaturen fielen um mindestens zwanzig Grad, und das zwischen zwei kurzen Schnappatmungszügen meinerseits.

„Mir wäre allerdings mehr geholfen, wenn mir Ihre Betthäschen künftig nicht mehr den Schlaf raubten", raunzte sie mich gereizt an.

Ich öffnete den Mund, um energisch zu widersprechen – obwohl sie sachlich gesehen voll ins Schwarze getroffen hatte. Aber bevor ich mit irgendeiner lahmen Entschuldigung rüberkommen konnte, hatte sie sich auf ihren weißen Clogs herumgedreht, eine sehr anmutige Bewegung, die aber meine Gedanken und Bemühungen um Versöhnung platzen ließ wie einen Wasserballon – jedenfalls fühlte ich mich wie ein begossener Pudel, vor allem, als M. Cerberus heranmarschiert kam wie Field Marshal Montgomery persönlich und sich mit einem triumphierenden Grinsen in meine Richtung zu Jane beugte und ihr etwas ins Ohr flüsterte. Jane warf mir einen Blick über die Schulter zu. Ich wusste nicht, worum es ging, außer dass es zweifellos irgendetwas Gemeines über mich war. Aber dass Margerys Worte sie zu nerven schienen, jedenfalls danach zu urteilen, wie sie die Augen verdrehte, ließ einen kleinen Hoffnungsschimmer in mir aufleuchten.

Ich blieb noch einen Moment stehen, schüttelte den Kopf, vor allem über mein schlechtes Timing und meine verbale Stupidität, und ging dann in mein Cottage, um zu frühstücken.

Die Croissants waren hervorragend, der Schinken köstlich, der Käse würzig, der Kaffee himmlisch, aber trotzdem war das Ganze weit weniger fantastisch als die Summe seiner Einzelteile. Und ich wusste auch genau, woran das lag. Es fehlte noch etwas. Oder vielmehr, jemand.

Seufzend räumte ich nach dem Frühstück auf, spülte ab und machte mich dann an die Arbeit.

Ich setzte mich an mein Midi-Keyboard, aber es dauerte, bis ich alle Gedanken an Jane abgeschüttelt hatte. Aber Musik zu komponieren und Texte zu schreiben, war mehr als nur ein Job für mich. Ich lebte es, und schon bald war ich vollkommen in meine Ideen für eine Szene des Musicals versunken, und vergaß wie üblich, wenn mich die Kreativität gepackt hatte, Zeit und Raum um mich herum.

***

Am nächsten Morgen wachte ich ausgeruht und munter auf, obwohl ich erst sehr spät eingeschlafen war. Ich war früh aufgestanden und jetzt war es schon fast Mittag, als ich meine erste Pause machte, um etwas zu essen. Ich biss genüsslich in das letzte Croissant, während ich am Fenster stand und versonnen in den Hof zwischen meinem Cottage und dem Herrenhaus blickte. Drüben tat sich nicht viel, aber im Augenblick war mir das auch nur recht. Ich spürte den Kuss der Muse und wollte ihn so lange genießen, wie ich konnte, und sie nicht durch Gedanken an eine andere Frau eifersüchtig machen.

Trotz gelegentlichen Gekläffs, Knurrens und Krächzens war die Ruhe hier himmlisch und perfekt für meine Arbeit – bis sie vom Brummen eines stark motorisierten Fahrzeugs gestört wurde. Das Geräusch kam mir irgendwie bekannt vor.

Absurd! Wer, den ich kannte, sollte hier unangemeldet auftauchen? Steven hatte eine gemütliche Familienkutsche, die wie ein Labrador klang, Shirleys Sportwagen klang eher wie ein Yorkshire – und das hier war mehr ein Mastiff oder so … Assoziierte ich jetzt Motorengeräusche ernsthaft mit Hunden? Ich hätte fast laut gelacht, als der Mastiff – sorry, der Mercedes-SUV-Geländewagen um die Ecke bog, und ich wusste, woher ich das Geräusch kannte.

Ach du Scheiße!

„Ach du Schei…!“ Ich verschluckte mich an dem Croissant und hustete erbärmlich.

Ich kannte nicht nur den Wagen, sondern auch seine Besitzerin. Das allein war noch nicht so schlimm. Aber mir war bei dem Anblick auch siedend heiß eingefallen, warum sie hier auftauchte.

„Du Idiot! Du dämlicher, blöder Idiot! Wie konntest du das vergessen?“, knurrte ich mir zu.

Ja, wie konnte ich? Ganz einfach: Ich hatte andere Dinge im Kopf gehabt. Eine Erklärung, auf die ich besser nicht zurückgreifen sollte, wenn ich jetzt hinausging und mich den Insassen des Wagens stellte.

„Onkel Rick!“

Ein Wirbelwind in löchriger Jeans, weißem T-Shirt mit „Planet Love“-Aufdruck, einer wilden blonden Mähne, strahlend weißen Zähnen hinter dem beglückten Lachen und einer Körpergröße, die ihren erst fast sechzehn Jahren Hohn sprach, sprang aus dem Mercedes, raste auf mich zu und schmiss sich mir an den Hals. Ich taumelte lachend unter dem Aufprall von schlaksigen 45 Kilo Hochenergie-Teenager zurück, umarmte sie ebenso herzlich und schwang sie durch die Luft.

„Wie idyllisch!“

Die Stimme klang weich, und wie immer vibrierte das Timbre eines zurückgehaltenen Lachens darin, jedenfalls tat es das immer dann, wenn sie mit mir sprach.

„Allerdings, Belle.“

Meine Schwester Belle, eigentlich Annabelle, fuhr sich mit der Hand durch ihr kurz geschorenes platinblondes Haar und sah sich um.

„Ein echter Zoo? Wie hältst du das hier nur aus?“

Bevor ich antworten konnte, stieß der Hochenergie-Teenager einen schrillen Schrei aus.

„Riiickiiii!“ Sie war die Einzige, die wirklich Einzige, die mich so nennen durfte! „Wie coool ist das denn? Ein Zoo! Sogar ein Wildtierreservat! Ohhh … Mom, sieh mal, da läuft ein Hängebauchschwein frei rum!” Sie rannte zum Zaun und drückte ihre Nase durch die Eisengitter. „Und da hinten, sind das nicht Lemuren wie King Julien aus …?“

„Ja, Charly, ich seh's.“

Belles Blick glitt von ihrer Tochter zu mir. „Doktor William Tucker hat dich hier also gnädig aufgenommen, trotz deiner Hunde- und Tierphobie?“

„Eigentlich nicht“, erwiderte ich, als ich die Arme ausbreitete, sie einen Schritt auf mich zukam und mich fest drückte. „Du hast es vergessen!“, zischte sie mir ins Ohr.

Was soll ich sagen? Meine ältere Schwester … sie kannte mich nicht nur in- und auswendig, sondern konnte meine Gedanken lesen, bevor ich sie dachte, meine Gefühle wittern, bevor sie mich überfielen, und meine Stimmungen ertragen, bevor sie mich beutelten. Außerdem hatte sie mich verarztet, mich getröstet und mich anschließend zusammengefaltet, wenn ich Mist gebaut hatte. Und das schon, seit wir beide noch Kinder waren. Was vielleicht auch daran lag, dass unsere Eltern beschlossen hatten, getrennte Wege zu gehen, als ich erst zwei Jahre alt war. Genau genommen, beschloss unsere Mutter, ihren eigenen Weg zu gehen, und Belle gab sich alle Mühe, sie bei mir zu vertreten. Wir waren bei meinem Vater aufgewachsen, der nach Mom und bis zu seinem Tod vor zwölf Jahren nur äußerst kurzfristige und beiläufige Affären hatte. Jedenfalls hatte Belle es gut gemacht, und sie konnte nichts dafür, dass mein Verhältnis zu Frauen … na ja, eben Verhältnisse waren. Bis auf Eve. Und außerdem hielt sie selbst auch nicht viel vom Heiraten. Aber eine ganze Menge von Verbindlichkeit.

„Das habe ich, Belle, aber ich freue mich trotzdem sehr und mache es wieder gut“, flüsterte ich zurück und unterdrückte ein Stöhnen, als mich Belle in die weiche Stelle zwischen Hals und Schulter kniff.

„Wehe, wenn nicht! Charly hat sich so sehr auf die Zeit mit dir gefreut!”

Ich würde Wort halten. Da Belle mich kannte, hatte sie mich in den letzten zwei Monaten einmal in der Woche angerufen. Sie wollte mich daran erinnern, dass ich Charly versprochen hatte, sie zwei Wochen zu mir zu nehmen. In dieser Zeit wollte Belle in einem lange überfälligen Urlaub versuchen, ihre meiner Meinung nach vollkommen zerrüttete On-off-Beziehung zu Charlys Vater Ross noch einmal - wieder einmal - zu kitten. Ich hatte vergessen, wo sie hinfahren wollten, aber sicher gab es da Internet und einen Flughafen. Denn Ross war ein hohes Tier in Whitehall und versuchte derzeit zumeist in Brüssel, die Schäden, die Boris Johnson und seine Brexiteer in England angerichtet hatten, so gering wie möglich zu halten. Falls er nicht damit beschäftigt war, irgendwelche gerade volljährigen belgischen Praktikantinnen zu vernaschen. Belle würde ihn am Flughafen treffen und sie würden von dort sofort weiterfliegen. Deshalb war Ross nicht hier, um mir seine Verachtung persönlich zu zeigen. Was ich nicht wirklich bedauerte. Obwohl ich seine Arbeit schätzte. Ich hatte nur Einwände gegen seinen Charakter. Andererseits - wer war ich, um darüber zu urteilen? Das hatte Belle mir deutlich zu verstehen gegeben. Und da hatte sie nun auch wieder recht. Trotzdem, meiner Meinung nach hatte sie etwas Besseres verdient, jemand weit Besseren. Jemanden wie mich, nur eben nicht blutsverwandt.

Sie drückte mich noch einmal fest und trat dann zurück. „Lass dich ansehen." Ihr Blick glitt über mein Gesicht. „Du siehst … konzentriert aus." Sie lächelte, und ich hatte wie immer das Gefühl, als ginge eine zusätzliche Sonne auf. „Die Arbeit, von der du geschrieben hast …"

„Läuft gut." Ich lächelte sie an. „Sehr gut sogar." Ich deutete mit einer schwungvollen Handbewegung auf das Cottage, das Herrenhaus, den Zoo, das sich an einem Stein schubbernde Hängebauchschwein, die neugierig herüberschielende Rentnerin hinter der großen Scheibe an der Zookasse und die Landschaft. Zum Glück war Joey nirgendwo zu sehen. „Und es gibt hier auch nichts, was mich davon ablenken könnte."

Belle sah mich aus halb zusammengekniffenen Augen an und hob dann eine Braue. „Hat Dr. William Tucker keine Assistentin?", fragte sie leise, obwohl das gar nicht nötig war, denn Charly war bereits in Richtung Eingang weitergegangen. „Oder eine Tochter vielleicht?"

Ich lächelte. Diese Frage konnte ich aufrichtig beantworten, ohne den Lügendetektor in Belles wunderschönen, tiefblauen Augen fürchten zu müssen.

„Nein, hat s… nicht."

Die elegante Braue hob sich mit perfekt getimter Bedächtigkeit.

Mist! „Es gibt hier wirklich keine Tochter und die Assistentin …", wieder war ich die Aufrichtigkeit in Person, „ … ist Chef-Tierpflegerin und ein Kerle hassender Drache von Frau. Wenn es nach ihr gegangen wäre …"

Belle summte leise. Das hieß, sie glaubte mir zwar, aber sie traute mir nicht. Ich weiß bis heute nicht, wie sie es machte, aber sie spürte immer, wenn ich ihr nicht die ganze Wahrheit sagte oder etwas von der ganzen Wahrheit verschwieg.

„Ernsthaft. Sie heißt Margery und war seit Bestehen des Zoos die Assistentin von Dr. Tucker."

Was? Das stimmt! Wieso guckst du mich so scharf an?

„War?" Belles Lippen kräuselten sich verdächtig. Sie hatte mich im mentalen Schwitzkasten und genoss jede Sekunde davon. „Ist sie … verschieden?"

Ich seufzte, bereit, aufzugeben, aber nicht einmal die Genugtuung, die Zensur meiner Mitteilungen selbst ausbügeln zu können, war mir vergönnt.

„Hi, ich bin Charly, Ricks Nichte. Ich darf hier Ferien machen, aber mein Onkel hat sicher vergessen, das zu erwähnen. Und ich liiiebe Tiere."

Ich stand mit dem Rücken zum Herrenhaus, aber Belle hatte einen ungehinderten Blick auf das Gebäude. Ich musste mich nicht umdrehen, um zu wissen, was sie sah. Und seufzte. „Belle, ich …"

„Dr. William Tucker, hm? Bist du sicher, dass es nicht Wilma heißen muss?"

Okay. *Was soll's?* Ich drehte mich um.

Das Bild war entzückend. Charly kniete vor einer - wie nannte man diese Monster gleich, einer Bulldogge? – und hatte den sabbernden, hechelnden Hund umarmt, der ihr mit einem einzigen Ruck den Kopf hätte abreißen können. Doch es war nicht die Lebensgefahr, in der sich Charly zweifellos befand, die mir den Atem raubte.

In der Sonne leuchtete Janes Haar kupferrot und ihre Haut schimmerte warm in einem weichen Honigton. Der Anblick traf mich wie eine Faust in den Magen und verschlug mir die Sprache. Ich hätte schwören können, dass sie meine Reaktion nicht nur wahrnahm, sondern auch genoss, denn obwohl sie die Hand auf den Kopf der Bulldogge gelegt hatte, sah sie weder den Hund noch Charly an.

Der Blick ihrer braunen Augen war geradewegs auf Belle und mich gerichtet, und die schmale Linie ihrer prachtvollen Lippen begann erst unter meinem eindeutig völlig belämmerten Blick wieder weicher zu werden.

Wieso … was habe ich? Dann dämmerte es mir. Hatte sie vermutet, dass Charly meine Tochter und Belle die Mutter sein könnte? Wenn ja, bedeutete das …

Ha! Erwischt, Ms Zoodirektorin! Sämtliche Angespanntheit fiel von mir ab, und ein breites Grinsen machte sich auf meinem Gesicht breit.

„Komm mit, Belle, ich möchte dich gern meiner Vermieterin vorstellen. Miss Jane Fields."

„Vermieterin?" Belle konnte sogar schreien, ohne die Stimme zu erheben. „Vermieterin am Arsch, Wiseman! Ich hätte es mir denken können. Wenn ich glauben würde, dass du zwischen deinen Ohren keine Eier hättest, sondern Hirn, würde ich dich fragen, ob du eigentlich gar nichts …"

Das hatte sie ohne Satzzeichen, Pause oder Atemholen gezischelt, während wir auf Jane zugingen.

„… guten Tag, Miss Fields", sagte sie übergangslos und

reichte Jane strahlend die Hand. „Ich bin die Schwester."

Jane nahm nur langsam ihren Blick von meinem Gesicht und sah Belle an. Die Veränderung, die über ihre Miene flog, war verblüffend.

„Sehr erfreut, Mrs …"

„Ms Wiseman. Und nennen Sie mich Belle."

Okay. So weit so gut. Das läuft ja …

„Ich nehme an, dass mein Bruder versäumt hat, die Ankunft seiner Nichte anzukündigen, mit der er unbedingt die nächsten vierzehn Tage verbringen möchte." Sie wartete nur aus Höflichkeit, bis Jane kurz genickt hatte.

… alles andere als rund.

„Ich hoffe, das macht keine Umstände?"

Jane räusperte sich. „Aber ganz und gar nicht, Ms Wise… Belle." Sie sah von Belle zu Charly, nicht ohne mich mit einem kurzen Flash aus ihren braunen Augen an die nächste Pappel zu nageln. „Vor allem, da Charly ja offensichtlich die Abneigung ihres Onkels gegen unsere entzückenden Schutzbefohlenen nicht zu teilen scheint."

„Abneigung." Belles Lachen war das i-Tüpfelchen, das Janes Reserviertheit schmelzen ließ. Es war voll, weich, kehlig und absolut echt. „Eine Abneigung hat er nur gegen zu genaue Fragen nach seiner Befindlichkeit, Jane … Ich darf Sie Jane nennen, ja?"

„Sicher."

Sicher! Und ich war immer noch Mr. Wiseman …

„Und er hasst Tiere, die er nicht essen kann. Hunde vor allem lösen bei ihm für gewöhnlich Zustände aus, die an Panikattacken grenzen. Das Abneigung zu nennen, wäre die Untertreibung der Epoche."

„Verstehe."

„Darf ich Ihnen vielleicht beim Füttern oder so helfen, Ms Fields?"

„Jane“, korrigierte Jane und warf mir einen süffisanten Blick zu. „Nenn mich gern Jane, Charly.“ Der süffisante Blick wurde von einem noch süffisanteren Zug um ihre Lippen begleitet, der allerdings keineswegs die Wirkung bei mir hatte, die sie beabsichtigt haben dürfte. Im Gegenteil. „Aber gern, falls dein Onkel dir Zeit genug lässt. Er hat sicher einiges an Unternehmungen mit dir geplant.“

Ich räusperte mich und öffnete den Mund.

„Och, das wird er sicher verschmerzen, Ms … Jane.“ Charly sah mich strahlend an. „Er muss ja ohnehin viel arbeiten.“ Dann zog sie einen Flunsch. „Und wir sind durch Mousehole gefahren, bevor wir hierher gekommen sind.“ Sie seufzte. „Es sieht nicht aus, als gäbe es dort viel Nachtleben.“

„Du bist auch nicht alt genug, um …“, versuchte ich, verlorenes Terrain wieder gut zu machen.

„Oh, das kann ich gar nicht beurteilen, Charly“, fiel mir Jane ins Wort, als hätte sie mich nicht gehört. „Ich bin auch erst vor Kurzem hierher gezogen.“

„Von wo, wenn ich das fragen darf?“, mischte sich Belle ein, zweifellos um das Gespräch von Themen wie Nachtleben, Jungs, Discos, Bars und ähnlichen Dingen fernzuhalten. Ich klappte den Mund zu.

„Aus Namibia.“ Sie zuckte mit den Schultern, als Charly staunend „Wow, wie cool” hauchte und Belle anerkennend eine perfekt gezupfte Braue hob. Dass ich auch beeindruckt war, spielte offenbar keine Rolle. „Ich habe dort in einem Wildtierreservat als Projektleiterin gearbeitet. Einem etwas größeren als diesem Zoo hier“, setzte sie lächelnd hinzu und deutete auf das Herrenhaus. „Dann ist mein Onkel gestorben …“

„Dr. William Tucker?“, fragte Belle.

Jane nickte. „Ja. Und er hat mir das hier hinterlassen.“ Sie sah mich an. „Das Cottage stand leer und ich brauchte das Geld, wie man so sagt.“ Sie lachte. „Da kam mir Ihr Bruder gerade recht.“ Sie räusperte sich. „Sozusagen.”

Charly war wieder aufgestanden, und dieser Bullterrier, der bis dahin gesessen hatte, erhob sich ebenfalls.

„Darf ich mit ihm ein bisschen herumlaufen?“, fragte sie Jane.

„Du …“, begann ich.

„… wirst erst mal deine Sachen auspacken und in das Cottage schaffen“, lehnte Belle ihren Wunsch zu meiner Erleichterung ab. Ihr Ton klang freundlich, aber bestimmt. „Morgen ist auch noch ein Tag.“ Sie hielt Jane lächelnd die Hand hin. „Es hat mich gefreut, Sie kennenzulernen, Jane. Rick hätte es hier nicht besser treffen können.“

Dem hatte ich nichts hinzuzufügen.

Charly verabschiedete sich von dem begeistert hechelnden Bullterrier, den Jane als Joey vorstellte, und ging mit Belle zum Wagen, um ihre Reisetaschen auszuladen. Joey folgte ihnen nach einem kurzen Blick auf Jane.

Jane und ich standen plötzlich allein da. Ich zögerte einen Moment, dann streckte ich meine Hand aus.

„Ich bin Rick.“

Jane sah mir unverwandt in die Augen und machte keine Anstalten, meine Hand zu ergreifen. Es hätte peinlich sein müssen, war es aber nicht. Ich wäre bis zum Jüngsten Tag hier stehengeblieben, solange ich in ihre dunkelbraunen, warmen Augen sehen konnte.

Plötzlich veränderte sich etwas darin und obwohl ich mir nicht gänzlich sicher war, schien so etwas wie Schalk darin zu funkeln.

„Ich weiß“, sagte sie.

Klang ihre Stimme eine Nuance tiefer, oder bildete ich mir das nur ein?

Ich holte Luft, um irgendetwas zweifellos Dummes zu

sagen, als sie weitersprach.

„Ich habe Ihren Namen in den Mietvertrag eingetragen, schon vergessen?“

Ich schüttelte den Kopf. „Ja.“

Ihre Braue schoss hoch.

„Ich meine, nein, ich habe das natürlich …“ *Der Mietvertrag!* Glücklicherweise hatte ich ihn gleich nach Erhalt unterzeichnet und nur vergessen, ihn ihr zu geben.

„Ich hole ihn sofort, wenn Sie das wollen, Miss …“

„Fields, Rick. Jane.“

Ich spürte plötzlich warme, weiche Finger, die meine Hand packten und überraschend fest drückten. Ihr Händedruck fühlte sich … wunderbar an.

„Ich …“

„Ich hätte gern meine Hand zurück.“ Diesmal klang ihre Stimme eindeutig tiefer und dazu belegt. Und wieder veränderte sich etwas in Janes Augen, und diesmal war es kein Schalk, was ich darin sah. Es war etwas Dunkleres, Heißeres, etwas, was ich kannte. Und was ich gern häufiger in ihren Augen sehen wollte.

Sie machte keine Anstalten, ihre Hand zurückzuziehen und ich dachte gar nicht daran, sie loszulassen.

Aber natürlich gab es noch Charly.

„Onkel Rick?“ Ihre Stimme kam von meinem Cottage.

„Ja?“ Ich antwortete, ohne mich umzudrehen, weil ich den Anblick der Röte auf Janes Wangen genießen wollte.

„Und wo bitte ist mein Zimmer?“

5
JANE

Vorsichtig löste ich meine Hand aus Rick Wisemans. Meine Wangen glühten, meine Haut kribbelte, es war, als würde Strom durch meinen gesamten Körper fließen. Äußerst angenehm, ich fühlte mich sexy, was mir allerdings gar nicht in den Kram passte. Nicht nur war dieser Mann mein Untermieter und ein unzuverlässiger, oder viel mehr zuverlässiger, Draufgänger – er verunsicherte mich auch, und das mochte ich nicht. Aus diesem Grund ließ ich mich nur auf lockere Affären ein. Keine tiefen Gefühle, keine tiefen Verletzungen. Wenn es mir zu heiß wurde, machte ich Schluss, und mit Wiseman wurde es mir jetzt schon zu heiß.

Ich räusperte mich, hob herausfordernd eine Augenbraue und rettete mich in Ironie. „Ja, Onkel Rick, wo ist ihr Zimmer?"

Wiseman schien nun seinerseits kurz verunsichert, wich meinem Blick aus und rieb sich mit der Hand über den Nacken. Dann fasste er sich und drehte sich zu Charly um. „Also, eigentlich dachte ich, du schläfst auf dem Sofa. Ein kleiner Abenteuerurlaub", witzelte er etwas bemüht. „Wozu brauchst du ein eigenes Zimmer?" Er zwinkerte seiner Nichte zu, die sich schon wieder auf den Boden neben Joey kniete. Der rollte sich genüsslich auf den Rücken und streckte dem Mädchen seinen Bauch entgegen.

„Oookaaay, aber darf Joey dann auch bei uns schlafen?", fragte sie und sah mit großen Augen von Rick zu mir und wieder zu Rick zurück, der den Mund öffnete, um ganz offensichtlich zu protestieren.

Doch bevor er dazu kam, lachte seine Schwester laut auf. „Na, ihr macht das schon. Ich muss jetzt zum Flughafen. Also, Bruderherz, pass mir gut auf meine Prinzessin auf." Sie umarmte ihn zum Abschied, dann ging sie neben Charly und

Joey in die Hocke. „Wobei sie vermutlich mehr auf dich aufpassen muss.“ Sie strich ihrer Tochter liebevoll über die Wange, gab ihr einen Kuss und richtete sich wieder auf. Charly grinste ihren Onkel schief an.

„Viel Spaß, ihr zwei … oder drei“, fügte Belle mit einem Seitenblick auf mich hinzu.

Ich tat, als hätte ich ihre Bemerkung nicht gehört und hob zum Abschied die Hand, dann beobachtete ich, wie sich ihre hochgewachsene Gestalt Richtung Wagen entfernte und sich elegant hinter das Lenkrad schwang. Diese Frau hatte wirklich Klasse.

„Also, darf Joey nun mit?“, nörgelte Charly.

„Nein“, erwiderte Rick entschieden und konnte kaum verhehlen, dass dieser Gedanke für ihn das pure Grauen bedeutete. „Auf gar keinen Fall!“

Charly schmollte. „Aber warum denn nicht?“

Rick überlegte einen Moment. „Das wäre Tierquälerei.“ *Ach, ja?* „Weißt du, der Hund braucht viel Platz, und sein Zuhause ist bei Miss … bei Jane, und es wäre sicher gar nicht gut, wenn wir ihn aus seiner gewohnten Umgebung reißen und …“ Er warf mir einen Hilfe suchenden Blick zu.

Es bereitete mir zwar großes Vergnügen, wie er sich vor seiner Nichte um Kopf und Kragen redete, doch mir kam ein nicht ganz uneigennütziger Gedanke: Wir mussten Frank dringend zurück ins Gehege zu den anderen Lemuren bringen, und Joey würde sicher nicht so sehr unter dem Abschied von seinem Freund leiden, wenn er dafür Charly als Spielgefährtin bekam. Daher beschloss ich, Rick aus der Patsche zu helfen. Aber ganz so leicht würde ich es ihm nicht machen.

„Nun, vielleicht ist es tatsächlich besser, wenn Joey nicht zu euch ins Cottage zieht.“ Charlys Schmollen verstärkte sich. Ich tippte mir ans Kinn und tat, als würde ich nachdenken. „Aber vielleicht hätte ich da eine Idee. Im Haupthaus wäre noch ein Zimmer frei und wenn dein Onkel …" Ich sah zu Rick, dessen Augen heute in einem dunkleren Blau leuchteten, und mir lief ein Prickeln über die Haut. Sein Blick drückte Erleichterung aus, aber da war noch etwas anderes. War das Verlangen? *Schluss damit!* „Und das könnte ich deinem Onkel ja vermieten", endete ich.

Ein Schatten legte sich auf Ricks Gesicht, war jedoch im nächsten Moment verflogen. „Ich schlage Ihnen einen Deal vor, Jane. Sie bekommen meine Nichte als kostenlose Arbeitskraft, und dafür darf sie umsonst bei Ihnen wohnen."

Bei dieser Vorlage rechnete ich eigentlich mit einer Bemerkung über Kinderarbeit von Charly, doch das Mädchen schien wirklich verrückt nach Tieren zu sein. Sie grinste von einem Ohr zum anderen und hatte offenbar nichts dagegen, dass ihr Onkel sich ihrer gerade elegant zu entledigen versuchte und sie noch dazu als kostenlose Arbeitskraft verschacherte. „Au ja, Miss Fields!"

„Jane."

„Jane, oh ja, bitte. Bitte! Ich mache alles, und ich könnte auch kochen, und ich räume ganz sicher immer das Zimmer auf."

Ich musste unwillkürlich lachen. „Also, gut." Ich warf Wiseman einen Blick zu, der besagte: *Denk ja nicht, dass du immer so leicht davonkommst,* dann hob ich eine von Charlys Taschen auf, die sie vor dem Cottage abgestellt hatte. „Na, los, ich zeig dir dein Zimmer."

Ich quartierte Charly in meinem alten Kinderzimmer ein, das William so gelassen hatte, wie es war, als ich mit sechzehn vom Herrenhaus ins Cottage umgezogen war. Ein Luxus, den er sich aufgrund der Größe des Hauses leisten konnte. Obwohl ich hier die unterschiedlichsten Tiere kennengelernt hatte, war auch ich ein typisches Pferdemädchen gewesen. So hingen über dem weiß lackierten Holzbett ein

Hufeisen und daneben die Zeichnung eines Pferdekopfes, die ich von meinem damaligen Lieblingspferd angefertigt hatte. Auf dem Bett lagen jede Menge Stofftiere, unter denen fast alle Bewohner des Zoos vertreten waren, und an den Wänden klebten Postkarten mit kämpferischen Sprüchen, die mir damals gefallen hatten, wie „I can and I will“, „Ich kann (auch) böse sein“, „Fuck Sex“. Herrje, die hatte ich ja ganz vergessen. Mir stieg die Röte ins Gesicht, und ich hob an, mich zu rechtfertigen … Kinderzimmer, schon lange her, andere Zeit … , doch Charly nickte ernst und verständnisvoll.

„Ich kann das gut nachvollziehen“, erklärte sie mir ein bisschen naseweis. „Kein Problem, Jane. Mir ist auch peinlich, dass ich mal mit Barbie gespielt habe. Voll Plastik und voll sexistisch.“ Dass ich auch mit Barbie gespielt und nie so kritisch darüber nachgedacht hatte, verschwieg ich ihr lieber.

Wir räumten ein Bügelbrett und diverse ausrangierte Haushaltsgeräte aus dem Zimmer, die William dort gelagert hatte. Er hatte eine Schwäche für skurrile Haushaltsgeräte wie beispielsweise ein selbsterwärmendes Buttermesser, einen Sandwichtoaster, in dem in einer mittleren Etage ein Spiegelei gebacken werden konnte, und Ähnliches. „Sieh mal, ist das nicht wahnsinnig praktisch? Eine tolle Erfindung!“, hörte ich ihn noch begeistert rufen. Allerdings hatte er die meisten Geräte dann nie benutzt, sondern sie eben im Kinderzimmer gelagert oder sie anderen Leuten angepriesen und verschenkt.

Nachdem wir die Stofftiere in die Waschmaschine geworfen, das Bett frisch bezogen und eine Lampe aus einem anderen Zimmer für den Nachttisch besorgt hatten, wirkte das Zimmer ganz gemütlich. Für Charly war das Wichtigste ohnehin, dass Joey bei ihr schlafen durfte. Ich bestand darauf, dass wir sein Körbchen ins Zimmer stellten und er die Nacht dort verbrachte, doch natürlich lag er am nächsten Morgen am Fußende von Charlys Bett. Das Mädchen sah so glücklich aus, ganz zu schweigen von dem kleinen Bullterrier, dass ich mir einen strengen Vortrag über Hygiene und Haustiere im Bett verkniff.

***

Drei Tage danach, es war später Nachmittag, hatte ich mich mit einem guten Tee in die gemütliche Wohnküche des Herrenhauses zurückgezogen und auf dem Küchentisch erneut die Zahlen von Mrs Hughes ausgebreitet. Auf einem Zettel notierte ich mir gerade Fragen, die ich mit der Steuerberaterin erörtern wollte, als Charly hereinkam, die mit Joey vor dem Haus trainiert hatte. Mit viel Ehrgeiz versuchte sie, dem kleinen Rüden beizubringen, Pfötchen zu geben, sich auf Kommando hinzuwerfen oder durch ihre Beine zu springen. Joey war begeistert von so viel Aufmerksamkeit und gab sich alle Mühe, es seiner neuen Freundin recht zu machen, nachdem Frank ja jetzt ins Lemurengehege zurückgekehrt war.

„Pass mal auf, Jane!“, rief Charly, dann wandte sie sich Joey zu. „Sitz, Joey.“ Der Bullterrier richtete die Ohren auf, sah sie aufmerksam an und gehorchte. „Pfötchen“, sagte Charly und hielt Joey eine Hand hin, woraufhin der Hund artig eine Pfote hineinlegte. „Gut“, lobte Charly und ließ die Pfote los. „Anderes Pfötchen“, forderte sie, und wieder legte der Hund brav seine Pfote in ihre Hand. Dasselbe Spiel wiederholte sich, dann hob Charly die Hand: „Give me five!“ und Joey legte seine Pfote dagegen, als wollte er sich mit ihr abklatschen.

Ich lachte und applaudierte. „Bravo!“

Charly grinste stolz unter ihren blonden Ponyfransen zu mir hoch. Als sie aufstand, fiel ihr Blick auf die Zahlenkolonnen vor mir. „Was machst du da? Sieht ziemlich kompliziert aus.“

„Ist es auch. Ich versuche zu verstehen, wie es finanziell um die *Animal Farm* bestellt ist.“

Charly ließ sich auf einem alten Bugholzstuhl mir gegenüber nieder und Joey streckte, erschöpft von der

Trainingsstunde, alle viere von sich. „Gibt es da Probleme?“, fragte das Mädchen ernst.

„Nun ja, das kann ich noch nicht so genau sagen, weißt du? Ich bin zwar hier bei meinem Onkel aufgewachsen und habe ihm früher geholfen, so wie du uns jetzt hilfst, aber mit dem Papierkram hatte ich nie etwas zu tun.“

Ich trank einen Schluck von meinem Tee. „Möchtest du auch einen?“ Ich deutete auf die Kanne. Charly nickte, und ich holte ihr einen Becher aus dem Schrank und schenkte ihr ein. „Ich weiß aber, dass das Geld immer knapp war. Mein Onkel hat öfter Andeutungen in der Richtung gemacht. Es war der Grund, weshalb er aus der Auffangstation irgendwann auch einen Zoo gemacht hat. Das war nicht von Anfang an so.“ Ich ließ den Blick aus dem Fenster in Richtung Tierpark gleiten. „Die Eintrittsgelder sollten zum Unterhalt der Tiere beitragen, aber wenn ich die Zahlen hier richtig deute, bringen die Besucher gar nicht so viel ein.“

„Mhm.“ Charly sah mich nachdenklich an. „Ich stelle es mir toll vor, hier aufzuwachsen.“ Sie drehte eine Haarsträhne um ihren Finger. „Wie war dein Onkel denn so?“

„William?“ Ich überlegte. „Hast du *Das Dschungelbuch* gesehen? Den Film?“ Charly nickte. „William hat mich immer ein bisschen an Balu den Bären erinnert. Er war ziemlich groß und kräftig. Er besaß unendlich viel Geduld und war fast immer zu allen freundlich. Ich vermisse ihn. Es ist seltsam, ohne ihn hier zu sein. Er war einfach immer da, weißt du? Er ist nie weggefahren, weil er die Tiere nicht allein lassen wollte. Manchmal bilde ich mir ein, ich höre ihn die Treppe herunterkommen.“

Charly sah mich aufmerksam an, hob an, etwas zu sagen, zögerte und gab sich dann einen Ruck. „Wo sind eigentlich deine Eltern?“

„Mein Vater hat uns verlassen, als ich noch ganz klein war.

Er ist nach Australien ausgewandert, ich habe nie mehr etwas von ihm gehört." Ich atmete tief durch. „Kurz danach ist meine Mutter bei einem Autounfall ums Leben gekommen."

„Wie schrecklich! Das tut mir leid, Jane."

„Das ist lieb von dir, Charly. Nun, darum bin ich bei meinem Onkel aufgewachsen. Er war wie ein Vater für mich."

Charly nickte und kraulte gedankenverloren Joeys Fell. „Mein Vater ist zwar nicht tot, aber ich sehe ihn nur selten. Er arbeitet ziemlich viel. Und … na ja, wenn er da ist, streiten Mum und er sich andauernd. Wahrscheinlich ist es gut, dass sie nie geheiratet haben." Sie sah hinüber zum Cottage. „Ich hätte gern einen Vater wie Onkel Rick. Früher, als er noch mit Eve in London gewohnt hat, war ich oft bei ihm." *Interessant, wer ist Eve?* „Das war cool", fuhr sie fort. „Wir haben immer was Besonderes unternommen. Einmal, als es im Sommer sehr heiß war, hat er mit mir nachts im Park übernachtet. Ohne Zelt. Nur so mit Isomatte und Schlafsack. Wir haben uns auf eine Wiese gelegt, in den Sternenhimmel geguckt und Sternschnuppen gezählt, bis wir eingeschlafen sind."

„Klingt romantisch."

„Oh ja, Onkel Rick steht auf Romantik."

Ach ja? Das hätte ich bei Mr Cottage-Casanova nicht vermutet.

Sie überlegte. „Zumindest früher. Seitdem mit Eve Schluss ist, ist er irgendwie anders. Mum sagt immer, er hat ein Herz wie eine Marshmallow-Riesenerdbeere." Sie grinste. „Man muss die Schale knacken, aber innen ist es ganz fluffig und wei…"

„Charly? Jane?", ertönte in dem Moment Ricks Stimme aus dem Flur.

„Hier. In der Küche", rief Charly.

Kurz darauf erschien Rick mit einem Skateboard unter dem Arm in der Tür. Anders als sonst trug er Jeans und T-Shirt, dazu Sneakers. Ich musste gestehen, dass die sportliche Version von Rick Wiseman nicht weniger attraktiv war als die elegantere. Charlys Wangen waren leicht gerötet. Sie sah aus, als habe sie ein schlechtes Gewissen, dass sie so freimütig über das fluffige Erdbeerherz ihres Onkels geplaudert hatte. Ricks Blick glitt forschend zwischen seiner Nichte und mir hin und her, als spürte er, dass wir über ihn geredet hätten. Hatte er vielleicht sogar gehört, was Charly gesagt hatte? Schließlich sah er mir in die Augen.

„Tut mir leid, Jane, dass ich hier schon wieder so reinplatze, aber irgendwie funktioniert die Klingel immer noch nicht, und mein Klopfen haben Sie nicht gehört. Ich wollte Charly abholen."

Ich hob an, etwas zu sagen, doch Charly kam mir zuvor. „Oh, Mist. Wir wollten Skateboard fahren." Sie biss sich auf die Lippe und machte ein schuldbewusstes Gesicht.

„Ganz genau. Hast du etwa keine Lust?", fragte er offensichtlich enttäuscht.

„Das hab ich total vergessen. Ich kann nicht."

„Wieso nicht?"

„Ich muss mich um Angelina kümmern."

„Angelina ...? Angelina Jolie ist hier?", witzelte Rick. „Setzt sie sich jetzt auch noch für Tiere ein?"

Charly richtete genervt den Blick zur Decke. „Ich hab dir doch von dem Nasenbärbaby erzählt. Das ich mit der Flasche aufziehe", erklärte sie mit gewichtiger Miene. In diesem Moment piepte die Apple Watch, die an ihrem schmalen Handgelenk etwas überdimensioniert wirkte. Routiniert drückte sie einen Knopf, und der Alarm verstummte. „Ich hab mir extra den Wecker gestellt, damit ich es nicht vergesse. Alle zwei Stunden. Ich muss los!"

„Äh." Ich räusperte mich, woraufhin Charly abrupt stehen blieb und sich eine Hand an die Stirn schlug.

„Ach, verdammt, ich wollte ja heute für dich kochen." Das

arme Mädchen hatte aber auch echt viel um die Ohren.

„Ist nicht so schlimm", beeilte ich mich zu sagen.

„Nein, Jane. Das tut mir leid. Kannst du das nicht übernehmen, Onkel Rick? Du könntest wenigstens schon mal anfangen."

„Also …", hob er an.

„Das ist wirklich nicht …" Weiter kam ich nicht.

„Bitte, Ricki …"

Rick war ganz offensichtlich genauso überfordert von der Situation wie ich. „Was soll es denn geben?", fragte er.

„Sushi." Charly strahlte über das ganze Gesicht.

„Sushi?" Er sah sie ungläubig an. „Aber du isst doch gar keinen Fisch."

„Doch nicht mit Fisch." Sie verdrehte die Augen. „Vegetarisches Sushi. Den Reis hab ich schon heute Morgen fertiggemacht. Der steht da drüben, die Algenblätter und die Matte zum Rollen auch. Das Gemüse ist im Kühlschrank. Du bist soooo lieb, Ricki. Vielen Dank!", jubelte sie und sauste an ihm vorbei aus der Tür. Joey hob schläfrig den Kopf, als seine Freundin ging, und rollte sich dann wieder zusammen.

Und so fanden sich Wiseman und ich unversehens allein in der Küche wieder. Unsere Blicke trafen sich, und wir lächelten uns etwas verlegen an. Rick strich sich mit der freien Hand durchs Haar, unter dem anderen Arm hielt er noch immer das Skateboard. „Also … haben Sie schon mal Sushi gemacht?"

„Nein." Ich zuckte mit den Schultern. „Ich esse es nur gern."

„Ich auch. Allerdings nicht vegetarisch." Er grinste. „Am liebsten ist mir eigentlich der rohe Fisch pur. Sashimi. Aber Charly isst keine Tiere." Sein Tonfall ließ keinen Zweifel daran, was er von den Überzeugungen seiner Nichte hielt. „Vegetarisches Sushi", wiederholte er kopfschüttelnd, dann schien ihm ein Gedanke zu kommen. „Würden Sie mir helfen?"

Ein von der Mutter verstoßenes Nasenbärenbaby hätte nicht hilfesuchender aussehen können als Rick Wiseman in diesem Moment. Zugleich leuchteten seine Augen derart intensiv, dass es mir die Sprache verschlug.

Ich verdrängte die warnende Stimme in meinem Hinterkopf, die mahnte, dass mir dieser Mann ernsthaft gefährlich werden konnte, und schob die Papiere auf dem Küchentisch vor mir zusammen. „Also, gut. Warum nicht? Ich habe einen Bärenhunger."

„Das ist ja großartig. Vielen Dank!" Seine Freude wirkte aufrichtig, und das berührte mich. *Gefährlich? Sehr gefährlich!* Endlich zog er das Skateboard unter seinem Arm hervor und stellte es im Flur ab, dann sah er sich suchend in der Küche um. „Wie gehen wir vor?"

Ich stand auf. „Keine Ahnung. Es gibt doch zu allem Tutorials." Ich nahm mein Smartphone vom Tisch und gab „Sushi vegetarisch selber machen" bei YouTube ein. Sofort erschienen eine Reihe Videos, davon eins, das einen freundlichen Japaner zeigte. Er schien mir authentisch, also klickte ich das Video an. Rick trat neben mich, und ich hielt das Smartphone hoch, damit er ebenfalls zusehen konnte, wie der freundliche Japaner die Herstellung von Sushi-Rollen mit Gemüse erklärte.

Rick streckte die Hand aus. „Ich halte das", sagte er und nahm mir gentlemanlike das Handy ab. Dabei streifte er flüchtig mit seinen Fingern meine Hand. Absicht oder Zufall? Wie auch immer, es fühlte sich irgendwie … zärtlich an.

„So, nun schneiden wir das Gemüse", sagte der Japaner mit dem runden Gesicht im Video, und wir verfolgten, wie er mit flinker Hand Möhren, Rotkohl und Gurke in feine Streifen teilte. „So, und jetzt schneiden wir noch den Räuchertofu in dünne Scheiben", erklärte er.

Rick sah mich von der Seite an. „Räuchertofu? Im Ernst?"

Seine Stimme klang leicht heiser, und er stand so dicht neben mir, dass ich seinen Atem auf meiner Wange spürte.

Mir war heiß. Entschieden trat ich einen Schritt zur Seite und zog meine Strickjacke aus. „Den muss man bestimmt nicht nehmen“, sagte ich, denn ich teilte Ricks offensichtliche Abneigung gegen Räuchertofu. „Vielleicht halten wir hier mal an und schneiden zuerst das Gemüse“, schlug ich vor und ging zum Kühlschrank.

Rick nickte, legte das Handy auf die Arbeitsplatte und tippte auf Pause.

Während ich Möhren, Gurken, Kohl und noch eine Avocado aus dem Gemüsefach holte und Messer und Schneidebrettchen auf dem Küchentresen bereitlegte, fiel Ricks Blick auf einen X-Men-Comic auf dem Tisch. Er nahm ihn und blätterte ihn auf. „Oha, wenn das ihre Vorbilder sind, bekomme ich allmählich Angst vor meiner Nichte.”

„Der ist nicht von Charly.” Ich grinste, und er sah mich kurz irritiert an. Dann verstand er.

„Nein. Im Ernst?” Er sah mich immer noch ungläubig an. „Sie stehen auf Superhelden?”

„Auf Superheld*innen*”, korrigierte ich. „Auf die Geschichten von Claire Clermont aus den 1980er-Jahren.” Ich deutete auf den Band in seiner Hand. „Den habe ich wiederentdeckt, als ich in meinem alten Kinderzimmer Platz für Charly gemacht habe. Als Teenager habe ich die Dinger förmlich verschlungen. Ich fand es eine tolle Vorstellung, Superkräfte zu haben und durch Wände gehen oder fliegen zu können.”

„Jetzt wird mir einiges klar”, murmelte er, legte den Comic weg und kam zu mir, um mir beim Gemüseschneiden zu helfen.

„Was soll das denn heißen?” Ich sah ihn herausfordernd an.

„Ach nichts, Wonder Woman.” Grinsend griff er sich ein

Messer und begann, eine Möhre mit einer Geschicklichkeit in schmale Streifen zu hacken, die den Japaner aus dem Video vor Neid hätte erblassen lassen. Als er meinen verblüfften Blick bemerkte, grinste er selbstgefällig. „Gestatten? Blade." Er deutete eine Verbeugung an.

Jetzt hatte er mich endgültig aus der Fassung gebracht. Kannte er sich etwa mit Marvel-Helden aus? Der Casanova mit dem Marshmallow-Erdbeer-Herzen war die reinste Wundertüte. Ich musste lachen und stellte zu meiner Überraschung fest, dass ich mich in Rick Wisemans Gegenwart gerade ziemlich wohl fühlte. Wieder meldete sich die warnende Stimme in meinem Hirn. *Er ist dein Untermieter. Du wirst ihn so leicht nicht wieder los. Er ist ein Frauenheld. Er bricht dir das Herz …*

Jetzt mach aber mal halblang, widersprach mein anderes Ich. *Wir machen hier nur Gemüse-Sushi für seine Nichte, das ist alles.*

„Bereit für die Fortsetzung?", riss mich Rick aus meinen Gedanken. Er hatte Möhren, Kohl und Gurke bereits in Windeseile in mikroskopische Streifen zerlegt, während ich immer noch mit der Avocado beschäftigt war.

„Wie bitte?", fragte ich etwas verwirrt.

Er wedelte mit meinem Smartphone. „Das Video. Wollen wir sehen, wie es weitergeht?"

„Oh ja." Wieder stellten wir uns nebeneinander, Rick hielt das Handy hoch, und wir verfolgten, wie der Japaner ein Algenblatt auf eine Bastmatte legte, darauf Sushireis und Gemüsestreifen verteilte und dann mithilfe der Bastmatte alles zu einer perfekten Makirolle formte. Rick stand so dicht neben mir, dass sich die Härchen auf unseren Armen ganz zart berührten. Bis zu diesem Moment wusste ich nicht, dass die Härchen auf meinen Armen so sensibel waren. Ich hielt den Atem an und verspürte leichtes Bedauern, als der japanische Sushi-Meister zum Abschied in die Kamera winkte. Obwohl das Video zu Ende war, nahm Rick das Handy jedoch nicht herunter, und wir rührten uns beide nicht vom Fleck. Stattdessen bewegten wir kaum merklich die Arme, sodass sich unsere Haut kurz streifte, woraufhin wir beide leicht zurückzuckten, um uns anschließend einander aufs Neue zu nähern. In der Küche war es so still, dass ich deutlich Ricks Atem hörte. Und meinen Atem. Ich wagte nicht, mich zu bewegen. Schließlich spürte ich, wie Rick ganz langsam den Kopf zu mir drehte und mich ansah. Sein Blick brannte auf meiner Wange. Als ich es nicht länger ertrug, wandte ich ihm zögernd ebenfalls mein Gesicht zu, jedoch ohne zu ihm hochzusehen. Da er ein Stück größer war als ich, blickte ich auf sein Kinn und spürte seinen Atem auf meiner Stirn. Ich schloss die Augen und fühlte, wie er ganz sanft meine Stirn küsste. Seine Lippen fühlten sich unendlich weich an. Es war ungeheuer sinnlich, und wir hatten uns noch nicht einmal geküsst! Instinktiv lehnte ich den Kopf leicht nach hinten.

Doch in diesem Moment hörte ich, wie die Haustür aufflog und dann geräuschvoll ins Schloss fiel. Erschrocken fuhren wir auseinander, gerade noch rechtzeitig, dann wirbelte Charly um die Ecke.

„Hey, wie sieht's aus? Seid ihr fertig?" Als ihr Blick auf die Arbeitsplatte mit dem geschnittenen Gemüse fiel, zeichnete sich Enttäuschung auf ihrem Gesicht ab, die jedoch gleich wieder verflog, als Joey angesaust kam und an ihr hochsprang. Ich dankte dem kleinen Bullterrier im Stillen für die Ablenkung, so konnte ich mich kurz sammeln.

Ich wagte es kaum, zu Rick zu sehen, und als ich es doch tat, wirkte er mindestens genauso durcheinander wie ich.

Charly sah im selben Augenblick zu ihm hoch und stutzte. „Stimmt was nicht, Onkel Rick?"

„Was?" Er legte mein Smartphone auf den Tisch, das er immer noch in der Hand hielt. „Nein, nein, alles okay. Du kommst gerade rechtzeitig zum Rollen."

„Jaaaa! Ich bin die Meisterin des Rollens!", rief sie gut gelaunt.

„Aber erst Hände waschen", mahnte er und warf einen leicht angewiderten Blick auf Joey.

Charly stieß einen Seufzer aus, begab sich jedoch artig zum Spülbecken. Wieder sah ich verstohlen zu Rick, der meinen Blick diesmal mit einer Intensität erwiderte, der mir die Röte in die Wangen trieb. Charly trocknete sich die Hände ab und sah erneut etwas irritiert zwischen Rick und mir hin und her.

Nervös strich ich mir eine Haarsträhne hinters Ohr und wandte den beiden den Rücken zu. „Ich decke schon mal den Tisch."

Während Charly mit Ricks Hilfe Sushirollen fabrizierte, die tatsächlich mühelos mit denen des Japaners aus dem Youtube-Video mithalten konnten, war ich froh, alles andere zusammenzusuchen. Ich grub in den Untiefen der Besteckschublade nach den Essstäbchen, die ich immer bekam, wenn ich mir etwas bei dem thailändischen Imbiss in Penzance holte. Ich benutzte sie nie, weil ich immer zu hungrig war und man mit der Gabel einfach mehr auf einmal in den Mund bekam. Die Stäbchen hob ich aber jedes Mal auf, ohne eigentlich zu wissen, warum. Nun kamen sie zum Einsatz. Ich arrangierte Schälchen für Sojasoße, eingelegten Ingwer und Wasabi, den grünen scharfen Meerrettich, auf dem Tisch.

„Ta-da!" Stolz stellte Charly eine Riesenplatte mit buntem Sushi daneben. „Du hast Talent", lobte sie großzügig ihren Onkel.

„Ich hatte eine gute Lehrmeisterin." Er imitierte ziemlich mies den Singsang des Japaners aus dem Video.

„Also echt, das ist voll rassistisch, Onkel Rick!" Sie sah ihren Onkel strafend an, der daraufhin zerknirscht die Hände hob, dabei aber nicht seine Nichte, sondern mich ansah.

Ich dachte jedoch nur daran, wie wir

nebeneinanderstehend dem Koch zugesehen hatten, und ein angenehmer Schauer rieselte über meinen Körper. Ich schüttelte mich, um den Gedanken zu vertreiben, dann setzen wir uns alle an den Tisch.

Während sie sich mit erstaunlicher Geschwindigkeit ein Sushi-Häppchen nach dem nächsten in den Mund stopfte, plapperte Charly unablässig von Angelina und deren Bruder und schwärmte von den niedlichen Nasenbären. Ich hörte nur mit halbem Ohr zu, versuchte, mich auf mein Essen zu konzentrieren und nicht immer wieder zu Rick zu sehen, der mir auch etwas einsilbig schien. Erst als ich hörte „… und das könnte doch eine zusätzliche Einnahmequelle für den Zoo sein", merkte ich auf.

„Wie meinst du das?", fragte ich Charly und hoffte, ihr fiel nicht auf, dass ich ihr gar nicht richtig zugehört hatte.

„Also, das ist doch eigentlich ganz logisch", erklärte sie engagiert und genoss ganz offensichtlich, dass ich ihre Idee ernst nahm. „Die Nasenbären sind total niedlich. Das finden alle. Und es ist supersüß, denen das Fläschchen zu geben. Und du und M und Annie habt eigentlich keine Zeit dazu. Und natürlich wäre es nicht schön für einen Nasenbären, wenn ihm ständig ein anderes Kind das Fläschchen geben würde, aber vielleicht einen Tag lang. Die Eltern könnten dafür bezahlen, dass ihre Kinder einmal das Nasenbärenbaby füttern dürfen. Genial, oder?" Sie sah mich triumphierend an.

Meine Gedanken wirbelten unkontrolliert durcheinander. Womöglich war die Idee tatsächlich nicht schlecht, aber ich konnte gerade nicht sortiert darüber nachdenken, darum antwortete ich etwas ausweichend. „Klingt interessant. Ich spreche morgen mal mit M darüber, ob so etwas möglich wäre." Charly lächelte. „Und danke, dass du mir helfen willst." Nachdem wir abgeräumt hatten, wandte sich Rick an seine Nichte. „Charly, du gehörst langsam ins Bett, und ich muss auch in die Falle."

„Ich begleite dich noch zur Tür, Onkel Ricki." Sie ergriff seine Hand, woraufhin er sich etwas ungelenk zu mir umdrehte. „Gute Nacht, Jane. Es war interessant, Ihre … Superkräfte kennenzulernen."

Sofort schoss mir wieder die Hitze in die Wangen. Wenigstens war er trotz des Beinahe-Kusses beim „Sie" geblieben, das sorgte gefühlt für ein bisschen mehr Distanz.

„Gute Nacht, Blade."

6
RICK

„Und wohin jetzt, *Blade*?"

Mein Morgenlauf hatte mich zwar wach gemacht, aber mein Kopf brummte immer noch ein bisschen, und ich hatte mich auf alles andere konzentriert als auf diese knifflige Stelle meines Musicals, an der ich gestern Abend verzweifelt war.

Die letzten drei Tage war ich fantastisch vorangekommen. Seit Charly im Herrenhaus wohnte, hatte ich tagsüber Ruhe und konnte sehr konzentriert arbeiten. Ich hatte in diesen drei Tagen mehr geschafft als in den ganzen zwei Wochen zuvor in Lyme Regis. Vielleicht lag es auch daran, dass Jane und ich uns seitdem nur selten begegnet waren. Was nicht hieß, dass ich nicht immer wieder an sie gedacht hätte, aber wenn es mit der Arbeit lief, fiel es mir leichter, mich darauf zu fokussieren und mich nicht ständig mit Gedanken an Jane abzulenken.

Dann kam dieses verdammte Lied, eine romantische Liebeserklärung, die dem ganzen Musical eine entscheidende Wende geben sollte. Nur dass ich gerade offenbar nicht in der Lage zu sein schien, Romantik und Liebe mit der nötigen Distanz zu Papier zu bringen, damit es nicht kitschig wirkte. Die Worte und die Musik wollten sich einfach nicht zusammenfügen, sondern jedes Mal, wenn ich mir eine romantische Szene vorstellte, tauchte Janes Gesicht vor mir auf. Es trieb mich fast in den Wahnsinn.

Also hatte ich meine Verabredung mit Charly zum Skateboard-Fahren nur zu gern vorverlegt, um mich auf andere Gedanken zu bringen. Es nützte meistens nichts, bei einer besonders hartnäckigen Blockade zu versuchen, mit dem Kopf durch die Wand zu gehen. Meiner Erfahrung nach war es besser, die Blockade hinzunehmen und etwas anderes zu machen. Skateboard-Fahren wäre genau das Richtige gewesen, um einen freien Kopf zu bekommen.

Mit Wonder Woman Gemüse-Sushi zuzubereiten, hatte das absolute Gegenteil bewirkt. Von dem Moment an, als wir am Tresen nebeneinandergestanden und unsere Arme aneinandergedrückt hatten, hatte ich nur noch daran denken können, dass ich diese Frau küssen wollte.

Wenn Charly nicht hereingeplatzt wäre, hätten wir uns geküsst, da war ich mir absolut sicher. Und ich wusste auch, dass ich nicht Nein gesagt hätte, wenn sie mich in ihr Schlafzimmer geführt hätte. Was natürlich nicht ging, weil Charly da war. Aber wenn sie nicht …

Trotzdem, ich hatte das sonderbare Gefühl, dass es hier irgendwie nicht um Sex ging, jedenfalls nicht um beiläufige, austauschbare Leibesübungen bei einem One-Night-Stand, das hatte ich ein paar Mal seit der Trennung von Eve erlebt.

„Also, *Blade*, worum geht es dann zwischen euch?" Ich musste zugeben, dass ich keine Ahnung hatte, und lachte laut. Das war typisch für mich. Ich stolperte immer in solche Dinge hinein und wunderte mich dann, wenn ich mit Erwartungen und Gefühlen konfrontiert wurde, von denen ich keine Ahnung gehabt hatte.

„Diesmal nicht!", schwor ich mir laut und schlug heftig gegen den Baumstamm neben mir.

Das Eichhörnchen auf dem Ast der – war es eine Buche oder eine Linde? – jedenfalls des Laubbaums neben mir erstarrte und blickte mich verstört an.

„Dich habe ich nicht gemeint!"

Ich seufzte, als das Eichhörnchen nach einem kurzen Moment sichtlich aufgebracht seinen buschigen Schwanz schüttelte, auf die andere Seite des Stammes huschte und dann im Blätterwerk des Baums verschwand.

Ich sah mich um. Aber es war niemand da, der hören konnte, wie ich mit mir selbst redete. Und außerdem machte ich das auch immer, wenn ich arbeitete. Es war eine kreative Gewohnheit, sozusagen. Das hier war zwar keine Arbeit, aber trotzdem … "Hauptsache, es hört mich keiner!", sagte ich nachdrücklich.

Der Eichelhäher auf dem tief hängenden Tannenzweig über meinem Kopf schien das als persönliche Beleidigung aufzufassen, und krächzte protestierend und so laut, dass ich überrascht zusammenfuhr.

„Gut." Ich seufzte. „Wo war ich?" Ich hatte gerade über Wonder Woman nachgedacht und dabei die Orientierung verloren …

Ich runzelte die Stirn, als ich mich erneut umsah. Die interessantere Frage war vielleicht, wo ich eigentlich genau war. Ich hatte beim Laufen über Jane und Sushi nachgedacht, aber nicht darauf geachtet, wohin ich lief. Also, wo war ich?

Ich sah mich suchend um.

„Ähh …"

Dann sah ich mich fluchend um.

Aber weder das eine noch das andere brachten Erleuchtung. Statt mir vorzustellen, wie Janes Lippen schmeckten, hätte ich mir vielleicht besser ein paar auffällige Orientierungspunkte einprägen sollen.

Aber wenn ich tief Luft holte, roch ich nicht den Wald, die Erde, das Laub, oder die Tannen – das heißt, meine Nase roch das vielleicht, aber mein Gehirn überlistete mein Riechorgan und schob mir den Duft von Janes Haar in mein Bewusstsein. Wenn ich meine Hand über irgendwelche Blätter von Sträuchern gleiten ließ, fühlte ich nur die weiche, warme Haut von Janes Oberarm und das Kribbeln, das ihre aufgerichteten Härchen auf meiner Haut …

Ich legte die Hände auf mein Gesicht und rieb es kräftig, bis meine Haut heiß wurde.

Wonder Woman? Blade? Ich schüttelte den Kopf. Ich

musste nachdenken! Wo war ich?

Genau. Aus diesem vermaledeiten Wäldchen herauszufinden, war eine angemessene Aufgabe, die mich genug ablenken würde, um endlich die Wonder-Woman-Fantasien aus meinem Kopf zu bekommen. Ich atmete mehrmals tief ein und spürte, wie mein Gehirn endlich begann, die Informationen zu akzeptieren, die ihm meine Nase lieferte.

Der Wald roch nach Wald. Feuchte, fruchtbare Erde. Irgendwie undefinierbar Grün. Und da …

Als Musiker hatte ich mich schon immer auf meine Ohren verlassen können, und auch diesmal halfen sie mir aus der Patsche. Es war zwar kein Geräusch, was ich sonderlich schätzte, aber zumindest signalisierte mir das leise Hundegebell, in welche Richtung ich laufen musste, um zum Zoo zurückzufinden.

Ich trabte los in Richtung Hundegebell. Dabei pfiff ich vor mich hin. Zum Glück sah mich niemand, außer irgendwelche Waldbewohner, für die ein melodisch „Pretty Woman"-pfeifender Mensch mit Fleecejacke und Trainingshose sicherlich kein befremdlicherer Anblick war, als irgendwelche Touristenfamilien, die sich vermutlich hier sonntags durch den Wald frästen, bevor sie Wonder Womans Zoo heimsuchten.

Ich musste mir dringend abgewöhnen, sie dauernd Wonder Woman zu nennen! Und ich sollte mir besser auch die Vorstellung aus dem Kopf schlagen, mit ihr zu schlafen. Sie war meine Vermieterin, und es wäre gut für mich und meine Arbeit, wenn das so bliebe. Kapiert?

Nicht nur in etwas altmodischen Romanen hätte man die Stille in meinem Kopf „beredtes Schweigen" genannt.

Glücklicherweise wurde ich von weiteren Gedankenspielen und Fantasien abgelenkt, als ich das Herrenhaus zwischen den Bäumen sah. Ich musste einen ziemlichen Bogen geschlagen haben und das Wäldchen war wohl größer, als ich vermutet hatte. Ich warf einen Blick auf meine Armbanduhr. Acht Uhr dreißig! Ich war also fast anderthalb Stunden durch den Wald gejoggt.

Ich blieb am Waldrand stehen. Das Hundegebell war lauter geworden und wurde vom Grunzen irgendeiner Kreatur kontrapunktiert. Wahrscheinlich war es Molly. Ich ließ meinen Blick über die Szenerie gleiten. Es sah tatsächlich idyllisch aus. Es hingen noch leichte Nebelfetzen über den Wiesen hinter dem Herrenhaus und dem Cottage, und die Sonne schimmerte in dem Nebel wie ein überbackenes Spiegelei …

Spiegelei? Hatte mir da einer LSD in den Espresso geschmuggelt?

So eine Gefühlsduselei hatte mir gerade noch gefehlt! Ich war Großstädter! Ein Bohemien, der erst nachts in den Lichtern der Großstadt wirklich aufblühte! Okay, Lyme Regis passte da nicht ganz ins Bild, aber trotzdem war ich kein Landei, dem beim Anblick einer perfekten, ländlichen Idylle die Tränen kamen.

Ich wischte mir den Schweiß aus den Augen und lief weiter in Richtung Cottage. Immerhin, der Zorn über meine Sentimentalität hatte die Bilder von Jane aus meinem Kopf vertrieben. Jetzt noch eine kalte Dusche, dann war ich wieder ganz der Alte und würde mich mit Feuereifer meiner Komposition widmen können. Auch wenn Komponieren und Texten am Computer mittlerweile den kreativen Prozess erleichterte, arbeitete ich bei Korrekturen immer noch lieber mit Papier, Bleistift und Radiergummi.

Deshalb hatte ich mir extra einen Ausdruck von der Stelle gemacht, die mir Probleme bereitete, und bereits daran herumgedoktert. Ich würde sie sofort nach der Dusche mit einem frischen Blick angehen. Und ich nahm mir vor, für den Rest des Tages nicht mehr an Jane zu denken.

Aber wie mein Religionslehrer in der Schule bei jeder

passenden und unpassenden Gelegenheit, bei der ich mal wieder etwas vermasselt hatte, zu sagen pflegte: „Rick denkt, Gott lenkt!“ – oder wie ich es später formuliert hatte: „Rickality sucks!“

Denn besagte Person, die ich hatte ignorieren wollen, stand mit hochrotem Gesicht und ziemlich zerzaust in der offenen Tür meines Cottages. Sie hielt einen sabbernden, bei meiner Annäherung kläffenden Joey mit der linken am Halsband, während sie versuchte, mit dem Fuß und der anderen Hand ein wütend grunzendes Hängebauchschwein, *Molly?,* aus meinem Wohn- und Arbeitszimmer zu scheuchen.

Aus meinem Arbeitszimmer? Was hatten ein Schwein und ein Hund in meinem Arbeitszimmer zu suchen, und was wollte Jane mit beiden in meinem Cottage?

Mein Blick glitt von Molly und Joey zu Jane, und einen Moment dämpfte ihr Anblick den Zorn, der in mir hochstieg. Sie sah aus, als wäre sie gerade aus dem Bett gestiegen. Ihr Haar war offenbar ungebürstet und wuschelig, ihre Arbeitsbluse stand am Hals ziemlich weit offen und sie hatte ihre knappen Shorts gegen eine ebenso eng sitzende Jeans getauscht. Die reichte bis zur Mitte ihrer Waden und entblößte bis zum oberen Rand ihrer hohen Converse Chucks ein Stück ihrer weichen, honigfarbenen Haut.

Aber der Anblick von mit Notenlinien, Noten und meinen mit Korrekturen bedeckten DIN-A4-Blättern lenkte meine Aufmerksamkeit schlagartig vom Anblick der zerzausten Jane ab.

„Was ist hier denn los?“ Ich wartete nicht ab, bis Jane genug Atem geschöpft hatte, um zu antworten. In meinen Versuch, die Fantasien von ihr aus dem Kopf zu bekommen, mischte sich auch echter Zorn darüber, dass sie offenbar den Hund und die Sau in mein Häuschen gelassen hatte. „Sind das meine Noten ...?“

Ich warf einen kurzen Blick durch die Tür und einen Moment lang verschlug es mir tatsächlich die Sprache. Das Innere des Cottages sah aus, als wäre eine Bombe explodiert. Oder als hätten sich Hund und Schwein dort eine wilde Kissenschlacht geliefert. Nur dass sie sich nicht mit Kissen, sondern mit meinen Notenblättern geprügelt hatten.

„Ich kann das erklären …“

Ich fuhr so heftig zu Jane herum, dass sie vor mir zurückzuckte.

„Ach wirklich? Das nützt mir überhaupt nichts!“, knurrte ich. Klar war das übertrieben! Das war nur ein Ausdruck, und meine Anmerkungen hätte ich sowieso ausradiert! Ich stellte mich der Wahrheit: Ich war nur sauer auf sie, weil ich sie nicht aus dem Kopf kriegte. Und weil sie einfach hinreißend aussah!

„Ich …”, begann Jane.

„Hör endlich auf mit dem Scheiß!”, knurrte ich. Ich meinte meine Gedanken, die sich immer noch mit dem Geschmack ihrer Lippen beschäftigten.

Sie klappte den Mund zu, straffte sich und runzelte finster die Stirn, während sie die Augen zu schmalen Schlitzen zusammenzog. „Wie bitte?“

Oh, Mist! Hatte ich das gerade laut gesagt?

Sie war eindeutig nicht leicht einzuschüchtern, was ich auch gut fand. Dumm war nur, dass sie mich missverstanden hatte. Denn sie zu beleidigen, war das Letzte, was ich wollte.

Ihre Stimme hatte diesen leicht rauchigen Unterton, den ich mochte und der meinen Zorn sofort verpuffen ließ. Vor allem, weil ihre herausfordernde Haltung gründlich dadurch torpediert wurde, dass sie ein grunzendes Schwein mit der einen und einen kläffenden Köter mit der anderen Hand bändigen musste.

Trotzdem, ihre Miene verhieß nichts Gutes, und ich sollte vielleicht erklären …

„Ich meinte nicht Sie." Nein, natürlich nicht, klar! Wen denn dann bitte? Deinen Freund Harvey, vielleicht? Das große weiße Karnickel in der Ecke da drüben?

„Ach nein?" Jane drehte den Kopf, während sie weiterhin versuchte, Hund und Schwein davon abzuhalten, mein Cottage zu verwüsten. Oder mir an den Kragen zu gehen, wenn ich den Blick dieses Möchte-Gern-Mastiffs richtig interpretierte. „Wen dann? Ah, ich verstehe." Sie blickte auf Joey hinunter und hob dann spöttisch eine Braue. „Ihre Hunde-, Schweine-, und allgemeine Lebewesenphobie! Hast du gehört, Joey? Mr Wiseman fühlt sich offenbar von dir bedroht, weil du so ein großer böser Hund bist." Sie ließ den Bullterrier los und kraulte ihn zwischen den Ohren. Worauf dieses heimtückische Monster natürlich sofort mit einem zufriedenen Schnaufen reagierte, seine lange, glibberige Zunge heraushängen ließ und sich auf den Rücken drehte, um ihre Liebkosungen zu genießen.

„Ich meinte auch nicht den Hund …", begann ich, brach aber ab, als mir klar wurde, dass diese Bemerkung meine Lage nicht verbesserte.

„Ach wirklich?" Janes Stimme vibrierte, als sie die Hände in die Hüften stemmte.

„Also gut, ich …"

Jane hatte sich aufgerichtet, was Joey mit einem protestierenden Laut kommentierte. Sie bugsierte Molly mit einem nachdrücklichen Schubs ihres Fußes zur Tür hinaus, während ich noch mit meinem männlichen Stolz rang. Denn eigentlich hatte ich gar keinen Grund, mich zu entschuldigen. Schließlich war sie es, die mein Cottage verwüstet hatte. Oder zumindest ihre beiden zahmen Monster.

„Joey, raus! Lauf zu Margery! Los, sofort!", unterbrach sie meinen halbherzigen Entschuldigungsversuch und streckte gebieterisch die Hand zur Tür aus.

Joey sah von ihr zu mir und dann wieder zu ihr zurück,

warf noch einen, ich würde schwören, sehnsüchtig-boshaften Blick auf das Chaos in meinem Zimmer, und trollte sich dann nach draußen.

„Was ich sagen wollte …", begann ich erneut, aber Jane fuhr zu mir herum und tippte mir mit dem Finger gegen die Brust.

„Erst lassen Sie achtlos Ihre Tür offen stehen, lassen Ihre angeblich ach so wichtige Arbeit überall unordentlich herumliegen, und dann beschuldigen Sie auch noch meine unschuldigen …"

„Ich habe was?", fuhr ich ihr in die Parade. Das ging eindeutig zu weit. „Jetzt bin ich an dem Chaos schuld?"

Jetzt kam ich auch in Fahrt und trat einen Schritt auf sie zu, bis wir nur noch eine Handbreit voreinander standen. Ich senkte den Kopf, um zum Angriff überzugehen. Mein Bewusstsein registrierte nur meinen verletzten Stolz und die Kränkung, die sie mir mit ihren Worten zugefügt hatte. Mein Körper registrierte nur ihren Duft und die Wärme, die sie ausstrahlte. Aber dass sie so eine Wirkung auf mich hatte, machte mich nur noch wütender.

„Erst lassen Sie aus Unachtsamkeit zu, dass Ihre blöden Schmusemonster mein Cottage und meine in der Tat wichtige und kreative Arbeit zerstören, und dann beschuldigen Sie mich auch noch, dass ich daran schuld wäre? Das ist der Gipfel der Frechheit!"

„Wie bitte?" Sie starrte mich an, und statt vor mir zurückzuweichen, hob sie den Kopf und reckte kämpferisch das Kinn vor. „Jetzt verstehe ich, warum Ihre kleine blonde Freundin Ihnen neulich so eine Szene gemacht hat! Sie sind ein Macho in Reinkultur!"

„Ah, Sie haben also hinter dem Vorhang gelauscht, was? Wie nennen Sie das denn? Gesunde Neugier?", konterte ich.

„Sie waren so laut, dass es einen Bären aus dem

Winterschlaf gerissen hätte! Und Neugier ist die Grundbedingung für Entwicklung, das würden Sie wissen, wenn Sie sich seit der Steinzeit weiterentwickelt hätten. Aber das haben Sie …" Sie bohrte wieder ihren Finger in meine Brust.

Sie hatte es also doch mitbekommen, und offenbar hatte es ihr nicht gefallen, dass ich Damenbesuch hatte? Interessant.

„Kein Grund zur Eifersucht!", unterbrach ich sie mit einem gespielt lässigen Grinsen.

„Eifersucht?" Sie lachte etwas zu theatralisch, wie ich fand. Diesmal schlug sie mit der flachen Hand auf meinen Brustkorb. Und ließ sie einen Moment liegen. Es fühlte sich gut an. „Bilden Sie sich bloß nichts ein! Sie … mit Ihren …"

Ihr Blick glitt von meinem wütenden Gesicht zu meinem schweißnass an meinem Oberkörper klebenden T-Shirt und wieder zurück.

„… Ihren …" Sie blickte mir in die Augen. Und schluckte. „… Phobien!", beendete sie den Satz. Ihre Stimme klang plötzlich belegt.

„Ach ja?" Ich witterte Oberwasser, während mir gleichzeitig heiß wurde. „Ich habe eher das Gefühl, dass Sie eine Phobie haben. Nämlich gegen alle männlichen zweibeinigen Wesen."

Es war vielleicht verrückt, aber am liebsten hätte ich sie auf der Stelle geküsst.

„Sie eingebildeter …!" Sie bewegte die Lippen, aber offenbar fiel ihr keine Beleidigung ein. „… Neandertaler!", stieß sie schließlich hervor. Aber das Beben in ihrer Stimme nahm der Beleidigung viel von ihrer Wucht.

Ich beugte mich vor und war ihr jetzt so nah, dass ich ihren Atem in meinem Gesicht spürte. Noch zehn Zentimeter trennten meinen Mund von ihren Lippen.

Jane hätte zurückweichen, mich wegstoßen, oder sich

einfach umdrehen und das Cottage verlassen können. Stattdessen blieb sie wie angewurzelt stehen, hob den Kopf und öffnete leicht die Lippen. Dabei warf sie mir einen Blick zu, der mir die Wimpern versengte.

„Rick … das …" Sie presste ihre Hände gegen meine Brust und blickte an mir vorbei. „Nicht! Verdammt, lass das!"

Ihre Stimme klang plötzlich nicht mehr heiser und verführerisch, sondern wütend und gebieterisch, und brachte mich wirkungsvoller zur Besinnung als ein Eimer eiskaltes Wasser.

Verdammt, Rick! Was machst du da? Reiß dich gefälligst zusammen!

Ihr Befehl und die Stimme in meinem Kopf genügten, um die Lust, die diese Frau in mir weckte, zu kontrollieren. Dass sie den Kopf schüttelte und mich dann fast panisch ansah, gab nicht den Ausschlag, dass ich sie losließ, als hätte ich mir die Finger verbrannt. Sondern das Knurren und Grunzen hinter mir.

Ich wirbelte so abrupt herum, dass Jane unwillkürlich nach vorn taumelte. Sie prallte mit ihrem Kopf gegen meinen Ellbogen, weil ich den Arm hochgerissen hatte, und stieß einen Schmerzensschrei aus. Aber ich achtete nicht darauf. Stattdessen starrte ich ungläubig auf die Szene vor mir.

Die beiden Monster hatten unseren kleinen Moment der Ablenkung genutzt, um sich wieder ins Cottage zu schleichen. Diesmal hielten sie sich nicht lange mit Papierkram auf, sondern hatten sich meinen transportablen Laserdrucker zu ihrem neuesten Spielzeug auserkoren. Offenbar klärten sie gerade, wer ihn als Erster benutzen durfte. Wie es aussah, lag Molly vorn, denn sie hatte einfach ihren fetten Bauch darauf gelegt und grunzte zufrieden, während der Drucker versuchte, Testseiten auszuspucken. Joey sprang um sie herum und schnappte nach dem Gerät, mit dem Erfolg, dass das Fach für die

Tintenpatrone aufklappte und die Patrone durch das Geruckel herausfiel.

Ich holte tief Luft und brüllte jetzt meinen Zorn heraus. „RAUS!" Das fühlte sich gut an. „RAUS! ALLE! SOFORT!"

Ich fuhr zu Jane herum. Die Lust, die sich eben noch auf ihrem erhitzten Gesicht gezeigt hatte, schlug in ungläubige Empörung um.

„Was soll das, Wiseman?"

Ah, jetzt ist es wieder Wiseman …

„Die beiden können doch nichts dafür!" Jane ging auf die beiden Monster zu. „Wir waren ja schon so gut wie weg, wenn Sie mich nicht aufgehalten hätten …"

„Klar! Sie können natürlich nichts dafür! Wer hat denn die Tür aufgemacht und sie überhaupt erst hier reingelassen?", schnauzte ich sie an.

„Ich habe was? Sie … Sie … Das war …" Sie verstummte und biss sich auf die Lippen. Bevor ich reagieren konnte, drängte sich Jane ziemlich ruppig an mir vorbei und rammte mir dabei ihre Schulter gegen den Oberkörper.

„Was …?"

„Sie sind ein Blödmann, Wiseman!", fauchte sie mich an, während sie Joey mit einem scharfen Pfiff bei Fuß rief und Molly einfach packte und zur Tür zerrte. „Los, ihr beiden, Zeit, dass wir verschwinden!"

Ich musterte das Chaos, das die drei angerichtet hatten. „Und was wird jetzt aus meinen zerfetzten Notizen?", rief ich ihr nach.

„Wenn Sie nicht mehr wissen, was Sie geschrieben haben, war es wohl nicht der Rede wert!", entgegnete sie herablassend und rauschte dann mit den beiden Übeltätern im Schlepptau davon.

„Unverschämtheit!", rief ich ihr nach, schlug die Tür zu und drehte mich dann seufzend um. Ich musterte die zerfetzten und vollgesabberten Notenzettel. Das war halb so schlimm. Ich konnte sie jederzeit wieder ausdrucken.

Falls der Drucker noch funktionierte.

Bevor ich mich überzeugen konnte, ob er Mollys und Joeys Spieltrieb überstanden hatte, klopfte es an der Tür.

Ah! Jane hatte sich abgekühlt und begriffen, dass sie Mist gebaut hatte!

Ich riss die Tür auf. „Entschuldigung akzept… Charly?"

„Onkel Rick?" Meine Nichte sah mich verwirrt an. „Was ist denn mit Jane los?" Sie deutete über die Schulter. „Sie ist gerade fluchend, und ohne mich eines Blickes zu würdigen, an mir vorbeimarschiert. Und wieso sollte ich mich entschuldigen?" Ihr Blick fiel auf das Chaos in meinem Zimmer, und sie schlug die Hände vor den Mund. „Ach du meine Güte!" Sie sah sich ungläubig um. „War ich das?"

„Du? Wie kommst du denn …?"

„Es tut mir so leid, Onkel Rick. Ich hatte dich gesucht, um dich etwas Wichtiges zu fragen, und da hat mich Annie gerufen, weil das Nasenbärbaby Koliken hatte und ich glaube …" Sie sah mich fast ängstlich an. „Ich glaube, ich habe vergessen, die Tür richtig zu schließen. Und Molly …"

„Du hast die Tür aufgelassen?"

Charly nickte. „Sei nicht böse. Ich mach's auch wieder gut." Sie musterte das Chaos. „Irgendwie."

Bevor ich sie beruhigen konnte, dass es nichts gut zu machen gab, klingelte mein Handy. *Jane!* Ich nahm das Gespräch an, ohne auf das Display zu blicken.

„Es tut mir leid."

„Wie bitte? Was verflucht hast du gemacht?" Morrisons Stimme klang alarmiert.

„Nichts. Ich hatte einfach nur mit jemand anderem gerechnet."

„Ah." Morrison wartete, aber ich tat ihm nicht den

Gefallen.

Charly stand neben mir und sah mich fragend an. Ich zuckte mit den Schultern.

„Was willst du, Morrison?", fragte ich.

„Sei gefälligst freundlich zu deinem besten und einzigen Freund, Rick." Morrison klang tatsächlich etwas beleidigt.

Ich riss mich zusammen. „Okay. Was willst du, Morrison?", wiederholte ich die Frage, diesmal in freundlicherem Ton.

„Ich hätte möglicherweise ein interessantes Angebot für dich, falls dir deine Arbeit am Musical Zeit lässt", erwiderte er.

„Was für ein Angebot?"

Morrison machte eine Pause, zweifellos, um seine nächsten Worte auszukosten. Also war es etwas wirklich Gutes. Mein Interesse stieg und ich hörte konzentrierter zu. „Also?"

„Nächstes Wochenende findet in London eine zweitägige Sause im Mandarin Oriental Hyde Park statt. Die BBC feiert irgendein Jubiläum."

Ich schluckte. „Und?"

„Du bist gebucht, wenn du willst. Sie suchen einen Pianisten für ihre Late Night Pre-Party, weil ihnen zwei Leute abgesprungen sind. Keine große Sache, nichts, was du nicht kennst. Und du spielst am nächsten Tag und Abend dann noch mit einer Band im Congress Centre, wo die eigentliche Veranstaltung stattfindet. Ihr begleitet live ein paar ehemalige Superstars, die ein paar Hits singen und auf Play-back verzichten wollen. Keine Überraschungen, kennst du alles. Eine Probe mit der Band am Freitagnachmittag vor der Pre-Party. Du kennst die meisten Musiker, alles Profis wie du …"

„Morrison, ich habe gerade meine kleine Nichte bei mir und …"

„Klein? Von wegen!", maulte Charly im Hintergrund.

„Nimm sie mit. Als Bonus kriegst du eine kleine Suite.

Keine Sorge, die BBC hat schon alles bezahlt. Wie gesagt, ihnen sind zwei Leute abgesprungen …"

„Wie viel?"

Morrison lachte. „Ah, habe ich deine Aufmerksamkeit, ja?"

„Das weißt du genau. Also, wie viel?"

„Fünfzehn Prozent, Rick."

„Morrison …"

„Eintausendfünfhundert Pfund Sterling." Er machte eine kleine Pause. „Für dich. Plus Spritgeld und Spesen." Er machte eine winzige Pause. „Alkoholische Getränke gehen allerdings …"

„Abgemacht." Das war fantastisch.

„Du tauchst da Freitagmorgen auf, dann ist die Probe, abends spielst du die Pre-Party und dann am nächsten Abend die Gala. Du darfst im Mandarin bis Sonntag bleiben. Einschließlich Brunch."

„Kein Problem."

Charly räusperte sich. „Onkel Rick?"

„Ich schicke dir die Unterlagen und den Vertrag per Mail. Druck es dir aus, unterschreib es und schick es mir umgehend zurück. Am besten per Mail."

„Klar, mach ich." Ich warf einen Blick auf den Drucker. Ich würde es jedenfalls versuchen.

„Onkel Rick …?"

„Gut. Damit gehen meine Drinks für den nächsten Monat auf deine Rechnung, Wiseman! Versau es nicht! Ich muss jetzt los."

„Gut. Und … danke, Morrison."

„Schon gut." Morrison legte auf.

„Onkel Rick …?"

„Charly." Ich drehte mich zu ihr um. Und mir wurde klar, dass ich jetzt ein Problem hatte. „Was ist denn?"

„Ich wollte dich eigentlich fragen, ob wir heute Nachmittag Skateboard fahren und dann anschließend noch mal zusammen essen wollen. Diesmal koche ich."

„Gern." Ich nickte, während ich angestrengt darüber nachdachte, wie ich das Problem lösen sollte.

„War das dein Agent?", fragte das Problem.

Ich nickte.

„Und was wollte er?"

„Ich … soll nächstes Wochenende in London auf einer Gala spielen. Das ist finanziell sehr lukrativ, und ich kann es nicht ablehnen." Ich machte eine Pause und sah sie flehentlich an. „Das verstehst du doch sicher, oder?"

Ich hatte mit einem Schmollmund gerechnet und dem unmissverständlichen Hinweis, dass ein gemeinsamer Urlaub bedeutet, dass man zusammen etwas unternimmt.

Stattdessen glühte ihr Gesicht plötzlich vor Begeisterung. „Nächstes Wochenende, echt?"

„Ja. Ich weiß, das ist etwas kurzfristig, aber du verstehst dich doch gut mit Jane, richtig? Und du bist ja ohnehin mit deinem Ameisenbärbaby beschäftigt …"

„Nasenbärbaby", korrigierte sie mich. „Und ja, ich verstehe mich sehr gut mit Jane. Aber ich will mit nach London!"

Genau. Das war das Problem.

„Süße, ich habe da überhaupt keine Zeit für dich und Belle würde es mir nie verzeihen, wenn ich dich das ganze Wochenende allein in London …"

„An dem Wochenende ist die Comic-Con in London!" Sie klatschte in die Hände. „Das wollte ich dich vorhin eigentlich fragen: Können wir da nicht hinfahren? Ich weiß ja, dass du viel arbeiten musst, aber …" Jetzt kam der Schmollmund, zusammen mit einem Welpenblick. Eine unwiderstehliche Kombination, wie sie sehr wohl wusste. „,… Du hast Mama versprochen, etwas Schönes mit mir zu machen und …"

Kommt nicht infrage, wollte ich gerade sagen, als mir eine geniale Idee kam. Zwei Fliegen mit einer Klappe.

Jane.

Das war die perfekte Gelegenheit, es wieder gut zu machen. Ich würde sie nach London zur Comic-Con einladen, dann hatte ich einen Babysitter für Charlie, und bei Jane einen Stein im Brett.

„Isst Jane denn heute Abend zusammen mit uns?"

Charly runzelte die Stirn. „Warum fragst du? Was hat Jane damit zu tun?"

Ah, das hatte sie von Belle! Sie hatten beide so eine Art inneren Sensor, der unfehlbar anschlug, wenn ich etwas im Schilde führte.

„Ich wollte es einfach nur wissen", versuchte ich, mich aus der Affäre zu ziehen. „Wär doch ganz nett, wenn wir zu dritt …"

„Ist da etwas zwischen euch vorgefallen?" Charly deutete vage in Richtung Herrenhaus. „Als sie eben an mir vorbeimarschiert ist, sah sie ziemlich wütend aus. So wütend wie Mom, wenn sie sich mit Ross gestritten hat." Sie grinste. „Oder mit dir."

Es gefiel mir, dass sie Ross nicht Dad, sondern Ross nannte. Was mir nicht gefiel, war ihr unglaublicher Instinkt für die Wahrheit. Auch den hatte sie von Belle geerbt.

„Nichts von Belang." Ich deutete auf das Chaos in meinem Zimmer. „Ihre Lieblingstiere haben mit dem Ausdruck meiner Noten gespielt, das ist alles."

Charly sah sich kurz um und zuckte dann mit den Schultern. „Dann druck sie doch einfach noch mal aus."

Ich seufzte. „Klar, vorausgesetzt, der Drucker funktioniert noch, nachdem Molly ihn als Sitzkissen benutzt hat."

Charly sah zu dem Gerät, lachte und schlug sich dann die

Hand vor den Mund. „Entschuldige, Onkel Rick. Das war meine Schuld, stimmt's?"

Ich hob beschwichtigend die Hand. „Halb so wild, Charly. Das krieg ich schon wieder hin."

„Du bist der Beste, Onkel Ricki. Und wegen London reden wir heute Abend, ja? Ich muss jetzt los, Annie will die Wölfe füttern, und ich wollte helfen."

„Klar, mach das", erwiderte ich zerstreut. „Aber pass auf, dass sie dir nicht die Hand abbeißen."

Das war erheblich unwahrscheinlicher, als dass Jane mir den Kopf abriss, wenn ich sie unter dem Vorwand einer Versöhnung nach London lockte, und eigentlich nur versuchte, ihr Charly aufs Auge zu drücken.

Andererseits … Sie stand doch auf Comics, oder nicht? Und die Comic-Con in London war eine der größten Messen für Comic-Freaks …

Trotzdem war Jane Fields mit Sicherheit schlau genug, um zu durchschauen, dass mein ‚Friedensangebot' in Wirklichkeit nur der hinterhältige Versuch war, einen kostenlosen Babysitter für Charly in London zu bekommen.

Ich steckte also in einer echten Zwickmühle. Es war genauso schwierig, Charly dazu zu verdonnern, ohne mich das Wochenende hier zu verbringen, wie zu versuchen, Jane auszutricksen. Charly und ich hatten ohnehin nicht viel Zeit miteinander, und ich konnte mir sehr gut vorstellen, wie Jane es finden würde, wenn ich ihr einfach meine Nichte aufs Auge drückte, Gala hin oder her. Vor allem nach unserem Streit vorhin.

Nein, die einzige Möglichkeit, mich aus dieser Klemme zu befreien, war es, Jane mit nach London zu locken. Nur, wie stellte ich das am besten an?

Da kam mir eine Idee. Es war vielleicht eine Schnapsidee, nur hatte ich in den letzten drei Tagen keinen einzigen Schluck getrunken. Vielleicht sollte ich es einfach mal mit der Wahrheit versuchen.

7
JANE

Zwei Stunden waren seit meiner Auseinandersetzung mit Rick Wiseman, diesem aufgeblasenen … Obermacho vergangen, und noch immer war ich aufgewühlt und konnte mich kaum konzentrieren. Jedes Mal, wenn ich den Blick auf die Tabellen von Mrs Hughes auf dem Schreibtisch vor mir richtete, schob sich Wisemans Gesicht vor die Zahlen. Dieses Glühen, das ich in seinen Augen gesehen hatte, als wir viel zu dicht voreinander gestanden und uns irgendeinen Quatsch an den Kopf geworfen hatten … das war nicht nur Wut gewesen. Sein Blick hatte geradezu auf meinen Lippen gebrannt, und ich hatte doch tatsächlich weiche Knie bekommen. Wie schaffte er es nur, mich immer wieder derart aus dem Konzept zu bringen?

Ein energisches Klopfen riss mich aus meinen Gedanken, und noch ehe ich „Herein“ rufen konnte, stürmte Margery durch die Tür. „Jane, Poppy atmet durch den Schnabel und zittert. Könnte eine Aspergillose sein.“ Margery rang nach Luft, als litte sie selbst unter der Krankheit des Papageien.

„Oh nein, das arme Ding“, sagte ich. Die Aspergillose kam leider häufig bei Papageien vor, die in Räumen mit zu wenig Luftfeuchtigkeit gehalten wurden oder unter Stress standen. Was bei Poppy zweifellos beides der Fall gewesen war. Pilzsporen befielen die Atemwege, vermehrten sich dort und führten zu verschiedenen Problemen, vor allem aber zu Atemnot.

„Ich habe schon Dr. George benachrichtigt. Er kommt gegen 14 Uhr vorbei, aber Riccardo sollte unbedingt dabei sein, damit das Tier nicht noch mehr unter Stress gerät.“ Sie ließ einen Stapel Briefe auf meinen Schreibtisch fallen, den sie in der Hand gehalten hatte. „Ich hab den Postboten draußen getroffen“, fügte sie erklärend hinzu.

„Danke.“ Ich zog den Stapel zu mir heran. „Ich rufe Riccardo gleich an.“ Seufzend blätterte ich durch die Umschläge. Ein Extrabesuch bedeutete Extrakosten, und der Tierarzt musste natürlich auch bezahlt werden. In dem Moment sprang mir zwischen diversen Rechnungen ein Umschlag mit dem Logo der Barclays Bank ins Auge. Wie passend. Ich starrte einen Moment lang auf den Brief, bis Margery sich räusperte und unruhig von einem Fuß auf den anderen trat.

Energisch schob ich die Post zusammen und legte sie zur Seite. Eins nach dem anderen.

Zum Glück erreichte ich Riccardo sofort, und er konnte es kurzfristig einrichten, Poppy bei der Untersuchung des Tierarztes beizustehen. „*Certamente*“, versprach er. „Ich lasse die *povera ragazza* doch nicht allein.“

Zufrieden verließ Margery das Zoobüro. Durchs Fenster beobachtete ich, wie sie ihren stämmigen Körper behände auf ihr Klapprad schwang, sich mit energischen Tritten in Richtung Papageien-Voliere entfernte und unterwegs Tom noch etwas zurief. So wie er hinter ihrem Rücken das Gesicht verzog, hatte sie ihn vermutlich wieder gemaßregelt oder zur Eile angetrieben. Zum Glück nahm Tom ihre schroffen Anweisungen meist relativ gelassen zur Kenntnis. Er kannte sie lange genug, um zu wissen, welch empfindsames Herz sich hinter ihrer mürrischen Fassade verbarg.

Was hatte Charly über Wiseman gesagt? *Er hat ein Herz wie eine Marshmallow-Riesenerdbeere. Man muss die Schale knacken, innen ist es ganz fluffig* … Bei dem überraschenden Gedanken, dass Margery und der Cottage-Casanova etwas gemeinsam haben könnten, musste ich zum ersten Mal seit der Auseinandersetzung mit selbigem schmunzeln. Wenn Wiseman allerdings tatsächlich wie Margery funktionierte, deuteten sein Wutausbruch und seine unverschämten Bemerkungen womöglich darauf hin, dass er damit andere Gefühle zu überspielen versuchte. *Und selbst, wenn an dieser gewagten Theorie irgendetwas dran sein sollte, kann dir das ganz egal sein!*, meldete sich eine strenge Stimme in meinem Kopf.

Energisch griff ich mir die Post und riss mutig den Umschlag der Bank auf. Das Schreiben war an William gerichtet und mahnte die Zusendung der aktuellen Bilanz der *Animal Farm* an. Genau daran arbeitete ich ja gerade mit Mrs Hughes. Eigentlich. Zum x-ten Mal richtete ich den Blick auf die Tabellen der Steuerberaterin. Dass die Bank allerdings Ruhe geben würde, wenn sie die Bilanz erhielt, wagte ich zu bezweifeln.

Wie immer in solchen Situationen, wenn ich meine Gedanken ordnen musste, erstellte ich eine To-do-Liste. Heute enthielt sie allerdings nur dringend zu erledigende Aufgaben, die mich alle enorme Überwindung kosteten.

- Kurzfristig Termin mit Mrs Hughes vereinbaren.
- Zahlen mit ihr durchgehen.
- Bank um Aufschub für Bilanz bitten.
- ggfs. Investor?
- andere Geldeinnahmequellen?

Seufzend griff ich zum Hörer und rief im Steuerbüro an.

***

Am späten Nachmittag fuhr ich über die schmale Küstenstraße von Penzance zurück nach Mousehole. Passend zu meiner Stimmung war der Himmel wolkenverhangen, das Meer schimmerte grau. Durch das geöffnete Fenster atmete ich tief die salzige Luft ein. Mrs Hughes hatte mir tatsächlich kurzfristig einen Termin anbieten können und mich in die Tabellen eingeführt. So konnte ich zwar gleich zwei Punkte auf meiner Liste abhaken, meine Stimmung besserte sich dadurch allerdings keineswegs. Denn die Lage war noch wesentlich prekärer als gedacht. Die letzten beiden Punkte hatten deutlich an Dringlichkeit gewonnen. Ich musste einen Investor finden oder neue Einnahmequellen für den Zoo auftun, sonst würde es die *Animal Farm* nicht mehr lange geben.

Passenderweise wurde im Radio gerade „Money, Money, Money" von Abba gespielt, und ich schmetterte aus vollem Halse mit. „So I must leave, I'll have to go. To Las Vegas or Monaco. And win a fortune in a game, my life will never be the same." Mir wurde leichter ums Herz und ich musste schmunzeln. Beim Singen produzierte der Körper Glückshormone, das hatte William mir schon früh beigebracht. Wenn ich als Kind traurig war, tröstete er mich zunächst, animierte mich dann jedoch oft, mit ihm etwas zu singen. Es war kein Zufall, dass mein Onkel mich an Balu den Bären erinnert hatte, denn dessen Lied war sein Favorit gewesen: „Probier's mal mit Gemütlichkeit". Und tatsächlich vertrieb er so fast immer meine Sorgen. Heute vermisste ich William besonders. Wie gern hätte ich mich mit ihm auf das graue Sofa gekuschelt und mit ihm beraten. Doch sein Trick hatte gewirkt. Nun war ich zwar wehmütig, aber nicht mehr so verzagt. Irgendwie würde ich schon eine Lösung finden.

Mrs Hughes hatte mir erklärt, dass immer mehr Unternehmen versuchten, ihr Image aufzupolieren, indem sie soziale Projekte förderten und ihr Engagement dann nach dem Motto „Tue Gutes und rede darüber" in der Welt verbreiteten. Vielleicht gab es ja ein Unternehmen, das sich mit der *Animal Farm* schmücken wollte?

Schwungvoll bog ich in die Einfahrt ein. Der Tierpark hatte bereits geschlossen, und allmählich dämmerte es. Im Cottage brannte Licht. Unwillkürlich glitt mein Blick zum Fenster, hinter dem sich Wiseman mit geschlossenen Augen im Takt zu einer Melodie wiegte, die ich nicht hören konnte.

Anders als viele Männer, die beim Tanzen etwas steif wirkten, waren seine Bewegungen geschmeidig und lässig. Lasziv. Gebannt blieb ich hinter dem Steuer sitzen und beobachtete ihn, bis er plötzlich die Augen öffnete und mich direkt anzusehen schien. Erschrocken und ertappt fuhr ich zusammen, stieg mit hochrotem Kopf aus dem Wagen und ging schnurstracks zum Eingang des Herrenhauses, wobei ich den Blick strikt auf den Boden gerichtet hielt.

Drinnen stürmte wie gewohnt Joey auf mich zu, dicht gefolgt von Charly, die von oben bis unten mit weißem Pulver bestäubt war, und die Hände hochhielt, an denen so etwas wie Teig klebte. Sie hatte sich meine Schürze umgebunden und die Haare mit einem Löffel auf dem Kopf zu einem Knoten festgesteckt.

„Hallo Jane, sorry, dass ich deine Küche belagere", platzte Charly heraus, während ich mich neben Joey kniete und ihm den Bauch kraulte. „Aber du warst nicht da. Darum konnte ich dich nicht fragen. Und ich habe doch Ricki versprochen, dass ich heute endlich für ihn kochen würde. Du bist natürlich auch herzlich eingeladen", sagte sie, ohne Luft zu holen. „Wenn du dich traust", fügte sie augenzwinkernd hinzu.

„Was gibt es denn?" Ich sah neugierig zu ihr hoch.

„Pizza! Das ist meine Spezialität, aber irgendwie war so viel los. Erst das mit Poppy, dann wollte Angelina nicht trinken, und auf einmal war es schon so spät. Und ich kenne mich in deiner Küche ja auch gar nicht aus." Endlich holte sie Luft.

„Ich helfe dir." Ich stand auf und schob sie zurück in die Küche. „Aber bevor wir anfangen, weißt du, was der Arzt wegen Poppy gesagt hat?"

„Ja. Er meinte, es ist wohl diese Asp…"

„Aspergillose?"

„Ja, genau."

„Mist."

„Ja, aber er hat ihr ein Medikament verschrieben und ist wohl zuversichtlich, dass sie sich wieder erholt", berichtete sie mit ernstem Gesicht. „Riccardo hat sich noch länger mit ihr beschäftigt. Dr. George sagt, dass ihr das sicher auch hilft, wieder gesund zu werden. Arme Poppy."

Erst jetzt bemerkte ich das Chaos in der Küche. Anscheinend war Charly in der Hektik die Mehltüte umgekippt. Auf der Arbeitsplatte und auf dem Boden davor lag ein kleiner Mehlhaufen, von dem aus Spuren über den gesamten Küchenfußboden führten. Offenbar war Joey mehrmals hindurchgesaust, denn zwischen den Abdrücken von Charlys Füßen fanden sich unzählige von seinen Pfoten.

Mit schuldbewusster Miene folgte Charly meinem Blick. „Ich wollte gerade den Staubsauger holen", sagte sie zerknirscht.

Ich musste lachen. „Weißt du was? Das übernehme ich. Kümmere du dich lieber um den Teig. Ich habe einen Bärenhunger."

„Okay", erwiderte sie strahlend. „Dann isst du also mit uns?"

Ich zögerte. Meine Wut auf ihren Onkel hatte sich zwar im Laufe des Tages weitgehend beruhigt, dennoch wollte ich ihm nicht unbedingt ein ganzes Abendessen lang gegenübersitzen.

„Ich hab noch einiges zu tun", antwortete ich ausweichend. „Vielleicht könnte ich mir ein Stück mit hochnehmen?"

Charly schien etwas enttäuscht, bemühte sich jedoch, sich das nicht anmerken zu lassen. „Klar, kein Problem. Dann mach ich mal weiter."

Nachdem ich die Mehlspuren weggesaugt hatte, half ich Charly, indem ich Gemüse schnippelte, während sie engagiert die Teigkugel knetete, sie wie ein professioneller

Pizzabäcker in die Luft warf, geschickt wieder auffing und sie allmählich zu einer dünnen Teigplatte gigantischen Ausmaßes formte.

„Wo hast du das gelernt?", fragte ich beeindruckt.

„YouTube", erwiderte sie schulterzuckend und beförderte die Teigplatte schwungvoll auf das Backblech.

Na, klar. Dumme Frage. Unwillkürlich wanderten meine Gedanken zu dem Sushi-Abend mit Wiseman. Ein Kribbeln überlief meinen Körper, als ich daran dachte, wie wir dicht nebeneinandergestanden und gemeinsam auf das Youtube-Video gestarrt hatten.

„Jetzt nur noch belegen, dann kann sie ab in den Ofen", sagte Charly fröhlich und riss mich aus meinen Gedanken. Wir bestrichen den Teig mit Tomatensoße, belegten ihn dick mit Gemüse und Käse und schoben das Blech in den Ofen.

Während wir gemeinsam die Küche aufräumten, bemerkte ich auf einmal, dass Joey vor dem Backofen saß und wie gebannt durch die Scheibe auf die Pizza starrte.

„Na, bist du etwa Lucky, der Pizza Dog?", sagte ich und kraulte ihn kurz hinter den Ohren.

„Du hast ‚Hawkeye' gesehen?" Charly sah mich mit großen Augen an.

Es gab kaum einen Superhelden-Film, den ich nicht gesehen hatte. Natürlich kannte ich die Fernsehserie aus dem Marvel-Universum. Die junge Heldin rettete einem Hund das Leben. Dieser entpuppte sich als großer Pizzafan und war zum heimlichen Star der Serie avanciert.

„Klar." Ich sah Charly an. Diesmal zuckte ich lässig mit den Schultern. „Ich liebe Superhelden. Oben steht noch ein ganzer Karton mit Comics."

„Mega." Charlys Augen leuchteten.

„Willst du mal reinsehen?"

„Supergern." Sie zögerte einen Moment. „Aber …"

„Natürlich nur, wenn es dich interessiert. Ich hab die Dinger in deinem Alter verschlungen, aber vielleicht sieht man heute eher Filme und liest keine Comics mehr."

„Doch, doch, total", versicherte sie. Sie zögerte, dann schien sie sich ein Herz zu fassen. „Hör mal, Jane, ich hab eine Idee. In London findet nächste Woche eine Comic-Con statt und … Onkel Ricki hat dort einen Auftritt bei einer Gala und…"

Ich ahnte, worauf das hinauslief. „Oh, nein", unterbrach ich sie energisch. „Auf keinen Fall. Ich kann hier nicht weg."

„Ach, Janie, das wäre sooo cool. Vielleicht könnten wir sogar mit Ricki in seinem Superhotel wohnen und …"

„Nein!", entfuhr es mir harscher als beabsichtigt. Doch bei der Vorstellung, mit dem verführerischen Wiseman in einem Hotel zu wohnen, wurde mir schlagartig heiß.

„Mmmmh, hier riecht es ja köstlich!", ertönte wie aufs Stichwort seine gut gelaunte Stimme. Im nächsten Moment stand er auch schon in der Küchentür.

„Sorry, aber die Klingel ist immer noch kaputt", sagte er mit entschuldigender Miene zu mir, dann reckte er die Nase in die Luft und atmete tief ein. „Hier riecht es ja wie in einer neapolitanischen Pizzeria!"

Charly lächelte. „Zum Glück hat Jane mir geholfen." Sie verzog entschuldigend das Gesicht. „Ich war etwas spät dran. Und ich wollte das Chaos von heute Morgen doch irgendwie wiedergutmachen."

„Na, wenn Wonder Woman und Power Princess ihre Kräfte zusammentun, kann das Ergebnis ja nur gewaltig sein", scherzte er.

„Wonder Woman?" Charly sah stirnrunzelnd von Wiseman zu mir.

„Welches Chaos?“, fragte ich und sah Rick an.

Der räusperte sich, wirkte für seine Verhältnisse ungewöhnlich verlegen und wich meinem Blick aus. „Tja, also … heute Morgen … Charly hatte die Tür nicht richtig geschlossen.“ Er holte tief Luft. „Ich muss mich wohl bei Ihnen entschuldigen“, sagte er schließlich, was ihn offensichtlich einige Überwindung kostete.

Ich war gegen meinen Willen beeindruckt, und das warme Leuchten in seinen Augen, mit dem er mich nun ansah, ließ meinen letzten Groll dahinschmelzen.

„Allerdings“, gab ich streng zurück. Dann schoss mir das Bild durch den Kopf, wie Molly in dem ganzen Chaos auf seinem Drucker gesessen hatte. Ich unterdrückte ein Grinsen. Die Tiere hatten wirklich ganze Arbeit geleistet. Ich überlegte noch, ob ich ebenfalls etwas Entschuldigendes sagen sollte, doch Charly nahm mir die Entscheidung ab.

„Die Pizza ist fertig!“, rief sie. „Ach, iss doch mit uns, Jane“, bettelte sie und warf mir einen rührenden Hundeblick zu.

„Ja, bitte bleiben Sie“, sprang ihr Onkel ihr zur Seite.

Wie hätte ich da Nein sagen können? „Also gut“, gab ich nach.

„Yippiiiiie!“, rief Charly begeistert und machte sich daran, die Pizza aus dem Ofen zu holen, die wirklich wunderbar knusprig aussah und köstlich nach gebackenem Käse duftete.

Ich steuerte eine Flasche Rotwein aus dem Weinkeller meines Onkels bei und wir machten uns über das Essen her. Mit vollem Mund berichtete Charly Rick von ihrem aufregenden Tag – von Poppys Krankheit bis hin zu ihrer Mehlschlacht mit Joey.

Ausnahmsweise machte er sich nicht über sie lustig, sondern hörte aufmerksam zu und fragte interessiert nach. Das war ein anderer Wiseman, als ich ihn bisher erlebt hatte, und es berührte mich, wie vertraut die beiden miteinander waren.

Nachdem er genüsslich das letzte Stück Pizza vertilgt hatte, richtete Rick Wiseman den Blick auf mich. „Und wie war Ihr Tag, Jane?"

„Auf einer Skala von eins – hätte nicht besser sein können – bis zehn – den Tag würde ich am liebsten aus dem Kalender – streichen?"

Er nickte.

„Eine Acht."

„Wow! Haben Molly und Joey jetzt auch noch den Streichelzoo aufgemischt?"

Bevor ich etwas Scharfzüngiges erwidern konnte, boxte Charly ihren Onkel gegen den Arm. „Aua", schrie er auf und rieb sich mit einer übertriebenen Geste über die Stelle. Dann lächelte er mich reumütig an. „Sorry, Jane. Also, was ist passiert?"

Ich hatte das Bedürfnis, mit jemandem über meine Sorgen zu sprechen. Doch ob ausgerechnet mein Mieter der Richtige war?

„Hat es mit der Farm zu tun?", hakte er nach.

„Was ist los, Janie?", wollte nun auch Charly wissen.

Als ich das aufrichtige Interesse in ihren Augen sah, schob ich meine Zweifel beiseite. „Ja, es hat mit der Farm zu tun", hob ich zögernd an. Joey stupste mit der Schnauze gegen mein Bein, und ich kraulte ihn hinter den Ohren. „Mein Onkel hat immer wieder um die Finanzierung der Farm kämpfen müssen." Charly und Wiseman sahen mich aufmerksam an und warteten, dass ich fortfuhr. „Aber anscheinend ist William im letzten Jahr eine wichtige Stiftung weggebrochen. Seine Steuerberaterin hat mir heute klipp und klar gesagt: Wenn ich nicht schleunigst eine neue Finanzquelle auftue, bedeutet es das Aus für die *Animal Farm*", gestand ich.

„Oh, nein!", rief Charly entsetzt. „Was wird dann aus den armen Tieren?"

Sofort bereute ich meine Offenheit. Ich war so mit meinen Sorgen beschäftigt gewesen, dass ich gar nicht daran gedacht hatte, was die Nachricht in dem Mädchen auslösen musste.

„Na, noch ist es ja nicht so weit", schaltete sich ihr Onkel sofort ein und wandte sich dann wieder an mich. „Was für eine *Quelle*", er malte Anführungszeichen in die Luft, „könnte das sein?"

„Mrs Hughes meint, ich sollte einen privaten Investor suchen. Vielleicht könnte ich ein Unternehmen als Sponsor gewinnen. Jemand, der zum Beispiel mit der *Animal Farm* sein Image aufpolieren will", antwortete ich.

„Verstehe. Wenn also beispielsweise ein großer Kosmetikkonzern im Verdacht steht, seine Produkte an Tieren zu testen, könnte er sein Image aufpolieren, indem er eine Auffangstation für arme, geschundene Tiere unterstützt."

Es überraschte mich, wie schnell er das Prinzip begriff. „Genau so", bestätigte ich.

„Aber?"

„Aber erstens: Wie finde ich einen solchen Investor? Und zweitens: Woher weiß ich, dass er nicht tatsächlich Tierversuche durchführt?"

Wiseman zögerte einen Moment. „Für das erste Problem wüsste ich vielleicht eine Lösung." Er musterte mich nachdenklich. „Sie sollten sich mal mit meiner Schwester unterhalten."

In diesem Moment klingelte Charlys Handy. Sie blickte auf das Display und nahm das Gespräch an. „Hallo Mom!", rief sie freudestrahlend, warf ihrem Onkel und mir einen verschwörerischen Blick zu und verschwand mit dem Telefon im Flur.

„Wenn man vom Teufel spricht", sagte Wiseman. „Belle ist nämlich Unternehmensberaterin", fügte er erklärend hinzu.

Unternehmensberaterin? Diese sympathische Person? Ich hegte gewisse Vorurteile gegen Vertreter ihrer Profession. Wichtigtuer im teuren Business-Outfit, die rücksichtslose Sparmaßnahmen in Unternehmen durchdrückten, einschließlich Entlassungen, wofür sie ein großzügiges Honorar kassierten. Dabei kannte ich gar keinen Unternehmensberater, dieses Klischee hatte ich von William übernommen, der politisch immer auf Seite der Unterdrückten gestanden und mich mit seinen Überzeugungen stark geprägt hatte.

Ach, William, du fehlst mir.

„Jane?", riss mich Wiseman aus meinen Gedanken. Ich sah ihn an. Sollte ich das Angebot, mit seiner Schwester zu sprechen, annehmen? Doch bevor ich weiter darüber nachdenken konnte, schoss Charly um die Ecke und wedelte mit ihrem Telefon vor meiner Nase herum.

„Janie, Mom möchte dich sprechen."

8
RICK

„Das Mandarin? Das ist doch wohl nicht Ihr Ernst, Wiseman!"

„Rickiiii! Wie cool ist das denn? Der Hammer-Schuppen!"

Mit der schrillen und ziemlich respektlosen Reaktion meiner Nichte hatte ich gerechnet, als ich meinen alten Jaguar mit einem sanften Tippen auf die Bremse vor dem prächtigen Portal des Mandarin Oriental Hyde Park Hotels zum Stehen brachte.

Aber mich interessierte mehr Janes Reaktion auf den prunkvollen Tempel, in dem wir absteigen würden. Es war ein bisschen absurd, dass ich mir deswegen Sorgen machte. Jede andere Frau, mit der ich hier eine Nacht verbringen wollte, wäre mir vor Freude um den Hals gefallen und hätte sich anschließend nur noch damit beschäftigt, was sie zum Anziehen mitnehmen sollte. Eine ähnliche Reaktion hatte ich eigentlich auch von Jane erwartet, aber sie war eben nicht wie andere Frauen.

Und natürlich hatte sie meine Absicht sofort durchschaut, sie als Babysitterin für Charly zu verdingen. Immerhin schien sie mir den Versuch nicht übel zu nehmen, aber es war nicht die Comic-Con, die sie überzeugt hatte, mitzukommen. Sie hatte sich erst nach dem Telefonat mit Belle entschlossen, uns zu begleiten. Belle hatte versprochen, sie mit einem Investor bekanntzumachen, den sie kannte, und der sich möglicherweise für die *Animal Farm* interessieren könnte.

Als wir bei der Pizza darüber sprachen, waren Jane fast die Tränen gekommen, als sie die angespannte wirtschaftliche Situation ihres Wildtier-Reservats geschildert hatte. Mir war überhaupt nicht klar gewesen, wie schwierig ihre Lage wirklich war, und als ich jetzt aus meinem Wagen stieg und an der prunkvollen Fassade des Mandarin hinaufblickte, glitt mein

Blick unwillkürlich zu Jane.

„Tut mir leid“, sagte ich, während ich zum Kofferraum ging und unser Gepäck herausholte. „Ich konnte mir die Unterbringung nicht aussuchen …“

„Was?“ Charly wirbelte zu mir herum und starrte mich ungläubig an. „Das Mandarin ist das coolste Hotel in ganz London!“

Mir war zwar nicht klar, woher sie das wusste, aber ich achtete auch nicht auf sie. Der Wagenmeister des Hotels hatte Jane die Beifahrertür geöffnet, und ein Valet kam, um den Jaguar auf dem Hotelparkplatz zu parken.

Jetzt drehte sie sich zu mir um und hob spöttisch eine Braue. „Was genau tut Ihnen leid?“, fragte sie. „Glauben Sie, dass ich mich im Motel One wohler fühlen würde?“

Ich öffnete den Mund, um etwas zu erwidern, schloss ihn aber sofort, als mir klar wurde, dass sie den Nagel auf den Kopf getroffen hatte. Irgendwie kam mir dieser Luxusschuppen nach unserem Gespräch über Janes finanzielle Probleme jetzt auch fast protzig vor.

Jane sah meine Verlegenheit und ihr Lächeln wurde wärmer. „Mir ist schon klar, was Sie meinen, Rick.“ Sie hielt meinen Blick fest, als sie eine kleine Pause machte. „Und ich weiß Ihre Rücksicht tatsächlich zu schätzen.“ Sie deutete mit einem Nicken auf das Hotel. „Was nicht heißt, dass ich Luxus nicht genießen könnte.“

„Dann sind wir hier genau richtig, denke ich.“ Ich konnte nicht verhindern, dass ich wie ein Honigkuchenpferd über beide Backen grinste. Während der Fahrt hatten wir so gut wie kein Wort miteinander gewechselt, außer wenn es um Pausen, Essen und das Glück ging, dass wir nicht von Staus aufgehalten worden waren. Zum Glück hatte Charly die ganze Zeit unablässig geplappert, und da wir um fünf Uhr früh losgefahren waren, war ich recht froh, dass ich nicht viel reden musste, bevor ich wach war. Jane ging es offenbar ähnlich. Jetzt war es halb elf am Vormittag, und ich hatte noch anderthalb Stunden Zeit bis zur Probe.

Wir gingen mit unseren Reisetaschen die Stufen des Hotels unter dem gläsernen Vordach empor. Charly stand im Foyer und sah sich langsam mit in den Nacken gelegtem Kopf um.

„Das ist ja so …!“

„Pass auf, dass dir nicht schwindlig wird“, sagte Jane, bevor ich reagieren konnte. Ich hatte das Gefühl, dass ich bei der Wahl des Babysitters genau die richtige Person erwischt hatte.

Am Empfangstresen erwartete mich eine äußerst freundliche und professionelle Rezeptionistin, die sich nicht anmerken ließ, dass die üblichen Gäste des Mandarin Oriental Hyde Park Hotels nicht mit offenem Mund mitten im Foyer herumkreiselten.

„Ihre Suite besteht aus zwei miteinander verbundenen Einzelzimmern, Mister Wiseman, und sie befindet sich im obersten Stockwerk unter dem Penthouse in einem Erkerzimmer.“ Mit einem verbindlichen Lächeln schob sie mir drei Schlüsselkarten in einem eleganten Etui zu. „Der Wellnessbereich ist bis dreiundzwanzig Uhr geöffnet.“ Sie blickte auf die Unterlagen, die ich ausgefüllt hatte. „Falls Sie schon einen Blick in den Ballsaal werfen möchten, wird ein Page Sie gern dorthin führen. Er ist zurzeit gesperrt wegen der Vorbereitung für die Pre-Party heute Abend.“

„Nein danke“, erwiderte ich. „Ich muss mich kurz frisch machen und dann zur Probe. Sie findet im Congress Centre statt. Ich nehme an, vor dem Hotel ist ein Taxistand …“

„Wir haben selbstverständlich einen Shuttle Service für unsere Gäste zum Congress Center eingerichtet, Sir“, unterbrach sie mich freundlich. „Wir freuen uns sehr, dass Sie hier sind.“

Natürlich war das eine Floskel, aber ich war bereit, ihr zu glauben, dass sie das ernst meinte.

Der Lift glitt vollkommen geräuschlos hinauf, ein Rolls Royce unter den Liften, wie Charly anmerkte, und mit einem dezenten Gong erreichten wir unser Stockwerk.

Nachdem ich die Tür entriegelt hatte, stürmte Charly in das Zimmer, in dem sie mit Jane schlafen würde, und ich zuckte bei ihrem schrillen Begeisterungsschrei unwillkürlich zusammen.

Jane grinste, und ich bemerkte, dass ihre Wangen leicht gerötet waren. Ganz offenbar hatte sie es ernst gemeint, als sie sagte, sie würde Luxus genießen.

„Ich geh mal in mein Zimmer", sagte ich zu niemandem im Besonderen, während Charly auf dem Bett herumhüpfte – sie hatte sich sogar ihre Sneakers vorher ausgezogen – und Jane die Schale mit frischen Früchten betrachtete und dann die kleine Flasche Sekt hochnahm, die daneben stand, um das Etikett zu lesen.

„Champagner, natürlich", hörte ich sie noch sagen, bevor ich die Tür hinter mir schloss und in mein angrenzendes Zimmer ging. Ich warf meine Reisetasche aufs Bett, trat ans Fenster und blickte hinunter auf den Hyde Park.

Mein Handy brummte. *Angekommen?*

Morrison. *Alles klar*, textete ich zurück. *Schicke Hütte.*

Hält den Regen ab. Vergiss nicht, Probe um 12.

Ich seufzte. Offenbar hatte Morrison sich selbst zu meinem Babysitter ernannt. Aber er hatte recht. Ich kam besser nicht gleich am Anfang zu spät.

Ich zog Jacke und T-Shirt aus, stieg aus den Turnschuhen und entledigte mich der Hose. Dann sah ich mich kurz um. Das da war eindeutig die Badezimmertür, denn sie war angelehnt und ich sah die hellen Fliesen. Aber es war die einzige innere Tür des Zimmers, was mich etwas wunderte. Da die beiden

Räume eine Suite und miteinander verbunden waren, hatte ich eigentlich noch eine zweite Tür erwartet. Ich zuckte mit den Achseln. Darum würde ich mich später kümmern.

Ich betrat das Bad und pfiff leise. Hier wurde wirklich an nichts gespart. Und außerdem erklärte der Raum auch das Fehlen einer Verbindungstür. Das Bad war die Verbindung zwischen den beiden Räumen. Es gab zwei große Waschbecken, jeweils direkt an der Tür, zwei abgetrennte Kabinen mit den Toiletten, und eine Badewanne auf Löwenfüßen, die sogar eingebaute Jacuzzi-Düsen hatte. Ich hütete mich, mir vorzustellen, ob Jane auch den Luxus genießen würde, einen Whirlpool zu benutzen. Ich wollte mir gerade die Unterhose herunterstreifen, als ich ein Keuchen hinter mir hörte und herumwirbelte.

Jane stand in der gegenüberliegenden Tür und starrte mich an. Ihre Wangen waren nicht mehr rosa, sondern rot, und sie bewegte die Lippen, als wollte sie etwas sagen, brächte aber kein Wort heraus.

Ich räusperte mich. „Entschuldigung, ich wollte nur kurz duschen, bevor ich zur Probe …"

„Entschuldigung, ich hatte mich gefragt, ob das das Badezimmer ist oder die Verbindung zwischen unseren …", sagte sie gleichzeitig.

„Ja, das ist eine Art Gemeinschaftsbad, denke ich. Wenn Sie es benutzen wollen, ich kann auch noch warten …" Ich rührte mich nicht, sondern sog den Anblick von Jane in mich auf. Sie starrte auf meine Brust, auf meine Hüften und dann zuckte ihr Blick zu meinem Gesicht hoch.

„Ja, ich meine, nein, ich meine …" Sie schüttelte den Kopf und blickte in den Spiegel. „Wenn ich kurz das Bad benutzen dürfte …" Ich begegnete ihrem Blick im Spiegel.

Sie schloss die Augen und hob die Hand, während sie sich umdrehte. „Andererseits …"

„Nein, schon gut, selbstverständlich.“ Ich trat den geordneten Rückzug an, während ich ein Handtuch von der Stange nahm und es mir vor den Bauch hielt. Glücklicherweise war es so lang, dass es mir bis zu den Oberschenkeln reichte. „Klopfen Sie einfach, wenn Sie so weit sind.“

„Ja, gerne, danke.“ Ihre Stimme klang etwas heiser, und sie drehte sich nicht um. Als ich die Tür schloss, hätte ich schwören können, dass ich hörte, wie sie ausatmete.

***

Die Probe war völlig problemlos verlaufen. Ich kannte den Bandleader noch von früher, während meiner Anfangszeit mit den *Lannisters,* und glücklicherweise ließ er sich nicht anmerken, ob er mitbekommen hatte, warum ich aus der Band ausgestiegen war. Jetzt saß ich in dem Wagen des Shuttleservice und dachte darüber nach, wie es sich anfühlte, Kontakt mit der Vergangenheit aufzunehmen, wenn auch nur flüchtig. In dem Moment summte das Handy in meiner Tasche.

Die Nummer war unterdrückt, und ich erwartete, dass es noch um die Probe und irgendwelche Absprachen ging, als ich das Gespräch sofort annahm.

„Ja. Ist noch was?“

Am anderen Ende hörte ich nur ein leises Atmen, aber es genügte, um mir einen kalten Schauer über den Rücken zu jagen. Ich wusste, wer es war, bevor die Stimme sich meldete.

„Rick?“

Von wegen flüchtiger Kontakt mit der Vergangenheit! Das konnte doch nicht wahr sein!

„Eve?“ Der Name kam als unartikuliertes Krächzen aus meinem Mund. Ich räusperte mich und holte tief Luft. „Woher hast du die Nummer?“, platzte es aus mir heraus.

In meinem Kopf lief in Sekundenschnelle ein ganzer Film ab. Ich hatte mir wirklich Mühe gegeben, jeglichen Kontakt abzubrechen und mich unauffindbar zu machen. Und ich hatte in letzter Zeit auch recht gute Fortschritte gemacht, nicht mehr jede Nacht von ihr zu träumen. Woran eine Zoobesitzerin mit kastanienbraunem Haar keinen geringen Anteil hatte. Und als hätte Eve gerochen, dass ich mich endlich von ihr löste, meldete sie sich! Meine Verblüffung wich Zorn.

„Ich muss mit dir reden!“

Meine Kopfhaut prickelte und das Blut rauschte in meinen Ohren. Was fiel ihr ein? Ich bekam endlich mein Leben auf die Reihe, und sie hatte nichts Besseres zu tun, als sich genau in dem Moment wieder einzumischen.

„Dafür ist es ein paar Jahre zu spät!“, erwiderte ich. Meine Stimme klang rau, aber das war mir egal. „Ich habe dir nichts mehr zu sagen, und ich erwarte, dass du das akzeptierst! Ruf mich nicht mehr an!“

Ich unterbrach das Gespräch, hielt das Handy aber noch in der Hand und schloss die Augen. Nach einer Minute summte es wieder, womit ich gerechnet hatte, und ich drückte das Gespräch weg.

Dann schob ich das Handy in die Tasche und ließ meinen Kopf in die Hände sinken. Unglaublich! Hatte sie einen sechsten Sinn oder war es Hexerei? Andererseits … Vor einem Jahr oder vielleicht sogar noch vor zwei Monaten hätte ich es niemals geschafft, so abgeklärt und entschieden auf sie zu reagieren. Ich machte also eindeutig Fortschritte. Und ich hatte keinen Grund, in Panik zu geraten.

Ich hob den Kopf und sah mich um. Ich hatte nicht gemerkt, dass das Shuttle angehalten hatte. Wir waren am Mandarin Oriental angekommen. Ich stieg aus und ging rasch ins Hotel. Ich ignorierte die neugierigen Blicke der Rezeptionistin und fuhr auf mein Zimmer hoch. Dort ließ ich mich aufs Bett fallen und schloss die Augen. Bis zu meinem Auftritt hatte ich noch mehr als zwei Stunden Zeit. Ich würde ein Bad nehmen und auf gar keinen Fall an Eve denken.

Was sich als schwierig entpuppte, weil mein Handy mindestens zehnmal summte, bevor die anonymen Anrufe aufhörten. Ich sah zwar, dass jemand eine Nachricht auf meiner Voicemail hinterlassen hatte, aber glücklicherweise hatte ich die Nummern von allen Leuten, mit denen ich hier zu tun hatte, bereits eingespeichert. Also konnte es sich nur um Eve handeln, und ich weigerte mich, die Nachricht abzuhören. Ich beschloss, das erst zu tun, wenn ich wieder in Mousehole war.

Jane und Charlie waren noch auf der ComicCon, also hatte ich das Bad für mich. Ich setzte mich in die Wanne, schaltete die Whirlpool-Funktion an, schloss die Augen und versuchte, mich zu entspannen, so gut es ging.

***

Morrison hatte mir zwar nicht gesagt, dass auf der Pre-Party auch ein DJ für Musik sorgen würde, aber ich hatte es erwartet. Was ich nicht erwartet hatte, war, dass mir die Pausen zwischen meinen Sets eher zusetzten, als dass ich mich erholen konnte.

Der Grund dafür waren natürlich Eves Anruf und die Frage, von wem sie meine neue Handynummer bekommen hatte. Diese Frau war wirklich unheimlich. Zum ersten Mal seit unserer Trennung sah ich wieder Land und hatte die Chance, mein Leben auf die Reihe zu bekommen. Und das nicht nur beruflich. Und prompt rief Eve an, und allein mit den wenigen Worten, die sie gesagt hatte, hatte sie mich wieder durcheinandergebracht. Ich biss die Zähne zusammen. Aber diesmal würde ich es nicht zulassen, dass ich mich ihretwegen zum Narren machte.

Mein letztes Set hatte mit wohlwollendem Applaus und zwei Zugaben geendet, und der für die Organisation verantwortliche Abteilungsleiter der BBC hatte mir wohlwollend auf die Schulter geklopft. „Gut gemacht, Wasman“, sagte er, und ich war zu müde und abgelenkt, um ihn zu verbessern. „Wir sehen uns morgen bei der Gala!“

Ich nickte ihm zu, aber er war schon weitergegangen und stürmte mit ausgebreiteten Armen auf eine stark geschminkte Frau zu, die in einem eindeutig zu engen Etui-Kleid steckte. Mir war das egal. Ich brauchte jetzt dringend etwas zu trinken und Ruhe. Das Aubrey im Mandarin hatte bereits geschlossen, aber die Mandarin Bar war noch geöffnet. Ich bestellte am Tresen einen Jack Daniels ohne Eis mit etwas Wasser, und setzte das Glas an, als ein Mann mir gegenüber sein Glas hob und mir zuprostete.

„Ihr Auftritt hat mir gefallen, Mister Wiseman", sagte er. „Ich nehme an, Sie spielen auch andere Sachen als Pophits?"

Ich nickte. „Aber das wird für gewöhnlich nicht so gut bezahlt."

Er lachte. „Wem sagen Sie das? Ich habe einen Jazzklub hier in London. Ich bin schon froh, wenn ich meinen Musikern pro Abend 50 Pfund zahlen kann."

„Das hört sich gut an", erwiderte ich.

„Vielleicht haben Sie ja Lust, unseren Abend mit etwas Jazz ausklingen zu lassen", sagte er und deutete mit dem Daumen auf das Klavier in der Ecke. Es war ein Bechstein-Stutzflügel. „Oder sind Sie froh, wenn Sie heute Nacht keine schwarz-weißen Tasten mehr sehen müssen?"

Ich überlegte kurz. Ein bisschen Jazz zu spielen war auf jeden Fall besser, als an der Bar zu sitzen und zu grübeln.

„Wenn niemand etwas dagegen hat?"

Ich sah mich um. Außer dem Klubbesitzer und seiner Begleiterin waren nur noch zwei Gäste in der Bar, die gerade Anstalten machten, zu zahlen. Ich richtete meinen Blick auf die Barkeeperin, eine junge asiatischstämmige Britin aus Chelsea, ihrem unverkennbaren Akzent nach zu urteilen. Sie hob ihre schmalen Brauen und deutete einladend auf das Klavier. „Gern", sagte sie. „Wir schließen erst, wenn der letzte Gast gegangen ist." Sie lächelte und zeigte makellose Zähne.

„Spätestens um vier Uhr."

Ich grinste. „Dann habe ich ja noch etwas Zeit." Ich nahm mein Glas, ging zum Klavier, setzte mich hin, stellte es auf das kleine Tischchen daneben und klappte den Deckel auf.

Eine Stunde später war ich gerade in eine Improvisation über *Blue Monk* vertieft, als ich spürte, wie sich die Atmosphäre in der Bar veränderte. Ich spielte weiter und riskierte einen Seitenblick zum Tresen. Der Klubbesitzer und seine Frau zahlten gerade und der Mann winkte mir freundlich zu und hob einen Daumen.

Dann sah ich zum Eingang.

Es war sie. Sie lehnte unmittelbar neben dem Eingang an der Wand und hörte mir zu. Als der Klubbesitzer und seine Frau an ihr vorbeigingen, reagierte sie nicht, sondern sah nur mich an.

Ich erwiderte ihren Blick und wechselte von *Blue Monk* zu *I've Got You Under My Skin.* Sie schloss die Augen und öffnete leicht die Lippen. Als sie mich wieder ansah, musste ich unwillkürlich schlucken. Trotz der Entfernung sah ich, dass ihre Augen leuchteten. Ich wusste nicht, ob sie meine musikalische Anspielung erkannt hatte, aber ihr Lächeln legte es nahe. Ich spielte leiser weiter, ohne unseren Blickkontakt abreißen zu lassen, und ließ das Stück vor dem Ende mit einem offenen Akkord ausklingen. Ich klappte den Deckel zu, stand langsam auf und ging zur Bar.

„Danke", sagte ich zu der Barkeeperin und riss für einen Sekundenbruchteil meinen Blick von Jane, um die Frau anzusehen.

Sie lächelte, hob eine Braue und nickte mir schweigend zu. Ihr Blick zuckte einmal zwischen Jane und mir hin und her.

Ich ging weiter zur Tür auf Jane zu.

Wir blieben einen Moment voreinander stehen und sahen uns an. Ich hätte nicht gewusst, was ich hätte sagen sollen, aber ich hatte auch nicht das Bedürfnis zu sprechen.

Jane offenbar auch nicht. Sie stieß sich von der Wand ab und trat neben mich, wobei sie mich die ganze Zeit ansah. Als ich mich in Bewegung setzte, blieb sie neben mir und wir gingen zu den Aufzügen. Unsere Hände berührten sich, und ein Kribbeln lief über meine Haut. Ich zuckte nicht zurück, und offenbar wollte Jane ebenfalls nicht auf Abstand gehen. Wir berührten uns wieder, und ich schluckte, während ich mich zusammenreißen musste, um ihre Hand nicht einfach zu packen. Der Kontakt war so leicht, aber ich hatte das Gefühl, als spürte ich ihn überall auf meinem Körper.

Vor den Aufzügen wartete ich, und unsere Blicke trafen sich erneut. Schließlich streckte sie die Hand aus und drückte den Rufknopf.

Mein Herzschlag beschleunigte sich, und ich spürte, dass ich leicht anfing zu zittern. Bevor das Zittern hätte peinlich werden können, ertönte der Gong und die Aufzugtüren glitten auseinander. Diesmal wartete Jane, und ich trat vor ihr in die Kabine. Sie folgte mir und blieb dicht vor mir stehen. Sie sah zu mir hoch, und mein Blut rauschte so laut in meinen Ohren, dass ich den Gong kaum hörte, mit dem die Türen sich schlossen. Nach einer gefühlten Ewigkeit, in der wir uns wie gebannt ansahen, streckte ich die Hand aus und drückte den Knopf für unser Stockwerk.

9
JANE

Als wir abends von der ComicCon in unser luxuriöses Hotelzimmer zurückkamen, war Rick schon bei seinem Auftritt. Charly ließ sich mit einem lauten Seufzer aufs Bett fallen. „Das war mega, Jane!", schwärmte sie. „Ist Noah Schnapp nicht supersweet?"

Ich grinste. „Absolut megasweet. Für mich allerdings etwas zu jung", sagte ich augenzwinkernd. „Schade, dass David Harbour nicht da war."

„Echt? Den findest du gut?", fragte sie skeptisch und stützte sich auf den Ellbogen hoch.

„Ja, in ‚Stranger Things' wäre ich gern Winona Ryder gewesen." Ich ließ mich in einen der tiefen Sessel sinken, zog meine Chucks aus und massierte mir die Zehen. Von der vielen Lauferei taten mir die Füße weh. „Hast du ihn in ‚Black Widow' gesehen?"

Wir fachsimpelten noch einen Moment über Science-Fiction-Filme und Schauspielstars. Schließlich gähnte Charly. „Ich bin völlig erledigt." Sie zog ihr Smartphone aus der Tasche und stand auf. „Ich geh ins Bett und poste noch ein bisschen auf Insta. Kommst du auch?"

Ich blickte durch die großen Fenster auf die Lichter Londons unter mir. Der Tag war zwar anstrengend gewesen, aber irgendwie wollte ich noch nicht ins Bett. So schnell würde ich sicher nicht wieder herkommen, schon gar nicht in einen derart schicken Laden. Ob ich mir einen Drink in der Bar leisten konnte? Egal, das musste einfach drin sein.

„Ich gehe noch etwas trinken", sagte ich zu Charly und zog meine schwarzen Stiefeletten an, die ich zum Glück für den morgigen Termin mit Mr Bird, dem Kollegen von Belle, eingepackt hatte. Chucks waren hier wohl weniger angebracht.

Mein T-Shirt tauschte ich gegen einen dünnen, schwarzen Pullover, der zu meiner dunkelgrauen Röhrenjeans einigermaßen elegant aussah. Jetzt noch etwas Lippenstift, dann konnte ich mich sehen lassen.

Ich wünschte Charly eine gute Nacht, trat in den Hotelflur und warf einen Blick auf die Nachbartür. Wann würde Rick wohl zurückkommen? Ich erinnerte mich, wie sich auf der Autofahrt zufällig unsere Arme berührt hatten, es fühlte sich an, als wären Funken geflogen. Bei der Erinnerung überkam mich eine Gänsehaut. Ich schüttelte den Kopf, um diese Gedanken zu vertreiben. Morgen würde ich Belles Kollegen treffen. Darauf sollte ich mich konzentrieren.

Der Aufzug brachte mich sanft nach unten, und ich ging über den glatten Marmorboden in Richtung der Aubrey Bar. Es war lange her, dass ich in einer Bar gewesen war, schon gar nicht allein, und ich fühlte mich etwas unsicher, was ich mir jedoch nicht anmerken ließ. Ich straffte die Schultern, steuerte geradewegs auf den Tresen zu und schob mich auf einen Barhocker. Sofort kam die Barfrau mit einem Lächeln auf mich zu. Ich wusste genau, was ich wollte.

„Einen Basil Smash, bitte."

„Gern", sagte sie, legte mir eine Serviette hin und entfernte sich, um sich um die Zubereitung meines Drinks zu kümmern. Genüsslich schob ich mir eine Wasabinuss aus dem gläsernen Spender auf dem Tresen in den Mund, knackte mit den Zähnen die Schale und genoss die angenehme Schärfe. Dabei schwang ich mit dem Hocker leicht herum, ließ den Blick durch den Raum gleiten und betrachtete die zahlreichen Bilder an den Wänden. „Petersburger Hängung" hieß das, wenn die Bilder dicht über- und nebeneinander bis unter die Decke hingen. In dieser Umgebung sah das gut aus. Ich musste daran denken, dass William einmal versucht hatte, eine Wand unseres Wohnzimmers so zu gestalten, und kläglich gescheitert war.

„Bitte sehr, Ihr Gin Basil Smash." Die Barfrau stellte den hellgrünen Cocktail vor mir ab.

„Vielen Dank." Ich trank einen Schluck und ließ den säuerlichen Geschmack mit einem Hauch von Basilikum über meine Zunge rinnen. Wunderbar. Mit dem Glas in der Hand wandte ich mich dem Raum zu und ließ den Blick über die anderen Gäste schweifen.

Wieder einmal wanderten meine Gedanken zu Rick Wiseman. Ich dachte daran, wie er mich heute im Bad überrascht hatte, und musste lächeln. Die Situation war filmreif gewesen. Und peinlich. Sicher hatte er bemerkt, dass mein Blick automatisch immer wieder zu seinen definierten Muskeln gewandert war. Wie machte er das? Er wirkte eigentlich nicht wie jemand, der regelmäßig ins Fitnessstudio ging.

Allmählich leerte sich die Bar. Ich blickte auf meine Armbanduhr. Höchste Zeit, ins Bett zu gehen. Ich bezahlte und trank den letzten Schluck meines Cocktails.

Auf dem Weg zum Fahrstuhl hörte ich in der Ferne Klavierspiel. Nicht das übliche Geklimper, das ich aus Hotelbars kannte, sondern eine virtuose Jazzimprovisation. Neugierig folgte ich den Tönen zum Eingang einer zweiten Bar und blieb gebannt an der Tür stehen. Denn dort am Flügel saß niemand anders als … Rick Wiseman. Seine melancholische Interpretation von *Blue Monk* berührte mich tief in meinem Inneren, und ich lauschte fasziniert.

Als er den Kopf hob, trafen sich unsere Blicke, und scheinbar übergangslos wechselte er zu *I've Got You Under My Skin*, als wollte er durch die Musik zu mir sprechen. Und was er sagte, gefiel mir. Ich lauschte ihm, ohne den Blick von seinem zu lösen.

Schließlich stand er auf, ging zur Bar und sah mir dabei weiter unverwandt in die Augen. Dann wechselte er ein paar Worte mit der Barfrau und kam dann auf mich zu. Wir sprachen kein Wort, sondern verständigten uns nur mit Blicken. Ich stieß mich von der Wand ab und dicht nebeneinander gingen wir in Richtung Fahrstuhl; dabei streiften sich kaum merklich unsere Hände. Ich rief den Aufzug, und als die Türen auseinanderglitten, traten wir gemeinsam in die Kabine. Die Luft schien zu knistern, ich wagte kaum, zu atmen. Wir standen voreinander, Rick griff über meine Schulter und drückte den Knopf für unsere Etage. Ganz langsam neigte ich den Kopf ein Stück nach hinten, und seine Lippen streiften zärtlich meine Stirn. Ein Kribbeln überlief meinen Körper von den Haarwurzeln bis zu den Zehenspitzen. Ich schloss die Augen, neigte den Kopf noch ein Stück weiter zurück und spürte, wie Rick sanft seine Lippen auf meine legte und mit der freien Hand meine Wange umschloss.

In dem Moment pingte der Fahrstuhl und die Türen fuhren auseinander. Doch keiner von uns rührte sich. Was nun? Ich wollte auf keinen Fall, dass das jetzt aufhörte. Vorsichtig löste ich die Lippen von Ricks, öffnete die Augen und sah zu ihm hoch. Sein Blick flackerte kaum merklich. War der coole Wiseman etwa auf einmal unsicher? Dass er nicht gleich über mich herfiel, reizte mich nur noch mehr. Ich nahm seine Hand und zog ihn zu seiner Zimmertür. Er hob überrascht eine Braue, holte dann aber sofort die Zimmerkarte aus der Hosentasche.

Er ließ meine Hand los, um die Tür zu öffnen, und für einen kurzen Moment fühlte ich mich verlassen. Er stieß die Tür auf und sah mich mit einem Blick an, in dem Frage und Herausforderung zugleich lagen. Dabei nahm er erneut meine Hand. Ich trat dicht vor ihn, stellte mich auf die Zehenspitzen und küsste ihn auf den Mund. Er erwiderte den Kuss zurückhaltend, als wäre er unsicher, ob ich das hier wirklich wollte. Das gefiel mir. Langsam führte er unsere verbundenen

Hände auf meinen Rücken und drehte uns mit einer Tanzbewegung ins Zimmer. Hinter uns fiel die Tür ins Schloss.

Stille.

Die Lichter der Stadt schienen durch die deckenhohen Fenster herein, sodass es nicht ganz dunkel im Zimmer war. Rick legte eine Hand auf meine Wange, neigte meinen Kopf leicht nach hinten und vertiefte den Kuss. Heiße Lust sammelte sich in meiner Mitte, und ich konnte ihm plötzlich nicht nah genug sein.

Als ich mich an ihn drängte, entfuhr ihm ein leises Stöhnen, er hob mich auf die Hüften und trug mich zum Bett. Was sich seit dem Sushi-Abend an sexueller Spannung zwischen uns aufgestaut hatte, brach sich nun unaufhaltsam Bahn. Ich sehnte mich danach, seine Haut auf meiner zu spüren, und wir rissen uns förmlich die Kleider vom Leib. Dann hielten wir einen Moment inne und sahen uns an. In Ricks Augen glühte eine Leidenschaft, die mir den Atem raubte. Ich wollte ihn mit jeder Faser meines Körpers.

***

Ich kuschelte mich in die leichte Daunendecke, drehte mich auf die Seite und atmete Rick Wisemans unverwechselbaren Sandelholzgeruch ein. Doch als ich die Augen aufschlug, blickte ich nicht etwa in das markante Gesicht von Rick Wiseman, sondern auf die Stupsnase von Charly, die mich erwartungsvoll aus ihren großen braunen Augen ansah.

„Guten Morgen, Jane!“ Sie strahlte von einem Ohr zum anderen. Offenbar hatte sie schon darauf gewartet, dass ich endlich aufwachte.

„Gib mir eine Minute“, brummte ich. Erneut nahm ich Ricks Duft wahr, er musste noch auf meiner Haut haften. Und sofort stieg ein Bild der gestrigen Nacht vor meinem inneren Auge auf. Während wir uns geliebt hatten, hatte ich irgendwann die Augen geschlossen, um mich ganz meiner Lust hinzugeben, da hörte ich Ricks heisere Stimme an meinem Ohr. „Bleib bei mir, Jane. Sieh mich an." Ich war seiner Aufforderung gefolgt, und es hatte sich unglaublich intim angefühlt, die ganze Zeit über nicht die Blicke voneinander zu lösen.

„Janie?", hörte ich Charly neben mir. „Es ist schon acht. Wenn du das Hammerfrühstück nicht verpassen willst, musst du aufstehen."

Wollte ich das Hammerfrühstück nicht verpassen? Ein Tee wäre jedenfalls nicht schlecht, um auf Touren zu kommen, bevor ich mich mit Mr Bird traf. In einem solchen Hotel war sicher auch der Tee erstklassig. Vielleicht sollte ich anschließend noch einen Kaffee trinken. Ich konnte höchstens zwei Stunden geschlafen haben, nachdem ich mich aus Ricks Zimmer zunächst ins Bad geschlichen hatte, wo ich in meinen Pyjama geschlüpft war, um mich dann zu Charly ins Bett zu legen.

„Okay", sagte ich schließlich. „Ist das Bad denn frei?" Rick jetzt dort zu begegnen, würde mich eindeutig überfordern.

„Mein Onkel schläft noch. Der ist bestimmt spät von seinem Auftritt zurückgekommen. Und ich muss heute nicht duschen. Nur jeden zweiten Tag. Ist besser für die Haut und für die Umwelt", erklärte sie gut gelaunt.

„Mhm." Ich schlug die Decke zurück und schwang die Beine aus dem Bett. Auch wenn ich das Konzept guthieß – nach der letzten Nacht ungeduscht Mr Bird gegenüberzutreten, war nicht ratsam. Obwohl ich es etwas bedauerte, mit den Spuren der vergangenen Nacht auch Ricks Duft von meiner Haut zu spülen.

„Sehr löblich", sagte ich zu Charly, „aber ich möchte keinesfalls bei diesem Finanztypen wie ein Ozelot riechen, wenn ich mit ihm über das Sponsoring des Zoos spreche."

Charly lachte. „Wäre aber passend."

„Ha, ha."

Ich schlurfte ins Bad, in dem es neben einer

Regendusche auch eine große ovale Badewanne auf Füßen gab. Wie gern hätte ich jetzt ein Bad genommen, doch dafür reichte die Zeit nicht. Als ich mir den Pyjama auszog, erhaschte ich in dem großen Spiegel über dem Waschbecken einen Blick auf meinen Körper und dachte daran, wie Rick ihn letzte Nacht liebkost hatte. Er hatte all meine Sinne geweckt. Ich fühlte mich sexy. Müde, aber sexy. Ich trat hinter die Duschwand, stellte das Wasser an und ließ den heißen Strahl über meinen Körper laufen. Das Duschgel des Hotels umfing mich mit einem wunderbar eleganten Duft. Ich hätte noch ewig dortbleiben können, zwang mich jedoch, mich zum Abschluss einmal kalt abzuduschen. Jetzt war ich wach. Ich trocknete mich ab und wickelte mich in einen der weichen Bademäntel, um mir das Haar zu föhnen.

Wie eine Erscheinung tauchte auf einmal Rick in Boxershorts und mit freiem Oberkörper im Spiegel hinter mir auf. Durch den lauten Föhn hatte ich ihn nicht kommen hören. Er sah genauso müde aus, wie ich mich gefühlt hatte, und lächelte mich an. Als ich den Föhn ausstellte, raunte er mir ein heiseres „Guten Morgen" ins Ohr und küsste mich auf den Hals. Ich schmiegte mich an ihn.

In diesem Moment klopfte von der anderen Seite Charly an die Tür. „Jane, darf ich reinkommen? Ich wollte mir nur kurz die Zähne putzen und Katzenwäsche machen."

„Kleinen Moment!", rief ich. *Guten Morgen*, sagte ich tonlos zu Rick und gab ihm mit Gesten zu verstehen, dass er wieder verschwinden sollte. Er machte eine übertrieben enttäuschte Miene, schlich jedoch gehorsam wieder in sein Zimmer zurück.

„Du kannst reinkommen", rief ich Charly zu.

Sie trat ein und sah sich forschend um. Das Mädchen hatte wohl den siebten Sinn. Bevor sie etwas sagen oder fragen konnte, stellte ich den Föhn wieder an und widmete mich meiner Frisur.

Eine halbe Stunde später saß ich an dem mit weißem Tischtuch und Stoffservietten elegant gedeckten Frühstückstisch, nippte an einer Tasse Tee, der tatsächlich ganz hervorragend war, und versuchte, mich auf den bevorstehenden Termin zu konzentrieren. Mir gegenüber verspeiste Charly genüsslich eine Waffel mit Puderzucker und Marmelade.

Es war wie im Schlaraffenland, von Würstchen und Eiern über frisch zubereitete Omeletts und Waffeln bis hin zu unzähligen Müslimischungen gab es alles, was das Herz begehrte. Ich fühlte mich von dieser überbordenden Auswahl leicht überfordert, was dazu geführt hatte, dass sich eine etwas sonderbare Zusammenstellung auf meinem Teller befand. Dort konkurrierten ein Croissant und diverse Marmeladen mit kleinen Fischchen und Würstchen mit Rührei. Irgendwie war ich wohl nicht ganz bei der Sache gewesen.

„Schräge Mischung", bemerkte Charly prompt. „Igitt, pass auf, dass die Fischlake nicht in das Croissant läuft", warnte sie und verzog das Gesicht.

Ich brachte das gefährdete Gebäck in Sicherheit und biss in ein Würstchen. „Hast du dir gemerkt, wie wir gestern gefahren sind?", fragte ich sie. Da ich mich mit Mr Bird traf, wollte Charly heute noch mal allein auf die ComicCon gehen.

„Klaro. Mit der DLR bis Custom House", nuschelte sie mit vollem Mund, dann erschien unvermittelt ein strahlendes Lächeln auf ihrem Gesicht und sie winkte hinter meinem Rücken jemandem zu.

Als ich mich umdrehte, sah ich Rick, lässig in Anzughose und einem verblichenen T-Shirt, auf uns zukommen. Wie schaffte er es nur, so verdammt gut auszusehen? „Guten Morgen, Ladys", sagte er und setzte sich auf den Stuhl neben mich. So musste ich ihn nicht ansehen, worüber ich froh war. Ich wollte nicht, dass Charly merkte, was passiert war, und wusste nicht genau, wie ich mich verhalten sollte. Mein Körper reagierte sofort überempfindlich auf Ricks Nähe. Es war, als wäre die Luft zwischen uns elektrisch aufgeladen.

„Morgen, Ricki, du bist ja schon wach“, wunderte sich Charly. „Wie ist der Auftritt gelaufen?“

„Ganz okay”, sagte er, winkte einen Kellner heran und bestellte sich einen Americano. „Es hat sich auf jeden Fall gelohnt.“ Er warf einen Seitenblick auf mich, dann sah er wieder zu Charly. „Und wie war es bei euch?“, fragte er, die Unschuld in Person. Offenbar wollte auch er nicht, dass seine Nichte mitbekam, was da zwischen uns passiert war.

„Mega“, schwärmte Charly und berichtete detailliert, welche Stars wir auf der Messe gesehen hatten, doch ich hörte nur mit halbem Ohr zu. Die Nacht war umwerfend gewesen, aber die intensiven Gefühle triggerten meine Angst, verletzt zu werden, und ich wusste nicht, was ich von Rick halten sollte. Verbarg sich hinter seinem betont männlichen Auftreten tatsächlich eine empfindsame Seele, oder war er der Frauenheld, für den ich ihn zunächst gehalten hatte? Und wenn, störte mich das? Bisher war ich diejenige gewesen, die Beziehungen beendet hatte, weil sie mir zu verbindlich wurden. Irgendwie ahnte ich jedoch, dass das bei Rick anders sein könnte.

Ich warf ihm einen Seitenblick zu, was er prompt bemerkte. Er drehte sich zu mir um. „Und?“, fragte er. „Wann ist das Date, Jane?“

„Date?“, fragte ich verwirrt.

„Na, mit Mr Bird?“

„Oh.“ Ich sah auf meine Armbanduhr. „Ach, du meine Güte, in einer halben Stunde. Ich muss mich sofort auf den Weg machen.“

Ich stand auf und hängte mir meine Tasche über die Schulter. „Viel Spaß, Charly! Ich warte nachher im Zimmer auf dich."

„Alles klar. Viel Glück, Jane."

Ich sah kurz zu Rick. „Wünsch ich auch, Rick", sagte ich etwas steif und sah ihm zum ersten Mal in die Augen, seit er sich zu uns gesetzt hatte.

Er räusperte sich. „Dito, Jane. Und viel Erfolg, das wird schon klappen."

„Danke", erwiderte ich, drehte mich um und verließ den Frühstückssaal, wobei ich Ricks Blick auf mir spürte und es mir darum nicht verkneifen konnte, mich etwas mehr in den Hüften zu wiegen.

***

Beschwingt kehrte ich von dem Treffen mit Mr Bird zurück. Belle hatte nicht zu viel versprochen. Mit Designeranzug und eleganten Lederschuhen mochte er zwar äußerlich meiner Vorstellung eines Unternehmensberaters entsprechen, mehr meines klischeehaften Bildes bediente er jedoch nicht. Er war nicht nur äußerst sympathisch, sondern hatte mir auch Hoffnungen gemacht, dass er einen Sponsor für die *Animal Farm* finden könnte. Er hatte sich ausführlich von mir schildern lassen, nach welchen Kriterien wir die Tiere aufnahmen und mit welchem Aufwand wir sie behandelten. Er erkundigte sich, welche Unterstützung wir vom Staat erhielten, und hörte mir bei allem aufmerksam zu. Schließlich erklärte er, dass er sich bemühen werde, ein finanzkräftiges Unternehmen zu finden, das die Werte der *Animal Farm* teilte. Er hatte Verständnis für meine Sorge, dass ein Investor versuchen könnte, sich durch die Unterstützung des Zoos eine weiße Weste zu beschaffen. Stattdessen wollte er einen suchen, dem es ein echtes Anliegen war, unserem Zoo zu helfen.

Schon in zwei Wochen wollte er sich mit ersten Ergebnissen seiner Recherche melden. Auch wenn er mir nichts versprechen konnte, fühlte ich mich deutlich zuversichtlicher.

Ich lächelte dem Pagen mit Zylinder und in roter Livree zu, der mir am Eingang des Hotels die Tür aufhielt, und ging federnden Schrittes zu den Fahrstühlen. Dass ich hoffnungsvoller in die Zukunft blicken konnte, hatte ich Rick zu verdanken. Und Belle. Aber die Idee, seine Schwester um Hilfe zu bitten, war von Wiseman gekommen. Und Charly hatte kräftig nachgeholfen, sie gleich in die Tat umzusetzen.

Ich wollte Rick unbedingt von dem positiven Treffen mit Mr Bird berichten und mich bei ihm bedanken. Und ich wollte ihn sehen, wenn Charly nicht dabei war. Wie würde er sich verhalten? Hoffentlich war er noch nicht zu einer Probe oder einem anderen Termin aufgebrochen.

Als ich im Fahrstuhl nach oben fuhr, hatte ich ein Kribbeln im Bauch. Bei der Aussicht, Rick zu sehen, war ich aufgeregt. Ein solches Gefühl hatte schon lange kein Mann mehr in mir ausgelöst. Vielleicht sogar noch nie.

Die Fahrstuhltüren glitten auseinander und ich trat in den Flur, doch gerade, als ich auf Ricks Zimmertür zugehen wollte, schwang diese auf, und eine Frau mit dunklen Haaren trat heraus. Reflexartig zog ich mich in die Nische zurück, die sich neben dem Fahrstuhl vor dem Eingang zum Treppenhaus befand.

Ich hörte Ricks gedämpfte Stimme, konnte jedoch nicht verstehen, was er sagte. Jetzt sprach die Frau. Dann folgte Schweigen. Vorsichtig linste ich um die Ecke und sah, wie sie sich umarmten. Es fühlte sich an, als würde mir jemand ein Messer in die Brust stoßen. Dass er sich so kurz nach unserer intimen Begegnung gleich mit einer anderen traf – was auch immer das zwischen den beiden war – machte mich fassungslos. Auch wenn ich selbst noch nicht wusste, wie weit ich mich auf Rick einlassen wollte, wäre es für mich ausgeschlossen gewesen, mich gleich mit einem anderen Mann zu treffen. *Bleib bei mir, Jane. Sieh mich an.* Durch die besondere Intimität, die ich beim

Sex mit ihm empfunden hatte, fühlte ich mich jetzt verraten und gedemütigt.

Es hörte sich an, als würden sich die beiden verabschieden, dann ging der Fahrstuhl auf und eine Zimmertür schlug zu. Ich wartete einen Moment, ehe ich vorsichtig erneut um die Ecke spähte. Der Flur war leer und ich hastete zurück in mein Zimmer. Was sollte ich tun? Am liebsten hätte ich sofort meine Sachen gepackt und wäre nach Mousehole zurückgefahren, doch ich konnte Charly nicht allein lassen. Eigentlich wollten wir heute noch hierbleiben, weil Rick einen weiteren Auftritt hatte, und morgen alle zusammen in seinem Wagen zurückfahren. Die Vorstellung, mit ihm fünf Stunden auf engstem Raum zusammen zu sein, war mir jedoch unerträglich. Ich brauchte Abstand.

Charly und ich konnten genauso gut heute noch mit dem Zug zurückfahren. Ich suchte in meinem Smartphone nach Verbindungen. Wir müssten in Plymouth umsteigen, aber es dauerte auch nicht viel länger als mit dem Auto. Ich könnte behaupten, morgen früh käme ein neues Tier im Zoo an. Tatsächlich hatten wir morgen eine Neuaufnahme, die Margery jedoch gut allein regeln konnte. Aber das brauchte Charly ja nicht zu wissen. Ebenso wenig wie Rick, denn dem musste ich meinen abrupten Aufbruch ja auch erklären. Aber vielleicht konnte mir dabei Charly helfen. Hoffentlich kam sie bald zurück.

Um irgendetwas zu tun, sammelte ich meine Sachen ein und packte sie in meine Reisetasche. Wieso hatte ich mich nur von meinen Gefühlen hinreißen lassen? Eigentlich konnte ich Rick gar keinen Vorwurf machen, er hatte mir nichts versprochen. Ich hatte mit ihm schlafen wollen, hatte sogar die Initiative übernommen. Doch wenn ich ehrlich war, hatte ich mir eingebildet, dass die Anziehungskraft zwischen uns nicht nur rein erotischer Natur war. Weil ich mehr für ihn empfand.

Darum tat es jetzt auch so weh, zu merken, dass ich für ihn nur eine weitere Bettgeschichte war.

Ich warf einen Blick zum Bad. Wenn ich meine Sachen dort herausholte, riskierte ich, Wiseman zu begegnen. In dem Moment ging die Zimmertür auf und Charly fegte herein.

„Hallo Jane!“ Als sie mein Gesicht sah, hielt sie abrupt inne. „Oh, ist das Gespräch mit Mr Bird nicht gut gelaufen?“

„Oh, doch.“ Ich sammelte mich und bemühte mich um eine fröhliche Miene. „Doch, Mr Bird war sehr sympathisch. Und er hat mir Hoffnungen gemacht, dass er uns tatsächlich helfen kann.“

„Aber das ist doch toll.“ Sie sah sich im Zimmer um. „Hast du schon gepackt? Was ist denn los?“

„Also … äh, Margery hat angerufen“, stammelte ich.

„Was ist passiert?“, fragte sie alarmiert.

„Nichts Schlimmes“, beruhigte ich sie schnell und bekam ein schlechtes Gewissen, dass ich sie anschwindelte. „Wir haben nur morgen früh eine Neuaufnahme“, erklärte ich, ohne ihr dabei in die Augen zu sehen, „und da muss ich dabei sein. Da dein Onkel ja heute noch mal spielen muss, müssten wir den Zug nehmen“, fügte ich entschuldigend hinzu.

„Gott sei Dank. Ich dachte schon, es wäre was mit Angelina“, sagte sie erleichtert. „Kein Problem. Wann geht der Zug?“

„In zwei Stunden ab Paddington.“ Ich zögerte. „Rick weiß noch nicht Bescheid, ich wollte erst warten, bis du zurück bist.“

„Okay.“ Sie sah mich forschend an. „Soll ich eben rübergehen?“

„Ich komme mit”, sagte ich, entschlossen, die Begegnung rasch hinter mich zu bringen.

Doch ausnahmsweise meinte es das Schicksal gut mit mir. Als wir ins Zimmer traten, war Wiseman nicht da.

„Ach, er ist sicher schon zur Probe", stellte Charly fest. „Ich schreib ihm eine WhatsApp."

10
RICK

„*Close your eyes and I'll kiss you, tomorrow I'll miss you, remember I'll always be true* …" Meine raue, aber melodisch einwandfreie Darbietung des Beatles-Hits wurde abrupt unterbrochen, als ich heftig zusammenzuckte.

„Au, verflucht!" Ich musterte mich in dem beschlagenen Spiegel des Bades, um den Schaden zu überprüfen. „Pass doch auf, du Idiot! Singen und rasieren geht nicht gleichzeitig, das solltest du wissen!"

Während ich hastig ein Schminktuch aus dem verchromten Halter an der Wand neben dem Spiegel zupfte und es auf die blutende Schnittwunde an meinem Kiefer drückte, schüttelte ich den Kopf. Das war mir schon sehr lange nicht mehr passiert. Andererseits hatte ich auch schon sehr lange nicht mehr nach einem schweißtreibenden Besuch im Gym, das hier im Mandarin ebenso erstklassig war wie das ganze Hotel, das überwältigende Bedürfnis gehabt, gut gelaunt in der Dusche zu singen. Nicht mehr seit … Ich weigerte mich, den Gedanken zu Ende zu denken.

Jedenfalls hatten die Beatles, Tom Jones und Adele sang- und klangvoll die *Windmills of your mind* abgelöst, das Lied das ich seit …

Hör auf damit! Ich betrachtete stirnrunzelnd mein Spiegelbild. Für den Schnitt musste ich noch irgendwo in meiner Kulturtasche einen Blutstillstift haben, falls der nicht mittlerweile längst zerbröselt war. Leider gab es keinen Gedankenstillstift gegen die Beschäftigung mit Ex-Freundinnen.

Ich fand den Stift, trug etwas Salbe auf die Wunde auf und wartete, bis das Brennen abklang und die Blutung aufhörte, bevor ich mich weiter rasierte. Diesmal nicht singend, sondern grübelnd.

Was für ein unglaubliches Zusammentreffen! Ob es so etwas wie ein Schicksal gab, das irgendwo um uns herum existierte und die Fäden der Ereignisse nach Lust und Laune knüpfte? So wie die Nornen aus der altgermanischen Mythologie? Ich konnte mir jedenfalls nicht erklären, dass sich Eve ausgerechnet in dem Moment meldete, als mein Liebesleben eine so unerwartet schöne Wendung nahm.

Meine finstere Stimmung hellte sich auf, als ich an die letzte Nacht dachte. Ich schloss die Augen und sah Jane wieder vor mir, als sie mit leuchtenden Augen und glühenden Wangen auf mir saß und mich mit langsamen Bewegungen zum Höhepunkt trieb. In dem Moment hatte ich das Gefühl, dass alles von mir in sie strömte, und als sich unsere Blicke begegneten, raubte mir der Ausdruck in ihren Augen fast den Atem. Wir hatten danach kein einziges Wort gesagt, sondern uns nur liebkost, geküsst und noch einmal geliebt. Als ich am frühen Morgen aufwachte, und sie nicht mehr neben mir spürte, hatte ich mich schrecklich verlassen gefühlt, als hätte ich alles nur geträumt. Aber als ich durch die Nase einatmete, nahm ich ihren Geruch wahr, und das Gefühl, das mich in dem Moment durchströmte, war einfach …

Das Zimmertelefon klingelte. Ich legte den Rasierer weg und riss noch ein Kosmetiktuch aus dem Halter, weil die Schnittwunde trotz Alaunstift immer noch blutete, und nahm den Hörer ab.

„Mr Wiseman, bei mir am Empfang steht eine Assistentin Ihres Agenten. Sie will Ihnen …"

„Okay." Ich warf einen Blick auf die Uhr. Was wollte Morrison denn jetzt schon wieder? Und wieso hatte er nicht angerufen? Mir fiel ein, dass ich mein Handy gestern Nacht ausgeschaltet hatte, als ich mit Jane hochgefahren war. Wahrscheinlich schob Morrison schon Panik, weil er mich nicht hatte erreichen können. „Schicken Sie sie einfach hoch. Und vielleicht schicken Sie noch ein zweites Gedeck mit hoch, wenn das geht? Ich hatte Frühstück aufs Zimmer bestellt.” Ich war heute Morgen nur in den Frühstücksraum gegangen, um Jane noch einmal zu sehen, bevor sie das Hotel verließ. Danach hatte ich das Gym aufgesucht und meinen Körper mit Dehnübungen auf Touren gebracht. Obwohl ich ausgesprochen wach war, auch wenn ich gestern Nacht höchstens zwei Stunden Schlaf bekommen hatte. Aber unmittelbar nach dem Aufstehen bekam ich außer Kaffee nichts runter. Und ich wusste, dass Cindy, Morrisons Assistentin und Mädchen für alles, gerne aß, was man ihr allerdings nicht ansah, und das Frühstück hier lieben würde.

„Gern, Sir. Ich gebe das gern an den Zimmerservice weiter.”

Ups. Ich grinste, als ich auflegte. Das Personal in solchen First Class Hotels war wirklich exzellent geschult. Die schafften es, einen ohne eine Miene zu verziehen und mit ausgesuchter Höflichkeit zu rüffeln. Ich war gespannt, wie viele Anrufe von Morrison auf meinem Handy waren, und spielte kurz mit dem Gedanken, es zu holen und einzuschalten, beschloss dann aber, mich vorher noch zu Ende zu rasieren. Ich war gerade fertig, als es an der Zimmertür klopfte.

„Moment!“, rief ich und warf mir den Bademantel über. Dann ging ich zur Tür, während ich mir mit dem Handtuch das Gesicht abtupfte. „Hi, Cindy, ich hoffe, Morrison hat keinen Herzinfarkt …“ Als ich die Frau sah, die im Gang des Hotels wartete, verschlug es mir die Sprache.

„Hi, Rick.“

Ich starrte sie an und brauchte einen Moment, um mich zu vergewissern, dass ich nicht träumte.

„Eve? Was machst du hier?“ Ich wusste selbst, dass diese Frage ziemlich dumm war, aber ich war in diesem Moment schon froh, dass ich überhaupt ein Wort herausbrachte.

Sie hatte sich in den vier Jahren seit unserer Trennung – oder waren es schon fünf? – verändert. Sie war schlanker als früher, ihr Haar war länger, ihre Augen lagen tiefer in den Höhlen und sie war ungeschminkt. Sie trug einen eng anliegenden schwarzen Pullover mit Stehkragen, eine Jeans, Stiefel und die Lederjacke, die wir einmal zusammen auf dem Marché aux Puces in Paris gekauft hatten. Und sie hatte einen sonderbaren Zug um die Lippen, den ich nicht identifizieren konnte. Andererseits hatte ich ihre Gefühle nie gut wahrgenommen, sonst wäre mir ja wohl kaum entgangen, dass sie mich …

„Ich muss mit dir reden, Rick, bitte! Es ist wirklich wichtig." Sie musterte mich von Kopf bis Fuß, und mir wurde klar, dass ich unter meinem Bademantel nichts trug.

„Ich habe nichts an."

„Das sehe ich." Sie lächelte schwach, verzichtete aber auf eine anzügliche Bemerkung. „Darf ich trotzdem eintreten?" Sie sah sich auf dem Gang um. „Es wird nicht lange dauern." Ihr Blick streifte flüchtig meine nackte Brust unter dem offenen Bademantel, aber sie hob sofort den Kopf und sah mich dann eindringlich an. „Bitte."

Anstatt mich verunsichert oder wütend zu fühlen, wurde ich schlagartig ruhig. Ich lauschte in mich hinein und wartete auf den Schmerz. Aber er kam nicht.

Ich steckte den Kopf aus der Tür und sah mich im Gang um. Es war niemand zu sehen. Gut. Es hätte mir gerade noch gefehlt, dass Charly oder gar Jane uns gesehen hätten.

Ich trat zurück und gab den Eingang frei. „Komm rein", sagte ich und blieb gelassen stehen, als sie dicht an mir vorbei das Zimmer betrat. Ich ertappte mich trotzdem dabei, dass ich die Luft anhielt und darauf wartete, dass mich ihr Geruch überfallen würde. Sie trug offenbar kein Parfüm, stellte ich fest, während ich die Tür hinter ihr schloss. „Ich zieh mir schnell etwas an", sagte ich. „Wenn es klopft, ruf mich bitte. Das ist nur der Zimmerservice. Ich habe Frühstück mit einem zweiten Gedeck bestellt. Eigentlich hatte ich Morrisons Assistentin erwartet", setzte ich hinzu. Den kleinen Seitenhieb wollte ich mir nicht verkneifen. Ich war schon an der Badezimmertür, als mir verspätet meine Manieren einfielen. „Nimm Platz. Falls du etwas trinken möchtest, kann ich …"

„Nein danke. Ich will nichts. Nur kurz mit dir reden. Es ist wirklich wichtig." Sie machte eine kleine Pause. „Danke, dass ich hereinkommen durfte." Ihre Miene wirkte ernst und aufrichtig.

Ich merkte, dass ich mich ins Bad flüchten wollte, und zwang mich dazu, stehen zu bleiben und sie genauer anzusehen. Ihre Haare waren länger und brauchten dringend eine Schere, weil die Spitzen schon spleißten. Sie war nicht schlank, sondern dünn, und ihr Gesicht war nicht schmal, sondern hager. Mein Blick fiel auf ihre Hände. Sie hatte sie verschränkt und knetete die Finger. Sie trug keinen Schmuck, *keinen Ehering!,* und ich ärgerte mich, dass mir dieser Gedanke eine gewisse Genugtuung bereitete. Was bedeutete es schon, keinen Ehering zu tragen? Aber auffälliger war, dass sie ganz offensichtlich nervös zu sein schien. Was mich noch gelassener machte. Ich dachte unwillkürlich an Jane, und eine beruhigende Wärme durchströmte mich.

„Gern." Ich nickte ihr zu. Bevor ich im Bad verschwinden konnte, fiel mir ein, dass meine frischen Klamotten im Schrank lagen. Ich ging an der Badezimmertür vorbei zum Schrank, schnappte mir Socken, eine Unterhose und ein frisches T-Shirt, bevor ich an Eve vorbei zum Bett ging und meine Jeans vom Boden nahm. Jane hatte sie mir gestern ziemlich wild heruntergerissen. Ich hätte fast gegrinst, als ich mich daran erinnerte, unterließ es aber und verschwand im Bad.

Als ich nach zwei Minuten herauskam, klopfte es an der Tür. Ein livrierter Page stand mit dem Frühstücksdinett vor der Tür. Ich öffnete sie weit und ließ ihn herein. Er richtete auf dem kleinen Tisch zwischen den beiden Sesseln das Frühstückstablett an. Schon bei dem Duft von frischem Toast, Eiern mit Speck und Kaffee lief mir das Wasser im Mund zusammen. Dabei hatte ich noch gar nicht genau hingesehen, was sonst alles noch auf dem riesigen Tablett wartete. Das Hausfrühstück machte dem Hotel wirklich alle Ehre.

Der Page förderte ein kleines Tablett mit Extra-Besteck, einem Teller und einer Kaffeetasse samt Untertasse unter der Decke über dem Dinett zutage.

„Nur für den Fall, dass Ihr Besuch unserem Frühstück nicht widerstehen kann, Sir."

Ich drückte dem Jungen eine Pfundnote in die Hand und nickte ihm zu. Er verschwand, aber nicht, bevor er mir einen wissenden Blick zugeworfen hatte.

Beeindruckend cool, und das in seinem Alter. Er konnte höchstens achtzehn Jahre alt sein. Ich schloss die Tür und drehte mich zu Eve um.

„Bist du wirklich sicher, dass du nichts willst?" Ich deutete mit der Hand auf den Frühstückstisch. „Ich schaffe das alles ganz bestimmt nicht allein."

„Es … es tut mir leid, Rick." Sie stand auf und ihre Stimme klang erstickt. Sie schüttelte den Kopf. „Es geht um … Ich habe ein Kind."

„Aha." Ich sah starr geradeaus, während ich zum Tisch ging und umständlich die Teller zurechtrückte. Diese Nachricht musste ich erst mal verdauen. *Schön für euch,* schoss mir als mögliche Antwort durch den Kopf. *Kommt es mehr nach Dany oder mehr nach dir? Ich hoffe, mehr nach dir.* All diese Erwiderungen fielen mir spontan ein, aber die eisige Kälte, die sich in meinem Magen ausbreitete und meinen ganzen Körper durchströmte, sagte mir, dass sie alle unpassend wären. Und dass die Nornen eine weitere Überraschung für mich gesponnen hatten. Eine, die mich wahrscheinlich …

„Es ist unser Sohn."

Ich nickte, als hätte ich damit gerechnet, aber es kam kein Ton über meine Lippen. Im nächsten Moment schüttelte ich den Kopf.

„Ich habe gleich eine Probe und danach einen wichtigen Auftritt", platzte ich dann heraus. Ich wusste, wie abgebrüht das klang, aber ich versuchte krampfhaft, nicht in einer Flut von widerstreitenden Gefühlen unterzugehen, unter denen Aggression und Verzweiflung die vordringlichsten waren. Ich wedelte in Richtung meines Handys. „Ich habe keine Ahnung, wie du an meine Nummer gekommen bist, aber schick mir deine Handynummer, dann melde ich mich morgen bei dir." Ich schloss krampfhaft meinen Mund, um nicht all das auszusprechen, was mir auf der Zunge lag.

Ich glaube dir nicht!

Warum ausgerechnet jetzt?

Wieso zerstörst du mein Leben schon wieder?

Ist er gesund?

Sieht er aus wie ich?

Was sagt Dany dazu?

Ich sagte nichts davon, sondern ging langsam und jeden Schritt kontrollierend zur Tür, ohne Eve anzusehen.

„Und jetzt bitte ich dich, zu gehen."

Eve gab ein Geräusch von sich, das wie ein trockenes Schluchzen klang, aber ich zwang mich eisern dazu, vor mir auf den Boden zu starren. Das Muster des Teppichs erzeugte den Eindruck, als befände ich mich auf einem anderen Planeten.

Eve ging an mir vorbei in den Flur und drehte sich vor der Tür noch einmal um. Ich folgte ihr unwillkürlich und blieb in der offenen Tür stehen.

„Bitte", flüsterte sie, „bitte verzeih mir, wenn du kannst, oder lass es, wenn es nicht geht, aber bitte ruf mich an. Es ist wirklich sehr, sehr wichtig."

Ich nickte. „Das mache ich", versprach ich. Obwohl ich das Gefühl hatte, an einem anderen, irrealen Ort zu sein, und in einem mir völlig fremden Körper zu stecken, wusste ich auch, dass ich dieses Versprechen halten würde. Ich würde sie anrufen, aber erst, wenn ich wieder zur Besinnung gekommen war.

„Danke." Bevor ich reagieren konnte, war Eve auf mich zugetreten und umarmte mich. Ich spürte, wie ihr hagerer Körper zitterte, als sie sich an mich drückte. Ich hob instinktiv die Hände, ohne jedoch die Umarmung zu erwidern. Nach einer gefühlten Ewigkeit trat sie zurück und sah mir in die Augen. „Danke", wiederholte sie und ohne ein weiteres Wort drehte sie sich um und ging durch den Flur in Richtung des Aufzugs.

***

Auf der Gala agierte und spielte ich wie ferngesteuert. Immer wenn mein Blick über die wogende Masse der Gäste glitt, sah ich das Gesicht von Jane in der Menge. Beim ersten Mal durchfuhr mich ein Stromstoß, weil ich dachte, dass Jane tatsächlich gekommen war, um mich spielen zu sehen. Dann wurde mir klar, dass meine Fantasie mir nur einen miesen Streich spielte. Natürlich war sie nicht hier, und ich wusste nicht, ob mein schlechtes Gewissen oder meine Sehnsucht nach Nähe für dieses Trugbild verantwortlich waren. Auch wenn ich eigentlich gar keinen Grund für ein schlechtes Gewissen hatte. Das Gefühl wurde schon bald von einer diffusen Wut auf das Schicksal abgelöst. Die wiederum wurde nach einer Weile von einer festen Entschlossenheit, diese ganze Sache vernünftig zu regeln und mich davon nicht aus der Bahn werfen zu lassen, vertrieben. Was auch immer mir Eve noch sagen wollte, ich würde alles versuchen, um Jane die Situation richtig zu erklären.

Ich würde mit allem fertig werden, was das Schicksal mir noch zwischen die Beine werfen würde. Der Gedanke beruhigte mich, weil ich das Gefühl hatte, dass ich es tatsächlich schaffen konnte. Weil ich einen Grund hatte, es zu schaffen.

Es war ein Wunder, dass ich keinen einzigen Einsatz verpasste, bis ich meine aufgewühlten Gedanken beruhigt hatte und allmählich dort ankam, wo ich gerade tatsächlich war. Ich spulte stattdessen das Programm routiniert herunter. Bei der Probe hatte ich zwar noch einige kritische Blicke kassiert, aber nicht, weil ich mich verspielt hätte, sondern weil die Leute offenbar dachten, dass ich irgendeine Droge genommen hätte. Ich machte mir nicht einmal die Mühe, ihren Verdacht zu zerstreuen. Als sie merkten, dass ich mein Zeug auf der Reihe hatte, entspannten sie sich schnell.

Ich konnte es kaum erwarten, bis die Gala zu Ende war und schlug alle Einladungen meiner Mitmusiker auf eine gemeinsame Sause danach aus, als wir im Backstage-Bereich einen kurzen Drink auf den erfolgreichen Abend nahmen. Ich hatte es viel zu eilig, zu Jane zurückzukommen. Ich wollte nicht warten, bevor Eve mich erneut anrief, sondern ich wollte Jane darauf vorbereiten, dass da möglicherweise etwas auf uns zukam. Wenn es denn wirklich ein „uns“ gab.

Ich würde erst versuchen, Dany zu erreichen, bevor ich Eve anrief. Und ich hoffte sehr, dass Jane so lange mit mir in London blieb, damit wir anschließend zusammen zurückfahren konnten. Mir kam kurz der Gedanke, ob es wirklich eine gute Idee wäre, während der Autofahrt über ein so wichtiges Thema zu sprechen, vor allem, weil auch noch Charly im Wagen sitzen würde. Aber einerseits drängte es mich, Jane gegenüber offen und ehrlich zu sein, und andererseits war meine Nichte klug und welterfahren genug, um nicht davon traumatisiert zu werden, dass ihr Onkel ein uneheliches Kind gezeugt hatte. Falls dieses Kind wirklich von mir war.

Nachdem ich mich verabschiedet hatte, ging ich im Eiltempo durch das verzweigte Congress Centre und zog dabei mein Handy aus der Tasche, das ich während des Konzerts ausgestellt hatte. Ich besaß Danys Nummer nicht mehr und hatte Morrison gebeten, sie mir zu besorgen. Er hatte prompt kurz vor dem Konzert zurückgerufen und mich dann gefragt, ob ich ausgerechnet jetzt anfangen müsste, meine Vergangenheit aufzuräumen.

„Sehr witzig, Morrison", hatte ich erwidert. „Wer hat mir denn Eve ins Hotel geschickt?"

Ich hatte Morrison selten sprachlos erlebt, deshalb genoss ich das kurze Schweigen nach meiner Frage.

„Okay", sagte er dann. „Natürlich habe ich Danys Nummer. Immerhin manage ich seine neue Band." Er zögerte kurz. „Du willst dich doch nicht mit ihm treffen, um ihn umzulegen, oder?"

„Jetzt? Nach vier Jahren?" Ich schnaubte verächtlich. „Ich will nur mit ihm reden." Wieder herrschte Schweigen. „Über Eve." Immer noch Schweigen. „Über das, was sie mir erzählt hat." Irgendwie ahnte ich, dass Morrison das von dem Kind wusste, aber er hielt sich bedeckt.

„Okay", erwiderte er schließlich nur. „Ich schick dir die Nummer per SMS. Nach dem Konzert! Und jetzt konzentrier dich lieber auf die Gala."

Er hatte Wort gehalten. Als das Display aufleuchtete, meldete mir die Mailbox eine Textnachricht von Morrison mit einer Telefonnummer. Aber ich überflog seine Nachricht nur kurz, weil sich meine Aufmerksamkeit auf eine andere Nachricht konzentrierte, die darunter aufgepoppt war. Es war eine Whatsapp-Nachricht von Charly.

RICKIE, WIR SIND ZURÜCKGEFAHREN. JANE MUSS MORGEN GANZ FRÜH AUF DER FARM SEIN. EIN ÜBERRASCHENDER NEUZUGANG. MACH DIR

KEINE SORGEN. ES WAR TOLL. XXX CHARLY (UND JANE)

Klar, so etwas konnte vorkommen, wenn man einen Zoo wie die *Animal Farm* führte. Aber als ich im Hotel ankam und in das Zimmer ging, in dem Jane und Charly übernachtet hatten, fand ich keinerlei persönliche Nachricht von Jane. Ebenso wenig in meinem Zimmer.

Als ich etwas verloren mitten in dem Zimmer stand, fragte ich mich, wieso ich nichts gegen das bedrohliche Gefühl ausrichten konnte, dass die Nornen schon wieder an meinem Schicksalsfaden herumschnippelten?

Ich setzte mich auf das Bett und starrte auf die Minibar. Die Whiskysorte, die darin stand, mochte ich nicht, also verzichtete ich darauf, mich dort zu bedienen. Aber schlafen kam jetzt auch nicht infrage. Ich spielte mit dem Gedanken, mir ein frisches T-Shirt und ein Sakko anzuziehen, noch einmal in die Hotelbar zu gehen und zu versuchen, dort trotz der späten Stunde noch etwas zu trinken zu bekommen. Aber ich verwarf den Gedanken, zog mein verschwitztes Hemd aus und duschte. Danach packte ich meine Sachen, und eine halbe Stunde später standen die Taschen gepackt an der Tür.

Ich spielte unschlüssig mit meinem Handy herum, stand vom Bett auf, trat ans Fenster und blickte auf den von wenigen Laternen beleuchteten Hydepark hinunter. Dann zog ich mein Handy aus der Tasche und tippte die Nummer an, hinter der in Klammern eine Zwölf stand.

Ich hatte in den letzten zwei Stunden immer wieder versucht, Dany zu erreichen – vergeblich. Auch diesmal sprang nur die Mailbox an und empfahl mir, meinen Namen und Telefonnummer zu hinterlassen, wenn es bei mir gepiept hätte.

Die Nummer in der Liste unter Danys Handynummer musste die von Eve sein, weil ich alle anderen Nummern unter den Namen der Leute in meinen Kontakten gespeichert hatte.

Aus einem plötzlichen Impuls heraus tippte ich mit dem Daumen darauf und starrte auf das Display, ohne das Handy ans Ohr zu nehmen. Der Anruf wurde angenommen, und ich hörte Eves leise Stimme. Meine Nerven spielten mir einen Streich, denn ich glaubte, sie sagte meinen Namen, aber es war nur die Mailbox. Ich tippte hastig im selben Moment auf das rote „Beenden-Icon". Aus irgendeinem Grund schlug mir das Herz bis in den Hals. Es musste bestimmt halb zwei Uhr morgens sein. Was war in mich gefahren, mitten in der Nacht mit ihr telefonieren zu wollen? Was sollte das bringen? Ich war müde und das war sie um die Zeit sicher auch. Zudem war ich gereizt und genervt. Und ich hatte eigentlich auch gar keine Lust, mit Eve zu sprechen. Schon gar nicht, bevor ich mit Dany hatte reden können.

Ich seufzte und sah mich in dem seltsam leer wirkenden Zimmer um. Es gab eine andere, mit der ich unbedingt reden wollte. Und das lieber früher als später. Ich warf noch einmal einen Blick auf meine Uhr. 01:41

Morrison hatte die Zimmer bis morgen früh gebucht, und das Frühstück war wirklich fantastisch. Und ich wäre ausgeruht, wenn ich nach dem Frühstück zurückfuhr.

Andererseits wäre die Autobahn jetzt sicher schön leer, und ich käme viel schneller und leichter durch.

Sei nicht albern, Wiseman! Wen willst du verschaukeln?

Es war nicht die Aussicht auf eine leere Autobahn, die mich dazu veranlasste, fünf Minuten später immer noch kopfschüttelnd über mein Verhalten auszuchecken, meine Reisetaschen in den Kofferraum meines Wagens zu werfen, mich hinter das Steuer zu setzen und in den spärlichen Verkehr auf der Knightsbridge einzufädeln. Sondern die Erinnerung an zwei große grüne Augen in einem schmalen, von kastanienbraunen Locken umrahmten Gesicht.

11
JANE

Ich saß mit meinem Morgentee im Sessel am Schlafzimmerfenster und blickte zum Cottage hinüber. Wiseman war letzte Nacht aus London zurückgekehrt, sein Jaguar stand in der Einfahrt. Noch waren wir uns nicht begegnet, und von mir aus konnte das auch so bleiben. Seit Charly und ich gestern Abend zurückgekommen waren, hatte ich kaum eine Minute Ruhe gehabt, und dafür war ich ausnahmsweise dankbar. Denn sobald ich einen Moment allein war, tauchten sofort Bilder von meinen Begegnungen mit Wiseman vor meinem inneren Auge auf und ich quälte mich mit sinnlosen Fragen. War es ihm wirklich nur um Sex gegangen? Hatte ich mich derart in ihm getäuscht? Konnte man Sex derart intensiv empfinden, wenn die Gefühle nur einseitig waren? Es spielte keine Rolle, denn Tatsache war, dass er sich keine zwölf Stunden später mit einer anderen Frau vergnügt hatte. Vielleicht war die Dunkelhaarige ja sogar seine Freundin und er hatte eigentlich sie mit mir betrogen.

Gereizt stand ich auf, ich musste aufhören, mich mit diesen Gedanken zu belasten, und nach vorn blicken. Als ich meine Tasse in die Küche zurückbrachte, traf ich dort auf Margery.

„Guten Morgen, M", begrüßte ich sie mit einem Lächeln, bemüht, mir meine schlechte Laune nicht anmerken zu lassen.

„Hallo Jane." Sie sah mich forschend an. „Wolltest du nicht eigentlich länger in London bleiben?", fragte sie süffisant.

Mit dieser Frage hatte ich schon früher gerechnet. „Was meinst du? Ich wollte mich um die Aufnahme des Leguans kümmern. Du hast schon genug um die Ohren", versuchte ich mich herauszureden.

Sie kniff die Augen zusammen. „Dann hättest du doch von vornherein geplant, nur eine Nacht zu bleiben."

„Ich habe es mir eben anders überlegt, Miss Marple", erwiderte ich und wechselte das Thema. „Charly wird nachher abgeholt. Ich habe bei *Easyprintcornwall* ein Foto von Joey auf ein T-Shirt drucken lassen. Als Abschiedsgeschenk."

Margery zeigte ein seltenes Lächeln. „Gute Idee!"

„Find ich auch. Ich fahre schnell nach Penzance und hole es ab."

„Alles klar. Charly ist schon unterwegs, um allen auf Wiedersehen zu sagen." Sie zögerte einen Moment und sah mir tief in die Augen. „Es hat mit Wiseman zu tun, stimmt's?"

Meine Güte, sie war wie ein Terrier. Wenn sie sich einmal festgebissen hatte, ließ sie so schnell nicht locker. „Was?", fragte ich.

„Na, dass du früher zurückgekommen bist."

Ich verdrehte die Augen. „Bis später, M."

„Es hat mit ihm zu tun", murmelte sie vor sich hin. „Und ich finde auch noch heraus, was."

***

Als ich eine Stunde später zurückkam, war Charly mit ihrer Abschiedsrunde fertig und packte ihre Sachen. Joey lag neben dem Koffer, die Schnauze auf ihren T-Shirts. Er würde seine Gefährtin sehr vermissen.

„Hey, Charlie", sagte ich und trat zu ihr ins Zimmer.

„Jane!", rief sie freudestrahlend und wirbelte zu mir herum. „Ich hatte schon Angst, dass ich dich nicht mehr sehe."

„Ich habe ein kleines Abschiedsgeschenk für dich." Ich reichte ihr das in Seidenpapier eingewickelte Päckchen.

„Och, wie süß von dir!"

„Du wirst uns sehr fehlen. Du warst echt eine große Hilfe."

„Wie toll! Mir hat das nämlich einen Riesenspaß gemacht", erwiderte sie, während sie das Papier auseinanderriss und das T-Shirt mit dem Konterfei von Joey herauszog. Die Frau von *Easyprint* hatte das Foto etwas verfremdet und mit Siebdruck auf das T-Shirt gebracht. Es sah echt cool aus.

„Oh, Janiiiiie!", rief Charly, „das ist total super. Vielen Dank!" Sie umarmte mich und tauschte umgehend ihr altes T-Shirt gegen das neue. Es passte wie angegossen.

„Sieht gut aus", freute ich mich, und sie lief zum Spiegel, um sich zu begutachten.

„Ja", bestätigte sie und kniete sich vor Joey. „Guck mal, das bist du", sagte sie und zog das T-Shirt straff. Der Hund kläffte und wedelte erfreut mit dem Schwanz.

In dem Moment ertönte aus dem Hof ein Hupen. „Das ist Mom", sagte Charly, stand auf und lief mit Joey im Schlepptau nach unten.

Ich zögerte, am liebsten hätte ich mich hier oben verkrochen, um Rick nicht zu begegnen. Doch ich wollte unbedingt Belle begrüßen; ich hatte ihr Blumen besorgt, um mich für ihre Hilfe zu bedanken. Entschlossen stieg ich die Treppe hinunter und holte den Strauß aus der Küche, dann atmete ich noch einmal tief durch und trat in den Hof. Belle bewunderte gerade Charlys T-Shirt und kam sofort auf mich zu, als sie mich sah. „Hallo Jane! Vielen Dank, dass Sie sich so lieb um Charly gekümmert haben. Da hat mein Bruder sich ja wieder mal elegant aus der Affäre gezogen."

Ich verkniff mir eine Bemerkung zu ihrem Bruder und seinen Affären. „Ich wollte mich auch bedanken", erwiderte ich stattdessen und reichte ihr den Blumenstrauß. „Das Gespräch mit Andrew Bird hat mir sehr geholfen."

„Ach, die sind ja schön", sagte sie und nahm mir die Blumen ab. „Das wäre doch nicht nötig gewesen. Natürlich helfe ich gern, die *Animal Farm* zu retten." Sie sah an mir vorbei in Richtung Cottage. „Da ist ja Ricki." Sie grinste.

Sofort schlug mein Herz heftig, und ich bekam weiche Knie. Ich straffte mich und drehte mich um.

„Schwesterherz", sagte er fröhlich, „so früh hab ich gar nicht mit dir gerechnet." Sein Haar war leicht verstrubbelt, als wäre er gerade erst aufgestanden. Sofort glitt sein Blick von Belle zu mir. „Jane, ich muss nachher unbedingt mit dir reden."

„Ich hab heute viel zu tun", erwiderte ich knapp und wich seinem Blick aus. „Ich muss leider ins Büro", sagte ich an Belle und Charly gewandt, die interessiert zwischen Rick und mir hin- und her sahen. „Mach's gut, Charly. Du bist hier jederzeit willkommen."

„Danke, Jane."

Ich umarmte sie, verabschiedete mich von Belle und wandte mich zum Gehen. Wiseman würdigte ich keines Blickes. Aus dem Augenwinkel sah ich, wie er mit gerunzelter Stirn zu mir herüberblickte, und entfernte mich schnellen Schrittes Richtung Zoo.

***

Eine halbe Stunde später saß ich in meinem Büro hinter dem Schreibtisch und starrte Löcher in die Luft, als es an der Tür klopfte und gleich darauf Wiseman den Kopf hereinsteckte.

„Stör ich?"

„Ich bin beschäftigt", erwiderte ich knapp und schob ein paar Papiere vor mir zurecht.

„Okay." Er sah mich etwas verunsichert an. „Ich wollte nur … ich meine … dann vielleicht später?"

„Was später?", fragte ich gereizt.

„Reden?", entgegnete er zögerlich. „Es ist einiges passiert, und wir hatten noch keine Gelegenheit, in Ruhe über …"

„Ich wüsste nicht, was es da zu reden gibt", fiel ich ihm ins Wort.

In dem Moment klingelte sein Handy. „Entschuldige", er sah auf das Display. „Da muss ich rangehen, das ist mein Agent. Ich sag ihm kurz, dass ich ihn zurückrufe."

„Nicht nötig." Ich stand auf, ich musste hier raus. „Margery hatte leider recht. Wie konnte ich nur so naiv sein?" Mit diesen Worten fegte ich an ihm vorbei aus der Tür, schwang mich auf den Tretroller und fuhr mit energischen Tritten Richtung Wolfsgehege.

Der Typ hatte Nerven. *Es ist einiges passiert* … Ja, allerdings. Aber was wollte er da reden? Ich würde ihm einfach so gut wie möglich aus dem Weg gehen und hoffen, dass die Wunde schnell heilte. Oder tat ich ihm vielleicht unrecht? *Schluss jetzt, hör auf, so naiv zu sein!* Es war Sex, mehr nicht. Schließlich fuhr ich ins Büro zurück, um endlich ein paar Punkte auf meiner heutigen To-do-Liste abzuarbeiten.

***

„Na, Joey, vermisst du Charly?", fragte ich den Bullterrier, der neben mir auf dem Sofa saß und mich traurig ansah. Normalerweise duldete ich nicht, dass er auf die Polster sprang, doch heute machte ich eine Ausnahme und kraulte ihn hinter den Ohren. Auch ich vermisste Charly. Und ihren Onkel …

Vielleicht könnte ich mich damit ablenken, die Sachen *meines* Onkels zu ordnen. Seit ich das Foto von William und meiner Mutter gefunden hatte, auf dem sie so seltsam vertraut wirkten, hatte ich einen Bogen um den Sekretär gemacht. Mir war etwas mulmig bei dem Gedanken, was ich dort noch entdecken könnte. Mein Onkel war unerwartet gestorben und hatte keine Zeit gehabt, Dinge zu ordnen oder verschwinden zu lassen, was kein anderer sehen sollte. Ich könnte auch einfach alles ungesehen in den Müll befördern. Doch das brachte ich nicht übers Herz, womöglich fand ich etwas Wertvolles, das ich gern behalten wollte. Außerdem musste ich zugeben, dass meine Neugier geweckt war.

Ich zog mit meinem Rotweinglas auf den Boden vor den Sekretär um, gefolgt von Joey, der die Schnauze auf mein Bein legte. Er war heute wirklich sehr anhänglich. Vorsichtig öffnete ich die Tür des Unterschranks, wobei mir gleich weitere Fotos und Papiere entgegenpurzelten. Darunter Bilder, die ich in der Grundschule gemalt hatte. Von der *Animal Farm*. Etwas abstrakt, aber mit ein bisschen gutem Willen konnte man es erkennen. Ich wusste nicht, dass William die Bilder aufgehoben hatte. Alle meine Bilder. Kein Wunder, dass der Schrank überquoll.

Zwischen den Kunstwerken fand ich einen an William adressierten Brief – Absender: Edward Tucker, mein Vater. Zögernd zog ich ihn aus dem Umschlag und faltete ihn auseinander.

William,

ich weiß nicht, wie ich mit diesem Verrat leben soll. Das Schlimmste ist, wie lange ihr mich hintergangen habt. Jane ist jetzt vier! Ich weiß nicht, was Heather bewogen hat, mir die Wahrheit so lange zu verheimlichen. Wieso hat sie mich nicht verlassen, als sie wusste, dass sie von dir schwanger war? Sie hat behauptet, es mir aus Liebe verschwiegen zu haben, weil sie bei mir bleiben wollte, aber wie kann ich ihr jetzt noch ein Wort glauben? Hätte sie es mir jemals gesagt, wenn ich euch nicht auf die Schliche gekommen wäre?

Mir wurde heiß und kalt. Meine Mutter schwanger … von William? Was sollte das heißen? William war mein Vater? Aber … wieso hatte er mir das nie gesagt?

Ich fasste mir ein Herz und las weiter.

Wie konntest du mir all die Jahre auch nur in die Augen sehen? Um mich zu schützen, habe ich mich entschieden, jeglichen Kontakt zu euch abzubrechen. Die Vorstellung, Jane nicht mehr um mich zu haben, zerreißt mir das Herz, aber ständig an euren Verrat erinnert zu werden, ist wie eine stets schmerzende Wunde.

Ich hoffe, du kommst wenigstens jetzt deiner Verantwortung nach und kümmerst dich um Heather und dein Kind.

Leb wohl, Edward

Meine Gedanken wirbelten wild durcheinander. William war mein Vater gewesen. Mein leiblicher Vater! Als Teenie hatte ich mich irgendwann gefragt, warum mein Vater – oder der Mann, den ich bis heute für meinen Vater gehalten hatte – nicht nur meine Mutter, sondern auch mich verlassen hatte. Der Gedanke, dass er sich gar nicht mehr für mich interessierte, hatte mich als Kind sehr getroffen. Genauso wenig verstand ich, wieso die Brüder keinen Kontakt mehr zueinander hatten, nur weil Edward angeblich in Australien lebte. Wer wusste schon, ob das überhaupt stimmte.

Ich las den Brief ein zweites Mal, trank einen Schluck Rotwein, starrte ins Leere und las ihn schließlich noch ein drittes Mal. William hatte mich mein ganzes Leben lang belogen. War Margery eingeweiht gewesen? Das musste ich sofort herausfinden. Ich stand auf und lief nach unten.

„M, bist du noch wach?", rief ich und klopfte energisch an ihre Tür.

Von drinnen hörte ich Schritte, dann öffnete Margery mir in Jogginghose und T-Shirt. Im Hintergrund lief der Fernseher „Jane, ist was pa…?"

„War William mein Vater?", platzte ich heraus.

Sie brauchte es mir nicht zu sagen, ich wusste es sofort, als ich ihr Gesicht sah. Margery wirkte erschrocken und schuldbewusst.

„Dann ist es also wahr?“, fragte ich aufgebracht. „Ihr habt mich mein ganzes Leben lang belogen? Warum, M?“

„Komm erst mal rein.“ Sie führte mich am Arm in ihr Wohnzimmer und schaltete den Fernseher aus, dann deutete sie mit dem Kopf auf einen Sessel. „Setz dich.“

Wie ferngesteuert folgte ich ihrer Aufforderung.

„Wie hast du es herausgefunden?“, wollte sie wissen.

Zur Antwort hielt ich ihr Edwards Brief hin. Sie nahm und las ihn. Als sie fertig war, faltete sie ihn schweigend zusammen und richtete den Blick ins Leere, als würden ihre Gedanken weit in die Vergangenheit reisen.

„Ich kannte weder Edward noch deine Mutter. Als ich bei William anfing, war Heather bereits zwei Jahre tot. Du warst damals acht.“ Sie lächelte. „Ein Wirbelwind mit Zöpfen. William hat mir jahrelang dasselbe erzählt, was er allen anderen erzählte. Edward habe deine Mutter verlassen und sei ausgewandert. Deine Mutter sei kurz darauf bei einem Unfall ums Leben gekommen. Er habe dich bei sich aufgenommen. So kennst du die Geschichte.“

Sie sah mich an, und ich nickte ungeduldig. „Und wie war es wirklich?“

Sie senkte den Blick. „Nach ein paar Jahren sind William und ich“, sie zögerte, „uns nähergekommen.“ Wieder sah sie mir in die Augen. „Ich habe ihn geliebt, Jane. Aber Heather war die Liebe seines Lebens. Und er fühlte sich irgendwie schuldig an ihrem Tod.“

Das wurde ja immer verwirrender. „Aber es war doch ein Unfall?“

„Ja, das war es. Aber deine Mutter war damals psychisch angeschlagen. William glaubte, er hätte besser auf sie achten müssen, hätte sie an jenem Abend gar nicht mit dem Wagen wegfahren lassen dürfen.“ Sie strich sich durch das kurze Haar.

Mir schossen unzählige Fragen gleichzeitig durch den Kopf. Margery und William waren ein Paar gewesen? Das hatte ich zwar immer irgendwie geahnt, aber warum hatten sie es geheim gehalten? Was hatten sie mir noch verheimlicht? Was hieß „psychisch angeschlagen“? Doch eine Frage drängte sich erneut in den Vordergrund: Warum hatte William mir nicht gesagt, dass er mein Vater war?

„Ehrlich gesagt“, antwortete Margery, als ich ihr die Frage stellte, „weiß ich das nicht genau. Vielleicht lag es an der ganzen verkorksten Geschichte zwischen den dreien.“

„Wie meinst du das?“

Sie seufzte. „Deine Mutter hat Edward sehr geliebt. Und William hat deine Mutter geliebt. Da Edward und Heather bereits ein Paar waren, versuchte William, seine Gefühle für sich zu behalten. Als Edward und Heather jedoch eine Krise hatten und sie bei William Trost suchte, ist es irgendwie passiert. Sie hatten eine Affäre.“ Sie zögerte und sah mich an. „Aus der bist du entstanden. Ich brauche was zu trinken“, sagte sie, stand auf und schenkte sich einen Brandy ein. „Willst du auch einen?“

Ich winkte ab.

Nachdem sie einen kräftigen Schluck genommen hatte, setzte sie sich wieder in ihren Sessel. „Heather wollte Edward offenbar nie verlassen. Als sie merkte, dass sie schwanger war, brach für sie eine Welt zusammen. Sie war sich sehr sicher, dass das Kind von William war, und hätte am liebsten alles ungeschehen gemacht. Und so tat sie einfach so, als wäre es nie passiert. Als wäre das Kind von Edward. William sagte, sie habe es irgendwann fast selbst geglaubt.“

„Aber mein Vater … ich meine, Edward“, korrigierte ich mich, „schreibt, dass er ihnen auf die Schliche gekommen ist. Ging ihre Affäre denn trotzdem noch weiter?“, fragte ich verwirrt.

„Nein. Als du auf der Welt warst, waren Edward und Heather eine Zeit lang sehr glücklich. Doch William litt wie ein Hund und wollte Gewissheit haben, ob du wirklich sein Kind warst. Er drängte Heather zu einem Vaterschaftstest. Sie willigte ein in der Hoffnung, dass William vielleicht doch nicht der Vater war. Doch er war es. Offenbar hat sie den Brief mit dem Ergebnis aus irgendeinem Grund aufgehoben. Und den hat Edward dann gefunden."

In mir rangen Wut und Enttäuschung mit einer tiefen Traurigkeit.

„Warum hat er mir nie gesagt, dass er mein Vater war?", wiederholte ich leise.

Margery seufzte und trank noch einen Schluck von ihrem Brandy. „Darüber kann ich wie gesagt auch nur spekulieren, Jane." Sie zuckte die Schultern. „Vielleicht, weil Heather sich so dagegen gewehrt hat. Vielleicht, weil er dir dann alles hätte erzählen müssen und er Angst hatte, wie du darauf reagieren würdest. Schließlich war seine Rolle nicht gerade sehr rühmlich. Ich weiß es nicht."

Auf einmal bekam ich pochende Kopfschmerzen. Es fühlte sich an, als würde mir der Schädel platzen, und ich konnte keinen klaren Gedanken fassen. Doch eins musste ich noch wissen: „Stimmt es, dass Edward nach Australien ausgewandert ist, oder war das auch gelogen?"

Wieder las ich die Antwort in Margerys Gesicht, schon bevor sie etwas sagte. „Nein, soweit ich weiß, lebt er noch in London."

Dass William mich mein Leben lang belogen hatte, war nicht Margerys Schuld. Dennoch brauchte ich auch von ihr jetzt Abstand. Wortlos stand ich auf und ging in Richtung Tür.

„Jane", rief sie mir schwach hinterher, was mich jedoch nicht aufhalten konnte, als ich meinen Schritt beschleunigte und förmlich aus der Wohnung flüchtete.

Ich brauchte frische Luft, riss die Haustür auf und blieb wie angewurzelt stehen.

Vor mir stand Rick. Ausgerechnet!

„Jane“, sagte er, „ich wollte ...“ Er hielt inne und musterte mein Gesicht. „Du siehst aus, als wärst du einem Geist begegnet. Ist alles okay?“

Ich schüttelte den Kopf. „Nein“, stieß ich hervor. „Nichts ist okay. Gar nichts.“ Und gegen meinen Willen schossen mir Tränen in die Augen. Wütend wischte ich sie fort.

„Hey“, sagte Rick in sanftem Ton und berührte vorsichtig meine Schultern. Im ersten Moment wollte ich ihn abschütteln, doch dann hielt ich inne. Seine Nähe fühlte sich zu gut an. Er sah sich unsicher um und deutete mit dem Kopf auf meine Lieblingsbank. „Wollen wir uns vielleicht einen Moment setzen?“

Ich sah von ihm zur Bank und wieder zu ihm zurück. Mit Rick Wiseman auf einer Bank zu sitzen, wäre noch vor zwei Stunden das Letzte gewesen, was ich wollte. Ich hatte das Gefühl, als wäre mir der Boden unter den Füßen weggezogen worden und sehnte mich nach einem Halt. Danach, mit jemandem zu reden. Vielleicht war Wiseman mit seinen vielen Affären genau der richtige Zuhörer. Also nickte ich. Wir setzten uns, und Rick legte mir eine Hand auf den Rücken und fragte mitfühlend: „Willst du mir erzählen, was passiert ist?“

Ich schluckte, holte tief Luft und ohne weiter nachzudenken, strömten die Worte aus meinem Mund.

12
RICK

Die nächtliche Heimfahrt von London nach Mousehole dauerte fast fünf Stunden, genug Zeit für mich, um über alles nachzudenken, was in den letzten zwei Tagen passiert war und welche Konsequenzen das für mein Leben haben könnte. Als die Einfahrt der *Animal Farm* im Scheinwerferlicht auftauchte, war ich zwar noch nicht sehr viel klüger, aber ich hatte mehrere Entscheidungen gefällt, und das fühlte sich gut an.

Die erste war, mit Jane zu sprechen. Ich hatte lange hin und her überlegt, aber mir war klar, dass Jane kein One-Night-Stand war. Was genau sie war, wusste ich zwar auch nicht, aber das würde ich nur herausfinden, wenn ich mit ihr redete. Am liebsten hätte ich das sofort gemacht, aber ein kurzer Blick auf das Haupthaus sagte mir, dass dort schon alles schlief. Ich ließ den Wagen vor meinem Cottage ausrollen, nahm meine Reisetaschen heraus und ging ins Haus. Nach der langen Fahrt und den Aufregungen war ich ziemlich müde, und es war mittlerweile zwei Uhr morgens, wie mir ein Blick auf meine Smartwatch verriet. Außerdem riet sie mir, einen kleinen Spaziergang zu machen, um Bewegung zu bekommen. Sehr hilfreich!

Ich ging ins Bad, putzte mir die Zähne, spritzte mir Wasser ins Gesicht, zog mich aus und ging ins Bett. In dem Moment fiel mir ein, dass Belle mir eine SMS geschickt hatte, dass sie morgen Charly abholen wollte. Auch wenn ich bedauerte, dass meine Nichte wieder abreiste, war ich froh, wenn ich sie bei dem, was jetzt auf mich zukam, nicht zwischen den Füßen hatte. Ich stellte den Wecker der Uhr, legte das Smartphone dann auf den kleinen Nachttisch und drehte mich um. Noch bevor ich Janes Gesicht aus der Erinnerung heraufbeschwören konnte, wie sie auf mir gesessen und mich angesehen hatte,

Ich hatte mich gerade ausgezogen und wollte in die schmale Duschkabine treten, als das Handy auf dem kleinen Nachttisch in meinem Schlafzimmer brummte.

Ich stieß eine Verwünschung aus, verließ das Bad und griff nach dem Handy.

Ich brauchte einen Moment, bis ich realisierte, dass die Nummer, die auf dem Display angezeigt wurde, dieselbe war, unter der ich versucht hatte, Dany zu erreichen.

Irgendwie irritierte es mich, dass ich nackt war. Ich nahm die Decke vom Bett und wickelte mich darin ein, bevor ich das Gespräch annahm. Zögernd hielt ich das Handy ans Ohr. Mein Puls, der nach der Begegnung mit Jane hochgeschnellt war und sich gerade wieder beruhigt hatte, schoss sofort wieder in die Höhe, als ich Danys unverwechselbare Stimme hörte. Er schien immer zu singen, selbst wenn er sprach.

„Ja? Wer spricht da?“

***

Ich wartete nicht, nachdem ich an der Tür des Büros geklopft hatte, in dem, wie ich durch das Fenster gesehen hatte, Jane am Schreibtisch saß, sondern öffnete die Tür und steckte den Kopf in den Raum.

„Stör ich?“

Mein Lächeln erlosch, als Jane den Kopf hob und mich kühl anblickte. „Ich bin beschäftigt“, erwiderte sie, statt mich aufzufordern, hereinzukommen.

Meine Verwirrung wuchs. Was war seit vorgestern Nacht passiert? Ich kapierte es nicht. „Okay.“ Hatte ich irgendwas falsch gemacht? „Ich wollte nur … Ich meine …“ Wieso stammelte ich so unsicher herum? Auf der Autofahrt von London hierher war mir so klar gewesen, was ich sagen und tun würde, wenn ich Jane wiedersah. Allerdings war es auch einfacher, solche Dialoge zu entwickeln, wenn der andere nicht dabei war und jetzt ganz offensichtlich eine völlig andere Sicht auf das hatte, was passiert war. Aber irgendwie hielt ich das für völlig unmöglich. Ich konnte mich nicht so in Jane und in dem, was da zwischen uns passiert war, getäuscht haben. „Dann vielleicht später?"

„Was später?" Sie klang eindeutig gereizt.

„Reden?" Ich zögerte. „Es ist einiges passiert, und wir hatten noch keine Gelegenheit, in Ruhe über …"

„Ich wüsste nicht, was es da zu reden gibt!"

Irgendetwas stimmte hier ganz und gar nicht. Ich runzelte die Stirn, aber in dem Moment klingelte mein Handy. Aus einem Reflex zog ich es aus der Tasche und warf einen Blick auf das Display. Morrison! Ein sehr ungünstiger Zeitpunkt. „Entschuldige, da muss ich rangehen, das ist mein Agent. Ich sag ihm kurz, dass ich ihn zurückrufe …"

„Nicht nötig." Sie stand abrupt auf. „Margery hatte leider recht. Wie konnte ich nur so naiv sein?" Sie stürmte an mir vorbei durch die Tür und war im nächsten Moment verschwunden.

„Was in aller Welt …?"

„Was wollen Sie denn hier?"

Ich fuhr herum. Der eben beschworene Cerberus Margery stand in der Tür und stemmte ihre Fäuste auf die ausladenden Hüften.

Ich öffnete den Mund, um sie zu fragen, womit sie angeblich recht hatte, aber dann klappte ich den Mund wieder zu. Das war völlig sinnlos. „Nichts von Ihnen jedenfalls", erwiderte ich und ging an ihr vorbei hinaus und zu meinem Cottage.

Jane wollte mich offenbar nicht sehen, und ich hatte nicht vor, ihr wie ein liebeskranker Trottel hinterherzulaufen. Vielleicht brauchte sie ja nur eine kleine Pause. Oder eine Bedenkzeit. Bis sie sich wegen dem beruhigt hatte, was auch immer sie aufgeregt haben mochte. Vielleicht war ja etwas mit der Lieferung dieser Tiere schiefgegangen. Ich hoffte, dass ihre Laune sich schon bald bessern würde. Jedenfalls war ich mir keiner Schuld bewusst.

Und irgendwie brannte es mir unter den Nägeln, Jane von der Begegnung mit Eve und dem Telefonat mit Dany zu erzählen. Eves Behauptung, wir hätten ein gemeinsames Kind, würde ich allerdings erst verkünden, wenn ich mir sicher war, dass es überhaupt stimmte.

Und das würde sich bald herausstellen. Zu meiner Überraschung war Dany sofort bereit gewesen, sich mit mir zu treffen. Morgen, in London. Das hieß, morgen würde ich wieder nicht dazu kommen, an dem Musical zu arbeiten.

Ich beschloss, die Wartezeit bis zu dem Gespräch mit Jane damit zu verbringen, mich weiter um das Musical zu kümmern, das ich schon das ganze Wochenende vernachlässigt hatte. Das war auf jeden Fall sinnvoller, als unruhig hin und her zu rennen und mir das Hirn zu zermartern.

Ich schaffte es tatsächlich, mich wieder in meine Arbeit zu vertiefen, und schrieb den ganzen Nachmittag an einem Song, der mir bis jetzt große Schwierigkeiten gemacht hatte. Es war ein romantisches Liebeslied, und als ich ihn fertig hatte und auf dem E-Piano spielte, dachte ich an Jane und fragte mich, ob unsere gemeinsame Nacht da irgendeinen Knoten gelöst haben könnte.

Mein Blick glitt zum Fenster, und erst jetzt bemerkte ich, dass es bereits dämmerte. Ich hatte völlig die Zeit vergessen.

Im Haupthaus war Licht. Jane war also da, und nicht irgendwo auf dem Zoogelände. Ich zögerte einen Moment, aber dann stand ich auf und ging zur Tür. Ich würde mit ihr reden, und wenn ich sie festbinden musste! Diesmal würde ich mich nicht abweisen lassen. Jane verhielt sich zwar merkwürdig mir gegenüber, aber ich war mir absolut sicher, dass wir das durch ein Gespräch klären konnten. Als wir miteinander geschlafen hatten, war irgendetwas zwischen uns passiert, und das hatte sie genauso gefühlt wie ich, das hatte mir ihr Blick gesagt. Was hatte Morrison gemeint: *Manchmal bist du zu stur, als dass es gut für dich ist.* Das stimmte vielleicht, aber diesmal nicht. Ich würde nicht darauf warten, bis Jane auf mich zukam, weil es dann vielleicht zu spät war.

Ich hatte den Hof im Nu überquert, stieg die Stufen zu ihrer Haustür hoch und wollte klopfen, als die Tür aufflog und Jane herausstürmte. Sie blieb wie angewurzelt stehen, als sie mich sah.

„Jane“, sagte ich. „Ich wollte …“ Ich unterbrach mich, als ich ihr Gesicht sah. Einen Moment hatte ich gedacht, sie hätte eingesehen, dass sie sich merkwürdig verhielt, und wollte zu mir kommen, um mir das zu sagen. Aber die Tränen auf ihren Wangen und in ihren Augen sagten mir etwas anderes. Außerdem war sie kreidebleich. „Du siehst aus, als wärst du einem Geist begegnet“, platzte ich heraus. Meine Entschlossenheit, unsere Situation zu klären, verwandelte sich in echte Sorge um sie. So hatte ich sie noch nie erlebt. „Ist alles okay?“

Sie schüttelte den Kopf. „Nein, nichts ist okay. Gar nichts.“ Sie fing wieder an zu weinen, und wischte sich fast wütend mit der Hand über die Augen.

Ich streckte beide Hände aus und legte sie sanft auf ihre Schultern. „Hey“, sagte ich. Ich deutete mit dem Kopf auf die Bank, auf der sie so gern ihren Morgentee trank. „Wollen wir uns vielleicht einen Moment setzen?“

Sie zögerte kurz und nickte dann. Sie setzte sich neben mich und ich legte ihr behutsam die Hand auf den Rücken. „Willst du mir erzählen, was passiert ist?“, fragte ich sie.

Sie sah mich mit tränennassen Augen an, holte tief Luft und dann sprudelten die Worte nur so aus ihrem Mund.

„Wenn ich dich richtig verstanden habe“, versuchte ich

einige Minuten später, als Jane Luft holen musste, zusammenzufassen. „William Fields war nicht dein Onkel, sondern dein Vater, und Cerberus hatte eine Beziehung zu ihm und wusste davon“, diesen Punkt zu erwähnen, bereitete mir eine gewisse Genugtuung. „Und dein verschwundener Vater ist weder verschwunden noch dein Vater, sondern dein Onkel.“ Ich sah sie an und genoss es, wie sie sich an meine Seite schmiegte, als sie noch einmal schniefte und dann nickte. „Und jetzt bist du ratlos, weil du nicht weißt, was du machen sollst? Und sauer, weil dich alle belogen haben? Und gleichzeitig kannst du das alles auch nicht auf sich beruhen lassen und weißt nicht, ob du Margery glauben kannst?“

Jane nickte.

Die Sache mit Eve brannte mir zwar unter den Nägeln, aber irgendwie war das wohl jetzt nicht der richtige Zeitpunkt, ihr zu erzählen, dass ich möglicherweise Vater war. Doch das konnte auch noch ein bisschen warten. Jetzt war es wichtiger, sich erst einmal um Janes Problem zu kümmern. Ich hatte auch schon eine Idee. Eine, die sich zudem perfekt mit meinen eigenen Plänen decken würde.

„Ich muss morgen noch einmal nach London.“ Ich verkniff mir gerade noch, ihr zu sagen, dass ich mich mit meinem Ex-Freund und dem neuen Freund meiner Ex-Freundin treffen würde. „Ich muss da etwas klären.“ Ich spürte, wie sich ihr Rücken unter meiner Hand versteifte und sie unmerklich von mir abrückte. Aber ich ignorierte das. Irgendetwas, was in London passiert war, hatte ihr Verhalten zu mir geändert. Und ich kam einfach nicht darauf, worum es sich handeln könnte. Was es auch war, ich würde es herausfinden. Aber nicht jetzt. „Was hältst du davon, wenn du versuchst, Edward zu erreichen, und ihn fragst, ob er dich sehen will. Dann könntest du mitkommen, und ich wäre da, wenn die ganze Sache nach hinten losgeht?“ Offenbar hatte ich das

Richtige gesagt, denn sie hob den Kopf und sah mir in die Augen.

„Das würdest du tun?“

„Ja klar. Schließlich …“ Weiter kam ich nicht, als ich ihre Lippen auf meinen fühlte. Es war ein zarter, vorsichtiger Kuss, aber trotzdem ein Kuss. Bevor ich sie fester an mich ziehen konnte, beendete sie den Kuss und stand hastig auf. „Rick, ich …“

„Schon gut.“ Ich stand auch auf und lächelte sie etwas bedauernd an. „Das verstehe ich.“ Ich deutete mit einem Nicken auf das Haus. „Du hast sicher noch einiges zu tun, wenn du Edward erreichen willst.“ Ich zögerte. „Wenn du magst, kann ich dir dabei …“

„Nein.“

Die Ablehnung kam ein bisschen schnell, fand ich.

„Ich meine, danke, aber das muss ich allein machen.“ Sie sah mich an, beugte sich dann vor und küsste mich noch einmal auf den Mund. „Aber … danke. Das meine ich ernst.“ Sie drehte sich um, ging die paar Stufen zur Haustür hoch und blieb in der offenen Tür noch einmal stehen. „Wir sehen uns morgen früh. Ich melde mich, sobald ich ihn erreicht und ein Treffen verabredet habe. Falls es überhaupt dazu kommt.“ Sie lächelte mich noch einmal an, dann schloss sie die Haustür.

„Und ich gehe dann mal rüber und pack meine Sachen für morgen zusammen“, sagte ich zu niemandem Besonderen, obwohl ich viel lieber Jane gepackt und in mein Schlafzimmer geschleppt hätte. Aber das würde wohl noch ein bisschen warten müssen.

***

Ich hatte eine ziemlich nervöse Jane an der London Bridge abgesetzt und ihr viel Erfolg gewünscht, was mir einen wenn auch etwas flüchtigen Kuss eingebracht hatte, und war dann weiter zu meinem eigenen Date gefahren. Ich war zwar nicht ganz so aufgeregt wie Jane, aber immerhin war Dany auch nicht mein verschwunden geglaubter Vater.

Doch als ich mich meinem Ziel genähert hatte, war mein Nervositätslevel etwa auf das von Jane gestiegen. Was irgendwie auch verständlich war. Es ging hier zwar nicht um einen verschwundenen Vater, aber die Aussicht, ein ahnungsloser Vater zu sein, war auch nicht viel besser.

Jetzt blickte ich zum gefühlt hundertsten Mal auf meine Smartwatch, aber sie zählte die Sekunden leider auch nicht schneller herunter als ein analoger Sekundenzeiger. Andererseits war ich, was mir ein weiterer Blick auf mein Handgelenk verriet, eine gute halbe Stunde zu früh. Wenigstens war diesmal nicht Jane schuld an meiner Nervosität. Aber als sie mir gestern die Geschichte von ihrem Onkel und ihrem Vater erzählte, hatte das natürlich ihr Verhalten erklärt. Ich hatte darauf verzichtet, ihr von Eves Auftauchen im Hotel zu erzählen. Dafür war immer noch Zeit. Vor allem, wenn ich wusste, woran ich bei Eve eigentlich war. Ich hoffte, dass der Mensch, auf den ich hier wartete, mir diesbezüglich weiterhelfen würde.

Ich riss meinen Blick von der Uhr los und ließ ihn durch das Café schweifen, das jetzt am späten Nachmittag ziemlich gut besucht war. Den kleinen Ecktisch in der entlegensten Nische hatte ich ausgesucht, weil er die meiste Privatsphäre und einen ausgezeichneten Überblick über das ganze Café und den Eingang bot. Eigentlich war das Café eher eine Bar, und zwar eine ziemlich berühmte, nämlich die *Back Room Bar* des *Hardrock Cafés* am Hydepark.

Ich musste widerwillig zugeben, dass Danys Wahl unseres Treffpunkts mich beeindruckte. Klar, das *Hardrock Café* in London war das erste der Kette gewesen. Aber das war nicht das Besondere daran, ebenso wenig die Originaltür aus den Apple Studios, die sich hier befand. Darauf prangten die

Originalunterschriften der Beatles, und sie war ein Touristenmagnet. Nein, sondern genau in diesem Raum hatten wir vor etlichen Jahren *The Lannisters* gegründet. Und ebenfalls hier hatte ich Dany und dem Rest der Band mitgeteilt, dass ich aussteigen würde und Dany nie wieder sehen wollte. Es war ein ziemlich denkwürdiger Auftritt meinerseits gewesen, der insgesamt dreißig Sekunden gedauert hatte. Ich konnte mich nicht einmal mehr daran erinnern, was Dany damals gesagt oder ob er überhaupt etwas erwidert hatte.

Vielleicht hatte er ja genau deshalb diesen Ort gewählt, dachte ich sarkastisch, um mir eine Antwort auf meinen Monolog zu geben, die er sich vier Jahre lang aufgespart hatte.

Das würde ich bald herausfinden. Mein Blick zuckte zur Tür. Nein, nicht bald, sondern jetzt.

Dany stand in der Tür und checkte mit einem kurzen Blick den Raum, obwohl ich mir sicher war, dass er mich schon im ersten Moment gesehen hatte. Wahrscheinlich wollte er einfach nur Zeit gewinnen, um mich einzuschätzen.

Das verstand ich, denn ich machte dasselbe.

Dany hatte sich kaum verändert, obwohl mir auffiel, dass sein kurz geschorenes dunkelbraunes Kraushaar an den Schläfen die ersten grauen Löckchen aufwies. Und er wirkte hagerer im Gesicht als früher. Aber sein unnachahmlicher Gang, wie sein Haar das Erbe seines Vaters, der aus Martinique nach London gekommen war, war noch genauso lässig wie damals, als er jetzt langsam auf mich zukam, ohne den Blickkontakt zu unterbrechen. Er war groß, gut eins neunzig, und schon immer schlaksig gewesen. Wenn er lächelte, blitzten zwei Reihen gleichmäßig weißer Zähne in seinem dunkelbraunen Gesicht auf.

Das Gesamtpaket Dany war bei unseren weiblichen Fans immer ziemlich gut angekommen. Und nicht nur bei den Fans. Ich verzog die Lippen und runzelte unwillkürlich die Stirn. Aber ich unterdrückte entschlossen jeden Gedanken an Eve und ihn und die Krise, in die mich das gestürzt hatte. Als er sich langsam auf den freien Platz der Eckbank schob und die dünne Hemdjacke aus Wildleder aufknöpfte, hatte ich meine Mimik wieder unter Kontrolle.

„Rick."

„Dany." Mich beschlich einen Moment das merkwürdige Gefühl, dass wir die Szene aus „Heat" aufführten, in der sich Al Pacino und Robert De Niro in dem Restaurant trafen, zwei Widersacher in einem Niemandsland, die sich respektierten, aber von denen der eine den anderen ein paar Minuten später umbringen würde. Aus irgendeinem Grund vertrieb dieses Bild die Anspannung in mir, und ich musste grinsen. Ich schlug das Revers meiner Lederjacke zur Seite und wartete, bis sein Blick dorthin glitt. „Ich bin unbewaffnet."

Dany starrte mich einen Moment an, dann lachte er und schüttelte den Kopf. „Verdammt, Rick!" Dann deutete er mit der Hand auf die Tasse vor mir. „Immer noch dieselbe Droge?"

„Manche Dinge ändern sich nicht." Ich sah ihn abwartend an.

Dany sah mich an und zupfte mit den Zähnen an seiner Unterlippe. „Ist das so?", fragte er dann. Bevor ich antworten konnte, drehte er sich um und winkte der Kellnerin. „Ein stilles Wasser", bestellte er, als sie bei ihm war. Ich hob eine Braue, aber bevor ich etwas anmerken konnte, fügte er hinzu: „Und einen Clement Vieux Artesanal." Dann sah er wieder zu mir. „Was soll ich sagen? Du hast wohl recht." Seine Vorliebe für ausgezeichneten Rum war ebenfalls etwas, was er aus Martinique mitgebracht hatte.

Ich hätte es nicht erwartet, so wie sich unsere Wege getrennt hatten, aber plötzlich war die Vertrautheit wieder da, die uns schon während unserer gemeinsamen Zeit an der Musikhochschule und erst recht nach der Gründung der Band verbunden hatte. Mir wurde klar, dass ich mir wegen meiner Wut und meines Schmerzes über den Betrug nie wirklich die Zeit genommen hatte, bewusst nachzufühlen, wie sehr ich das vermisst hatte. Ich holte tief Luft, aber Dany kam mir zuvor.

„Rick, ich schulde dir seit vier Jahren eine Antwort", sagte Dany. „Und ich würde sie dir wirklich gerne geben, wenn du bereit bist, sie dir anzuhören."

War ich das? Ich musterte ihn und nickte. „Ich glaube, das bin ich dir schuldig."

„Du bist mir nichts schuldig, Rick", erwiderte er zu meiner Überraschung. „Ich habe dich hintergangen." Er sah mir in die Augen. „Und damit meine ich nicht, dass ich dir Eve ausgespannt habe. So etwas passiert, wenn man nicht auf seine Beziehung aufpasst. Gefühle ändern sich. Du trägst daran genauso viel Schuld wie Eve oder ich. Aber ich hätte mit offenen Karten spielen und es dir sofort sagen müssen. Schon, als es sich anbahnte." Er nickte, als wollte er sich selbst etwas bestätigen. „Du kannst dir nicht vorstellen, wie oft ich mir das vorgeworfen habe." Er legte den Kopf schief und hob die Hände. „Und dafür möchte ich dich um Entschuldigung bitten."

Er klang aufrichtig, und sein Blick war offen und ernst, sodass ich einen Moment nicht wusste, was ich sagen sollte. Er hatte mich hintergangen, und klar, er hatte mir die Frau ausgespannt, und das hatte mich in eine Krise gestürzt, und klar, ich war stinksauer auf ihn gewesen.

You are where you go, lautete ein alter Spruch.

Genau. Denn die Frage, der ich stets ausgewichen war, lautete: *Inwieweit hatte ich mir das alles selbst zuzuschreiben?*

Die Kellnerin servierte den Rum, den er bestellt hatte, und er bedankte sich, ohne unseren Blickkontakt zu unterbrechen.

Dann erst bemerkte ich, dass er mir die Hand über den Tisch gereicht hatte. Er wartete schweigend und sah mich an.

Als ich seine Hand nahm und nickte, schien eine Last von mir abzufallen. Natürlich war nicht alles gut. Aber ich hatte das Gefühl, dass ich einen Schritt in die richtige Richtung machte.

„Danke, Dany“, erwiderte ich. „Ehrlich gesagt, habe ich darauf gewartet.“ Erst als ich es aussprach, erkannte ich, dass es die Wahrheit war.

„Ehrlich gesagt, Rick, ich auch.“

Ich wusste, was er meinte. Ich hatte ihm nie die Chance gegeben, irgendetwas zu klären. Da hatte Morrison mich zu Recht zusammengestaucht.

„Aber ich nehme an, du hast mich nicht wegen irgendwelcher rührseliger und längst überfälliger Versöhnungsrituale angerufen. Oder über alte Zeiten und über den Stand unserer derzeitigen Karrieren zu plaudern.“ Er legte den Kopf schief. „Ich nehme an, Eve hat dich erreicht?“

Ich nickte. „Ich weiß, dass du ihr meine Nummer nicht gegeben hast, weil du sie nicht hattest.“

„Offensichtlich nicht“, erwiderte Dany. „Aber Morrison wäre nicht Morrison, wenn er nicht das Unmögliche möglich machen und selbst untergetauchte Ex-Rockstars aufspüren könnte.“

„Über das Ex lässt sich streiten“, erwiderte ich und genoss es, mit welcher Leichtigkeit wir in unsere alte, gegenseitige Frotzelei verfielen. Dann wurde ich wieder ernst. „Und über das andere würde ich gern mit dir reden, aber das muss warten, wenn du damit einverstanden bist. Im Moment brennt mir etwas anderes auf der Seele, und so, wie ich das sehe, bist du der Einzige, der mir da wirklich weiterhelfen kann.“

Dany sah mich abschätzend an und nickte dann. „Du meinst Noah.“

Ich runzelte die Stirn. „Noah?“

„So heißt er.“

Ich schluckte. „Und … Ist er …?“

Dany schnaubte und verzog die Lippen. „Ich dachte zuerst ehrlich gesagt, es könnte …“ Er brach ab und schüttelte den Kopf. Dann hob er die Hand und beschrieb mit einem ausgestreckten Finger einen Kreis um sein Gesicht. „Aber spätestens als die Hebamme ihn hochhob, war klar, dass ich nicht der Vater war.“ Seine Miene verdüsterte sich, als er mich ansah, und ich glaubte, so etwas wie Bedauern seinen Augen zu sehen. „Er war ein entzückendes Baby, aber sehr weiß, und viel mehr kann ich dir darüber nicht erzählen.“

Ich sah ihn verblüfft an, aber bevor ich dazu kam, etwas zu erwidern, redete er weiter. „Wir haben uns kurz danach getrennt.“ Er lachte. „Nicht wegen eines anderen Mannes.“ Er warf mir einen kurzen Seitenblick zu. „Letztlich war ich wohl nur ein Mittel, um von dir loszukommen, falls dich das tröstet.“

Das tat es nicht, aber ich war trotzdem neugierig, worauf er hinauswollte.

Er zuckte mit den Schultern. „Sie ist einfach verschwunden, mit Baby und Klamotten. Hinterlassen hat sie nur einen Zettel am Kühlschrank.“ Er lachte wieder, aber es klang nicht fröhlich. „Willst du wissen, was darauf stand?“

Mein Mund war trocken. Ich konnte mich nicht entscheiden, ob ich es wissen wollte oder nicht, weil ich fürchtete, dass mich diese Information wieder tiefer in diesen Strudel Eve hineinziehen könnte.

Dany wartete nicht auf meine Antwort.

„Such bitte nicht nach mir.“ Er schüttelte den Kopf. „Kannst du dir das vorstellen? Kein ‚Danke‘, kein ‚Entschuldige‘, kein ‚Es tut mir leid‘. Noch nicht mal ein verfluchtes: ‚Das Essen steht im Kühlschrank, Schatz!‘ Gar nichts.“ Er sah mich an. „Und dann hat sie mich letzte Woche angerufen und wollte wissen, ob ich deine Nummer habe!“ Er nahm das Glas Rum und leerte es in einem Zug.

Dann stellte er es auf die Serviette und hob bedauernd die

Hand. „Kurz gesagt, Rick, das ist so ziemlich alles, was ich dir über Eve und ihren Sohn erzählen kann. Aber wenn du meine Meinung hören willst: Du solltest zumindest mit ihr reden. Vielleicht kriegst du ja mehr aus ihr raus als ich.“

13
JANE

Nachdem Rick mich an der London Bridge abgesetzt hatte, blickte ich auf das Südufer der Themse und atmete tief durch. Edward hatte als Treffpunkt „The Rose and Crown“ vorgeschlagen, einen Pub in der Nähe des Borough Market, und ich wollte die zehn Minuten Fußweg nutzen, um mich zu sammeln und für das Gespräch zu wappnen. Soweit das möglich war. Ich konnte immer noch nicht fassen, dass Edward all die Jahre in London gelebt hatte. Ich hatte in London studiert. Er stand im Telefonbuch. Ich hätte schon vor Jahren Kontakt zu ihm aufnehmen können. Es war verrückt. Und es kam mir vollkommen unwirklich vor, dass es noch nicht einmal vierundzwanzig Stunden her war, seit ich all das herausgefunden hatte.

Während ich in der Frühlingssonne durch die schmalen Straßen von South Bank ging, wanderten meine Gedanken zu Rick. Er war so einfühlsam und verständnisvoll gewesen. Wie ein enger Freund hatte er mir zugehört und mich darin bestärkt, Kontakt zu Edward aufzunehmen. Ohne seinen Beistand hätte ich womöglich nicht den Mut aufgebracht, Edward gleich anzurufen und um ein Treffen zu bitten. Dass er sich so liebevoll um mich gekümmert und mich sogar nach London gefahren hatte, ließ meine tiefe Enttäuschung über die andere Frau im Hotel vorübergehend in den Hintergrund treten. Irgendwie wurde ich immer weniger schlau aus ihm. Wie konnte er so gefühlvoll sein und zugleich so cool von einer Frau zur nächsten wechseln?

Ob ich wohl noch irgendwann die Gelegenheit bekommen würde, das herauszufinden? Jetzt sollte ich mich auf das bevorstehende Treffen einstimmen. Wie würde es sein, Edward zu sehen? Ich hatte kaum noch Erinnerungen an ihn.

Wenn ich an ihn dachte, tauchten aus meinem Gedächtnis immer als Erstes unscharfe Bilder davon auf, wie er mir in einem Urlaub das Schwimmen beigebracht hatte. Ich sah ihn vor mir, wie er in einem Schwimmbecken langsam zurückging und mich ermunterte, ihm ohne Schwimmflügel zu folgen. Warum hatte mein Gehirn wohl ausgerechnet diese Erinnerung abgespeichert? Es musste eine besonders eindringliche Erfahrung gewesen sein.

Vielleicht bildete ich es mir nur ein, aber Edward hatte irgendwie überrascht und erfreut geklungen, dass ich mich gemeldet hatte. Immerhin war er spontan bereit gewesen, sich gleich heute mit mir zu treffen. Das stimmte mich zuversichtlich.

Bei dem schönen Wetter waren vor dem „Rose and Crown" Sonnenschirme und Biertische aufgebaut. An einem saß ein einzelner Mann, der Williams kräftige Statur hatte und mich erwartungsvoll ansah. Als ich auf ihn zuging, stand er auf.

„Jane?", fragte er und lächelte unsicher.

Ich nickte. „Hallo", sagte ich nur. Einen Moment lang standen wir voreinander und sahen uns einfach an. Edward hatte zwar den großen, kräftigen Körperbau mit William gemeinsam, damit erschöpften sich die Ähnlichkeiten aber auch schon. Während Williams Haar hellbraun und zum Schluss schon recht schütter gewesen war, hatte Edward einen immer noch dichten grauen Schopf, der ehemals blond gewesen war. William hatte braune Augen gehabt, Edwards waren von einem wässrigen Blau.

Edward räusperte sich, fasste vorsichtig meinen Ellbogen und deutete auf den Tisch. „Willst du dich nicht setzen?"

Wieder nickte ich und schob mich auf die Bank.

„Man muss drinnen bestellen. Was möchtest du trinken?"

„Einen Cappuccino“, sagte ich und fand es irgendwie angenehm, erst mal über so etwas Banales zu sprechen.

Edward verschwand im Pub und als er kurz darauf wieder erschien, setzte er sich auf die Bank mir gegenüber.

„Hat dein Anruf mit Williams Tod zu tun?“, fragte er nach einem Moment.

Ich sah ihn an und versuchte, das Bild aus meiner Erinnerung mit dem Mann in Einklang zu bringen, der vor mir saß. Um seine Augen, auf der Stirn und um seinen Mund hatten sich Falten in sein Gesicht gegraben, aber in seinen Augen erkannte ich den Edward aus meiner Kindheit wieder. Und auch an sein warmes Lächeln konnte ich mich erinnern. Ich sammelte mich und konzentrierte mich auf seine Frage. „In gewisser Weise.“ Ich zögerte. „Woher weißt du, dass er tot ist?“

„Eine Ms Craighdon hat mich informiert.“

Auch davon hatte sie mir nichts gesagt. Wieder versetzte mir der Gedanke daran einen schmerzhaften Stich, was Margery und William mir all die Jahre verheimlicht hatten.

„In gewisser Weise?“, hakte er nach.

„Ich …“

In dem Moment brachte eine junge Bedienung unsere Getränke – Cappuccino für mich, einen Tee für Edward. Ich streute Zucker über den Milchschaum, nahm mit dem Löffel etwas davon, schob ihn mir in den Mund und knirschte nachdenklich auf den Zuckerkrümeln herum.

„Ich habe angefangen, Williams Sachen zu ordnen“, hob ich schließlich an. „Dabei habe ich den Brief gefunden … in dem du den Kontakt zu ihm abgebrochen hast. Zu uns“, fügte ich hinzu.

Sein Blick drückte Schmerz und Schuldbewusstsein aus. „Das ist mir damals sehr schwergefallen“, sagte er leise.

„Erst dadurch habe ich erfahren, dass du nicht mein Vater bist, sondern William“, fügte ich noch hinzu.

Er sah mich entsetzt an. „Er hat es dir nie gesagt?“

Ich schüttelte den Kopf.

„Aber …“ Er dachte einen Moment lang nach und blickte mich voller Mitgefühl an. „Du hast all die Jahre geglaubt, ich wäre dein Vater und einfach so aus deinem Leben verschwunden?“

Ich nickte.

„Wie hat er dir das denn erklärt?“, fragte er fassungslos.

„Er hat mir erzählt, du wärst nach der Trennung von meiner Mutter nach Australien ausgewandert und deutete an, dass es zwischen euch zu irgendeinem Zerwürfnis gekommen sei.“

Edward strich sich mit beiden Händen durch das dichte Haar. „Zerwürfnis“, wiederholte er schnaubend. „Ja, das kann man wohl sagen.“

Ich trank einen Schluck von meinem Cappuccino, packte die in Schokolade gehüllte Mandel aus, die daneben lag, und aß sie. Irgendwie hatte ich heute ein starkes Verlangen nach Zucker.

„Ich konnte mich ja kaum an dich erinnern“, sagte ich. „Es fühlte sich so an, als wäre mein Zuhause schon immer bei William gewesen, obwohl ich mich immer wieder gefragt habe, warum du dich nie gemeldet hast.“

Ich löffelte mir noch etwas Milchschaum in den Mund. „William hat immer ausweichend geantwortet und irgendwann habe ich nicht mehr weiter nachgefragt.“

Edward sah mich an und ergriff meine Hand. „Es tut mir so leid, Jane. Warum hat er dir nur nie die Wahrheit erzählt?“, fragte er noch einmal und ließ meine Hand wieder los.

„Das habe ich Margery auch gefragt. Also Ms Craighdon, seine Mitarbeiterin und wohl auch mehr. Sie wusste schon eine ganze Zeit lang Bescheid“, fügte ich erklärend hinzu.

„Sie sagt, meine Mutter habe sich so sehr gewünscht, dass du mein Vater gewesen wärst, dass sie es irgendwann selbst geglaubt habe. Und weil sie so wenig gewollt habe, dass William mein Vater ist, habe er es dabei belassen."

Edward rollte die leere Zuckertüte von seinem Tee auf und wieder auseinander, dann knüllte er sie zusammen und warf sie auf die Untertasse. „Herrgott, ich war damals so verletzt. Sie wollte bei mir bleiben, aber ich konnte das nach diesem Verrat einfach nicht ertragen. Ich hatte das Gefühl, verrückt zu werden." Er schluckte und zögerte einen Moment. „Später habe ich mich oft gefragt, ob sie noch leben würde, wenn ich sie nicht verlassen hätte." Er sah mir in die Augen. „Aber ich dachte natürlich, William hätte dir gesagt, dass er dein Vater ist, und du würdest mich nicht weiter vermissen."

Sein aufrichtiges Bedauern rührte mich und war Balsam für meine Seele.

„Wie war meine Mutter? William hat nicht viel über sie gesprochen."

Edward richtete den Blick einen Moment in die Ferne, als würde er sich erinnern. „Sie war eine faszinierende Frau, ein flirrendes Wesen. Wenn es ihr gut ging, leuchtete sie von innen." Er lächelte wehmütig. „Aber es gab Phasen, da war sie unendlich traurig." Er überlegte einen Moment. „Eigentlich war sie das die meiste Zeit. Ich habe damals geglaubt, dass sie Hilfe braucht." Er sah mich an. „Aber aus irgendeinem Grund hat sie sich vehement dagegen gewehrt."

Sie war psychisch angeschlagen, hatte Margery gesagt. Hatte sie das damit gemeint? War meine Mutter krank gewesen?

„Weißt du, sie war so kreativ, konnte so mitreißend sein … aber sie war immer auf der Suche." In seine Augen trat ein Leuchten. „Ich habe sie unendlich geliebt."

Wir schwiegen einen Moment. „Hat es in deinem Leben nach ihr noch einmal jemanden gegeben?“, fragte ich schließlich.

Wieder faltete er das Zuckertütenpapier auseinander und spielte damit. „Jahre später habe ich mich noch mal verliebt. Aber meine Gefühle waren bei Weitem nicht so tief, nicht so intensiv wie für deine Mutter. Thelma wollte heiraten und Kinder haben. Aber das konnte ich mir nicht vorstellen.“

Wir bestellten noch etwas zu trinken, und Edward erkundigte sich nach meinem Leben. Nach meiner Kindheit und Jugend auf der *Animal Farm*. Nach meinem Studium. Wie ich heute lebte.

Irgendwann hatte ich das Gefühl, beobachtet zu werden und sah auf die andere Straßenseite. Dort lehnte Rick an seinem Wagen und schaute zu mir herüber. Er fing meinen Blick auf, lächelte und hob die Hand zum Gruß, machte aber keine Anstalten, zu uns zu kommen.

Ich schaute auf die Uhr, ich hatte gar nicht gemerkt, wie schnell die Zeit vergangen war. Kurz überlegte ich, ob ich Rick zu uns herüberwinken und Edward vorstellen sollte, doch im Grunde war ich Rick dankbar, dass er sich im Hintergrund hielt. Meinem gerade wiederentdeckten Onkel, den ich bis gestern für meinen verschollenen Vater gehalten hatte, meinem Mieter vorzustellen, der zugleich mein … Liebhaber, Vertrauter, ja, was eigentlich war?, das überforderte mich. Ich nickte Rick zu und gab ihm ein Zeichen, dass ich gleich käme.

„Ich muss gehen“, sagte ich zu Edward und deutete mit dem Kopf auf Rick.

Interessiert folgte er meinem Blick und lächelte. „Verstehe.“ Er hielt Rick bestimmt für meinen Freund, und ich ließ ihn in dem Glauben.

Er sah mir in die Augen. „Ich bin sehr froh, dass du dich gemeldet hast, Jane.“ Er nahm meine Hand. „Es tut mir alles so leid. Ich weiß, ich kann die Vergangenheit nicht ungeschehen machen", er senkte kurz den Blick, bevor er wieder zu mir hochsah, „aber vielleicht können wir uns wiedersehen?"

Das war schön zu hören. Doch ich war zu aufgewühlt und musste erst über alles nachdenken, was ich heute gehört hatte.

Als hätte er meine Gedanken gelesen, sagte er: „Überleg es dir in Ruhe und melde dich, wenn du magst. Ich würde mich sehr freuen."

Ich nickte und stand auf. „Danke, Edward." Er stand ebenfalls auf, zögerte einen Moment und trat dann um den Tisch herum zu mir. Vorsichtig nahm er mich in die Arme, und ich ließ es geschehen. Ich schloss die Augen und fühlte mich fast so geborgen wie früher bei William. Als er sich von mir löste, lächelte ich ihn an. „Bis bald, Edward."

***

Solange Rick uns durch den dichten Londoner Stadtverkehr manövrierte, schwiegen wir; es fühlte sich angenehm an, vertraut. Auf der Autobahn Richtung Westen machten wir an einer Raststätte Halt und deckten uns mit Wasser und Sandwiches ein. Erst, als wir weiterfuhren, erkundigte sich Rick, wie das Treffen mit Edward gelaufen sei. Ich berichtete ihm, wie fassungslos Edward war, dass William mich all die Jahre im Ungewissen gehalten hatte. Er fand es richtig, dass ich mit meinem Vater lebte, und war davon ausgegangen, dass ich die Wahrheit kannte. Ich erzählte, wie leid ihm alles tat und dass er mich wiedersehen wollte.

„Was für eine Geschichte", sagte Rick nachdenklich.

„Das kann man wohl sagen." Ich musterte ihn von der Seite. „Und? Wie war dein Nachmittag so?", fragte ich.

Er schwieg einen Moment. „Tja, du bist nicht die Einzige, die heute eine Reise in die Vergangenheit gemacht hat.“

„Wie meinst du das?“

„Ich habe mich mit einem früheren Freund getroffen.” Er sah kurz zu mir, bevor er den Blick wieder auf die Straße richtete. „Mit dem ich zusammen meine Band hatte. Dany. Er hat mir vor vier Jahren meine Freundin ausgespannt. Das hat mich damals ganz schön aus der Bahn geworfen, und ich bin aus der Band ausgestiegen. Seitdem hatten wir keinen Kontakt mehr.”

„Oh, wow! Und warum habt ihr euch jetzt getroffen?

„Ich musste etwas mit ihm klären.” Er hielt den Blick fest auf die Straße gerichtet und schien weitersprechen zu wollen, presste dann aber die Lippen zusammen.

„Ich wünschte, das hätten Edward und William auch getan.”

„Wirklich?” Er lachte humorlos. „Manchmal bringen solche Klärungen Dinge ans Licht, die dein Leben ganz schön auf den Kopf stellen können.”

„Stimmt, aber das ist ja vielleicht auch gut so.”

Rick wandte den Kopf und musterte mich aufmerksam. „Findest du?”

„Ja, schon. Die Wahrheit tut vielleicht weh, aber ich finde es besser, sie zu kennen. Ich hätte zum Beispiel gern früher gewusst, wer mein Vater war.”

Oder wer diese Frau im Hotel war. Je mehr ich von ihm erfuhr, desto verwirrter war ich. Wer war der echte Rick? Der einfühlsame Mann, der mir gestern Abend so aufmerksam zugehört hatte, oder der Frauenheld, der nach einer schönen Liebesnacht am nächsten Tag gleich die nächste Frau abschleppte. Sollte ich ihn jetzt darauf ansprechen?

„Ich würde zum Beispiel gern wissen …”

„Aber manchmal tauchen Wahrheiten aus der Vergangenheit auf, die man dort lieber begraben hätte", sagte er gleichzeitig und zögerte. Als ich nichts sagte, sprach er weiter. „Das ist mir in London auch passiert." Er sah mich an und grinste schief. „Eigentlich wollte ich dir das ja schon erzählen, aber du warst wohl gerade von deinen eigenen Problemen abgelenkt und wolltest mich nicht sehen."

„Was wolltest du mir erzählen?"

Rick räusperte sich. „Da ist ein Geist aus meiner Vergangenheit aufgetaucht. Und hat mich ziemlich verstört."

Mir wurde flau im Magen. „Was für ein Geist?", fragte ich vorsichtig.

„Meine Ex-Freundin. Eve." Er sah wieder starr nach vorn und schüttelte den Kopf. „Kannst du dir vorstellen, wie verblüfft ich war, als sie plötzlich vor der Tür stand?"

„Was wollte sie von dir? Ich dachte, sie wäre mit deinem Freund aus der Band zusammen. Wollte sie alte Zeiten wieder aufleben lassen? Ihr habt jedenfalls ziemlich vertraut gewirkt", sagte ich ohne nachzudenken und hätte mir am liebsten sofort auf die Zunge gebissen.

„Was?" Rick sah mich erstaunt an. „Was meinst du …? Du hast sie gesehen?"

Mir schoss die Hitze in die Wangen. „Mhm … Ja … Ich stand im Gang, als ihr euch verabschiedet habt."

„Verstehe." Rick schüttelte den Kopf und legte seine Hand auf meine, die ich im Schoß verschränkt hatte. „Deshalb warst du so abweisend gestern, stimmt's?"

Ich nickte.

„Das tut mir leid. Aber das hast du vollkommen missverstanden!" Rick holte tief Luft, und die Wärme seiner Hand beruhigte mich irgendwie. „Ich wollte dir schon gestern Morgen von dieser Begegnung erzählen, aber das hast du nicht zugelassen." Er nahm meine Hand, zog sie an die Lippen und küsste sie. „Sie hatte ein großes Problem, deshalb ist sie zu mir gekommen, und ich habe sie weggeschickt. Deshalb habe ich mich auch mit Dany getroffen." Er fuhr langsamer, blinkte und fuhr auf einen Parkplatz an der M4. Dann stoppte er den Wagen, stellte den Motor ab und drehte sich zu mir um. „Du glaubst doch nicht wirklich, dass ich nach dieser Nacht mit dir auch nur einen Gedanken an eine andere Frau verschwendet hätte."

Scham und Erleichterung überkamen mich gleichermaßen. Genau das hatte ich gedacht. Ich sah zu ihm hoch und brachte kein Wort heraus. Das war auch nicht nötig, weil Rick mich in dem Moment an sich zog und küsste.

14
RICK

Diesmal war der Kuss weich und zärtlich, nicht so leidenschaftlich fordernd wie bei unserer Begegnung im Hotel. Aber dadurch wirkte er noch inniger.

Ich streichelte Janes Wangen und fuhr mit dem Daumen über ihre Augenbrauen, bevor ich meine Finger in ihre Haare schob und sie zerzauste. Sie öffnete die Lippen und fuhr mit ihrer Zungenspitze über meine Lippen. Ich konnte der Einladung nicht widerstehen, öffnete meinen Mund weiter und vertiefte den Kuss. Ich schob meinen rechten Arm zwischen Sitz und Körper auf ihren Rücken und zog sie an mich.

Jane seufzte und drückte sich fester an mich. Ich ließ meine Hand an ihrer Wange und ihrem Hals herabgleiten und umfasste ihre Brust. Ich spürte ihre harten Spitzen und wurde von einem leisen Stöhnen belohnt. Sie wollte mich genauso wie ich sie, aber irgendwie fühlte es sich nicht richtig an, hier auf einem Parkplatz an der M4 Sex zu haben.

Ich wollte natürlich mit ihr schlafen, und am liebsten auch sofort, aber in meine Lust mischte sich noch ein anderes Gefühl. Erleichterung. Weil sie jetzt endlich von meiner Begegnung mit Eve wusste. Auch wenn ich ihr nicht alles erzählt hatte. Und dafür war hier auf der Autobahn ganz gewiss nicht der richtige Moment. Trotzdem hatte ich das Gefühl, dass wir erst reden mussten, bevor wir uns weiter aufeinander einlassen konnten. Denn genau das wollte ich.

Ich unterbrach den Kuss und öffnete die Augen.

Jane sah mich an, als wollte sie mich mit ihrem Blick durchdringen. Auch wenn er sehr zärtlich war. Sie lächelte, als sie ihre Lippen langsam von meinem Mund löste. Es war eine fast schüchterne Geste.

„Das hast du doch, stimmt‘s? Du hast gedacht, dass ich

mit Eve geschlafen hätte, richtig?"

Als sie nicht sofort antwortete, dachte ich, sie hätte die Frage nicht verstanden, aber dann nickte sie kurz und errötete.

„Ja." Sie sah zur Seite und ließ die Arme sinken, die sie um meinen Hals geschlungen hatte. „Ich dachte ..." Sie bewegte die Lippen, als suchte sie nach Worten, dann schüttelte sie schwach den Kopf und presste die Lippen zusammen. „Ich kenne dich eigentlich gar nicht", sagte sie schließlich. Dann richtete sie den Blick ihrer großen Augen wieder auf mich. „Noch nicht."

Das war ebenso eine Feststellung wie eine Frage, und die Gefühle, die in ihrer Stimme und in ihrem Blick mitschwangen, raubten mir einen Moment die Sprache.

„Das werden wir ändern." Ich legte ihr einen Finger unter das Kinn und hob ihren Kopf zärtlich an. Dann küsste ich sie auf den Mund, ohne unseren Blickkontakt zu unterbrechen, zärtlich und kurz. Ich wich zurück und fuhr mit dem Daumen über ihre Lippen, die leicht zitterten. „Aber nicht hier und nicht jetzt." Ich deutete mit einem kurzen Nicken auf die Umgebung. „Dafür will ich dich in den Armen halten und fühlen."

Sie zupfte mit den Zähnen an ihrer Unterlippe und lächelte erneut, als sie zustimmend nickte. „Ich könnte mir dafür auch einen schöneren Ort vorstellen", erwiderte sie etwas heiser. Wir sahen uns noch einen Herzschlag lang an, bevor ich mich wieder richtig hinter das Steuer setzte, den Motor startete und vom Parkplatz fuhr.

Ich war zum ersten Mal froh, dass mein alter Jaguar ein Automatikgetriebe hatte, das zwar erheblich mehr Sprit verbrauchte, aber mir erlaubte, die ganze Fahrt bis nach Mousehole Janes Hand zu halten.

***

Ich hatte das Abblendlicht ausgestellt, als wir in die Einfahrt der

Animal Farm einbogen, ließ den Wagen vor dem Cottage ausrollen und stellte den Motor ab. Im Herrenhaus war es dunkel und im Zoo brannten nur die Nachtlichter. Die einzige Laterne neben der Auffahrt spendete gerade genug Licht, um die Umgebung wahrzunehmen und nicht gegen irgendein Hindernis zu stoßen.

Jane und ich hatten auf der Rückfahrt nach dem Kuss auf dem Parkplatz geschwiegen, aber sie hatte die ganze Zeit meine Hand gehalten. Die Atmosphäre zwischen uns hatte sich seit diesem Zwischenstopp verändert. Irgendetwas hatte sich geklärt, ein Knoten hatte sich gelöst, als hätte das Gespräch eine Art von Zuversicht zwischen uns erzeugt. Das Gefühl, dass alles, was wir da taten, richtig war.

Nachdem der Wagen zum Stehen gekommen war und ich den Schalthebel auf P geschoben hatte, sahen wir uns an. Ich hob ihre Hand an meine Lippen, küsste sie, ließ sie dann los, stieg aus, ging vorne um den Wagen herum, während ich die ganze Zeit Janes Blick hielt, öffnete die Beifahrertür und reichte ihr meine Hand.

Sie erwiderte meinen Blick, als sie meine Hand nahm und sich von mir sanft aus dem Wagen ziehen ließ. Wir blieben einen Moment dicht voreinander stehen und sahen uns weiter schweigend an. Dann legte ich meine Hände um ihre Taille und zog sie an mich.

Jane schmiegte sich bereitwillig in meine Umarmung, legte die Arme um meinen Hals und küsste mich. Wir würden noch reden, das war uns beiden klar, und es gab auch viel zu besprechen. Mir schoss der Gedanke durch den Kopf, wie sie wohl darauf reagieren würde, wenn ich ihr sagte, dass ich ein Kind hatte. Aber das musste noch warten. Als ich ihren Körper an meinem fühlte und ihre Lippen auf meinem Mund, war ein anderes Bedürfnis übermächtig. Ich wollte sie spüren, nackt, an meiner Haut. Jetzt.

Dem leisen Seufzen nach zu urteilen, als ich den Kuss abbrach, ging ihr das ähnlich. Ich ließ meine Hand ihren Arm hinuntergleiten, nahm ihre Hand und führte sie zur Tür des Cottages. Jane lehnte dabei ihren Kopf an meine Schulter und wartete ruhig, während ich etwas umständlich meinen Schlüssel aus der Tasche zog und die Tür aufschloss.

Wir traten ins Innere, Jane schob die Tür zu und lehnte sich mit dem Rücken dagegen. Dabei zog sie mich an sich, legte ihre Hände auf meinen Po und presste mich zwischen ihre Beine. Ihr Mund war leicht geöffnet.

Ich wollte etwas sagen, aber als ich Luft holte, legte sie rasch einen Finger auf meine Lippen.

„Shhh“, flüsterte sie, während sie ihren Schoß gegen meine Hüften drückte und die Augen halb schloss, als sie meine Erregung spürte.

Sie packte das Revers meiner Jacke und zog sie mir von den Schultern. Das Leder blieb an meinen Handgelenken hängen und ich zerrte ungeduldig an den Ärmeln. Ich glitt mit meinen Händen unter ihre Bluse, und zog sie ihr über den Kopf. Darunter trug sie keinen BH, und mich durchzuckte ein heißes Gefühl von Lust, als ich sie halb nackt sah. Ich schob heftig meine Lenden nach vorn, presste Janes Po an die Tür. Ich legte meine Hände auf ihre vollen Brüste und liebkoste ihre harten Spitzen mit den Daumen.

Jane stöhnte leise, schob ihren Schoß nach vorn und rieb sich an mir, was mich fast wahnsinnig machte. Ich senkte den Kopf, küsste sie, packte ihre Pobacken und hob sie hoch. Jane umschlang mich mit ihren Beinen, und wir taumelten durch den kleinen Flur in mein Schlafzimmer. Während ich mit meiner Zunge gierig ihren Mund erforschte, riss sie mir das Hemd aus der Hose. Mir schoss der Gedanke durch den Kopf, dass ich froh sein konnte, dass sie wegen ihrer Arbeit relativ kurze Fingernägel hatte, sonst hätte sie vermutlich blutige

Kratzspuren auf meiner Haut hinterlassen. Andererseits machte mich diese Vorstellung noch mehr an, und ich schaffte es gerade noch, sie sanft auf den Flokati zu legen, als ich mir auch schon die Knöpfe ihrer Jeans vornahm.

Jane hatte es genauso eilig. Sie wand sich unter mir, damit ich ihr die hautenge Jeans ausziehen konnte. Danach half sie mir, mich meiner Hose zu entledigen, und streifte dabei auch gleich meine Boxershorts herunter. Ich keuchte, als sie mit der Hand meinen Schaft umschloss, meine andere Hand nahm und sie zwischen ihre Beine legte. Durch den dünnen Stoff ihres Höschens fühlte ich, dass sie mehr als bereit für mich war, und als ich meine Finger unter den Stoff schob, hob sie mit einem aufmunternden Stöhnen die Hüften, damit ich ihr die pinkfarbene Spitze herunterschieben konnte. Sie zog das Höschen über einen Fuß und machte sich nicht die Mühe, es auch vom anderen Bein zu streifen. Stattdessen packte sie mich bei den Schultern, rollte mich auf den Rücken und setzte sich rittlings auf mich.

„Sollten wir nicht …?“ Ich kam nicht dazu, die Frage nach Verhütung zu stellen. Ich konnte nur noch daran denken, dass ich Jane so nah wie möglich sein wollte. Dann wurden alle Gedanken ausgelöscht, als sie langsam über mich glitt und mich in sich aufnahm.

Stöhnend legte sie den Kopf in den Nacken, als sie sich Zentimeter um Zentimeter herunter ließ, bis sie schließlich auf mir saß und ich vollkommen in ihr war. Dann nahm sie meine Hände, legte sie auf ihre Brüste, neigte den Kopf, um mich anzusehen, und begann, sich in einem langsamen, lustvollen Rhythmus auf mir zu bewegen. Mein Blickfeld verengte sich, bis ich nur noch ihre Augen wahrnahm, die mich unter halbgeschlossenen Lidern ansahen, und ihre geöffneten Lippen, bis auch dieses Bild undeutlich wurde und die Welt nur noch aus ihrer heißen Haut und unserem keuchenden Atmen zu bestehen schien.

***

Anschließend lagen wir eine Weile ruhig da und lauschten unserem angestrengten Herzschlag, der sich langsam beruhigte. Jane schmiegte sich an mich und küsste sich mit ihren weichen Lippen langsam meinen Hals hoch. Dass das Bett nur gerade einen Meter breit war, war für mich in diesem Moment ausnahmsweise kein Grund zur Beanstandung.

Im Gegenteil.

„Rick …?"

Ich brummte.

„Bist du wach?"

„Was glaubst du?"

Ich spürte, wie sich eine Hand vorsichtig um meine Erektion legte, die in den letzten zehn Sekunden deutlich größer geworden war.

„Mmh … Was ich glaube, ist weit weniger wichtig als das, was ich fühle."

Ich zog Jane fester an mich, rutschte mit meinem Po an die Wand und drehte mich mit ihr auf die Seite. Dann schob ich einen Schenkel über ihre Beine und strich ihr das Haar aus dem Gesicht, um ihr in die Augen sehen zu können.

„Ich hoffe, das gilt für mehr als nur für diesen Moment."

„Wie meinst du das?" Ihre Stimme klang heiser und ich konnte mich nur mühsam beherrschen, sie nicht einfach zu küssen, als sie sich mit der Zunge über die Lippen fuhr.

„Dass du dich nicht mehr vom Augenschein täuschen lässt, was mich angeht, sondern auf deine Gefühle hörst."

„Und woher weißt du, was meine Gefühle mir über dich sagen?" Sie sah mich aufmerksam an, schlagartig wach, und ihr Tonfall sagte mir, dass die Frage trotz ihres Lächelns auch ernst gemeint war.

„Ich weiß es nicht, aber ich hoffe, dass mein Gefühl, was

deine Gefühle angeht, mich nicht täuscht."

Eine ganze Reihe von Emotionen flog über Janes Gesicht, und ihre Lippen zuckten, zwischen einem Lächeln und einem ernsten Ausdruck. Dann hob sie die Hand, strich mir über die Wange und fuhr mit dem Finger über meine Lippen. Sie schien etwas sagen zu wollen, überlegte es sich dann jedoch anders, kniff die Augen zusammen, schob den Kopf vor und küsste mich zärtlich auf die Lippen.

Dann bog sie den Kopf wieder zurück. „Und was soll mir mein Gefühl zu deinem Gefühl sagen?"

„Das ist keine Antwort." Ich lachte leise.

Der Ausdruck auf Janes Gesicht war unverkennbar selbstgefällig. „Du hast mir auch keine Frage gestellt."

Wir wurden plötzlich ernst, und der Moment schien sich mit Bedeutung aufzuladen. Ich runzelte die Stirn und holte Luft.

Jane schüttelte leicht den Kopf und schmiegte sich fester an mich. „Nicht."

Ich schlang meine Arme um sie und hielt sie fest. Ich wusste, was sie meinte. Für diese Frage war es einfach noch zu früh. Und vielleicht würde sie sich von allein beantworten.

Als ich schwieg, entspannte sie sich in meinen Armen und bog den Kopf erneut zurück.

„Erzähl mir etwas von dir." Sie fuhr mit dem Finger über mein Kinn, über meine Lippen und über meine Brauen. „Ich fühle mich dir so nahe", fuhr sie dann fort, und ihre Stimme war belegt. „Obwohl ich dich überhaupt nicht kenne."

„Das geht mir auch so."

Damit schien sich dieser bedeutsame Moment, der sich so plötzlich in den Raum zwischen uns gedrängt hatte, zufriedenzugeben.

„Was wollte Eve von dir?"

Was für ein beschissenes Timing! Ich hatte das untrügliche Gefühl, dass dieser bedeutsame Moment sich in

Luft auflösen würde, wenn ich ihr erzählte, dass ich höchstwahrscheinlich mit der Frau, die sie im Hotel gesehen hatte, ein Kind hatte. Auch wenn ich das selbst erst seit zwei Tagen wusste. Und wenn ich es ihr nicht erzählte, würde eine mögliche Beziehung zwischen uns gleich mit einer Lüge beginnen. Glücklicherweise rettete mich Jane, weil sie nicht auf meine Antwort wartete, sondern mich zärtlich auf den Hals küsste.

„Keine Angst, ich glaube dir, dass du nichts mit ihr hattest. Auch wenn ihr, wie gesagt, ziemlich vertraut ausgesehen habt."

„Das kannst du mir auch glauben", erwiderte ich und stürzte mich auf den Ausweg aus dieser vertrackten Situation, obwohl ich mir dabei ein wenig verlogen vorkam. „Ich halte nichts davon, alte Beziehungen wieder aufzuwärmen, schon gar nicht, wenn sie so zu Ende gegangen sind wie die zwischen Eve und mir." Das zumindest war die Wahrheit.

Jane sah mich einen Moment forschend an und nickte dann. „Das verstehe ich", antwortete sie. „Und … sieht sie das genauso?"

Ich zuckte mit den Schultern und wog meine nächsten Worte sehr sorgfältig ab. „Ehrlich gesagt, weiß ich gar nicht so genau, was sie eigentlich wollte." Als ich Janes erhobene Brauen sah, zuckte ich noch einmal mit den Schultern. „Sie hatte von meinem Manager erfahren, dass ich in dem Hotel war. Dann ist sie dort einfach aufgekreuzt, nachdem sie zuvor ein paarmal versucht hatte, mich anzurufen."

Jane bog den Kopf zurück. „Sie hat dich angerufen?"

Ich nickte. „Dafür werde ich Morrison gehörig den Kopf waschen." Ich sah sie an. „Das ist mein Manager. Er hat ihr einfach meine neue Handynummer gegeben."

Sie schüttelte den Kopf. „Datenschutz ist eben keine Selbstverständlichkeit."

„Das sollte es aber sein." Ich wollte nicht weiter über dieses Thema reden, sondern ich wollte Jane, ich wollte sie fühlen, sie küssen und sie lieben. Obwohl ich genau wusste, dass dieses Thema nur aufgeschoben war.

„Aber was …?"

„Sie sagte, sie hätte ein Problem und wollte mit mir darüber reden. Aber nicht zwischen Tür und Angel."

„Und was hat dein Freund dazu gesagt?" Sie kaute wieder auf ihrer Unterlippe. „Dany, so heißt er doch, richtig? Die beiden sind doch zusammen."

Ich seufzte. Das Gespräch nahm eine Wendung, die mir in diesem Moment überhaupt nicht gefiel. Ich war noch nicht so weit. Ich wollte noch mehr von Jane, ich wollte ihr meine Gefühle zeigen. Sie sollte wissen, dass ich es ehrlich mit ihr meinte und es mir mit uns beiden ernst war, bevor ich ihr sagte, in welcher Situation ich mich gerade befand.

Ich wollte eine Galgenfrist.

„Ich habe ihr gesagt, dass ich es mir überlege, ob ich sie anrufe und mir anhöre, was sie mir zu erzählen hat." Auch das war die Wahrheit. „Aber im Moment habe ich dazu nicht die geringste Lust."

Jane musterte mich forschend, und ich hatte das Gefühl, dass sie bis in meine Seele blickte. Wenn dem so war, hatte ich Glück. Denn was sie sah, schien sie davon zu überzeugen, dass das zwischen uns echt war.

Sie schob ihre Hüften dichter zu mir und lächelte. „Tatsächlich nicht?", fragte sie, und ihre Stimme klang wieder ein wenig heiser. „Und zu was genau hast du im Moment Lust?"

„Wenn du möchtest, dann würde ich dir das nur zu gerne zeigen."

„Ja?"

„Ja. Auch auf die Gefahr hin, dass ich mich wiederhole."

Ihr Lächeln wurde eindeutig lasziv, als sie sich in meinen

Armen auf den Rücken drehte und ihren Schenkel unter mein Bein schob. „Ich glaube, von diesen Wiederholungen kann ich gar nicht genug bekommen."

„Das trifft sich gut", murmelte ich, während ich mich über ihre Brüste beugte und ihre Knospen mit meiner Zunge und den Zähnen liebkoste. Stöhnend legte sie ihre Hände auf meine Schultern. „Denn ich habe auch nicht vor, damit jemals wieder aufzuhören."

„Rick, du solltest nichts versprechen …"

Was sie noch hatte sagen wollen, ging in ihrem lauten Keuchen unter, als ich meinen Kopf zwischen ihre Schenkel schob und ihr zeigte, dass ich keineswegs vorhatte, leere Versprechungen zu machen.

15
JANE

Als ich die Augen aufschlug, sah ich als Erstes einen Flokati. Ich brauchte einen Moment, um zu realisieren, dass ich nicht etwa noch träumte, sondern tatsächlich in meinem Jugendbett lag, hinter mir an meinen Rücken geschmiegt Rick Wiseman. Er hatte die Arme um mich gelegt, und ich atmete tief seinen Sandelholzgeruch ein. Das Bett war so schmal, dass wir nur in der Löffelchenposition zusammen hineinpassten, was mich allerdings keineswegs störte. Gerade wollte ich die Augen wieder schließen und noch einen Moment das Gefühl seiner warmen Haut an meiner genießen, als ich draußen Margerys Stimme hörte. „Tom! Du musst unbedingt als Erstes den Zaun bei den Bären reparieren." Tom war schon da? Das hieß, es war höchste Zeit für mich, aufzustehen.

Ganz vorsichtig, um Rick nicht zu wecken, löste ich seinen Arm um mich und legte ihn auf seine Hüfte. Ich hielt einen Moment inne und lauschte, doch Rick atmete tief und gleichmäßig. So leise ich konnte, kroch ich aus dem Bett und sammelte im Dämmerlicht meine Sachen zusammen, die eine Spur vom Schlaf- ins Wohnzimmer bildeten. Ich warf einen letzten Blick auf den schlafenden Rick. Es wäre sehr verlockend, wieder zu ihm ins Bett zu schleichen, doch ich hatte die *Animal Farm* einen weiteren Tag alleingelassen und musste mich dringend um meine Pflichten kümmern. Ich zog mich an und spähte aus dem Fenster. Die Luft war rein, Tom und Margery waren verschwunden. Ich schnappte mir meine Tasche, öffnete die Tür, eilte über den Hof und verschwand unbemerkt im Herrenhaus.

Drinnen blieb ich einen Moment stehen und atmete tief durch. *Du glaubst doch nicht wirklich, dass ich nach dieser Nacht mit dir auch nur einen Gedanken an eine andere Frau verschwendet hätte.*

Bei der Erinnerung an Ricks Worte durchströmte mich ein warmes Gefühl, und ich musste unwillkürlich lächeln. Auch wenn mich eine leise Stimme in meinem Hinterkopf warnte, Rick gegenüber wachsam zu bleiben, hatten seine Worte und seine Liebkosungen einen warmen Kokon um meinen Körper hinterlassen, und ich hatte das Gefühl, für alle Herausforderungen gewappnet zu sein.

Und das war auch gut so, denn die erste erwartete mich sogleich. Als ich in Richtung Treppe ging, tauchte Margery plötzlich wie ein Racheengel vor mir auf. Ich hatte sie seit unserer emotionalen Begegnung vorgestern Abend nicht mehr gesehen und ihr lediglich eine Nachricht hinterlassen, dass ich noch mal für einen Tag nach London müsse. Eigentlich war ich noch wütend auf sie, doch nach der Nacht mit Rick war neben meiner guten Laune schlicht kein Platz für Wut. Zudem sah Margery derart zerknittert im Gesicht aus, dass es schon fast komisch war. Hatte sie etwa ein schlechtes Gewissen, weil sie mich so lange hintergangen hatte, oder war etwas passiert?

„Hallo, M, ist alles okay?“, fragte ich und verschränkte die Arme vor der Brust, weil ich nicht ganz sicher war, ob ich meine Bluse richtig zugeknöpft hatte.

„Guten Morgen. Ja, alles soweit in Ordnung“, sagte sie, sah dabei aber so aus, als hätte es im Zoo mindestens einen Todesfall gegeben. „Riccardo ist bei Poppy, es geht ihr schon viel besser“, fügte sie hinzu.

„Wie schön.“ Ich wandte mich der Treppe zu, um nach oben zu gehen, ich hatte keine Lust, ihr zu erklären, wo ich herkam oder was ich vorhatte.

„Jane … Ich wollte … Was war …?“, stotterte sie.

Okay, so leicht kam ich offenbar nicht davon.

Margery holte tief Luft. „Was hast du mit Wiseman in London gemacht?“, platzte es schließlich aus ihr heraus.

Woher wusste sie, dass ich mit Rick dort gewesen war? Hatte Miss Marple uns gestern Nacht bei unserer Rückkehr beobachtet? Bei der Vorstellung, wie sie in ihrem geblümten Morgenrock am Fenster gestanden und zugesehen hatte, wie Rick und ich eng umschlungen im Cottage verschwunden waren, errötete ich leicht. Dabei waren wir extra dorthin gegangen, damit Margery uns nicht hörte.

Ich straffte die Schultern und sah ihr fest in die Augen. „Das geht dich gar nichts an, M“, gab ich knapp zurück.

Sie richtete den Blick kurz an die Decke. „Ich mache mir doch nur Sorgen um dich, Jane. Du warst nach unserem Gespräch so aufgewühlt, und ich fürchte einfach, dass dieser Kerl deine emotionale Verfassung ausgenutzt haben könnte.“

Ich sah sie fassungslos an. *Das* war ihre Sorge? Im Ernst? Auf einmal spürte ich den schützenden Kokon um mich und kam mir tatsächlich ein bisschen wie Wonder Woman vor, als ich mich sagen hörte: „Erstens bin ich schon groß, Margery. Und nur, damit ich das richtig verstehe - du hast mir verschwiegen, dass du ein Verhältnis mit meinem Onkel hattest. Du hast mir selbst nach seinem Tod verschwiegen, dass mein Onkel eigentlich mein Vater war. Und du hast mir nicht gesagt, dass mein Vater, der eigentlich mein Onkel ist und mein letzter Verwandter, in London lebt.“ Margery sackte sichtlich zusammen. „Und deine einzige Sorge ist“, fuhr ich in ironischem Ton fort, „dass Rick Wiseman meine emotionale Verfassung ausgenutzt haben könnte, an der du, wie wir gerade festgestellt haben, einen nicht unerheblichen Anteil hast?“

„Es tut mir leid, Jane“, sagte sie wenig überzeugend.

„Ach?“ Ich war jetzt richtig in Fahrt. „Und was genau tut dir leid? Dass du mich jahrelang belogen hast oder dass du dich in mein Leben einmischst und mir unangemessene Fragen zu meinem Liebesleben stellst?“

Margery öffnete den Mund und schloss ihn wieder. Schließlich sah sie mir in die Augen und seufzte. „Bitte entschuldige, Jane …“ Ich sah ihr an, wie viel Überwindung sie diese Worte kosteten. Diesmal klangen sie aufrichtig. Eigentlich war ich auf William wütend, aber der war nun mal nicht mehr da.

„Gib mir ein bisschen Zeit, M“, sagte ich schließlich versöhnlicher. „Ich muss das alles erst verarbeiten.“ Ohne ihr Gelegenheit für eine Antwort zu geben, sprang ich immer zwei Stufen auf einmal nehmend die Treppe hinauf. Das erste Gefecht des Tages hatte ich erfolgreich gemeistert.

***

Nachdem ich einige Stunden am Schreibtisch mit Futterbestellungen und anderem Papierkram verbracht hatte, brauchte ich dringend einen Tapetenwechsel. Ich überlegte, mir den reparierten Zaun am Bärengehege anzusehen, als es an der Bürotür klopfte und Rick etwas zögerlich den Kopf zur Tür hereinsteckte. Fürchtete er, dass ich ihn wieder so kühl abweisen würde wie beim letzten Mal? Heute schlich sich jedoch unwillkürlich ein Grinsen in mein Gesicht. Als er es sah, lächelte er und trat ganz in den Raum.

„Ich war mir nicht sicher, ob alles in Ordnung ist. Ich hab gar nicht mitbekommen, wie du heute Morgen gegangen bist“, sagte er.

Es klang, als hätte es Rick nicht gefallen, allein aufzuwachen. Das überraschte mich. Ich stand auf und ging zu ihm. „Du hast noch so tief geschlafen“, sagte ich etwas ausweichend und küsste ihn zur Begrüßung auf die Lippen. Auch bei anderen Männern war ich nie bis zum Morgen geblieben. Und das waren keineswegs One-Night-Stands gewesen. Ich konnte schwer beschreiben, was mich jedes Mal aus dem Bett trieb, sobald der Mann neben mir eingeschlafen war. Es war mir irgendwie zu … intim, mit einem Mann zusammen aufzuwachen. Für mich war es schon ungewöhnlich, dass ich überhaupt neben Rick eingeschlafen war. Aber das musste er vorerst nicht wissen. Seine Erklärung, wer die Frau im Hotel gewesen war, hatte glaubwürdig geklungen. Dennoch kam es mir merkwürdig vor, dass seine Ex-Freundin überhaupt wieder in seinem Leben aufgetaucht war.

Rick schloss die Arme um mich und vertiefte den Kuss. Schließlich rückte er ein Stück von mir ab und hob eine Augenbraue. „Und, Ms Fields? Darf ich Sie auf einen berühmten Wisemanschen Kaffee in mein Cottage einladen?"

„Das klingt sehr verlockend, aber ich wollte gerade zum Bären- und Wolfsgehege." Ich überlegte kurz. „Hast du vielleicht Lust, mitzukommen?"

„Zum Bären- und Wolfsgehege?", wiederholte er ungläubig und sah mich dermaßen entsetzt an, dass ich laut lachen musste.

„Da ist ein Zaun drumherum."

„Also, ehrlich gesagt, habe ich so meine Zweifel an der Sicherheit eurer Gehege. Ich sage nur Molly und Joey?"

Bei der Erinnerung an das verwüstete Cottage musste ich nur noch mehr lachen. „Du musst ja nicht mitkommen", sagte ich und ging bereits zur Tür. „Vielleicht können wir uns später auf der Bank einen Wein trinken", schlug ich vor.

Er folgte mir nach draußen und schien über mein Angebot nachzudenken. Draußen stand mein Tretroller, und als er ihn sah, bekam er plötzlich leuchtende Augen. „Willst du damit fahren?"

„Ja. Wenn ich allein unterwegs bin, nehme ich den eigentlich immer."

Er grinste, nahm mit der einen Hand den Griff des Rollers, stellte ein Bein hinten auf das Brett und machte eine einladende Geste. „Darf ich bitten, Ma'am?"

Etwas zögernd trat ich vor ihm auf das Brett. Rick legte die andere Hand um den zweiten Griff, sodass ich zwischen seinen Armen gefangen war, und stieß sich mit dem freien Fuß ab. Ich fühlte mich wie die Teenies, die in London mit diesen E-Rollern zu zweit durch die Stadt sausten, und ich juchzte unwillkürlich.

„Jetzt rechts!", rief ich, während Rick uns mit kräftigen Stößen durch den Tierpark schob. So schnell war ich mit dem Ding noch nie gefahren. Rick bremste kurz ab, lenkte nach rechts und beförderte uns zügig weiter durch den Zoo. Aus dem Augenwinkel sah ich, wie Margery mit Annie vor dem Lemurengehege stand und uns mit offenem Mund hinterhersah.

Als wir bei den Bären und Wölfen ankamen, verlangsamte Rick das Tempo merklich und hielt in gebührendem Abstand an, um mich absteigen zu lassen. Er lehnte den Roller gegen eine Bank. Ich ergriff seine Hand und führte ihn zum Zaun, was er etwas zögerlich geschehen ließ. Die Wölfe waren nicht zu sehen, doch Eddie, ein Braunbär, bot uns eine kleine Vorstellung und kletterte erstaunlich flink den Stamm einer Pinie hinauf. Oben schob er sich auf einen Ast, sah zu uns hinunter und saugte an seiner Tatze.

Rick beobachtete ihn fasziniert. „Was macht er da?", fragte er schließlich. „Sieht irgendwie fast so aus, als würde er am Daumen lutschen."

„Gut beobachtet", sagte ich. „Das ist ein Fehlverhalten, das mit seiner verkorksten Geschichte zu tun hat", erklärte ich. „Er ist ein ehemaliger Restaurantbär aus Rumänien."

„Ein Restaurantbär?" Er zog die Augenbrauen zusammen.

„Ja, es gibt immer noch Restaurants, die kleine Bären vor der Tür an Ketten halten. Als Attraktion für die Gäste."

Er sah wieder zu Eddie nach oben. „Da muss ihm das hier ja wie das Paradies vorkommen. Wird er irgendwann wieder ausgewildert?"

Ich freute mich über sein Interesse. „Nein, das würde er nicht schaffen. Bei uns leben die Tiere *fast* so wie in freier Wildbahn, mehr geht nicht."

In dem Moment klingelte mein Handy, und der Name von Henry Bird leuchtete auf dem Display auf. Ich zeigte es Rick, nahm das Gespräch an und entfernte mich ein paar Schritte.

„Hallo, Jane, Henry hier. Ich habe gute Neuigkeiten."

„Okay?"

„Es gibt ein großes Unternehmen, eigentlich muss man von einem Konzern sprechen, der unter anderem Katzen- und Hundefutter herstellt. Außerdem machen die noch Schokoriegel und ein paar andere Foodprodukte. Also für Menschen", fügte er hinzu. „*Watson*. Haben Sie sicher schon mal gehört. Mein Kontakt dort kann sich jedenfalls gut vorstellen, dass die Interesse hätten, den Zoo zu unterstützen. Zum einen mit Sachspenden in Form von Futter, was ja immerhin schon mal etwas wäre. Aber vielleicht auch mit einer jährlichen finanziellen Zuwendung."

„Wow!", sagte ich ehrlich beeindruckt. Natürlich kannte ich *Watson*, vor allem die Schokoriegel. Ich wusste nicht, dass sie auch Tierfutter herstellten. „Und wovon machen die das abhängig?", fragte ich.

„Nun, als Erstes möchte Mr Evans den Park sehen. Er will zu Ihnen rauskommen und sich selbst ein Bild der Anlage machen. Ich würde ihn dabei begleiten."

„Okay. Ja, natürlich. Gern."

„Wunderbar!", freute er sich. „Wir würden dann am Samstag zu Ihnen rauskommen."

„Diesen Samstag? Das ist ja schon in drei Tagen", stellte ich erschrocken fest.

„Ist das ein Problem?"

„Also … nein. Nein, überhaupt nicht", stotterte ich und erstellte im Geiste bereits eine Liste, was alles bis dahin zu tun war.

„Keine Sorge, Jane. Nach allem, was Sie mir erzählt haben und was ich von Belle weiß, bin ich mir sicher, dass Mr Evans Ihr Zoo gefallen wird."

„Nun, ich hoffe es", sagte ich, und weil ich fand, dass ich nicht enthusiastisch genug klang, fügte ich schnell hinzu: „Wir werden jedenfalls unser Bestes tun, um ihn davon zu überzeugen, dass die *Animal Farm* ein Projekt ist, das zu unterstützen sich lohnt!" Oh Gott, ich hörte mich schrecklich geschraubt an, ich war einfach kein Verkaufsgenie. Die Tiere würden den Investor wohl mit ihrem Charme überzeugen müssen.

„Gut", sagte Henry, den meine geschwollene Rede nicht zu stören schien. „Dann sehen wir uns also übermorgen. Wir werden wohl so um die Mittagszeit in Mousehole ankommen."

„Prima. Ich freu mich!"

„Ich mich auch, Jane. Bis dann."

Kaum hatte ich aufgelegt, wirbelte ich zu Rick herum, der weiterhin interessiert Eddie beobachtete.

„Henry hat vielleicht einen Sponsor für uns gefunden!"

Rick sah mich an „So schnell? Cool."

„Ja. Sogar eine richtig große Nummer. *Watson*", erklärte ich und deutete mit dem Kopf in Richtung Roller. „Ich muss sofort zurück. Henry und der Mann von *Watson* wollen schon am Samstag herkommen und den Park besichtigen. Ich muss unbedingt mit Margery sprechen."

Rick folgte mir zum Tretroller. „Na, Hauptsache, Molly und ihr Partner in Crime benehmen sich. Unser Eddie hier wird den Typ von *Watson* bestimmt im Sturm erobern, stimmt's, Kumpel?"

Als wüsste er genau, worum es ging, richtete sich der Braunbär auf, ließ sich an den Tatzen vom Ast hängen, hangelte sich ein Stück daran entlang und plumpste schließlich schwer auf den Boden.

Lachend stiegen wir wieder auf den Roller und Rick brachte uns zurück zum Zoobüro, wobei er noch mehr Gas gab als auf dem Hinweg. Und während ich sicher zwischen Ricks Armen stand und mir der Fahrtwind kühl ins Gesicht blies, hatte ich das Gefühl, dass vielleicht wirklich alles gut werden könnte.

***

Drei Tage später schlich ich mich im Morgengrauen aus dem Cottage und zog leise die Tür hinter mir zu – der große Tag war da. Heute würde Henry mit Mr Evans, dem Mann von *Watson* nach Mousehole kommen. Auf dem Weg zum Herrenhaus blieb ich in der frisch geharkten Kieseinfahrt stehen, atmete tief die kühle Morgenluft ein und blickte zum Eingang der *Animal Farm*. Margery hatte wahre Wunder vollbracht. Unter ihrer Regie hatten wir die letzten Tage alle wie verrückt geschuftet, doch das Ergebnis konnte sich sehen lassen: Die *Animal Farm* hätte sich ohne Weiteres für den Preis als schönster Zoo Europas bewerben können.

Tom hatte Begrenzungsbalken ausgetauscht, die schon seit Jahren kaputt waren. Alle Wege waren geharkt, in den Blumenkästen am Haus und am Kassenhäuschen frische Blumen gepflanzt. Es gab keine Ecke, die nicht gefegt worden war, selbst in der Futterkammer blinkte und blitzte es. Und als wüssten sie, wie wichtig der heutige Tag für das Fortbestehen der *Animal Farm* war, verhielten sich auch die Tiere geradezu mustergültig.

Bevor ich ins Herrenhaus eilte, um mich selbst entsprechend herauszuputzen, warf ich noch einen letzten Blick zum Cottage hinüber, über dem langsam die Sonne aufging und den Himmel rosa färbte. Tagsüber hatten Rick und ich uns in den letzten Tagen kaum gesehen. Neben den Vorbereitungen auf den *Watson*-Besuch war mir keine Zeit für etwas anderes geblieben, und Rick hatte sich mit einem Gehörschutz auf den Ohren im Cottage verbarrikadiert, um an seinem Musical zu arbeiten. Doch spätabends hatten wir uns entweder auf der Bank im Hof oder bei ihm im Cottage getroffen und die Nacht miteinander verbracht. Unter dem Vorwand, Margery aus dem Weg gehen zu wollen, hatte ich ihn bislang nicht zu mir ins Herrenhaus eingeladen. Dabei hätte es mir eigentlich sogar ein bisschen Spaß gemacht, Margery mit Ricks Besuch zu provozieren. Doch solange ich in seinem Bett lag, konnte ich darüber bestimmen, wann ich es wieder verließ, und das war mir wichtig. Noch immer hatte ich das Gefühl, mein Herz vor einer eventuellen Enttäuschung schützen zu müssen. Rick hatte mir zwar ganz offen erzählt, dass er heute nach London fahren wollte, um sich mit seiner Ex Eve zu treffen. Er müsse ihr bei einem Problem helfen, mehr hatte er nicht gesagt.

Ich war ganz froh, dass ich heute kaum Zeit haben würde, mir darüber Gedanken zu machen, denn irgendwie wurde mir bei der Vorstellung ein bisschen flau im Magen.

16
RICK

Pling!

Ich warf einen Blick auf mein Handy und lächelte.

Das rote Herz auf dem schwarzen Hintergrund füllte das ganze Display aus und pulsierte rhythmisch und eindeutig langsamer als meines, als ich die App aufrief, um zu antworten. Dabei sah ich mich in dem kleinen Café um, ob mich vielleicht jemand beobachtete, und fühlte mich einen Moment wie ein verliebter Teenager, der Angst hatte, bei etwas Verbotenem ertappt zu werden.

Okay, ich war zwar kein Teenager mehr, aber verliebt war ich ganz bestimmt. Die Frage war, wieso ich fürchtete, ertappt zu werden und von wem? Eine Frage, deren Antwort mir irgendwie gar nicht gefiel.

Seit ich Mousehole heute Morgen verlassen hatte, hatte ich Jane fast im Stundenrhythmus kleine Nachrichten geschickt, manchmal nur ein Emoji oder einen kurzen Satz wie „Ich denke an dich" oder dergleichen. Dabei sah mir das gar nicht ähnlich – im Gegenteil. Mich hatte der Kerl von Scarlett Johansson in „Lost in Translation" genervt. Er hatte sie, statt Zeit mit ihr zu verbringen und sich um sie zu kümmern, mit albernen Faxen abgespeist, während er ständig unterwegs war und irgendwelche Popsternchen fotografierte. Und jetzt schickte ich selbst ständig kleine, verliebte Nachrichten an die eine Frau, während ich mit meiner Ex verabredet war und auf sie wartete.

Natürlich war das nicht dasselbe. Und Jane antwortete mir immer prompt und ebenso romantisch. Ich schickte meine Antwort los – einen großen Kussmund – und steckte das Handy dann entschlossen in die Jackentasche. Erneut ließ ich den Blick durch das Café gleiten und sah zur Tür, aber von Eve war immer noch nichts zu sehen. Ich schloss die Augen und dachte an Jane und an die letzte Nacht. Wir hatten wie immer leidenschaftlich miteinander geschlafen, aber diesmal waren wir danach noch lange wach geblieben und hatten aneinandergeschmiegt geredet. Sie hatte mir ausführlicher von der Begegnung mit dem Mann erzählt, den sie für ihren Vater gehalten hatte, von den finanziellen Problemen ihres Zoos, bei denen sich jetzt endlich ein Silberstreif am Horizont abzuzeichnen schien, und von ihren bisherigen Beziehungen.

Wir hatten sogar kurz darüber gesprochen, warum sie zwar mit mir einschlief, aber bisher jeden Morgen, wenn ich aufwachte, bereits verschwunden war. Mir war klar, dass sie ein Vertrauensproblem hatte, aber ich war zuversichtlich, dass wir dieses Problem bald würden ausräumen können. Sie hatte mich darum gebeten, ihr Zeit zu geben, und das würde ich tun. Und vielleicht, meldete sich eine kleine Stimme in meinem Kopf, lädt sie dich dann auch bald mal in ihr eigenes Schlafzimmer im Herrenhaus ein.

Ich grinste. Ich hätte mich vielleicht als nicht standesgemäß gefühlt als der Liebhaber, den man lieber versteckt, wenn ich nicht durch ihre Blicke und durch ihre Umarmungen sicher gewesen wäre, dass sie mich liebte. Sie hatte einfach Angst, verletzt zu werden, und das konnte ich sehr gut nachvollziehen.

Schließlich wartete ich gerade auf die Frau, die mich so tief verletzt hatte wie noch nie jemand zuvor. Ich hatte mir geschworen, dass mir so etwas nie wieder passieren würde, aber Jane hatte diese Mauer um mein Herz im Handumdrehen durchbrochen. Und es war ebenso erstaunlich wie wundervoll, dass mir die Nähe zu ihr keinerlei Angst vor einer weiteren Enttäuschung bereitete. Ich wollte sie ebenfalls auf keinen Fall enttäuschen.

Womit ich mit einem Ruck aus meinen Träumen von einer Zukunft mit Jane wieder in meine Gegenwart zurückgeholt wurde. Eine Gegenwart, die sich möglicherweise als komplizierter erwies, als mir lieb war.

Wie aufs Stichwort schien sich plötzlich die Atmosphäre im Café zu verändern, und ich blickte zur Tür.

Obwohl wir uns bis auf die Begegnung im Hotel etliche Jahre nicht gesehen hatten, schien ich immer noch eine besondere Antenne für Eve zu haben. Andererseits hatte sie schon immer eine besondere Präsenz gehabt, mit der sie die Aufmerksamkeit der meisten Leute in einem Raum auf sich zog, sobald sie ihn betrat. Und auch hier war es nicht anders.

Mein Blick glitt durch den Raum und ich bemerkte, dass fast alle Männer und die meisten Frauen, die an den Tischen saßen, zu ihr sahen.

Sie war an der Tür stehen geblieben und hatte ihr schwarzes Haar in einer unbewussten Geste hinter ein Ohr gestrichen, während sie sich umsah. Am Anfang hatte ich diese Geste mit dem Haar noch für Unsicherheit gehalten, aber das war es nicht. Im Gegenteil, sie machte das immer, wenn sie sich Zeit nahm, um ihre Umgebung abzuchecken.

Noch bevor ich die Hand heben konnte, um sie auf mich aufmerksam zu machen, hatte sie mich gesehen. Sie hob den Kopf und nickte mir dann kurz zu, während sie Kurs auf meinen Tisch nahm. Unsere Blicke verschränkten sich, und ich gab mir Mühe, eine unbeteiligte Miene zu behalten, um mein Erschrecken zu verbergen.

Hatte sie im Hotel noch etwas gehetzt ausgesehen, wirkte sie jetzt fast abgemagert und ihr Gesicht war von tiefen Falten gezeichnet. Sie lächelte nicht, als sie auf mich zuging, und schien sich auch nicht zu freuen, mich zu sehen, sondern sie war eher – erleichtert.

Hatte sie damit gerechnet, dass ich nicht erscheinen würde? Ich runzelte kurz die Stirn, riss mich dann aber zusammen und stand auf, weil sie meinen Tisch erreicht hatte.

Ich lächelte zurückhaltend und war plötzlich verlegen.

Beim Abschied im Hotel hatte Eve mich spontan umarmt und mich damit überrumpelt. Nach den letzten Tagen mit Jane schien es mir noch unangebrachter, Eve zu umarmen, aber bevor die Situation peinlich werden konnte, stellte Eve ihre Schultertasche auf den freien Stuhl an meinem Tisch und zog sich ihre Lederjacke aus.

„Danke, dass du tatsächlich gekommen bist", begrüßte sie mich. „Und entschuldige bitte die Verspätung."

Sie machte keine Anstalten, mich zu umarmen oder sich mir auch nur zu nähern. Was mich erleichterte.

Ich zuckte mit den Schultern. „Na ja, der Verkehr in London ist ja immer ein Thema", erwiderte ich etwas lahm. Erst jetzt fiel mir auf, dass Eve sich tatsächlich verspätet hatte, und zwar um fast eine Stunde. Offenbar hatten die Textnachrichten, die Jane und ich uns geschickt hatten, die Zeit schneller verstreichen lassen.

„Ich bin mit dem Bus gekommen", antwortete Eve, während sie sich setzte. „Ich bin aus einem anderen Grund zu spät." Sie wartete, bis ich wieder saß und sah mich dann an. „Ich hatte einen Arzttermin, der … länger gedauert hat."

Ich nickte, weil ich nicht wusste, was ich dazu sagen sollte. Sie schwieg ebenfalls.

Ich räusperte mich. „Ist etwas mit dei… mit … Noah?" Ich hatte eigentlich erwartet, dass sie ihren - unseren - Sohn mitbringen würde. Andererseits war ein Café nicht gerade der richtige Ort, um die erste Begegnung zwischen Vater und Sohn herbeizuführen, falls er denn wirklich mein Sohn war.

Sie sah mich überrascht an. „Du weißt, wie er heißt."

Ich nickte. „Dany."

„Na klar." Sie verzog die Lippen. „Hätte ich mir denken können." Sie machte eine Pause. „Habt ihr euch versöhnt?"

Ich nickte. „Sozusagen."

Sie sah mich an und zum ersten Mal verzog sie die Lippen zu einem schwachen Lächeln. „Gut." Das Lächeln verschwand ebenso schnell, wie es gekommen war. „Ihr wart ja wirklich gute Freunde …" Sie schluckte. „Vorher, meine ich." Täuschte ich mich oder flog da ein schmerzlicher Ausdruck über ihr Gesicht? „Ich …" Der trostlose Ausdruck in ihren Augen ging mir bis ins Mark. „Ich hätte es anders machen müssen." Sie verzog einen Mundwinkel und hob die Brauen. „Aber damals konnte ich das nicht."

Mir schossen alle möglichen Gedanken durch den Kopf, und ich erinnerte mich daran, wie oft ich mir diese Situation gerade in der ersten Zeit nach unserer Trennung ausgemalt hatte. Eine zerknirschte Eve, die mich um Verzeihung bat, und der ich je nach meiner eigenen Stimmung entweder großmütig und etwas herablassend verzieh oder die ich giftig und mit scharfen Argumenten zur Schnecke machte.

Aber ich merkte, dass ich keinerlei Rachegelüste verspürte, sondern eher so etwas wie … Mitgefühl. Allerdings konnte ich mir nicht vorstellen, woher diese Empfindung plötzlich kam. Ich wusste nur, dass etwas an Eve sie bei mir auslöste. Vielleicht lag es an ihrer ernsten Ausstrahlung, oder daran, wie abgemagert und erschöpft sie wirkte. Dann kam mir ein anderer Gedanke. Möglicherweise war der Grund auch, dass ich durch Jane mit Eve abgeschlossen hatte. Ich hatte wieder angefangen zu lieben, und das erfüllte mich mehr als die Wut über die Kränkung, die sie mir zugefügt hatte.

„Wenn das eine Entschuldigung sein soll …"

„Ich wollte mich nicht …!"

„… dann akzeptiere ich sie", beendete ich meinen Satz. Ich war vielleicht etwas weniger überrascht als Eve über diese Äußerung, aber nur ein bisschen weniger. Sie sah mich überrascht an und ich zuckte mit den Schultern. „Ich habe gelernt, dass es mich nicht weiterbringt, wenn ich mich an die

Vergangenheit klammere.“ Während ich sprach, wurde mir klar, dass das auch die Wahrheit war. „Und außerdem hattest du ja auch deine Gründe.“

Eve bewegte die Lippen, sagte aber nichts. Ich hatte eigentlich erwartet, dass meine Großzügigkeit sie zu Tränen rühren würde, typisch der alte, überhebliche Wiseman, aber ihre Augen blieben trocken. Auch wenn ihr Blick etwas weicher geworden war, als sie mich jetzt ansah.

„Rick …“

„Aber wir sind nicht hier, um über die Vergangenheit zu reden, richtig?“ Ich machte eine Pause, als die Bedienung kam und Eve fragte, was sie bestellen wollte.

„Ein stilles Wasser und einen weißen Tee, bitte“, antwortete sie.

Das überraschte mich jetzt wirklich.

„Du trinkst keinen Kaffee mehr?“, fragte ich sie, als die junge Frau gegangen war.

„Nein.“ Eve schüttelte den Kopf. „Ich …“ Sie biss sich auf die Lippen. „Ich vertrage ihn nicht mehr so gut wie früher.“

„Okay.“ *Schluss mit dem Herumgeeiere, Wiseman.* „Was du mir da im Hotel gesagt hast …“ Ich verstummte, weil ich nicht wusste, wie ich es formulieren sollte, ohne wie ein Arschloch dazustehen.

„Ja, Rick, Noah ist unser Sohn.“ Ein schmerzlicher Ausdruck trat in ihre Augen. „Er ist zweifelsfrei nicht von Dany, und einen anderen Mann gab es nicht.“ Ihre Miene wurde weicher. „Außerdem … du wirst es sofort erkennen, wenn du ihn siehst und erlebst.“ Sie schluckte schwer. „Du fragst dich jetzt sicherlich …“

„… warum du so lange damit gewartet hast, bis du es mir erzählst?“ Sie nickte einmal knapp, und ich legte meine Hände flach auf den Tisch. „Du verstehst doch sicher, dass ich mich das frage?“

„Das verstehe ich, ja.“ Sie holte tief Luft und hustete. Es klang nicht gut, und sie verzog dabei schmerzhaft den Mund. Als sie mich ansah, schimmerte so etwas wie Trotz in ihren Augen. „Eine Weile habe ich tatsächlich gehofft, er wäre von Dany.“ Sie schüttelte den Kopf. „Aber ich wusste immer, dass du der Vater warst.“

„Aber warum …?“ Ich unterbrach mich, als mir die Antwort ungebeten in den Kopf schoss. Ich drehte mich zurück und stieß vernehmlich die Luft aus. „Weil ich immer gesagt habe, dass ich keine Kinder wollte.“

„Rick, du warst der egozentrischste Mensch, den ich je kennengelernt habe. Du hättest nicht zu sagen brauchen, dass du in deinem Leben keinen Platz für ein Kind hattest. Du hast so gelebt.“ Sie suchte meinen Blick mit ihren Augen. „Du hattest ja nicht einmal Platz für mich in deinem Leben.“

Mir lag eine schnelle und giftige Antwort auf der Zunge, aber ich verkniff sie mir. Mir schoss das Bild von Jane durch den Kopf. Wenn ich sie in den Armen hielt, fühlte es sich irgendwie richtig an. Ein Gefühl, das ich bei Eve niemals empfunden hatte.

Ich nickte. „Du hast recht.“ Ich suchte nach den richtigen Worten. „Es tut mir leid.“ Das war aufrichtig gemeint.

Eve streckte zögernd die Hand aus und legte sie auf dem Tisch auf meine. „Sollte das eine Entschuldigung sein?”

Ich sah sie an und lächelte. „Das sollte es, ja.“

„Dann akzeptiere ich sie.“ Sie lächelte auch und ganz kurz leuchtete die alte Verbundenheit wieder auf, die wir in den glücklichen Momenten in unserer Beziehung erlebt hatten.

Wir schwiegen ein paar Sekunden, dann zog sie die Hand wieder zurück. Irgendwie hatte ich plötzlich das Gefühl, als wäre das ein Abschied, und mir lief es kalt über den Rücken.

Das Gefühl verschwand, als mein Handy, das mit dem Display auf der Tischplatte lag, plötzlich summte. Ich nahm es hoch und warf einen kurzen Blick auf die Mitteilung.

Jane.

Ich hob den Blick und bemerkte, dass Eve mich aufmerksam beobachtete.

„Willst du rangehen?"

„Nein. Es …" *Es ist nicht wichtig,* hätte ich fast gesagt. Aber das stimmte nicht. Jane war wichtig, sehr wichtig, aber ich hatte das Gefühl, dass diese Situation hier und jetzt ebenfalls sehr wichtig war. „Jetzt nicht." Ich stellte das Handy auf stumm und schob es in meine Jackentasche. Dann runzelte ich die Stirn und stellte die Frage, die mich schon seit unserem Treffen im Hotel verfolgte.

„Warum jetzt?" Ich hatte ihr nichts von Jane erzählt, und würde das auch nicht tun, bis ich nicht genau wusste, worum es hier eigentlich ging. „Ich meine …"

„Ich weiß, was du meinst", unterbrach mich Eve. Sie holte tief Luft und sah mich dann eindringlich an. „Du kannst mir glauben, Rick, dass ich mir lange überlegt habe, ob ich mich an dich wende und dir sage, dass Noah dein Sohn ist." Sie zuckte mit den Schultern. „Ich habe keine Ahnung, wie dein Leben im Moment aussieht und ob sich deine Einstellung zu Kindern geändert hat." Sie deutete auf meine Jacke, wo das Handy steckte. „Ich nehme an, das war eine Frau." Sie lächelte schwach. „Ich hoffe, sie hat einen anderen Platz in deinem Leben, als ich ihn hatte."

Eve hatte schon immer eine unheimliche Fähigkeit gehabt, zu wissen, was ich dachte und zu erkennen, wie ich mich gerade fühlte. Oder zu erraten, was ich gerade tat. Ich holte Luft, um zu antworten, aber sie hob die Hand.

„Du musst mir nichts erzählen, ich sage das nicht, weil ich neugierig bin. Ich wünsche dir nur, dass sich dein Leben geändert hat." Sie schüttelte den Kopf. „Nein, eigentlich wünsche ich es mir, dass du dein Leben geändert hast."

Sie musste wohl meine Verwirrung bemerkt haben, denn sie atmete geräuschvoll aus. „Ach, verdammt, Rick, ich weiß einfach nicht, wie ich es schonend rüberbringen soll. Ich bitte dich um deine Hilfe."

„Um meine Hilfe?" Ich verstand immer noch nichts. „Was Noah angeht?" Ich hob ratlos die Hände. „Wie meinst du das? Ich kenne ihn ja noch nicht einmal. Und als Babysitter bin ich eher …"

„Ich habe mich verspätet", unterbrach sie mich, ohne mich anzusehen, „weil mein Arzttermin länger gedauert hat als vorgesehen." Sie starrte angelegentlich auf ihre Hände, die sie auf der Tischplatte gefaltet hatte. Aber ihr Blick war irgendwie leer, als sähe sie ganz woanders hin. „Der Krebs entwickelt sich schneller, als wir gedacht haben, sehr viel schneller."

Krebs? Eve hat Krebs? Ich fühlte mich wie versteinert, während sich meine Gedanken überschlugen. *Warum hat sie mir das nicht schon früher gesagt? Was heißt das genau?* Dann fiel es mir wie Schuppen von den Augen. *Deshalb der Anruf! Und das Geständnis, was ihren, unseren, Sohn angeht.* Ich musste gegen ein Gefühl von Panik ankämpfen, als sich mir Implikationen aufdrängten, die alle ohne Ausnahme auf eine Tatsache hinausliefen: Mein Leben änderte sich gerade auf eine Art, die ich mir nie erträumt hätte. Und auf die ich so gut wie keinen Einfluss hatte. *Ausgerechnet jetzt! Was ist mit Jane? Sei kein Arschloch, Wiseman!* Aber das Gefühl von Verzweiflung wollte nicht weichen. Ich riss mich zusammen und konzentrierte mich wieder auf das, was Eve sagte. Aber irgendwie hörte ich ihre Stimme wie durch Watte.

"… nicht damit gerechnet, dass er sich so schnell entwickelt." Sie schluckte, und als sie den Blick hob und ich in ihre Augen schaute, hatte ich das Gefühl, ich sähe in eine bodenlose Schwärze. „Meine Ärztin gibt mir noch zwei, höchstens drei Monate – im allerbesten Fall. Scheiße!" Sie wischte sich mit der Hand über die Augen, als ihr ein paar Tränen über die Wangen liefen. „Ich wollte nicht flennen!“ Sie atmete mehrmals tief durch und redete dann weiter. „Es geht nicht um mich, Rick, nicht, dass du das glaubst. Aber mein Vater ist vor zwei Jahren gestorben und meine Mutter ist in einem Heim. Sie ist hochgradig dement und erkennt mich nicht einmal.“ Sie schluckte und hob den Kopf. „Wenn ich tot bin, wird Noah niemanden mehr haben, außer dir.“ Sie schloss die Augen. „Ich weiß, dass es verdammt ungerecht und beschissen von mir ist, dich in so eine Situation zu bringen. Ich könnte verstehen, wenn du einfach aufstehst, weggehst und ich nie wieder etwas von dir sehe oder höre.“

Sie wartete mit geschlossenen Augen, und ich starrte sie an, während ich wie gelähmt auf meinem Stuhl saß. In meinem Kopf herrschte ein völliges Chaos. Jane, meine Karriere, das Musical, meine Zukunft, meine Vergangenheit, Selbstmitleid, Wut und Erschütterung – all das toste durch meinen Kopf. Aber der Gedanke, der alles überdeckte, war:

Eve wird sterben?

Ich zweifelte keine Sekunde daran, dass sie die Wahrheit sagte, ebenso wenig wie ich an der Wahrheit des Gedankens zweifelte, der sich über das Chaos erhob.

Wenn du jetzt einen Fehler machst, Wiseman, wirst du ihn dein Leben lang bereuen.

Plötzlich herrschte eine fast unwirkliche Stille in meinem Kopf. Und ich wusste so klar wie noch nie in meinem Leben, was ich zu tun hatte.

Eve hatte die Augen immer noch geschlossen, und ihre Hände lagen gefaltet und verkrampft auf der Tischplatte. Ich holte einmal tief Luft, streckte meine Hand aus und legte sie auf ihre.

„Ich glaube, es wird allerhöchste Zeit, dass ich meinen Sohn kennenlerne.“

17
JANE

5:32 Uhr zeigten die Leuchtziffern am Radiowecker aus meiner Jugend. Obwohl es höchst unwahrscheinlich war, dass Rick mir in der einen Stunde, die seit meinem letzten Aufwachen vergangen war, eine Nachricht geschickt hatte, griff ich sofort nach dem Handy auf meinem Nachttisch. Nichts. Natürlich nicht. Vermutlich schlief er. *Oder er ist bei Eve*, meldete sich eine penetrante Stimme in meinem Hirn, die mich mit ihren Zweifeln an Ricks Loyalität quälte, seit er vor vier Tagen nach London gefahren war.

Ich schleuderte das Handy auf die Bettdecke und schloss die Augen, in der Hoffnung, noch mal einschlafen zu können. Anfangs war die skeptische Stimme noch zurückhaltend gewesen, hatte nur leise Bedenken angemeldet, weil Rick überhaupt nach London zu seiner Ex fuhr. Doch als er mir bereits eine Stunde nach seiner Abfahrt ein lustiges Selfie mit Kussmund von einer Raststätte geschickt hatte, dem noch weitere originelle, teils anzügliche, aber immer komische folgten, verstummte die skeptische Stimme in meinem Kopf zunächst.

Seit zwei Tagen hatten die Nachrichten jedoch stark nachgelassen und als wir einmal telefonierten, hatte er irgendwie distanziert geklungen und das Gespräch schnell beendet. Ich war zunehmend beunruhigt und musste mir allmählich eingestehen, dass es offenbar nichts genutzt hatte, mich jeden Morgen aus seinem Bett zu schleichen, um nicht mit ihm aufzuwachen. Irgendwie hatte er sich trotzdem in mein Herz gestohlen, und in mir gärte das ungute Gefühl, dass er es in desaströsem Zustand zurücklassen könnte. Plötzlich musste ich an das Emoji von dem mit einem Verband umwickelten Herzen denken. *Herrgott, Jane, sei doch nicht so kindisch.*

Energisch schlug ich die Bettdecke zurück, woraufhin das Handy durch die Luft flog und mit einem lauten Knall auf den Holzdielen landete. Leise vor mich hin fluchend rollte ich mich aus dem Bett und hob es auf. Ein Sprung im Display, aber man konnte noch alles erkennen. Dennoch, dass der Tag schon so anfing, war kein gutes Omen. Auf jeden Fall brauchte ich erst mal einen Tee, um mich für die möglichen Herausforderungen zu wappnen. Und um wach zu werden. Schließlich hatte ich die letzte Nacht kaum geschlafen.

Ich zog mir meine kuschelige, lange Lieblingsstrickjacke über, schlüpfte in meine Clogs und ging hinunter. Auf dem Weg in die Küche wurde ich von Joey begrüßt, der einen Freudentanz aufführte, als hätten wir uns seit Wochen nicht mehr gesehen. Er wirbelte im Kreis herum und rollte sich schließlich vergnügt über den Boden. Als ich in die Hocke ging, um ihm den Bauch zu kraulen, musste ich unwillkürlich lachen, und die Dämonen, die mich heute Nacht wachgehalten hatten, wurden leiser. Zumindest vorübergehend.

Gefolgt von Joey ging ich in die Küche und bereitete mir meinen Morgentee zu; das Ritual hatte immer eine beruhigende Wirkung auf mich. Sorgfältig füllte ich die Teeblätter in die Kanne und übergoss sie mit sprudelnd heißem Wasser. Nach genau drei Minuten schenkte ich mir einen Becher der karamellfarbenen Flüssigkeit ein, gab einen Spritzer Milch hinzu und atmete den Duft ein, bevor ich einen ersten Schluck nahm.

Ich griff nach Handy und Kopfhörern und ging mit Joey in den Hof, um mich auf meine Lieblingsbank in die Sonne zu setzen und mich mit einer Morgenmeditation zu sammeln. Dieses Ritual hatte ich ganz aus den Augen verloren. Doch als ich auf die Bank zuging, wanderten meine Gedanken unweigerlich wieder zu Rick. Gereizt stieß ich die Luft aus, irgendwie war die ganze Farm rickifiziert. Wie sollte ich diesen

Geist nur loswerden, falls er tatsächlich wieder mit seiner Ex zusammenkam? Oder falls etwas anderes das zarte Band, das sich zwischen uns entwickelte, zerstören sollte? Eine Bekannte hatte einmal ihre gesamte Wohnung mit Salbei geräuchert, um sich von der negativen Energie ihres Ex-Freundes zu befreien. Ich konnte mir jedoch kaum vorstellen, dass Salbei helfen würde, nicht mehr an jeder Ecke an Rick zu denken. Doch vielleicht machte ich mir ja auch völlig unnötig Sorgen, vielleicht hatte Rick einfach nur viel zu tun.

Kaum saß ich auf der Bank, ließ sich Joey neben mir nieder und legte die Schnauze auf meinen Schoß. Ich steckte mir die Kopfhörer in die Ohren, trank noch einen Schluck Tee und startete die Meditation.

„Fühle in dich hinein und suche einen Ort, an dem du Ruhe, Entspannung und inneren Frieden findest", wies mich eine sanfte Stimme in meinem Ohr an. Woran ich schon gleich scheiterte. Einen solchen Ort gab es momentan nicht in mir. Vielleicht konnte ich diesen Punkt ja überspringen. „Atme bewusst tief ein und aus." Okay, das war leicht. „Atme ein und spüre deine Kraft." Ich sog die Luft tief in meine Lungen und tatsächlich hatte ich das Gefühl, mein Körper würde sich mit Energie aufladen. „Atme aus und lass los, was dich belastet. Lass deine belastenden Gedanken in den Himmel aufsteigen und mit den Wolken davonziehen." Als ich ausatmete, schossen mir weniger Gedanken als Bilder durch den Kopf: Rick, wie er mich auf eben dieser Bank in den Arm genommen und mich sanft auf die Stirn geküsst hatte. Rick, der neben mir im Bett lag, mir zärtlich eine Haarsträhne aus der Stirn strich und „Hallo, Wonder Woman" flüsterte. Rick, der mit mir auf dem Tretroller durch den Tierpark sauste.

Ich versuchte, diese Bilder im Geiste auf Wolken zu setzen und mit ihnen davonziehen zu lassen – ohne Erfolg. Stattdessen zogen immer neue romantische Bilder vor meinem inneren Auge vorbei. Es war wie in dem Film „Cinema Paradiso", in dem der alte Filmvorführer auf einer Filmrolle Kussszenen aus allen möglichen Filmen aneinandergeschnitten hatte. Ich hatte eine Rolle mit Rick-Szenen.

Gereizt stoppte ich die Meditation und riss mir die Kopfhörer aus den Ohren, als ein Kleinlaster der Firma *Watson* in den Hof einbog. War das etwa schon die erste Futterladung? Die Besichtigung der Farm war ein voller Erfolg gewesen; Mr Evans hatte spontan zugesagt, uns mit Pellets zu unterstützen. Was einen finanziellen Zuschuss anging, so wollte er sich bei seinen Vorgesetzten für uns einsetzen, zeigte sich aber zuversichtlich.

Ich schnappte mir Teebecher und Joey und lief rasch ins Haus.

„M, bist du da? Ich brauche deine Hilfe", rief ich, kaum dass ich den Flur betreten hatte. Etwas zerknautscht, aber zum Glück schon vollständig bekleidet, kam mir Margery aus ihrem Bereich entgegen.

„Was ist los?", fragte sie, wie immer die Freundlichkeit in Person, und sparte sich den Morgengruß.

„Da ist ein Laster von *Watson*. Das muss die erste Futterlieferung sein."

Diese Nachricht zauberte immerhin auch in Margerys mürrisches Gesicht den Anflug eines Lächelns. Gemeinsam gingen wir nach draußen, wo der Lkw mit einem lauten Zischen hielt. Die Tür zur Fahrerkabine ging auf, und ein etwas untersetzter Mann mit einem braunen Bürstenhaarschnitt und fröhlichen blauen Augen sprang behände heraus.

„Guten Morgen", rief er. „Wo kann ich die Pellets abladen?"

Mit energischen Schritten ging Margery auf den Mann zu, wechselte ein paar Worte mit ihm und stieg dann kurzerhand mit ihm in die Fahrerkabine, um ihn zum

Futterlager zu lotsen. Ich zückte mein Handy, machte ein Foto des Lasters und begab mich mit einem breiten Grinsen im Gesicht in Richtung Zoobüro. Vielleicht war der Tag ja doch nicht so schlecht.

Unterwegs glitt mein Blick unwillkürlich zu dem verlassenen Cottage. Anstatt immer gleich das Schlimmste anzunehmen und zu grübeln, weil Rick sich nicht oft genug meldete, könnte ich auch einen Schritt auf ihn zu machen. Ich lud das Foto des Watson-Lasters hoch und schickte es Rick. ***Läuft hier***, schrieb ich, fügte ein lachendes Emoji mit Sternchenaugen hinzu und fragte: ***Und bei dir so?***

Im Büro angekommen, rief ich Henry an, um ihm zu berichten, dass seine Vermittlungsbemühungen schon erste Früchte trugen. Doch anstelle von Henry meldete sich Belle.

„Wiseman?" Kurz war ich irritiert, dass sich eine weibliche Stimme mit Ricks Nachnamen meldete, dann fiel bei mir der Penny.

„Hallo Belle, hier ist Jane Fields."

„Jane, wie geht's dir?"

„Gut, danke. Ich wollte eigentlich Henry sprechen. Bei uns ist gerade die erste Futterlieferung von *Watson* eingetroffen", berichtete ich euphorisch.

„Sehr gut! Das freut mich, Jane. Henry ist bei einem Kundenmeeting, aber ich sage ihm, dass du angerufen hast."

„Danke dir. Und ist bei dir alles in Ordnung?", fragte ich. „Hat Charly sich wieder an das Großstadtleben gewöhnt?"

„Nun ja, so halbwegs. Sie ist wild entschlossen, Veterinärmedizin zu studieren, und würde gern so bald wie möglich ein Praktikum auf der *Animal Farm* machen."

„Jederzeit", sagte ich und meinte es auch so.

„Ist sicher nicht das Schlechteste", fuhr Belle fort. „Andere fangen in ihrem Alter an, Drogen zu nehmen, oder treiben sich in Klubs herum. Sie liegt mir nur ständig in den

Ohren, dass sie einen Joey haben will, und hält mir lange Vorträge darüber, wie positiv sich ein Haustier auf die Gesundheit aller Familienmitglieder auswirkt."

Ich musste unwillkürlich lächeln, ich hatte diesen vorwitzigen Teenager wirklich ins Herz geschlossen.

„Wenn sie so weitermacht, hat sie es bald geschafft. Dann gebe ich schon allein deshalb nach, damit sie aufhört, mir ein Ohr abzukauen."

Ich lachte – das konnte ich mir lebhaft vorstellen. „Schick sie gern her, Belle."

„Danke. Das ist toll. Aber Achtung, wenn ich ihr das sage, wird sie dich vermutlich noch heute anrufen."

„Kein Problem. Ich freu mich, sie ist eine echte Hilfe."

„Na gut. Ich denke, dann hast du bald wieder zwei Wisemans an der Backe. Apropos hast du eine Ahnung, warum ich Rick schon seit zwei Tagen nicht erreichen kann? Ist er in Klausur gegangen, um an seinem Musical zu arbeiten?"

Ich stutzte. Wusste Belle gar nicht, dass ihr Bruder in London war? Das ungute Gefühl, das seit geraumer Zeit in meinem Bauch gärte, verstärkte sich. Und ich hatte keine Ahnung, was ich ihr antworten sollte. Wollte Rick nicht, dass seine Schwester von seinem Treffen mit Eve wusste? Warum auch immer. Aber war das mein Problem?

„Jane?", fragte Belle in meine Gedanken hinein. „Bist du noch dran?"

„Ja … Entschuldige … ich war abgelenkt", hörte ich mich sagen. „Margery braucht dringend meine Hilfe. Tut mir leid, Belle, ich muss Schluss machen. Rick habe ich schon seit ein paar Tagen nicht mehr gesehen." Das war immerhin nicht gelogen.

„Alles klar. Kein Problem. Bis bald!"

„Mach's gut, Belle. Bis bald", beendete ich das Gespräch. Anschließend starrte ich einen Moment auf das

Telefon in meiner Hand. Auf dem gesprungenen Display erschien eine Meldung, dass Rick auf meine Nachricht mit dem *Watson*-Foto mit einem Daumen-hoch-Zeichen reagiert hatte. Nicht gerade die Reaktion, auf die ich gehofft hatte.

Vor meinem Fenster verabschiedete sich Margery von dem Futterlieferanten und lenkte mich kurzzeitig von meinen Grübeleien ab. Margery lachte und scherzte offenbar mit dem Mann mit den leuchtend blauen Augen. Sie schien mit ihm zu flirten, stellte ich amüsiert fest.

Ich beobachtete, wie Margery den Lieferanten in Richtung Lkw begleitete und aus meinem Blickfeld verschwand, dann wandte ich mich wieder meinem Schreibtisch zu. Als mein Blick auf mein Handy fiel, empfand ich neben Enttäuschung auch Wut. Endlich sah ich einen Silberstreif am Horizont. Mit der Unterstützung von *Watson* könnte es mir tatsächlich gelingen, die Finanzierung der *Animal Farm* bis auf Weiteres zu sichern. Und es ärgerte mich, dass ich meine Freude über diese positive Entwicklung nicht uneingeschränkt genießen konnte, weil ich mir Sorgen wegen Rick machte. Ich hatte meine Gründe, warum ich mich immer nur auf unverfängliche Beziehungen eingelassen hatte. Jahrelang war es mir gelungen, meine Affären auf Distanz zu halten und mein Herz zu schützen. Ich sollte versuchen, wieder zu dieser Haltung zurückzufinden.

Als Erstes würde ich Rick keine weiteren Nachrichten mehr schicken, dann brauchte ich nicht auf Antworten zu warten und war nicht enttäuscht, wenn keine kam. Zweitens würde ich mich mit meiner ganzen Energie um die *Animal Farm* kümmern und zusehen, dass *Watson* tatsächlich mit an Bord kam. Und drittens würde ich mich um meine Familie kümmern – um Edward und Margery.

Als ich aufsah, wackelte vor meinem Fenster Molly vorbei, sah mit ihrem faltigen Gesicht zu mir hoch und kugelte sich dann unvermittelt auf den Boden. Ich musste laut lachen und spürte, wie etwas frische Energie in mir erwachte.

***

Am frühen Abend stand ich in der Küche und füllte Lauch und Eiersahne in eine mit Quicheteig ausgelegte Form. Ich hatte Margery zum Essen eingeladen. Ich wusste nicht, ob sie es verdiente, aber ich wollte nicht mehr wütend auf sie sein. Schließlich war sie, abgesehen von Edward, am ehesten so etwas wie Familie für mich. Ich schob die Quiche in den Ofen und schnippelte Zutaten für einen Salat. Natürlich war auch die Küche rickifiziert und ich musste unwillkürlich daran denken, wie wir hier gemeinsam Sushi gemacht hatten. Es war ein sehr erotisches Erlebnis gewesen, und dabei hatten wir uns kaum berührt. Verstohlen linste ich zu meinem Handy.

Als es genau in diesem Moment plötzlich zu klingeln begann, fuhr ich erschrocken zusammen. Doch auf dem Display leuchtete Charlys Name auf.

„Hallo Charly", meldete ich mich.

„Jane! Mum hat gesagt, ich kann bei dir ein Praktikum machen?", kam sie ohne Umschweife gleich zum Punkt. Ohne meine Antwort abzuwarten, fuhr sie fort: „Das ist absolut mega!" Ihre Begeisterung brachte mich zum Lachen. Wir verabredeten, dass sie in ein paar Wochen ein Schulpraktikum auf der *Animal Farm* machen und bei mir wohnen würde, und ich freute mich darauf, sie wieder eine Weile bei mir zu haben.

Ich legte auf und kümmerte mich weiter um die Zubereitung des Abendessens, deckte den Tisch und war gerade dabei, eine Flasche Wein zu öffnen, als Margery hereinkam.

„Mhm, das riecht aber gut", sagte sie und setzte sich ganz selbstverständlich auf den Platz, auf dem sie schon früher immer gesessen hatte. „Das Talent zum Kochen hast du wohl von William geerbt." Sie sah mich etwas unsicher an.

„Darüber habe ich in den letzten Tagen viel nachgedacht, M. Über meine Wurzeln.“ Ich schenkte uns Wein ein. „Dass William mein leiblicher Vater war, stellt wirklich alles auf den Kopf.“ Ich zögerte und sah sie an. „Ich bin gerade ziemlich wütend auf ihn, weil er mich mein ganzes Leben hintergangen hat. Auf der anderen Seite ist es aber auch schön zu wissen, dass der Mensch, der mein Leben lang so gut für mich gesorgt hat, tatsächlich mein Vater war … Ganz schön verwirrend.“

Margery nickte. „Ja.“ Mehr sagte sie nicht, und ich wandte mich ab, um die Quiche aus dem Ofen zu holen. Als ich sie auf den Tisch stellte, räusperte sich Margery und holte tief Luft. „Jane, es tut mir wirklich leid, dass du das alles erst jetzt erfahren hast.“ Sie zögerte, blickte auf ihren Teller und dann wieder zu mir hoch. „Ich habe ein paarmal versucht, mit William darüber zu reden, aber … du weißt ja, wie stur er sein konnte.“

Ich füllte die Quiche auf und setzte mich. „Ja, das weiß ich.“ Ich hielt kurz inne. „Was war das zwischen euch? Wart ihr so was wie Friends with benefits?“, fragte ich schließlich und musste bei der Vorstellung grinsen.

„Friends with benefits?”

„Nun ja, Freunde, die hin und wieder auch mal … was miteinander haben, aber kein richtiges Paar sind.“

„Aha. Dafür gibt es einen speziellen Ausdruck?“ Ich nickte, und sie trank einen Schluck Wein, ehe sie fortfuhr. „Für William war es das wohl.“ Sie zögerte. „Für mich war es immer mehr.“ Ihr Blick glitt in die Vergangenheit. „Dass er meine Gefühle nicht erwidert hat, konnte ich ihm schlecht vorwerfen. Aber er hat mich lange im Unklaren gelassen und mir immer wieder Hoffnungen gemacht. Nun ja, wir sind beide keine Menschen, die das Herz auf der Zunge tragen.“ Sie lächelte traurig. „Vielleicht war ihm auch gar nicht bewusst, wie tief meine Gefühle für ihn waren.“

Ich sah sie fassungslos an. „Du hast es ihm nie gesagt?“

Sie schüttelte den Kopf. „Ich habe mich einfach irgendwann damit arrangiert. Ich wollte mein Leben hier auf der Farm nicht aufgeben, und so war ich wenigstens jeden Tag mit William zusammen. Es gab ja auch keine andere Frau in seinem Leben; ich konnte mich zumindest damit trösten, seine engste Vertraute zu sein.“

Nachdenklich kaute ich auf einem Stück Quiche und trank einen Schluck Wein. Die Liebe ging wirklich manchmal seltsame Wege.

„Ich habe Edward getroffen, M.“

Sie nickte. „Ich habe mir schon so etwas gedacht. Darum warst du also noch mal in London.“

Ich nickte und erzählte ihr von der Begegnung mit meinem Onkel.

„Und wirst du ihn wiedersehen?“, fragte Margery, als ich fertig war.

„Ich glaube schon. Schließlich ist er der letzte Verwandte, den ich noch habe … Außer dir“, fügte ich schließlich hinzu. „Ich meine, du bist zwar nicht meine Tante oder so, aber du bist meine Familie für mich.“

Für ihre Verhältnisse wirkten ihre Gesichtszüge auf einmal ungewöhnlich weich. „Das geht mir auch so, Jane.“ Sie räusperte sich. „Darum mache ich mir ja auch Sorgen um dich wegen …“

Ich hob die Hand, um sie zum Schweigen zu bringen. „Bitte nicht schon wieder das Thema. Ich habe dir schon einmal gesagt: Ich bin erwachsen und kann selbst auf mich aufpassen.“ Das hoffte ich zumindest. Ich biss mir auf die Lippe. Mein Versuch, mein Herz vor dem Eindringen eines gewissen Mr

Wiseman zu schützen, war jedenfalls nur mäßig erfolgreich gewesen.

„Da bin ich mir nicht so sicher", brummte Margery und musste wie immer das letzte Wort haben.

18
RICK

Pling!

Ich öffnete die Augen und tastete verschlafen nach dem Handy auf meinem Nachtisch. Was? 06:40? Wer um alles in der Welt … Auf dem Display war eine Nachricht von Belle.

Schön, dass du dich endlich mal meldest, Wiseman. Ich habe heute wahnsinnig viel zu tun. Nicht viel Zeit. Ich melde mich heute Abend. Was ist mit dir und Jane?

Natürlich. Niemand, den ich kannte, außer Belle war um diese Zeit so dynamisch. *Und Jane.* Ich seufzte. Ich blickte noch einmal auf das Display. Kein Bruderherz oder auch nur der Versuch, herauszufinden, warum ich sie sprechen wollte. Was auch nicht nötig war. Ihre letzte Frage hatte ins Schwarze getroffen. Genau deshalb wollte ich ja mit ihr reden. Unter anderem.

Ich wollte das Handy zurücklegen.

„Was …?“ Ich fuhr zusammen und ließ vor Schreck das Gerät fallen. Es landete mit einem dumpfen Plumps auf dem Teppich.

Die kleine Gestalt neben meinem Bett starrte mich mit großen Augen an, die vor Tränen schwammen.

„Schon, gut, entschuldige.” Ich rieb mir die Augen und riss mich zusammen. „Ich hab mich nur erschreckt, das ist alles.“ Ich schlug die Decke zurück und schwang die Beine über den Bettrand. Mein Blick glitt an dem kleinen Jungen hinunter. *An Noah. Meinem Sohn.* Die rote Schlafanzughose hatte sich rund um seine Hüften dunkel gefärbt. Bevor ich etwas sagen konnte, fingen Noahs schmale Schultern an zu zittern und sein Atem stockte, als er schluchzte.

„Wann kommt Mami wieder?“

Und das war der andere Grund, warum ich mit Belle

sprechen wollte. Ich hatte mich noch nie so hilflos gefühlt, als ich jetzt in die tränenüberströmten Augen meines Sohnes blickte.

„Ich sag dir was“, antwortete ich, während ich die Arme ausstreckte. „Erst mal ziehen wir einen trockenen Schlafanzug an, und dann überlegen wir, ob wir deine Mami heute einfach mal besuchen, was hältst du davon?“

Ich schluckte, als ich mit ausgestreckten Armen auf der Bettkante saß und darauf wartete, ob Noah zu mir kommen würde. Ich hätte es ihm nicht verdenken können, wenn er einfach stehen geblieben wäre. Schließlich hatten wir uns erst vor vier Tagen kennengelernt, und plötzlich so einen Vater aus dem Hut gezaubert zu bekommen, war für einen kleinen Jungen schwierig zu verdauen. Mindestens genauso schwierig wie für den aus dem Hut gezauberten Vater plötzlich die Verantwortung für diesen bisher unbekannten dreieinhalbjährigen Sohn aufs Auge gedrückt zu bekommen. Aber dann nickte er, schniefte und machte zwei kleine Schritte in meine Arme.

Ich lächelte und drückte ihn vorsichtig an mich, ohne darauf zu achten, dass seine nasse Schlafanzughose mein T-Shirt durchnässte. Als er dann tatsächlich seine kleinen Arme um meinen Hals schlang, traten mir auch die Tränen in die Augen.

Wir machten unsere Sache gar nicht so schlecht, fand ich. Aber der schwierige Teil kam ja erst noch.

Ein kleiner Vorgeschmack erwartete uns im Badezimmer. Das Ausziehen, Waschen und Abtrocknen war kein Problem, aber als wir in das kleine Kinderzimmer gingen und ich die Tür von Noahs Schrank aufmachte, eine Kombination aus Schrank und Kommode, fand ich keinen sauberen Schlafanzug mehr. Ich ging ins Bad zurück und mein Blick glitt zu dem kleinen Wäscheberg neben der überdimensionierten Waschmaschine. Es war ein Modell mit integriertem Wäschetrockner, was zwar vom Stromverbrauch und der Umweltbelastung eine Katastrophe, aber für die alleinerziehende Mutter eines kleinen Jungen, der einen enormen Bedarf an sauberen Klamotten produzierte, ein Segen war. Und auch für einen frischgebackenen Vater. Vorausgesetzt, er dachte daran, die Maschine auch mit der schmutzigen Wäsche zu füttern. Dann schluckte ich, als mir klar wurde, dass ich vielleicht auch schon bald ein alleinerziehender Vater sein würde. Ich schob den Gedanken entschlossen beiseite.

„Okay“, sagte ich zu Noah, der mir gefolgt war, und nickte nachdrücklich. „Nach dem Frühstück kümmern wir uns erst mal um die Wäsche, einverstanden?“

Noah sah mich aufmerksam an und nickte dann. „Okay“, antwortete er. „Mami macht das immer abends.“

Ich fühlte mich gerüffelt und verzog das Gesicht zu einer komischen Grimasse. „Ich hab das gestern Abend vergessen“, gab ich dann nicht ganz wahrheitsgemäß zu. Ich hatte es nicht vergessen, sondern überhaupt nicht daran gedacht. „Aber wenn wir das gleich machen, dann hast du heute Abend wieder einen frischen Schlafanzug.“

„Ist okay“, sagte Noah, und ich musste mir ein Lachen bei seinem ernsthaften Ton verkneifen. Und irgendwie fand ich seine Reaktion auch wirklich cool. Wir gingen in sein Zimmer zurück und stellten uns vor seine Kommode.

„Die Frage ist, was du jetzt …“

Noah trat an den Schrank und zog eine kleine Unterhose und ein T-Shirt mit dem Aufdruck „Nein, ich bin nicht süß“ heraus. Und dazu eine Mischung aus Strumpf- und Jogginghose.

„Okay.“ Ich nickte. „Coole Entscheidung.“

Noah ließ sich auf den Fußboden plumpsen und machte

sich daran, sich anzuziehen. Ich beobachtete ihn eine Weile, bis er innehielt und mich mit großen Augen ansah. „Mami sagt, ich muss das üben."

Ich öffnete den Mund und nickte und schloss den Mund wieder. „Da hat sie recht." Ich nickte noch mal. Dann deutete ich vage in Richtung Küche. „Ich mache erst mal einen Kaffee, okay? Willst du …?"

„Apfelschorle", sagte Noah, der sich bereits wieder damit beschäftigte, in welche der drei Löcher seiner Unterhose er seine Füße stecken sollte. „Danke", setzte er hinzu, als ich um die Tür bog.

„Gern", gab ich zurück, weil mir nichts Besseres einfiel. Ich war gerührt und beeindruckt. Noah war nicht nur klug, sondern auch ein ausgesprochen höfliches Kind, so viel hatte ich in den drei Tagen bereits feststellen können. Und ich war mir ziemlich sicher, dass er die letztere Eigenschaft nicht von mir geerbt hatte.

In der winzigen Küche der Zweieinhalbzimmerwohnung, in der Eve mit Noah seit seiner Geburt wohnte, gab es eine beeindruckende Sammlung an Teedosen und mehrere Teekannen und eine einsame, etwas stiefmütterlich in die Ecke geschobene Espressokanne. Die hatte ich gleich am ersten Tag von ihrer Staubschicht befreien müssen. Ich füllte Wasser in den Behälter, setzte den Siebträger ein, löffelte Espresso rein, schraubte die Kanne zu und stellte sie auf den Gasherd. Die Flamme sprang fauchend nach dem ersten Funken an. Dann öffnete ich den Kühlschrank, nahm ein Tetrapack naturtrüben Bio-Apfelsaft heraus, die einzige Sorte, die Noah mochte, wie Eve mir eingeschärft hatte, und füllte ein Drittel in einen durchsichtigen Kunststoffbecher mit einem aufgeklebten Pandabären an der Seite. Dann füllte ich noch ein Drittel Wasser aus dem Sodabrunnen hinzu, der neben dem Waschbecken stand. Das schmutzige Geschirr von gestern streifte ich mit einem schuldbewussten Blick, bevor ich den Becher auf den kleinen Klapptisch stellte, den man an der Wand verschwinden lassen konnte, wenn man den Flur nicht als Esszimmer benutzte.

„Die Schorle steht auf dem Esstisch!“, rief ich Noah zu, während ich wieder mit zwei Schritten in die Küche trat, wo die Espressokanne zu brodeln begann. Ich nahm eine der beiden Cappuccinotassen – es gab nur zwei – von dem kleinen Berg in dem Porzellanspülbecken und spülte sie kurz unter fließend heißem Wasser aus.

Das feuchte Brodeln der Kanne sagte mir, dass der Espresso durchgelaufen war. Ich schaltete den Gasherd aus und goss den schwarzen Kaffee in die Tasse. Allein der Duft entspannte mich, und ich blies ein paarmal über die dampfende Oberfläche, bevor ich die Tasse an die Lippen setzte und …

„Es geht nicht!“

Mein Blick zuckte zur Tür und ich lachte, bevor ich heftig fluchte. Noah hatte offenbar versucht, beide Beine durch ein Beinloch der Unterhose zu schieben und dann die Strumpfhose darüber gezogen. Aber immerhin hatte er das T-Shirt richtig herum angezogen.

Mein Handy im Schlafzimmer klingelte.

„Das sagt man nicht!“, erklärte Noah ernst.

„Stimmt, Entschuldigung!“, erwiderte ich und blies mir über die schmerzenden Finger, auf die der Espresso gespritzt war, als ich gelacht und dabei offenbar den Arm zu heftig bewegt hatte.

„Aber das hat verdammt wehgetan …“

„Und das sagt man auch nicht.“

„Du …“

Mein Handy klingelte wieder und gleichzeitig ertönte ein kaum hörbares Summen von der Türklingel, die ich auf leise gestellt hatte, damit Noah nicht geweckt würde. Und ich erwartete hier auch keinen Besuch.

„Hilfst du mir?“

„Natürlich“, sagte ich, stellte die Cappuccinotasse auf das schmale Fensterbrett des Küchenfensters, ließ mir kaltes Wasser aus dem Wasserhahn über die schmerzenden Finger laufen, und ging dann zur Haustür, während ich das Wasser von der Hand schüttelte.

„Ja …?“

„Ein Einschreiben für Ms Snow …“

Die Postbotin hob den Blick von ihrem Tablet, das sie mir zusammen mit einem ziemlich dicken Brief hinhielt, und runzelte die Stirn, als sie mich in Boxershorts und am Bauch feuchten T-Shirt in der Tür stehen sah. Dann glitt ihr Blick zu Noah, der neugierig an die Tür gekommen war, und ihre Miene verfinsterte sich noch weiter.

„Ms Snow ist nicht da“, erklärte ich. „Aber ich kann …“

„Sind Sie ein Verwandter?“ Allein der Tonfall der Frau verriet, dass sie das für sehr unwahrscheinlich hielt.

„Ich bin …“ Ihr Ex? Ich konnte mir nicht vorstellen, dass das besonders gut ankommen würde.

„Meine Mami ist im Krankenhaus“, kam mir Noah zu Hilfe, der sich neben mich in die Tür stellte. „Das ist mein neuer Papa.“

„Dein neuer Papa?“ Der Blick der Frau glitt von Noah wieder zu mir zurück.

„Ja.“ Noah nickte ernst. „Er heißt Rick, und wir besuchen Mama gleich im Krankenhaus.“

Ich konnte sehen, dass die Postbotin mit sich rang, aber offensichtlich wirkte Noahs Gesicht vertrauenswürdig genug. Wenn auch nicht so sehr, dass sich ihre finstere Miene aufgehellt hätte.

„Unterschreiben Sie da.“ Sie hielt mir das Tablet hin. Mein rechter Zeigefinger schmerzte immer noch, und meine

Fingernägel waren so kurz, dass ich sechs Versuche brauchte, bis sie mit meiner Unterschrift zufrieden war.

Sie warf einen skeptischen Blick auf das Tablet. „Wiseman, was?“ Sie sah mich an. „Hoffentlich stimmt der Name.“ Bevor ich etwas erwidern konnte, drückte sie mir den Brief in die Hand und rauschte davon.

„Ist das für Mama?“, erkundigte sich Noah.

Ich warf einen Blick auf den Absender, und mir wurde kalt. „Ja, das ist für Mama.“ Ich schluckte. „Wir nehmen ihn mit ins Krankenhaus, wenn wir sie nachher besuchen.“

„Oh ja.“ Noah lächelte mich an und legte seine kleine Hand auf mein Bein. „Da freut sie sich bestimmt.“

„Sicher“, erwiderte ich, obwohl ich es nicht glaubte.

Der Absender des Briefs war das Royal Marsden Hospital in London, ein neues Krebstherapiezentrum, und ein Stempel auf dem Brief betitelte den Inhalt als „Streng vertraulich“.

Während ich noch mit dem Gedanken spielte, den Brief zu öffnen, klingelte mein Handy erneut.

„Ich komme gleich und helfe dir beim Anziehen, okay?“, rief ich Noah zu, der bereits wieder in seinem Zimmer verschwunden war, und ging ins Schlafzimmer, um mein Handy zu holen. Die Nummer auf dem Display sagte mir nichts, aber ich nahm den Anruf an und hob das Handy ans Ohr, während ich mit vier Schritten in der Küche war und nach meiner Kaffeetasse griff. Ich hob sie an die Lippen, während ich mich mit „Wiseman“ am Telefon meldete.

„NHC-Center, Dr. Walton“, ertönte eine ruhige und etwas müde Stimme am anderen Ende der Leitung. „Spreche ich mit Rick Wiseman?“

Meine Lippen begannen zu zittern, ebenso wie meine Hand, und erneut verschüttete ich etwas Kaffee, der diesmal nicht meine Finger, sondern meine nackten Füße traf. Aber ich spürte die heiße Flüssigkeit nicht. Stattdessen rauschte das Blut in meinen Ohren, und ich schluckte trocken.

„Ja. Ist etwas …?"

„Ich bin der behandelnde Arzt von Ms Eve Snow, Mister Wiseman. Sie hat Ihre Nummer als Ansprechpartner hinterlegt. Ist das korrekt?"

„Ja, ist etwas …?"

„Ich würde es für vernünftig halten, wenn Sie uns in den nächsten Tagen aufsuchen könnten, Mister Wiseman", fuhr der Arzt fort. „Wir müssen …"

„Wir wollten Eve heute ohnehin besuchen", fiel ich dem Mann genervt ins Wort. „Würden Sie meine Frage beantworten, ob etwas mit Eve ist? Ist sie …?"

„Mister Wiseman", der Arzt räusperte sich. „Ich nehme an, Sie sind über den Zustand von Ms Snow informiert?"

„Ja, aber …"

„Gut. Wir haben heute Morgen einen ausführlichen und sehr gründlichen Befund vom Royal Marsden Hospital bekommen, dem wir mit Einwilligung der Patientin die Krankenakten und Proben zur genaueren Untersuchung zur Verfügung gestellt haben. Sie verfügen über Geräte und Möglichkeiten, für die unsere Mittel bedauerlicherweise nicht reichen."

Mein Blick fiel auf den Brief. „Natürlich."

„Gut. Da Sie ohnehin kommen wollten, können wir vielleicht einen Termin für heute vereinbaren." Der Mann machte eine kurze Pause, und ich hörte, wie er auf irgendeinem elektronischen Gerät herumtippte.

„Ja. Natürlich."

„Hilfst du mir?" Noah stand in der Tür und sah mich mit großen Augen an. Er hatte sich die Strumpfhose wieder ausgezogen, aber die Unterhose noch anbehalten. „Ist das Mama?"

Ich öffnete und schloss den Mund. „Das ist Mamas Krankenhaus, Noah", sagte ich. „Ich telefoniere noch schnell zu Ende und dann helfe ich dir beim Anziehen, okay?"

Noah nickte und blickte auf meine Füße. Dann kicherte er. „Hast du dir die Füße wehgetan?" Dann sah er mich ernst an. „Du hast gar nicht geflucht."

„Nein, habe ich nicht, stimmt."

„Mister Wiseman, würde 11 Uhr 45 a. m. bei Ihnen passen?"

„Wie spät …?" Ich blickte auf die digitale Küchenuhr. 7 Uhr 15. „Selbstverständlich. Wir …"

„Soweit ich weiß, hat Ms Snow einen kleinen Sohn, und ich nehme an, Sie meinten ihn, als Sie ‚wir' sagten."

Mein Handy summte, als eine SMS ankam. Ich warf kurz einen Blick auf das Display.

Es zeigte das Foto eines Kleinlasters, auf dessen Seite der Schriftzug *Watson* prangte und der vor dem Hintergrund des Zoobüros der *Animal Farm* stand. Die Bildunterschrift lautete:

Läuft hier. 😊 Und bei dir so?

Jane. Ich warf einen Blick auf den Zeitstempel. Offenbar hatte sie mir das Foto bereits um halb sieben geschickt.

„Mister Wiseman?"

„Sicher, Dr. …"

„Walton." Der Arzt räusperte sich wieder. „Es tut mir leid, wenn ich Ihre Zeit über Gebühr in Anspruch nehmen sollte, aber …"

„Nein, nein, natürlich nicht."

Ich blickte auf Noah herunter, der die Stirn gerunzelt hatte und das Telefonat beunruhigend aufmerksam verfolgte.

„Geh einfach in dein Zimmer, ich komme gleich zu dir."

„Nein. Was sagt der Mann?"

„Entschuldigen Sie, Dr. Watson …"

„… Walton …"

„… aber ich habe hier gerade den kleinen Sohn von Ms Snow bei mir und …“

„Ich überlasse es selbstverständlich Ihnen, ob Sie ihn mitbringen“, sagte der Arzt ruhig und nicht unfreundlich. „Und er kann jederzeit seine Mutter besuchen. Aber ich würde Ihnen dringend davon abraten, ihn auch an unserem Gespräch teilnehmen zu lassen.“

***

Je näher Mousehole und die *Animal Farm* kamen, je näher Jane kam, desto mehr wuchs die Spannung in meinem Inneren. Ich war in den letzten vier Tagen vor allem damit beschäftigt gewesen, meinen Sohn kennenzulernen, von dem Jane ja noch nichts wusste. Ich hatte eigentlich gedacht, dass das der schwerste Teil werden würde, wenn ich mit Jane redete. Unsere Beziehung war noch so frisch, und wir waren sehr vorsichtig und behutsam miteinander. Was mir eigentlich ganz recht gewesen war, weil ich es auf keinen Fall schon wieder vermasseln wollte.

Aber vielleicht hätten wir das ja in aller Ruhe und mit der Zeit bewältigen können. Daran hatte ich mich geklammert, bevor ich nach London gefahren war. Und die Illusion, dass wir diesen Prozess in Ruhe angehen könnten, hatte auch eine Weile gehalten. Genau so lange, bis mir Eve eröffnete, dass sie Krebs hatte.

Ich merkte, dass ich Tränen in den Augen hatte und wischte sie weg. Ich wusste nicht einmal genau, warum sie mir kamen. Wegen Eve, meinetwegen? Wegen Jane? Wegen Noah? Oder wegen dieser himmelschreienden Ungerechtigkeit? Gerade, als ich wieder auf die Beine kam und eine Frau fand, die ich wirklich liebte und mit der ich mir eine Zukunft vorstellen konnte …

Sei kein Arschloch, Wiseman! Es geht hier nicht um dich. Jedenfalls nicht nur.

Ich hatte aufgehört, zu zählen, wie oft ich mir das schon in den letzten Tagen gesagt hatte, aber so richtig sich das auch anhörte, das Gefühl, dass sich das Schicksal gegen mich verschworen hatte, wollte einfach nicht weichen.

Dann dachte ich an Noah, an sein Gesicht, als wir gestern Eve im Krankenhaus besucht hatten. Er hatte seine Mutter im Bett liegen sehen und sich auf sie gestürzt und an sie geschmiegt. Eve hatte tapfer versucht, zu lächeln, aber weder sie noch Noah noch ich kauften ihr das ab. Noah hatte nur leise geweint und sie immer wieder gestreichelt und geküsst, und sich von ihr streicheln lassen. Ich selbst war ebenfalls erschrocken, als ich Eve sah. Sie war zwei Tage, nachdem wir uns im Café getroffen und ich Noah kennengelernt hatte, in das Krankenhaus eingeliefert worden, weil sie zu Hause zusammengebrochen war. Dr. Walton hatte mich dann zu dem Gespräch gebeten, und Eve hatte genickt, als ich sie fragte, ob sie Noah bei sich behalten wollte.

Ganz offensichtlich hatte sich Eves Ärztin eklatant geirrt, was ihre optimistische Prognose anging, dass Eve noch ein paar Monate hätte. Falls man in so einem Fall überhaupt von optimistisch sprechen konnte. Dr. Walton hatte mir die Freundlichkeit erwiesen, nicht lange darum herumzureden. Seine eigenen Untersuchungsergebnisse und der Befund aus dem Royal Marsden Hospital waren ebenso eindeutig wie verheerend. Es war keine Frage von Monaten, sondern von Wochen, wenn nicht vielleicht sogar nur Tagen. Die Metastasen hatten ihre Organe befallen und waren bis ins Gehirn gedrungen. Möglicherweise würde sie ihre letzten Tage gar nicht mehr bewusst erleben.

Die Zeit, die Noah und ich hatten, um uns aneinander zu gewöhnen, war durch ein einziges Gespräch von einigen Monaten auf bestenfalls ein paar Wochen zusammengeschmolzen.

Ich fuhr unwillkürlich etwas langsamer, als die Straße eine lang gezogene Kurve zwischen hohen Ligusterhecken auf der einen und einer ebenso hohen Hainbuchenhecke auf der anderen Seite beschrieb. Danach kam eine Steigung auf einen kleinen Hügel, und von der Gruppe aus konnte ich dann bereits mein Ziel sehen.

Die *Animal Farm.*

Jane.

Ich hatte mir alle möglichen Erklärungsversuche und Strategien zurechtgelegt, die durch die Ereignisse allesamt zertrümmert worden waren. Der einzige vernünftige Weg wäre, ihr die Wahrheit zu sagen.

Das würde sie doch sicher verstehen. Oder?

Wenn ich ehrlich war, hatte ich eine höllische Angst davor, dass sie es nicht verstand. Oder dass sie es nicht ertragen konnte. Oder dass eine solche menschliche Katastrophe zu früh in unserer Beziehung kam.

Ich hätte es verstehen können, wenn sie gesagt hätte, dass sie keinen Mann mit Kind wollte. Und genau ein solcher Mann würde ich sein, und dazu noch einer, der nicht die geringste Erfahrung darin hatte, Vater zu sein. Das bedeutete, ich würde ihr einen großen Teil der Last aufbürden müssen, wenn wir eine Beziehung hatten. Und auch wenn ich Jane noch nicht gut kannte, wusste ich, dass Kinder für sie im Moment keine Option waren.

Und für mich war es keine Option, Jane zu verlieren. Genauso wenig konnte ich Noah im Stich lassen.

Wenn es ein Dilemma gab, dann war meine Situation die Königin der Dilemmata.

Auch wenn ich förmlich über die Straße schlich, war sie irgendwann zu Ende, und ich fuhr über die Kuppe und sah die *Animal Farm* im frühen Nachmittagslicht vor mir.

Mein Herz verkrampfte sich und ich begann zu zittern.

Ich bremste und blickte in den Rückspiegel. Meine Augen waren gerötet. Ich nahm eine Packung Kleenex aus dem Handschuhfach, wischte mir das Gesicht ab und putzte mir lautstark mehrmals die Nase. So konnte ich Jane jedenfalls nicht gegenübertreten.

Ich würde als Erstes ins Cottage gehen und mich einigermaßen präsentabel machen. Und dann beschloss ich, alles zu tun, um Jane nicht zu verlieren. Auch wenn das hieß, dass ich ihr nicht die ganze Wahrheit auf einmal, sondern nur so viel, wie sie vertragen konnte, in kleinen Bröckchen vermitteln würde.

Ich wusste nicht, was Jane machen würde, wenn sie am Ende diese Wahrheit doch erfuhr, was unausweichlich war. Aber ich hoffte, dass eine vorsichtige Dosierung es uns ermöglichen würde, uns langsam und gemeinsam an dieses Unausweichliche heranzutasten.

Als ich meinen alten Jaguar auf die Auffahrt lenkte und am Cottage anhielt, schaltete ich den Motor aus und blieb noch einen Moment sitzen.

Als ich den Kopf hob, sah ich Jane auf mich zukommen. Sie ging schnell, als könnte sie es nicht erwarten, mich zu begrüßen, aber ihr Gesicht war ernst und fast ein wenig ängstlich.

Das verstärkte nur meinen Entschluss, sie nicht mit der ganzen Wahrheit zu überfallen. Das wäre einfach zu brutal gewesen und hätte unsere Beziehung zweifellos auf der Stelle beendet.

Ich überhörte die leise Stimme in meinem Hinterkopf, die mir sagte, dass Jane und ich vereinbart hatten, einander nie zu belügen, weil wir beide in diesem Punkt gebrannte Kinder waren. Das hier war etwas anderes, versuchte ich meine innere Stimme zu beschwichtigen, als ich ausstieg und mich zu einem Lächeln zwang.

Jane blieb einen halben Meter von mir stehen und sah mich aufmerksam an.

„Hi, Rick. Wie …?“

Ich überwand die Entfernung zu ihr mit einem Schritt und nahm sie in die Arme. Ich grub meine Nase in ihr Haar und küsste sie auf den Kopf. Dann hob ich ihr Gesicht an und küsste sie auf den Mund. Sie erwiderte den Kuss zunächst nur zögernd, aber dann spürte ich, wie sie sich an mich schmiegte.

„Ich habe dich so vermisst“, flüsterte sie.

„Ich dich auch“, antwortete ich, und das sollte so ziemlich der letzte wirklich ganz und gar aufrichtige und vollkommen wahre Satz sein, den ich an diesem Tag zu ihr sagte.

Von da an lief alles schief.

19
JANE

Ich fuhr über die Cliff Road Richtung Penzance, und Cornwall zeigte sich von seiner besten Seite; der Himmel war wie blank geputzt, und die Sonne spiegelte sich auf dem azurblauen Meer.

Auf der rechten Seite erschien der weiße Zaun und dahinter das graue, unscheinbare Haus der Old Penlee Lifeguard Station. Jedes Mal, wenn ich hier vorbeikam, musste ich an die Geschichte denken, die William mir über die alte Seenotrettungsstation erzählt hatte. In den 1980er-Jahren hatte sie dafür gesorgt, dass Mousehole mit seinen nicht einmal tausend Einwohnern es sogar in die New York Times schaffte. Acht Freiwillige waren bei einer Rettungsaktion in einem Wintersturm auf See ums Leben gekommen, woraufhin der Ort von einer unvergleichlichen Spendenflut überrollt wurde. Das ganze Land spendete, vom kleinen Kind über Arbeitslose bis hin zu Investmentbankern aus London. Am Ende kamen mehr als zweieinhalb Millionen Pfund zusammen.

William behauptete, diese Geschichte habe die Dorfgemeinschaft nachhaltig geprägt. Ab da gab es die Hinterbliebenen mit Geld und die anderen. So erhielt die Witwe eines der verstorbenen Helfer, die durch seinen Tod plötzlich zu Wohlstand gekommen war, zahlreiche Heiratsanträge. Es klang wie die Geschichte aus einem Film. William hatte fassungslos verfolgt, wie etwas eigentlich so Wundervolles wie Mitgefühl und Hilfsbereitschaft am Ende Neid und Missgunst unter den Dorfbewohnern hervorgebracht hatte, viele hatte er hinterher mit anderen Augen gesehen.

William war ein guter Menschenkenner gewesen. Was hätte er wohl von Rick gehalten? Ständig kehrten meine Gedanken zu ihm und dem Gespräch gestern zurück.

Die Nachricht von seiner Vaterschaft hatte ein heilloses Gefühlschaos in mir ausgelöst. Tiefen Schmerz, weil ich keine eigenen Kinder bekommen konnte. Wut auf das Schicksal, das mir erst einen Mann wie Rick schickte und gerade, wenn ich Vertrauen zu ihm gefasst hatte, alles wieder ins Wanken brachte. Und dazu noch die Angst, dass ich zu harsch reagiert hatte.

Natürlich musste Rick sich um das Kind kümmern, solange seine Ex krank war. Und es war ganz sicher nicht seine Schuld, dass diese ihm die Vaterschaft so lange verheimlicht hatte. Aber ich hätte von ihm mehr Klarheit gebraucht. Ein klares Bekenntnis zu mir. Stattdessen hatte er mich um Zeit gebeten, um zu sehen, wie es mit dem Kind liefe.

Sofort hatte ich instinktiv die Schutzmauern um mein Herz wieder hochgefahren. Die Ungewissheit, ob Rick sich für mich und ein Leben mit mir entschied, schien mir unerträglich. Dann lieber ein klarer Schnitt.

Denn letztlich war ich davon überzeugt, dass für mich in seinem Leben ab jetzt kein Platz mehr sein würde. Er hatte einen Zipfel meines Vertrauens gewonnen und sich in mein Herz gestohlen, aber jetzt musste ich schnellstens dafür sorgen, dass er daraus wieder verschwand. Ich musste auf mich aufpassen, denn schon jetzt spürte ich bei der Vorstellung, ihn nicht mehr zu berühren, nicht mehr von ihm berührt zu werden, eine kaum erträgliche Sehnsucht. Ich kam mir vor wie ein Drogenabhängiger auf Entzug, so sehr spürte ich dieses Bedürfnis in meinem Körper.

Dass überall glückliche Menschen die Sonne zu genießen schienen, ließ mich den Sturm, der in meinem Inneren tobte, nur noch heftiger spüren. Verliebte Paare schlenderten am Hafenbecken von Penzance entlang, Touristen bestiegen die Fähre zum St. Michael's Mount, Familien aßen Eis. Seit ich zurück in Cornwall war, hatte ich kaum Zeit für etwas anderes als die *Animal Farm* gehabt und war nur selten hier gewesen. Heute war ich gekommen, um meinen letzten Verwandten vom Bahnhof abzuholen. Edward kam zu Besuch, und die Aussicht, ihn wiederzusehen, war irgendwie tröstlich. Als ich ihn angerufen und ihn eingeladen hatte, mich auf der *Animal Farm* zu besuchen, wusste ich noch nicht, welches Drama mich kurz darauf ereilen sollte. Vermutlich hätte ich es sonst nicht getan und mich lieber in die Arbeit gestürzt. Doch jetzt war ich froh, dass er kam. Vielleicht würde mich das etwas ablenken.

Ich stellte den Wagen im Parkhaus ab und wartete in der Sonne vor dem länglichen Natursteingebäude, in dem sich der Bahnhof befand, auf Edward. Mein Blick fiel auf den grauen Stein, der vor dem Eingang stand: PENSANS A'GAS DYNERGH stand dort in Kornisch. Willkommen in Penzance. Ich hatte die alte Sprache zwar nie gelernt, hörte mir aber in Gedenken an William oft die fünfminütige Radiosendung an, die einmal die Woche gesendet wurde. William verstand etwas Kornisch und hatte mir einige Worte beigebracht.

Schließlich entdeckte ich Edwards große Gestalt und den dichten grauen Schopf in der Menge und winkte ihm zu. Als er mich sah, erschien ein warmes Lächeln auf seinem Gesicht, und er bahnte sich einen Weg durch die anderen Reisenden. Bei mir angekommen, blieb er einen Moment unsicher stehen, dann breitete er die Arme aus, und ich trat vor und ließ mich gern von ihm umarmen. Seltsam, wie nah man sich einem im Grunde völlig fremden Menschen fühlen konnte, nur weil man mit ihm verwandt war. Aber so war es. Es war erst unser zweites Treffen – an früher hatte ich kaum Erinnerungen – aber Edward war mir irgendwie schon vertraut.

Ich atmete seinen Geruch ein, und einen Moment lang genoss ich das Gefühl der Geborgenheit in seinen Armen. Schon jetzt wusste ich, dass es eine gute Idee gewesen war, Edward einzuladen.

„Schön, dass du da bist. *Pensans A'gas Dynergh*“, sagte ich lächelnd, sicher, dass er wie sein Bruder etwas Kornisch beherrschte. Und er enttäuschte mich nicht.

„*Merastawhye! or*“, antwortete er und zwinkerte mir zu. „*Looan o ve.*“ Ich meinte zu verstehen, dass er sich bedankt hatte und froh war, hier zu sein, aber damit waren meine Kornisch-Kenntnisse auch schon erschöpft.

„Mein Auto steht im Parkhaus“, sagte ich und deutete in die Richtung. „Darf ich dir die abnehmen?“, fragte ich und deutete auf seine Reisetasche.

„Auf gar keinen Fall“, erwiderte er mit Nachdruck. „Sonst komme ich mir ja wie hundert vor.“ Er grinste und hakte sich bei mir unter. „Gehen wir.“

***

Als wir auf den Hof der *Animal Farm* fuhren, empfingen uns Margery und Joey. Der Hund sprang um Edward und mich herum und sorgte in den ersten Minuten für etwas Wirbel. Was gut war, denn Margery wirkte ungewohnt befangen. Schließlich gingen wir ins Haus, wo es köstlich nach selbst gebackenen Scones duftete. Margery war über sich hinausgewachsen. Auch wenn sie keine sonderlich talentierte Köchin war, Backen konnte sie dafür umso besser. Sie ließ Edward und mich einen Moment allein, um in der Küche den Tee zuzubereiten, und wir gingen in das wenig genutzte Esszimmer, in dem Margery zur Feier des Tages den Tisch gedeckt hatte. Normalerweise aßen wir immer in der gemütlichen Küche, dieses Zimmer nutzten wir nur an Feiertagen oder wenn hoher Besuch kam – so wie heute.

Edward sah sich etwas unsicher um. „Es ist seltsam, nach so vielen Jahren wieder hier zu sein“, sagte er schließlich und blickte aus dem Fenster. „Ich bin nicht oft hier gewesen. Ein paarmal mit Heather, nachdem William das Haus gekauft und die Auffangstation gegründet hatte.“ Er räusperte sich.

„Aber dann haben wir ziemlich schnell den Kontakt abgebrochen. Oder vielmehr ich …"

In dem Moment kam Margery mit dem Tee herein.

„Setzt euch doch", sagte sie.

„Mhm, das riecht wunderbar, M", bemerkte ich.

„M?" Edward sah fragend von mir zu Margery.

„Ja. Wie bei James Bond", erklärte ich. „Irgendwann, als ich ein Teenie war, haben William und ich *Golden Eye* gesehen." Ich lächelte. „Und irgendwie hat uns die Leiterin des britischen Geheimdienstes an Margery erinnert." Ich grinste sie an. „Margery hat auch eine sehr … nun ja bestimmende Art."

Margery schnaubte. „Nun, ich rede eben nicht um den heißen Brei herum", brummte sie. „Aber bestimmend … Na ja, Judy Dench ist allerdings toll, und weil ich meinen Namen noch nie sonderlich mochte, gefiel mir M", erklärte sie an Edward gewandt und schob sich ein Stück Scone mit Erdbeermarmelade in den Mund.

Ehe eine peinliche Gesprächspause entstehen konnte und um von vornherein heikle Themen zu umschiffen, fragte ich Edward nach seinem Beruf. Ich wusste nur, dass er Geologe war.

„Ich bin Hydrogeologe", erklärte er.

„Hat das irgendwie mit Wasser zu tun?", fragte ich.

„Stimmt. Einfach gesagt, beschäftige ich mich mit Grundwasser", erklärte er. „Lange Jahre habe ich überall auf der Welt gearbeitet, zuletzt in Namibia. Wir haben eine Karte der Grundwasserressourcen erstellt."

„Du warst in Namibia? Das klingt ja spannend", bemerkte ich und biss nun ebenfalls in meinen Scone. „Wow, die sind dir aber besonders gut gelungen, M", sagte ich kurz zu Margery, bevor ich wieder Edward ansah.

„Nun ja, aber unsere Arbeit dort ist nur ein Tropfen auf dem heißen Stein, was in diesem Fall wörtlich zu nehmen ist", erklärte Edward. Sorgfältig brach er seinen Scone auseinander, strich etwas Clotted Cream und Erdbeermarmelade darauf und biss hinein. Dann schloss er genüsslich die Augen. „Oh, Margery, das sind die besten Scones, die ich je gegessen habe", schwärmte er.

Margery zeigte ein seltenes Lächeln. „Das Backen hat meine Großmutter mir beigebracht. Die Butter muss eiskalt sein. Das ist das Wichtigste", erklärte sie. Wie zur Bestätigung, dass sie selbst mit dem Ergebnis höchst zufrieden war, nahm sie sich noch ein weiteres Gebäckstück.

„An was für einem Projekt arbeitest du gerade?", fragte ich Edward weiter aus.

„Ich unterrichte seit zwei Jahren am Imperial College. Irgendwie hatte ich genug vom Herumreisen", sagte er und schob sich das letzte Stück Scone in den Mund.

„Und vermissen Sie das Reisen jetzt?", fragte Margery.

„Nein. Ich finde es großartig, den Studierenden etwas von meiner Erfahrung weitergeben zu können", erzählte er mit leuchtenden Augen. „Und wir betreuen auch von der Uni aus Projekte in anderen Ländern. Ganz musste ich das Reisen also nicht aufgeben."

Wir sprachen eine Weile über Namibia, weil ich es aus meiner Zeit als Leiterin der Wildtierauffangstation auch gut kannte. Als Margery schließlich aufstand und erklärte, sie habe noch im Zoo zu tun, fragte ich Edward, ob er Lust habe, sich den Tierpark anzusehen.

„Auf jeden Fall", sagte er lächelnd. „Darum bin ich doch hier." Er zögerte kurz. „Nein, natürlich, um dich zu besuchen, aber es interessiert mich, wie sich alles entwickelt hat."

Rasch half er mir, das Geschirr in die Küche zu bringen, dann verließen wir das Haus. Auf dem Weg zum Eingang des Tierparks glitt mein Blick unwillkürlich zu dem nun verlassenen Cottage. Edward folgte meinem Blick. „Wer wohnt da? Vermietest du es an Touristen oder so?“

Ich seufzte. „Nein, nicht an Touristen. Eigentlich habe ich es längerfristig vermietet.“ Ich zögerte. „Aber mein … Mieter hat für unbestimmte Zeit in London zu tun.“ Mein Mieter … Wäre er doch nur wirklich nicht mehr als das.

Wir passierten das Kassenhäuschen, und ich nickte der ehrenamtlichen Mitarbeiterin zu, die heute Dienst tat. „Wie man unschwer erkennen kann, ist das unser Lemurengehege“, sagte ich und deutete nach rechts, wo Jack zur Freude einiger Kinder gerade eine kleine Showeinlage hinlegte.

„Da drüben ist das Papageienhaus“, erklärte ich weiter.

„Meine Güte, das ist ja alles gar nicht wiederzuerkennen“, staunte Edward. „Damals standen da, wo jetzt die Lemuren wohnen, ein paar traurige Esel herum, die William irgendwo gerettet hatte. Und es gab das Reptilienhaus.“ Er lachte. „Wobei das eher ein Häuschen war.“

„Das ist jetzt da hinten. Das ist auch nicht mehr wiederzuerkennen“, erwiderte ich. „Aber unser ganzer Stolz ist das Bären- und Wolfsgehege. Hast du Lust auf einen kleinen Spaziergang? Es liegt etwas abseits.“

„Natürlich.“

Auf dem Weg zum Gehege erzählte ich Edward, wie es gekommen war, dass William die ersten Bären aufgenommen hatte, und was das Konzept dahinter war. Edward hörte aufmerksam zu und fragte interessiert nach. Ich berichtete ihm auch von den finanziellen Schwierigkeiten und von *Watson*.

„Ich bewundere dein Engagement. Du bist echt ein *tough cookie*, Jane.“ Er lächelte anerkennend und drückte meine Schulter. „Ich kann nur erahnen, wie schwer das alles nach Williams Tod für dich gewesen sein muss. Und immer noch ist.“

Ich zuckte die Schultern. „Danke.“ Inzwischen hatten wir das Gehege erreicht. Die neue Wölfin, unser jüngster Zugang, streifte ganz hinten durch eine Baumgruppe, und ich freute mich, dass sie sich schon blicken ließ.

Edward und ich setzten uns auf eine Bank, die dem Gelände gegenüberstand. Sofort glitten meine Gedanken wieder zu Rick, unserer fröhlichen Fahrt mit dem Tretroller und wie wir hier Eddie zugesehen hatten. Ob Rick jetzt schon bei Noah war? Und bei Eve? Ob er noch Gefühle für sie hatte? Natürlich hatte er noch Gefühle für sie, offenbar war sie seine große Liebe gewesen. So etwas ging doch nie ganz weg.

„Ist alles in Ordnung, Jane?“, riss Edward mich aus meinen Gedanken.

Ich schüttelte den Kopf, um mich zu berappeln. „Ja, alles okay“, log ich und bemühte mich, zu lächeln, was mir nicht ganz gelang.

Forschend sah er mir in die Augen. „Bist du sicher? Du siehst auf einmal so traurig aus.“

Ich seufzte und ließ den Blick über das Wolfsgehege gleiten. „Nein, ich bin mir nicht sicher. Ich meine, es ist nicht alles okay.“

„Hat es mit der Farm zu tun?“, forschte Edward weiter.

Ich schüttelte stumm den Kopf.

„Oder mit dem gut aussehenden Mann, der dich neulich in London abgeholt hat?“

Ich bekam heiße Wangen. Edward war offenbar ein ebenso guter Beobachter wie sein Bruder. Der hatte auch immer sofort gewusst, was mit mir los war. „Ja“, gab ich schließlich zu und sah zu ihm hoch. „Es ist ganz schön kompliziert.“

„Komplizierte Liebesgeschichten scheinen irgendwie in der Familie zu liegen.“ Er lächelte. „Willst du darüber reden?“

Ich zögerte kurz, doch dann strömten die Worte von ganz allein aus mir heraus. Ich erzählte ihm, wie Rick in mein Leben gestolpert war und mein sonst ziemlich geordnetes Gefühlsleben durcheinandergewirbelt hatte. Wie ich gerade angefangen hatte, Vertrauen zu ihm zu fassen, als plötzlich seine Ex-Freundin aufgetaucht war und *sein* Leben komplett auf den Kopf gestellt hatte.

„Das klingt tatsächlich nach einer harten Bewährungsprobe für eine so junge Liebe“, sagte Edward verständnisvoll, als ich schließlich endete. Er sah mich nachdenklich an. „Aus eigener Erfahrung kann ich dir sagen, dass man nicht oft einem Menschen begegnet, der einen so tief berührt. Die Situation ist sicher alles andere als leicht, aber vielleicht solltest du Rick nicht voreilig aufgeben. Eure Schwierigkeiten kommen von außen – durch seine Ex-Freundin, seinen Sohn – aber zwischen euch ist nichts vorgefallen. Er hat dich nicht enttäuscht oder hintergangen. Gib ihm und euch etwas Zeit.“

Er suchte meinen Blick, doch ich wich ihm aus. „Ich weiß nicht.“ Ich zögerte. „Es tut einfach jetzt schon so verdammt weh. Die Vorstellung, dass er ein Kind mit einer anderen Frau hat …“

„Ja, aber ich meine … Es ist natürlich eigentlich noch zu früh, um über so etwas zu reden, aber … ihr könntet doch auch irgendwann noch eigene Kinder haben.“

Traurig schüttelte ich den Kopf. „Nein, können wir nicht.“

Er sah mich verwirrt an.

„Bilharziose“, sagte ich nur. Da er selbst in Namibia gearbeitet hatte, kannte er sich vermutlich mit Tropenkrankheiten aus. „Ich … kann keine Kinder mehr bekommen.“

Er nickte traurig. „Das tut mir sehr leid, Jane.“ Er nahm meine Hand und drückte sie.

„Komm“, sagte ich. „Lass uns zurückgehen, dann zeige ich dir noch unser Papageienhaus.“

Ich stand auf und zog ihn an der Hand hoch, und wir gingen ein paar Schritte. Unvermittelt blieb Edward stehen, fasste mich an den Schultern und drehte mich zu sich herum, sodass ich ihm in die Augen sehen musste.

„Jane, ich weiß, wie schmerzhaft die Liebe sein kann. Das kannst du mir glauben. Aber ich habe mir unzählige Male gewünscht, ich hätte mehr um deine Mutter gekämpft. Genau wie du jetzt hatte ich damals das Gefühl, mich schützen zu müssen.“ Er strich sich mit der Hand durch sein dichtes Haar, das daraufhin wirr von seinem Kopf abstand. „Aber nachdem Heather verunglückt war, habe ich mir gewünscht, ich hätte ihr zumindest gesagt, wie sehr ich sie liebe, und ich hätte unserer Liebe noch eine Chance gegeben. Wer weiß, wie dann alles gekommen wäre.“ Er ließ meine Schultern los und schüttelte den Kopf. „Ich will mich nicht in dein Leben einmischen, das liegt mir fern. Aber du sollst wissen, dass ich meine damalige Entscheidung, Heather wegzuschicken, auch deinetwegen bereut habe. Ob du nun meine leibliche Tochter warst oder nicht, ich habe dich geliebt. Ich wollte immer Kinder haben, und ich war so glücklich mit dir.“ Sein Blick glitt zwischen meinen Augen hin und her. „Vielleicht lässt du deinem Rick noch ein kleines Türchen zu deinem Herzen offen.“

Dann hakte er sich entschieden bei mir unter und sagte: „So, jetzt aber Schluss mit den schwermütigen Themen. Auf zum Papageienhaus!“

20
RICK

… waiting for you my whole live long, meeting you then, and doing you wrong. But loosing you feels so bad, making my heart feeling sad …

Ich wusste genau, wie es klingen musste. Ich versuchte es erneut, aber irgendwie klangen die Akkorde falsch, belanglos. Ich versuchte es jetzt schon seit vier Stunden und konnte die Melodie fast hören. Aber jedes Mal, wenn ich glaubte, ich hätte sie gefunden, schob sich bei der Textzeile das Gesicht von Jane vor mein inneres Auge. Ihre wütende Stimme wischte die Melodie, die sich gerade in meinem Kopf zusammengefügt hatte, beiseite.

„Und wie lange soll ich warten? Bis deine Ex wieder gesund ist? Und wer sagt mir, dass du nicht Spaß daran findest, den Vater zu spielen? Oder dass sie es darauf angelegt hat?“

„Natürlich musst du dich um deinen Sohn kümmern! Aber du glaubst doch selbst nicht, dass das mit uns dann noch funktioniert. Tu, was du tun musst, aber glaub nicht, dass ich hier herumsitze und warte, bis Mr Wiseman so weit ist!“

Ich seufzte und schob den Hocker zurück. Dann blickte ich auf die Uhr.

„Scheiße!“

Ich hatte noch zwanzig Minuten, um Noah von der Kinderkrippe abzuholen. Und ich war unrasiert, nicht geduscht und hatte außer drei Kannen Espresso und einem Croissant von gestern nichts zu mir genommen. Und einkaufen war ich auch nicht gewesen, das hieß, wir würden auf dem Weg von der Krippe zurück nach Hause noch einen Abstecher in den Supermarkt machen müssen.

Ich schaltete das Keyboard aus und fuhr den Computer herunter, dann ging ich ins Bad, spritzte mir Wasser ins Gesicht und frischte meine Achselhöhlen mit Deoroller auf. Ich zog mir ein frisches T-Shirt an, schnappte mir meine Lederjacke, Wohnungs- und Fahrradschlüssel, und stürmte aus der Tür. Auf dem ersten Treppenabsatz machte ich kehrt, weil ich mein Handy und meine Geldbörse vergessen hatte.

Ich schwang mich auf das Fahrrad, Eves Lastenrad mit Kindersitz, ein Segen hier in Shoreditch, einem hippen Stadtteil von London. Hier war es allerdings fast unmöglich, einen Parkplatz zu finden, vor allem mit meinem nicht gerade kleinen alten Jaguar. Eve hatte zwar nicht viel Geld, aber sie hatte schon immer Stil gehabt und gewusst, wie sie aus wenig viel machen konnte.

Jedenfalls machte es Spaß, mit Noah durch die Straßen zu radeln oder zu spazieren, und er hatte mir schon einige Läden gezeigt, wo er mit Eve gewesen war. Ein Eisladen, eine Bäckerei, ein Spielzeugladen und mehrere Secondhandläden. Offenbar war Eve dort recht bekannt gewesen, und es hatte eine Weile gedauert, bis die jungen Frauen in den Läden ihre Skepsis aufgaben und Noahs aus der Versenkung aufgetauchten Papa duldeten. Von Akzeptieren waren sie noch weit entfernt. Von Noah dagegen waren sie natürlich hingerissen, und allmählich färbte ihre Zuneigung auch auf mich ab, erst recht, als sie merkten, dass ich nicht versuchte, mit Noah bei einer von ihnen zu landen.

Die einzige Grünfläche in unmittelbarer Nähe war Bunhill Fields, ein Friedhof, aber dafür gab es einen Spielplatz im Hinterhof von Eves Mietshaus in der Paul Street, wo Noah ganz gern hinging, um seine Freunde Lynn, George, Celine, Greg und Drake zu treffen. Ich war nicht ganz so begeistert. Denn die Neugier der Mütter über den so plötzlich aufgetauchten Daddy wurde nur noch von ihren ungefragt und im Überfluss erteilten Ratschlägen über Kindererziehung übertroffen. Diese Ratschläge widersprachen sich meistens und lösten dann eine hitzige Diskussion aus, von der ich in stillschweigender Übereinkunft ausgeschlossen wurde.

Kaum saß ich auf dem Fahrrad, um in die Worship Street zu radeln, wo Noahs Kinderkrippe war, brummte mein Handy.

Eve war vor einer Woche in das Royal Marsden Hospital verlegt worden und ihr Zustand nach Auskunft der Ärzte einigermaßen stabil. Allerdings auf einem ausgesprochen miesen Niveau. Seitdem zuckte ich bei jedem Anruf zusammen. Die Hoffnung, dass Jane mich anrief, hatte ich nach unserem letzten Telefonat aufgegeben. Sie hatte mich darum gebeten, sie mit unverbindlichen Anrufen zu verschonen und mich erst zu melden, wenn ich genau wüsste, was ich wollte.

Das Problem war, ich wusste, was ich wollte, ich wusste nur nicht, wie ich das alles unter einen Hut bekommen sollte. Ich hatte versucht, ihr das klarzumachen, aber sie hatte das Gespräch mit erstickter Stimme abgebrochen und mich gebeten, mich vorläufig nicht mehr zu melden. Das war jetzt eine Woche her. Nachdem ich fünfmal auf ihre Voicemail gesprochen hatte, akzeptierte ich, dass sie es ernst damit meinte, in Ruhe gelassen zu werden. Außerdem hatte sie mir gesagt, dass es auf der *Animal Farm* gerade ziemlich turbulent zuging.

Okay, das konnte ich verstehen. Ich drehte schließlich auch nicht gerade vor Langeweile Däumchen.

Ich warf einen Blick auf das Display. Es waren weder das Krankenhaus noch die Kinderkrippe, zum Glück, aber der angezeigte Anrufer versprach auch nicht gerade ein entspanntes Gespräch. Ich drückte mir den Kopfhörer ins Ohr und nahm das Gespräch an.

„Morrison! Ich bin bei der Arbeit! Nerv mich nicht!“

„Gut zu hören, Wiseman. Und ich nerve dich nicht, ich will dich nur daran erinnern, dass du in zwei Wochen Abgabetermin hast, und das auch nur, weil ich mich bei …“

„Ja, ich weiß!“ Ich reagierte so gereizt, weil ich wusste, dass ich ihm eigentlich dankbar sein sollte. Er hatte dafür gesorgt, dass mein Abgabetermin um zwei Wochen nach hinten verschoben worden war. Das war zwar knapper, als es der bei Terminen normalerweise knallharten Regisseurin des Musicals lieb war, aber der Hinweis auf Eves Erkrankung und meine neue Rolle als Vater hatten sie aufgeweicht, ein bisschen jedenfalls. Außerdem war die Premiere erst in vier Wochen, und es ging nur noch um zwei Stücke, die ich liefern musste. Die anderen Songs wurden schon geprobt und kamen ziemlich gut an. Aber diese beiden letzten Stücke machten mir mehr Schwierigkeiten, als die anderen fünfzehn zusammen. Bevor wieder das Gesicht von Jane vor meinem inneren Auge auftauchen konnte, redete ich weiter. „Und ich bin dir auch dankbar. Und keine Sorge …"

„… ist keine weitere Verlängerung möglich, Wiseman", knurrte Morrison. Er hatte offenbar weitergeredet, aber die Verbindung hier war schlecht und außerdem rauschte der Wind in meinem Ohr.

„Wenn du wirklich bei der Arbeit bist, wieso höre ich dann Windgeräusche? Ist Shoreditch so heiß, dass du mit einem Ventilator auf dem Schreibtisch arbeiten musst?"

Ich verdrehte die Augen. „Ich bin auf dem Fahrrad und hole gerade Noah ab …"

„Verstehe." Morrison machte eine Pause, und ich wartete darauf, dass er irgendeine Bemerkung von wegen Unvereinbarkeit von Vaterpflichten und Künstlerkarriere machen würde, aber als er dann weitersprach, überraschte mich die Freundlichkeit in seiner rauen Stimme. „Wie läuft es denn mit euch beiden?"

„Prima", antwortete ich irritiert. Ein Taxifahrer fuhr hupend dicht an mir vorbei und zeigte mir den Scheibenwischer vor seiner Stirn. Offenbar hatte ich übersehen, dass er sich in den Verkehr einfädeln wollte und keine Lust hatte, hinter einem sperrigen, pinkfarbenen Johnny-Loco-Lastenfahrrad herzuschleichen. Ich machte eine eindeutig nicht-pinke Handbewegung, während ich über Morrisons Frage nachdachte. „Willst du es wirklich wissen?“, fragte ich schließlich.

„Sicher“, erwiderte Morrison. „Ich gehe davon aus, dass deine Kreativität besser funktioniert, wenn du ausgeglichen bist, und wenn es mit Noah nicht gut läuft …“

„Es läuft gut.“ Das war die Wahrheit, und ich war selbst davon überrascht. Und ich musste zugeben, dass es vor allem an Noah lag. Auch wenn der Gedanke schrecklich war, es war fast, als spürte er, dass Eve nicht mehr aus dem Krankenhaus herauskommen würde. Unsere letzten Besuche bei ihr waren ziemlich erschütternd gewesen. Sie baute immer mehr ab, und Noah hatte aufgehört, zu fragen, wann Mami wiederkäme. Aber ich beobachtete ihn ab und zu, wie er in seinem Kinderzimmer mit seinen Playmobil-Figuren Familie spielte. Es waren jetzt drei – eine männliche Figur, ein Feuerwehrmann, fungierte als Vater. Als ich nachgefragt hatte, ob ich die Figur wäre, hatte er nur genickt, ohne mich anzusehen. In dieser Nacht war er zu mir ins Bett gekommen und schlief seitdem jede Nacht bei mir. Aus den „Fachgesprächen” auf dem Spielplatz wusste ich, dass das aus pädagogischen Erwägungen nicht gut war, aber die Tatsache, dass Noah seitdem nicht mehr nachts seinen Schlafanzug einnässte, bestärkte mich darin, auf die pädagogischen Ratschläge der Expertinnen zu pfeifen.

„Und Eve?“

„Wenn du sie noch einmal sehen und mit ihr reden willst, solltest du nicht zu lange warten“, gab ich zurück.

„So schlimm?“

Ich schluckte. „Ja, die Ärzte geben ihr noch ein paar Wochen, höchstens.“

„Fuck!“

„Das kannst du wohl sagen.“

„Weiß Noah das auch?"

„Du meinst, dass seine Mutter nicht mehr zurückkommt?" Seine Anteilnahme überraschte mich. Aber es war auch erleichternd, mit jemandem darüber reden zu können. „Er weiß es nicht, aber ich habe das Gefühl, er spürt, wie ernst es um sie steht."

„Hör zu, Rick ..."

Ich hob die Brauen, gespannt was jetzt kam. Rick nannte er mich nur sehr selten.

„... falls du Hilfe brauchst, was Kinderbetreuung angeht, ich kenne da eine Nanny ..."

„Danke, Morrison, darüber zerbreche ich mir den Kopf, wenn es so weit ist."

„Klar, außerdem habe ich vergessen, dass du ja jemanden hast, die da vielleicht liebend gern einspringen würde."

Ich verzog das Gesicht. Ich hatte mit Morrison seit Eves Einlieferung nicht mehr über Jane gesprochen. Er wusste zwar, dass ich wegen Noah jetzt in London wohnte, aber über die Umstände meines Auszugs aus Mousehole hatte ich ihn nicht informiert. Ihm würde das auch gleichgültig sein, sagte ich mir, solange ich die Songs für das Musical rechtzeitig ablieferte. Wo ich sie schrieb, konnte ihm ja egal sein.

„Das ist nicht so einfach."

Am anderen Ende der Leitung herrschte eine längere Pause. „Was hältst du davon, wenn wir heute Abend mal wieder einen Drink nehmen ...?" Er unterbrach sich und lachte etwas verlegen. „Mist, du kannst ja nicht weg. Und Eves Wohnung ist zu klein für uns drei."

Ich grinste unwillkürlich. „Ich würde dich ja einladen, aber den Schock deiner überbordenden Präsenz möchte ich Noah so lange ersparen, wie es geht."

„He, der Kleine kennt mich ja schon." Morrison lachte und hustete. Dann wurde er wieder ernst. „Ich kann dir nur eins sagen, Wiseman", fuhr er dann in seinem gewohnt polternden Ton fort. „Diese Tiertante …"

„Du weißt genau, dass sie Jane heißt."

„… hat dir verdammt gutgetan. Du bist fast wieder zum Menschen geworden, seit du in Mousehole gewohnt hast. Du solltest dir gut überlegen, ob du das einfach in den Sand setzt. Ich meine, Noah ist ein verdammt schnuckeliger Bursche. Als ich mich damals mit Eve getroffen habe, weil sie deine Nummer wollte, hat er die Kellnerin in dem Café so derartig um den Finger gewickelt …"

„Ja, ich weiß. Ich war mit ihm auch schon in Cafés."

„Gut. Hat Jane ihn denn schon kennengelernt?"

„Nein."

„Warum nicht? Ich meine, er gehört ja bald …" Morrison unterbrach sich und stieß einen leisen Pfiff aus. „Sie weiß es gar nicht, stimmt's?"

„Verdammt, Morrison, natürlich weiß sie, dass ich einen Sohn habe und deshalb erst mal hier in …"

„Red keinen Mist, Wiseman, dafür kenne ich dich viel zu gut", unterbrach Morrison mich. „Du hast ihr nicht erzählt, dass Eve bald sterben wird und du dann alleinerziehender Vater bist, und das bedeutet, dass sie euch nur im Doppelpack bekommt. Stimmt's?"

„Hör zu Morrison, ich muss jetzt aufhören. Ich bin an der Kinderkrippe angekommen und …"

Ich fluchte innerlich. Morrison war laut, barsch und ein knallharter Geschäftsmann, aber er überraschte mich immer wieder damit, wie genau er mich kannte und wie gut er mich durchschaute. Besser, als mir lieb war.

„Rick … Tu mir einen Gefallen! Spiel nicht schon wieder den Vollidioten und ruiniere dein Leben, weil du Angst vor unangenehmen Auseinandersetzungen hast."

„Habe ich nicht!" Hatte ich wohl. Ich hatte schlicht

Angst, Jane zu verlieren, wenn ich ihr die ganze Wahrheit sagte.

„Gut, dann warte nicht, bis aus der Sache ein unüberwindlicher Berg geworden ist. Was kann schon passieren, wenn du ihr reinen Wein einschenkst? Du kannst sie höchstens verlieren, was auf jeden Fall passiert, wenn du sie weiter im Unklaren lässt. Du hast hier auf einen Schlag zwei Riesenchancen bekommen, obwohl man darüber debattieren könnte, ob du sie verdient hast. Und du trägst jetzt Verantwortung für mehr als nur für dich selbst. Vermassel das nicht." Er machte eine kleine Pause. „Ich weiß nicht, ob ich Lust habe, dich noch mal aus deinem Selbstmitleidsloch zu ziehen."

„Das brauchst du nicht, Morrison, und ich bin jetzt wirklich bei der Krippe." Ich machte eine kleine Pause, weil seine offenen Worte etwas in mir gelöst hatten, was schon die ganze Zeit geschwelt hatte. Er hatte mich auf eine Idee gebracht. „Ich ruf dich heute Abend an. War das … mit der Nanny ernst gemeint?"

„Das klingt schon besser, Wiseman. Ja, war es, und ich bin den ganzen Abend im Büro."

Ich sah durch die Scheibe der Kinderkrippe Noah, der selbstvergessen in der Mitte des Raums auf einem Spielteppich saß und aus Bauklötzen ein Haus gebaut hatte, in dem zwei Playmobil-Figuren saßen. Vor dem Haus standen eine Kuh und ein Pferd und ein Hund. Und daneben eine kleine Playmobil-Figur.

Während ich dastand und ihn beobachtete, hob er plötzlich den Kopf, drehte ihn zum Fenster und blickte direkt in meine Augen. Als er mich erkannte, blieb er noch einen Moment ruhig sitzen und lächelte. Dann stand er hastig auf und lief zur Tür des Raums, die auf den Flur führte. Ich hörte durch die offene Fensterklappe, wie er in Richtung der Erzieherin rief: „Papa! Mein Papa ist da!"

Ich stieg vom Fahrrad und ging zur Haustür, während ich einen Entschluss fasste. Morrison hatte recht, ich durfte das nicht vermasseln. Und das würde ich auch nicht.

***

Ich spürte ein aufgeregtes Kribbeln in der Magengrube, als ich den Jaguar durch die letzte Kurve lenkte. Ich hatte auf dem Weg von London nach Mousehole mindestens zehnmal bei der Nanny angerufen, um mich zu vergewissern, dass es Noah wirklich gut ging. Schließlich war die Frau so genervt gewesen, dass sie das Handy gleich an Noah weitergegeben hatte, der mir mit ernster Stimme versichert hatte, dass Sue, die junge Frau, die mir Morrison empfohlen hatte, ihre Sache wirklich gut machte. Natürlich drückte er das etwas anders aus. „Wir machen einen Zoo mit Tieren aus Papier, Papa."

Sue war Japanerin, und verstand offenbar nicht nur etwas von Kindern, sondern auch von Origami. Ich machte mir eine Notiz, mir auf YouTube eine Sendung herauszusuchen, wie man Papier faltete. Aber das trat hinter das Gefühl zurück, das er ausgelöst hatte, als er Papa sagte. Ich antwortete ein bisschen zusammenhanglos: „Das ist ja toll, und ich bin morgen früh auch wieder da, und einen Zoo aus Papiertieren find ich klasse, und wenn du Lust hast, dann nehme ich dich bald mal mit in einen Zoo mit echten Tieren, und wenn etwas ist, dann könnt ihr mich jederzeit anrufen."

Nach einer kleinen Pause antwortete Noah ganz ruhig und sachlich: „Ja, aber du rufst ja immer an, Papa."

Auf dem Rest des Weges verzichtete ich auf weitere Anrufe, behielt das Handy aber stets im Blick, nur für alle Fälle.

Doch je näher ich der *Animal Farm* kam, desto häufiger dachte ich an Jane und stellte mir ihr Gesicht vor, wenn ich plötzlich vor ihr auftauchen würde. Ich hatte mir nicht genau überlegt, was ich ihr sagen wollte, wenn wir uns sahen, als ich losfuhr, aber je mehr Gedankenspiele ich versuchte, desto klarer wurde mir, dass die ganze Sache eigentlich ganz einfach war.

Morrison hatte recht gehabt.

Ich würde ihr die ganze Wahrheit erzählen, von Eve, von ihrer Krankheit, von der Tatsache, dass Noah mein Sohn war und ich für den Rest meines Lebens für ihn verantwortlich sein würde, und das auch sein wollte, weil er wunderbar war, und dass ich sicher war, dass sie das genauso sehen würde, wenn sie ihn erst kennenlernte, und ich unbedingt wollte, dass sie ihn kennenlernte, weil ich sie liebte und mir ein Leben ohne sie einfach nicht vorstellen wollte.

Als mir diese Gedanken durch den Kopf schossen, traten mir wieder die Tränen in die Augen, aber diesmal nicht vor Rührung oder aus Selbstmitleid oder so, sondern weil mein Gefühl mich überwältigte. Ich hatte so etwas wie für Jane noch nie für eine Frau empfunden, auch nicht für Eve. Und trotz aller Schwierigkeiten, die ich auf uns zukommen sah, wusste ich, dass sie die Richtige für mich war. Das Problem war, ihr klarzumachen, dass ich auch der Richtige für sie war.

Und das ging nur von Angesicht zu Angesicht und mit absoluter Ehrlichkeit. Ich wusste selbst im Moment nicht so genau, wie wir das schaffen sollten, aber ich war sicher, dass wir es schaffen würden, wenn wir es wollten. Und diese Unsicherheit musste ich hier ebenso zeigen wie die Echtheit meines Gefühls zu ihr.

Ich würde vor sie treten und ihr mein Herz hinhalten. Sie musste entscheiden, ob sie es nahm oder nicht.

Moment, Wiseman, das ist es! Das ist ein perfekter Schluss für den letzten Song.

Ganz gegen meine Gewohnheit hielt ich nicht sofort an, um die Idee aufzuschreiben, weil mir klar war, dass das nicht nötig war. Das war nichts, was ich mir ausdachte, sondern das war etwas, was ich wirklich erlebte. So etwas vergaß man nicht zwischen zwei Drinks.

Dann kam die Hügelkuppe und die *Animal Farm* tauchte vor mir auf. Ich schluckte und warf einen Blick in den Rückspiegel. Ich war rasiert, einigermaßen frisiert und nur meine geröteten Augen zeigten, dass die letzten Tage und Stunden nicht spurlos an mir vorbeigegangen waren.

Meine Aufregung wuchs, als ich auf das Gelände einbog und direkt zum Herrenhaus fuhr. Und ebenso meine Vorfreude. Ich wusste, dass ich mich in meinem Gefühl nicht täuschte, und ich wusste auch, dass Jane mir ihre Gefühle nicht vorgespielt hatte. Ich war sicher, dass unsere Empfindungen füreinander reichten, um diese Situation zu bewältigen. Wir mussten einfach nur richtig miteinander reden.

Ich hielt vor dem Haus, schaltete den Motor aus und stieg aus dem Wagen. Ich sah mich um, aber Janes kleiner Jeep war nirgendwo zu sehen. Möglicherweise war ja M damit unterwegs. Vor dem Wildparkbüro standen Tom und eine ehrenamtliche Mitarbeiterin und plauderten. Tom hob grüßend die Hand, während die Ehrenamtliche nur an ihrer Zigarette zog und mich ausdruckslos anstarrte.

Ich ließ mich nicht irritieren, sondern joggte die Stufen zum Herrenhaus hoch und hob die Hand, um zu klopfen, während ich gleichzeitig nach der Klinke griff.

Die Tür schwang nach innen auf und nur meiner schnellen Reaktion war zu verdanken, dass ich Margery nicht mit den Knöcheln auf die Stirn klopfte.

Bevor ich dazu kam, irgendetwas zu sagen, verschränkte sie ihre kräftigen Arme, kniff die Augen zusammen und blähte die Nasenflügel. „Was wollen Sie denn hier? Haben Sie was vergessen?"

Okay. Wahrscheinlich würden Ms Margery und ich in diesem Leben keine ziemlich besten Freunde mehr werden, aber ich war bereit, das in Kauf zu nehmen. Und ich wollte mich nicht entmutigen lassen, bevor ich auch nur Hallo gesagt hatte.

„Hallo, Margery. Ich freue mich auch, Sie zu sehen. Und ich habe tatsächlich etwas vergessen! Ich wollte mit Jane reden …“

„Sie ist nicht da.“

Es waren weniger die Worte, als der süffisant triumphierende Unterton, die mich ernüchterten.

In den verschiedenen Szenarien, die ich durchgespielt hatte, war mir diese Möglichkeit nicht in den Sinn gekommen.

„Okay, dann warte ich eben. Wann kommt sie denn zurück?“

„Das weiß ich nicht, und außerdem würde es Ihnen auch nichts nützen, wenn Sie hier warten. Sie will nicht mit Ihnen reden.“ Sie machte eine Pause und schnaubte verächtlich. „Ich wüsste auch nicht, welchen Grund sie dafür haben sollte. Wenigstens hat sie jetzt endlich Vernunft angenommen. Ich habe ihr ja schon von Anfang an gesagt …“

„Margery, ich weiß, dass Sie mich nicht mögen.“ Ich hob die Hand, als sie etwas erwidern wollte. „Ich kann mir ungefähr denken, woran das liegt. Aber ich werde nicht zulassen, dass Sie deshalb mein und Janes Leben ruinieren. Ich bin sicher, dass Jane mich anhören wird, wenn ich sie um ein Gespräch bitte, und deshalb …“

„Wenn einer Janes Leben ruiniert, dann sind Sie das!“, unterbrach mich Margery. „Und das hat nicht das Geringste mit mir zu tun. Auch wenn ich sehr genau weiß, wie es ist, wenn man einen Mann liebt, der eine Familie mit einer anderen Frau hat!“ Sie presste die Lippen zusammen, als hätte sie schon zu viel gesagt. „Jedenfalls werde ich alles tun, um Jane dieses Schicksal zu ersparen.“

Ich musste mich zusammenreißen, um sie nicht wütend anzuschreien. Aber mir war klar, dass ich sie damit nur noch verstockter machte.

„Halten Sie es nicht auch für besser, wenn Jane das selbst entscheidet?"

„Das hat sie schon, als Sie ihr von Ihrem Sohn erzählt haben und dann zu dessen Mutter zurückgelaufen sind!"

„Ich bin nicht …!" Ich unterbrach mich. So kamen wir nicht weiter. „Wenn Sie sich da so sicher sind, dann gehen Sie ja kein Risiko ein, wenn Sie mir sagen, wann Jane zurückkommt, damit ich sie um ein Gespräch bitten kann, richtig?"

Margery hatte die Fäuste so fest geballt, dass ihre Knöchel weiß hervortraten, und ich hatte den Eindruck, dass sie sich fast die Luft abdrückte, so verkrampft verschränkte sie die Arme vor ihrer Brust.

„Ich sagte Ihnen ja schon, dass ich nicht weiß, wann sie zurückkommt …"

„Also gut, dann …"

„Es kann bis heute Abend dauern, weil sie …" Sie stockte kurz. „… sich mit den Investoren trifft." Sie sah mich herablassend an. „Sie nimmt ihre Verantwortung für andere Menschen und ihre Mitarbeiter und die Tiere hier sehr ernst, Mr Wiseman. Unzuverlässige Menschen haben hier keinen Platz."

Ich ignorierte diese nicht gerade subtile Spitze, und musterte Margery scharf. Ich war sicher, dass sie log, was Janes Verabredung anging, aber natürlich konnte ich ihr das nicht beweisen. Bevor ich auch nur Luft holen konnte, um etwas zu sagen, sprach Margery weiter, zufrieden, dass ihre Botschaft angekommen war.

„Und Sie können nicht den ganzen Tag hier herumlungern. Das würde Jane nicht wollen, und ich werde das nicht erlauben."

Mir lag auf der Zunge, ihr zu sagen, dass ich immer noch Janes Mieter war und in meinem Cottage auf Jane warten konnte, ohne dass Margery etwas dagegen tun konnte. Aber dann würde ich heute nicht mehr nach London zurückfahren können, und ich hatte Noah versprochen, dass ich heute Nacht wieder da sein würde. Ich hatte direkt mit Jane sprechen wollen, aber vielleicht konnten wir ja auch anders ein Treffen vereinbaren.

„Gut." Ich trat einen Schritt von der Tür zurück. „Ich werde Jane eine Notiz schreiben, die sie lesen kann, wenn sie zurückkommt. Ich lege sie ihr auf den Schreibtisch. Sagen Sie ihr bitte, dass ich da war und sie sprechen wollte." Als ich Margerys abweisende Miene sah, hob ich eine Braue. „Wenn Ihnen das nicht recht ist, kann ich auch gerne im Cottage warten, bis sie zurückkommt." Ich spekulierte darauf, dass es ziemlich sicher war, diesen Trumpf auszuspielen, wenn Margery so froh war, mich so schnell wie möglich wieder loszuwerden. Und immerhin konnte Jane selbst entscheiden, ob sie diesen Brief las oder nicht. Das sagte ich auch dem Cerberus.

Margery schnaubte verächtlich, nickte dann aber. „Wenn Sie sich die Mühe machen wollen", erwiderte sie. „Ich bin ziemlich sicher, dass der Brief ungesehen im Schredder landet!"

„Ich denke, auch das überlassen wir Jane."

Margery nickte wieder. Als ich mich umdrehte, um zum Cottage zu gehen und die Notiz an Jane zu verfassen, hielt sie mich mit einem Räuspern auf, als ich die letzte Stufe hinuntergegangen war.

„Sie brauchen sich nicht die Mühe zu machen, ins Haus zu kommen. Sie können klopfen und den Brief hier auf das Tischchen legen, bevor Sie fahren", sagte sie mürrisch und deutete auf einen verwitterten, dreibeinigen Tisch neben der Tür.

„Danke, Margery, aber das ist keine große Mühe für mich, und ich will Ihre Dienste auch nicht über Gebühr strapazieren", erwiderte ich. Dann hatte ich plötzlich eine Eingebung und ging noch mal die Stufen zur Tür hoch. „Es tut mir wirklich leid, dass Sie so wenig von mir halten, M. Vielleicht ändert sich das ja, wenn Sie mich erst ein bisschen besser kennenlernen.“

Ich überlegte, ob ich ihr meine Hand reichen sollte, sozusagen als Friedensangebot, aber ihre nächsten Worte machten das überflüssig.

„Nicht, dass Sie mich missverstehen, Mr Wiseman. Es geht nicht um Sie. Es geht um Jane. Sie sind nicht gut für sie. Das weiß sie mittlerweile auch, und deshalb glaube ich auch nicht, dass wir Gelegenheit bekommen, uns kennenzulernen.“

„Das wird sich zeigen, Margery.“ Ich zwang mich zu einem Lächeln, obwohl ich innerlich kochte. Ich glaubte nicht, dass sie recht hatte, aber mir war klar, dass sie Jane gegen mich aufstachelte. Umso wichtiger war es, dass Jane und ich miteinander redeten.

Margery schloss ohne einen weiteren Kommentar die Tür, und ich ging ins Cottage, um den Brief an Jane zu schreiben. Ich brauchte nur einen Entwurf und schaffte es, mich auf das Wichtigste zu beschränken.

Dass ich sie liebte, dass ich mit ihr leben wollte und dass ich glaubte, dass wir es schaffen konnten, wenn wir nur miteinander redeten und ehrlich miteinander wären. Ich versprach ihr, sie nicht zu behelligen oder mit Anrufen zu bombardieren, sondern darauf zu warten, dass sie sich bei mir meldete, wenn sie bereit wäre, sich mit mir zu treffen.

Ich faltete das Blatt Papier, steckte es in einen Briefumschlag, klebte ihn zu und schrieb Janes Namen darauf und darunter „von Rick – dringend und persönlich“.

Dann ging ich zum Haus zurück, klopfte an die Tür und trat ein, als niemand antwortete.

„Margery?“

Niemand war da, nicht einmal Joey, also hatte Margery zumindest nicht gelogen, und Jane war wirklich weggefahren. Ich stellte mir vor, wie sie die Investoren für die *Animal Farm* einnehmen wollte, wenn Joey die ganze Zeit um sie herumsprang, und musste grinsen. Aber ich machte mir keine Sorgen – Jane würde das schon schaffen.

Ich überlegte, wo ich den Brief deponieren sollte, außer Reichweite von Margery, der ich nicht traute. Ich ging durch die Eingangshalle hinaus und in Janes Büro neben dem Kassenhäuschen. Die beiden Mitarbeiter waren mittlerweile verschwunden. Dort legte ich den Brief gut sichtbar auf den mit Akten, Dokumenten, Medikamenten für Tiere und Werbeprospekten für die *Animal Farm* überhäuften Schreibtisch.

Dann blieb ich noch einen Moment stehen und drehte mich einmal um meine eigene Achse, um die Atmosphäre aufzusaugen. Alles in diesem Raum atmete Jane aus, angefangen von den Patchworkdecken auf der kleinen Lederliege in der Ecke, die fein säuberlich sortierten Aktenordner der *Animal Farm*, die sie aus dem Chaos gerettet hatte, das William ihr hinterlassen hatte, bis zu den ziemlich wild aussehenden Masken an der Wand, die sie aus ihrer Zeit in Namibia mitgebracht hatte.

Dann fiel mein Blick auf eine Schneekugel, die eine Miniatur von St. Michael Mount zeigte, einem der Wahrzeichen von Cornwall, zusammen mit einem etwas kitschigen Pärchen vor dem Schloss. Es war ein typisches Touristen-Souvenir, und Jane war eigentlich nicht der kitschige Typ. Dass sie sie aufbewahrte, zeigte aber, dass sie ihr etwas bedeuten musste.

Jetzt nahm ich sie in die Hand und blickte auf den Schriftzug am Fuß der Kugel.

„My a'th kar" stand da über einem kleinen gebogenen Messingschild am Fuß der Kugel mit der Aufschrift „St. Michael Mount".

Ich vermutete, dass dieser Text der Grund war, warum Jane die Kugel aufbewahrte. Vielleicht war sie ein Geschenk von ihrem Vater gewesen. Ich überlegte kurz, ob ich es riskieren wollte, sie einfach für meine Zwecke zu gebrauchen, ohne zu wissen, was genau sie für Jane bedeutete. Aber sie war perfekt, weil sie genau das ausdrückte, was ich sagen wollte. Und wenn Jane ebenso empfand, würde sie es verstehen. Wenn nicht, spielte es ohnehin keine Rolle.

Ich schüttelte die Kugel und stellte sie auf den Brief.

„My a'th kar", sagte ich leise und ohne mich um die korrekte Aussprache zu kümmern. Mir war nur die Bedeutung der Worte wichtig.

Ich liebe dich.

21
JANE

Vorsichtig näherte ich mich dem Eingang des Reptilienhauses, zog leise die Tür auf und spähte hinein. Sofort schlug mir feuchtwarme Luft mit dem typischen Geruch nach Sumpf, Wasserpflanzen und Tier entgegen. Von hinten sah ich Charly, die seit gestern offiziell Praktikantin auf der *Animal Farm* war, in T-Shirt, Shorts und Gummistiefeln neben Margery auf dem Boden zwischen den Terrarien knien.

„Sehr gut machst du das", hörte ich ein seltenes Lob von Margerys Lippen.

„Der ist ja richtig zutraulich", sagte Charly verzückt.

Als ich langsam die Tür hinter mir zuzog, schaute Margery, die mit dem Gesicht in meine Richtung hockte, zu mir hoch und gab mir mit Blicken zu verstehen, dass ich ruhig näherkommen konnte. Als ich behutsam einen Fuß vor den anderen setzte und schließlich neben den beiden zum Stehen kam, sah Charly strahlend zu mir hoch.

„Guck mal, Jane? Wir haben Williams Wunde versorgt. Er hat sich mit Henry angelegt." Sie hielt den großen Grünen Leguan mit einer Hand, die in einem Veterinärhandschuh aus Leder steckte, unter dem Bauch fest. Mit der anderen, die nicht durch einen Handschuh geschützt war, fütterte sie ihn mit einer Banane. Vorsichtig biss er ein Stück ab, kaute genüsslich und machte keine Anstalten, von dem Schoß des Mädchens zu fliehen.

„Die zwei haben sich um Ginny gezankt", erklärte Margery. „Es war aber halb so wild, William hat nur eine kleine Wunde, die wir mit Salbe versorgt haben."

Ich ging neben Charly in die Hocke. „Hast du schon Erfahrung mit Reptilien?", fragte ich erstaunt, dass sie vollkommen furchtlos schien.

„Nein“, erwiderte sie, „aber ich mag einfach alle Tiere. Und William war mir gleich sympathisch, weil M mir erklärt hat, dass er auch Vegetarier ist.“ Sie grinste.

„Stimmt, aber von unserer Gemüselasagne bekommt er nichts ab, oder?“ Ich legte den Kopf schief und sah sie fragend an.

„Lasagne? Mhm, klingt super, ich hab einen Bärenhunger.“ Sie massierte dem Leguan jetzt liebevoll den Nacken. Mir wurde bewusst, wie verspannt meine eigenen Nackenmuskeln waren, und unwillkürlich beneidete ich das Tier, das an einen kleinen Dinosaurier erinnerte. Unwillkürlich wanderten meine Gedanken von der Nackenmassage wieder einmal zu Rick. Was machte er wohl gerade? Brachte er vielleicht seinen Sohn ins Bett und spielte den Krankenpfleger für seine Ex?

„Du kannst ihn jetzt ins Terrarium zurückbringen. Ich denke, er ist gut versorgt und kann sich erholen“, hörte ich Margery sagen.

Ich schüttelte den Kopf, um die Gedanken zu vertreiben, die mich nur trübsinnig stimmten, und beobachtete, wie Charly vorsichtig aufstand und das orangegrün gefleckte Reptil in das weitläufige Terrarium setzte. William sah sich noch einmal nach ihr um und erklomm dann flink einen Baumstamm. Oben angekommen, senkte er langsam den Kopf, hob ihn dann abrupt an und nickte ein paarmal schnell hintereinander.

Charly lachte. „Ist das seine Art, sich von mir zu verabschieden?“

Margery trat neben sie. „Nein, das ist seine Art zu signalisieren, dass das sein Revier ist. Manchmal nickt er aber tatsächlich auch einfach nur, um Hallo zu sagen.“ Sie drehte sich zu Charly um. „Du kannst jetzt Feierabend machen, Charly. Morgen früh um halb sieben sehen wir uns zum Futterausfahren.“

„Alles klar.“ Charly schlurfte in ihren großen Gummistiefeln zu mir herüber. „Wollen wir gehen, Jane?“

Ich nickte und wandte mich dann noch kurz an Margery. „Willst du vielleicht mit uns Lasagne essen, M?“

Margery winkte ab. „Ich hab noch ein paar Dinge zu erledigen und mach mir nachher meinen Eintopf von gestern warm. Der muss weg.“

„Okay, ich wünsch dir einen schönen Abend.“ Ich legte Charly eine Hand auf die Schulter und ging mit ihr zur Tür.

„Tschüss, M!“, rief sie.

„Bis morgen, Charly.“

Draußen stand mein Tretroller. Wie Rick es mit mir gemacht hatte, lud ich nun seine Nichte zu einer Fahrt zu zweit ein. Charly stellte sich zwischen meine Arme, hielt sich am Lenker fest und juchzte vor Vergnügen, als ich uns mit kräftigen Stößen an Papageienhaus und Lemurengehege vorbei zum Herrenhaus brachte. Ein wehmütiges Lächeln schlich sich in mein Gesicht. Ich freute mich, dass Charly sich so amüsierte, und zugleich verzehrte ich mich vor Sehnsucht nach Rick. Bis vor einigen Tagen hatte er mehrmals versucht, mich anzurufen, doch ich war nicht rangegangen. Er hatte einen Sohn, Herrgott noch mal! Das änderte alles. Und eine kranke Ex-Freundin, die hoffentlich bald wieder gesund sein würde, aber trotzdem! Das Kind würde ab jetzt eine wichtige Rolle in Ricks Leben spielen. Sicher wollte er in seiner Nähe wohnen und nicht in einem Tierpark fast fünfhundert Kilometer entfernt.

Als ich vor dem Haus hielt, zwang ich mich, die Gedanken an Rick zu vertreiben.

„Das war mega, Jane“, schwärmte Charly und sprang vom Trittbrett. „Eigentlich viel lustiger als diese blöden Elektroroller. Und umweltfreundlicher“, fügte sie altklug hinzu.

Drinnen wurden wir wie immer stürmisch von Joey begrüßt. Er freute sich von uns allen am meisten über Charlys Rückkehr, was ich ihm nicht verübeln konnte. In dem hektischen Alltag auf der *Animal Farm* kam er manchmal ein bisschen zu kurz, und Charly schenkte ihm nicht nur Aufmerksamkeit und ging mit ihm spazieren, sondern forderte ihn. Sie übte regelrecht Kunststücke mit ihm ein, und dafür liebte er sie. Es war für ihn wie ein Spiel. Auch jetzt stand er sofort parat und sah Charly erwartungsvoll an. Die enttäuschte ihn nicht und imitierte mit Zeigefinger und Daumen eine Pistole. „Peng", sagte sie, und sofort warf sich der kleine Terrier auf die Seite und spielte „Toter Hund". Ich lachte. „Na, wenn ihr so weiter macht, könnt ihr bald auftreten, ihr zwei."

„Das wäre soooo cool", antwortete Charly zu meiner Überraschung. Ich hatte das eigentlich nur so daher gesagt.

„Ach ja? Wo würdest du denn mit Joey auftreten wollen?", fragte ich auf dem Weg in die Küche.

„Beim Dog Dance Wettbewerb", erklärte sie.

„Dog Dance? Nicht dein Ernst."

„Doch, warum nicht? Das ist super!", beharrte sie und hielt mir einen Vortrag darüber, wie viel Spaß Hund und Frauchen dabei hätten, eine Kür zur Musik einzuüben, bei der sie umeinander herumtänzelten. Ich war im Internet einmal zufällig auf ein Youtube-Video eines solchen Wettbewerbs gestoßen und hatte staunend zugesehen, wie Frauen und Mädchen mit ihren Hunden vor einer Jury über eine Gymnastikmatte tanzten. Charly und Joey würden mit Sicherheit ein bezauberndes Paar abgeben.

Ich stellte Teller und Gläser auf den Tisch und bat Charly, Besteck herauszuholen.

„Du klingst, als hättest du schon ein Turnier im Auge."

Sie errötete. „Ja, na ja, ich dachte, wenn ich schon hier bin und Joey doch auch so viel Spaß daran hat, könnten wir vielleicht mal an so was teilnehmen.“ Sie holte tief Luft. „In Bath ist in zwei Wochen eine Veranstaltung, und ich hatte gehofft, Onkel Rick könnte mich hinbringen. Aber … na ja, jetzt mit Eve …“

Ich räusperte mich und holte in einer Übersprunghandlung die Lasagne aus dem Ofen, die eigentlich noch nicht ganz fertig sein konnte. „Was ist denn mit Eve?“, fragte ich möglichst beiläufig, während ich prüfte, ob die Nudelplatten weich genug waren. Natürlich nicht. Also schob ich die Form zurück in den Ofen und setzte mich wieder an den Tisch zu Charly, die etwas unsicher an dem roten Nagellack auf ihren Fingernägeln herumzupfte.

„Na ja, du weißt doch, dass sie krank ist, oder?“, erwiderte Charly.

„Ja?“

„Also so richtig schlimm krank.“

„Wie schlimm denn?“, hakte ich nach.

Entweder wusste Charly von … was auch immer das zwischen Rick und mir gewesen war – oder sie spürte instinktiv, dass meine Fragen über das normale Interesse einer guten Bekannten hinausgingen. Jedenfalls fühlte sie sich sichtlich unwohl. Das tat mir zwar leid, aber ich wollte unbedingt wissen, was mit Eve war. „Also, Mum meinte, ähm, dass Eve … also, dass sie …“

„Ja?“, drängte ich. Hatte sie wirklich eine schlimme Krankheit? Oder waren die beiden einfach nur wieder zusammen? Hatte er vielleicht deshalb keine Zeit mehr für seine Nichte?

„Dass sie bald stirbt“, stieß sie schließlich hervor.

Ich sah sie entsetzt an. Bei Rick hatte es sich angehört, als hätte Eve eine Grippe oder so was. Er hatte nicht einmal andeutungsweise davon gesprochen, dass sie ernsthaft krank wäre. Ich schämte mich, weil ich gedacht hatte, die zwei wären vielleicht wieder zusammen.

Da ich immer noch nicht sicher war, wie viel Charly von uns wusste, riss ich mich am Riemen. „Wie schrecklich. Das tut mir sehr leid.“

„Ja, der arme Ricki, sie hat Krebs. Jetzt ist Rick bald alleinerziehender Vater, dabei weiß er doch erst seit ein paar Wochen, dass er überhaupt einen Sohn hat. Schon alles ziemlich verrückt, oder?“

Würde sie mir das alles so offen erzählen, wenn sie von Rick und mir wüsste? Egal, das war nun wirklich vollkommen unwichtig.

„Ja, total“, antwortete ich mechanisch auf ihre Frage.

„Aber Noah ist supersüß“, schwärmte sie, doch ich hörte nur mit halbem Ohr zu, während sie erzählte, wie gut Rick sich als Vater machte und dass er und Noah schon ein richtig tolles Team seien.

„Das ist toll.“ Ich lächelte etwas bemüht, stand auf, schenkte mir ein Glas Rotwein ein und nahm einen großen Schluck.

„Ich kann mir gar nicht vorstellen, dass Eve bald nicht mehr da ist“, fuhr sie nach einem Moment fort. „Wie das wohl ist, wenn man weiß, dass man nur noch wenige Wochen zu leben hat? Ich glaube, da würde ich lieber überraschend bei einem Unfall sterben. Dann kann man das Leben bis dahin genießen. Und dann muss Eve sich auch noch von ihrem Kind verabschieden“, philosophierte sie weiter.

„Du hast recht“, erwiderte ich und bemühte mich, im Moment nicht darüber nachzudenken, was das für Rick und für Rick und mich bedeutete, sondern mich auf Charly zu konzentrieren. „Für Eve muss das unvorstellbar grausam sein. Aber ein Unfall ist schlimm für die, die zurückbleiben, weißt du?“ Ich zögerte, dann erzählte ich ihr von dem Unfalltod meiner Mutter und von Williams Herzinfarkt. „Wäre Eve bei einem Unfall gestorben, hätte Rick vielleicht nie erfahren, dass er einen Sohn hat."

„Das stimmt." Ihr Blick glitt an mir vorbei zum Ofen. Sie zögerte. „Meinst du, die Lasagne ist jetzt gut?"

„Oh, bestimmt." Dankbar für die Ablenkung stand ich auf und holte die Auflaufform aus dem Ofen. Der verführerische Geruch von geschmolzenem Käse stieg mir in die Nase, doch ich fürchtete, dass ich kaum einen Bissen herunterbekommen würde. Da ich aber nicht wollte, dass Charly merkte, wie sehr mir ihre Geschichte auf den Magen geschlagen war, füllte ich mir ebenfalls eine kleine Portion auf.

Beim Essen stellte Charly mir noch ein paar Fragen zum Tierpark und einzelnen Bewohnern. Es war toll, dass sie sich hier schon so gut auskannte. So war sie tatsächlich eine richtige Hilfe für die *Animal Farm*, insbesondere für Margery.

Nachdem wir die Küche aufgeräumt hatten, sahen wir noch eine Folge von *Mrs Marvel*, wobei meine Gedanken immer wieder zu Rick abschweiften. Ich grämte mich, weil ich nicht mehr Verständnis für ihn gezeigt und ihn in dieser schwierigen Situation allein gelassen hatte. Hätte ich nicht so kühl reagiert, hätte er mir womöglich auch von dem ganzen Ausmaß des Dramas erzählt. Sollte ich ihn anrufen? Aber was sollte ich ihm sagen?

„Wenn du wählen könntest, welche Superkraft hättest du dann am liebsten?", riss Charly mich aus meinen Gedanken.

„Ich würde mich gern beamen könnten", sagte ich, ohne nachzudenken. Dann könnte ich mich jetzt nach London beamen und nach Rick sehen, dachte ich.

„Ah, stimmt, das wäre nicht schlecht. Für einen Abend nach New York oder Paris", spann Charly meinen Gedanken weiter.

„Und du?“, fragte ich. „Welche Superkraft hättest du gern?“

„Alsoooo“, sie tippt sich nachdenklich mit dem Finger an die Lippe, „ich glaube, Fliegen fände ich schon cool. Das ist ja fast wie beamen, aber man kann das Tempo selbst bestimmen und auch kürzere Strecken zurücklegen oder Leute unauffällig von oben beobachten.“

Nachdem wir noch ein bisschen über Superkräfte geplaudert hatten, gingen wir ins Bett. Ich bekam jedoch kein Auge zu. Wie in einer Schleife fragte ich mich immer wieder, warum Rick mir nicht die ganze Wahrheit gesagt hatte, und machte mir Vorwürfe, dass ich zu harsch gewesen war. Dass ich zu wenig Verständnis gezeigt hatte, und ich machte mir Sorgen um ihn. Wie kam er mit diesen ganzen Herausforderungen zurecht? Schließlich musste er ja auch noch die Songs für das Musical schreiben.

Wenn ich jedoch überlegte, mich bei ihm zu melden, fragte ich mich unwillkürlich, wo in diesem Leben jetzt noch Platz für mich oder für uns war. Er in London, ich in Mousehole, ein kleines Kind, eine schwer kranke Frau – wie um alles in der Welt sollten die zarten Bande, die sich gerade zwischen uns gebildet hatten, diesen Umständen standhalten?

Schließlich musste ich doch eingeschlafen sein, denn als ich die Augen aufschlug, graute vor meinem Schlafzimmerfenster der Morgen. Es war jedoch erst fünf Uhr, und ich fühlte mich vollkommen zerschlagen. Ich drehte mich noch eine Weile von einer Seite auf die andere, doch um halb sechs gab ich auf und ging in die Küche, um mir einen Tee zu brühen.

Während ich darauf wartete, dass das Wasser kochte, blickte ich aus dem Fenster, und meine Gedanken stiegen nahtlos wieder in das Karussell ein, das sich schon die ganze Nacht in meinem Kopf gedreht hatte.

„Hallo, guten Morgen, Jane."

Ich erschrak dermaßen über Margerys Begrüßung, dass ich buchstäblich vor Schreck ein Stück in die Luft sprang. Dabei wusste ich eigentlich, dass Margery um diese Zeit oft schon auf den Beinen war.

„Meine Güte, bist du schreckhaft", bemerkte sie auch sofort.

„Was musst du dich auch so anschleichen?", blaffte ich zurück, woraufhin sie mich leicht irritiert ansah.

Ich wandte mich wieder meinem Tee zu und füllte die losen Blätter in eine Kanne, wobei ich die Hälfte daneben schüttete und vor mich hin fluchte.

Margery beobachtete mich forschend, sagte jedoch nichts. Vermutlich spürte selbst sie, dass mit mir heute Morgen nicht gut Kirschen essen war.

Im nächsten Moment stürmten Charly und Joey in die Küche. Charly sah hinreißend aus, noch etwas müde um die Augen, das Haar irgendwie zu einem Dutt auf dem Kopf zusammengebunden und in T-Shirt und Latzhose, deren einer Träger lose nach unten hin. Was vermutlich Absicht war, denn das hatte ich schon bei anderen jungen Mädchen gesehen. Meine Güte, warum waren die zwei schon so früh wach?

„Was wollt ihr denn schon hier?", fragte ich barscher als beabsichtigt.

„Ich soll doch M beim Futterverteilen helfen. Das geht früh los."

„Ganz genau." Margery nickte zufrieden.

„Also, Leute, das ist mir hier heute Morgen zu viel Trubel", sagte ich und schnappte mir ein Tablett, auf das ich die Teekanne, einen Becher und etwas Milch und Kandis stellte.

Wieder musterte Margery mich mit ihrem Röntgenblick. „Ist alles in Ordnung, Jane? Du bist etwas blass um die Nase."

„Ja, ja, mir geht's gut", antwortete ich ein bisschen zu schnell, und Margery schien wenig überzeugt. „Ehrlich", fügte ich darum mit Nachdruck hinzu. „Ich hab nur schlecht geschlafen, das ist alles."

Ich wandte mich an Charly. „Ich wünsch euch viel Spaß!", sagte ich, um einen freundlicheren Ton bemüht, schließlich konnte das Mädchen nun wirklich nichts dafür. „Bis später!"

„Bis später, Jane", rief sie, während ich mit meinem Tablett bereits auf dem Weg zu meinem Zimmer war.

***

Wenn zwei Kondensstreifen am Himmel sich kreuzen, darf man sich etwas wünschen, hatte William immer gesagt. Am tiefblauen Himmel über Mousehole kreuzten sich gerade zwei Kondensstreifen. Ich blickte verträumt aus dem Fenster und überlegte, was ich mir wünschen sollte. Dass Eve nicht starb, damit Noah seine Mutter behielt und es für Rick leichter war? Dass die Liebe – konnte man überhaupt schon davon sprechen? – zwischen Rick und mir stark genug war, die schwierige Situation zu bewältigen?

Während ich über weitere Wünsche, die Ungerechtigkeit des Lebens und meine Optionen nachdachte, lösten sich die Kondensstreifen am Himmel allmählich auf und Margery klopfte ungewohnt zaghaft an die Tür. Sie wartete sogar, bis ich „Herein" rief. Mich beschlich sofort das Gefühl, dass etwas nicht stimmte. So zurückhaltend war Margery eigentlich nur, wenn etwas wirklich Schlimmes passiert war oder wenn Mrs Perfect ausnahmsweise einen Fehler gemacht hatte. Beides ließ nichts Gutes ahnen.

„Was ist los, M?", fragte ich denn auch, kaum dass sie durch die Tür war.

„Jane, ich muss etwas mit dir besprechen. Ich glaube, ich habe“, sie räusperte sich und kam langsam auf meinen Schreibtisch zu, „ich habe einen Riesenfehler gemacht.“

Da ich wusste, wie streng Margery mit anderen, aber vor allem mit sich selbst war, versetzte mich diese Aussage nicht gleich in Panik. Was in Margerys Augen ein katastrophaler Fehler war, mochte in meinen womöglich ein leicht verzeihliches Missgeschick sein.

„Na, so schlimm ist es sicher nicht, oder? Nichts, was wir nicht irgendwie wieder hinkriegen“, sagte ich darum, verlor jedoch etwas den Mut, als ich in ihr wirklich sehr zerknirschtes Gesicht sah. „Jetzt sag schon, was passiert ist, M“, drängte ich.

„Es geht um dich und … Rick Wiseman!“, platzte sie heraus, ohne mir in die Augen zu sehen.

Was? Damit hatte ich allerdings nicht gerechnet.

Sie rutschte etwas verlegen auf ihrem Stuhl hin und her und zupfte einen unsichtbaren Fussel von ihren Bermudashorts.

„Ja?“, hakte ich nach und klang jetzt weitaus ungeduldiger. „Was ist mit Rick?“

„Er war neulich hier“, stieß sie hervor, kramte einen zerknitterten Umschlag aus ihrer Hosentasche und legte ihn mir auf den Schreibtisch. „Er wollte dich sprechen, aber du warst bei dem Treffen mit *Watson*.“

„Was? Wann war das?“

Sie zögerte, doch als sie meinen ungeduldigen Blick sah, fuhr sie fort. „Daraufhin hat er dir einen Brief geschrieben und ihn dir drüben im Zoobüro auf den Schreibtisch gelegt. Unter den Briefbeschwerer von William …“ Sie zögerte. „Du weißt schon, der vom St. Michael's Mount mit *My a'th kar*.“

Ich konnte es nicht fassen. „Aber du hast den Brief an dich genommen.“ Es war keine Frage, sondern eine Feststellung.

Sie nickte. „Es tut mir wirklich sehr leid, Jane. Ich wollte dich doch nur …"

Als ich energisch meinen Schreibtischstuhl zurückschob und mir den Brief schnappte, verstummte sie. „Hör endlich auf, dich in mein Leben einzumischen, M!", zischte ich. Ich wollte ihre Entschuldigung nicht hören, ich wollte nur wissen, was in dem Brief stand, und wenn ich es wusste, in Ruhe über alles nachdenken. Rick war hier gewesen, um mit mir zu reden, um mich zu sehen! Hoffentlich nicht, um einen ordentlichen Schnitt zu machen. Aber nein, dazu wäre er in seiner Situation nicht extra hergekommen.

Mit schnellen Schritten eilte ich über den Hof, ich musste jetzt auf jeden Fall allein sein. Und wo konnte ich das besser als im Cottage? Ich lief zum Herrenhaus, schnappte mir den Schlüssel vom Nagel und ging hinüber. Vor der Tür zögerte ich kurz. Es war immer noch Ricks Cottage, aber es schien mir der richtige Ort zu sein, um seinen Brief zu lesen. Irgendwie war ich mir sicher, dass er nichts dagegen hätte.

Als ich vorsichtig die Tür öffnete, umfing mich sofort Ricks Geruch, und wie im Schnelldurchlauf spulte sich unsere Geschichte vor meinem inneren Auge ab, wobei einzelne Standbilder herausstachen.

Schließlich setzte ich mich an den kleinen Tisch und öffnete Ricks Brief.

Liebe Jane,

ja, das klingt schrecklich förmlich, ich weiß. Eigentlich meine ich „Liebste Jane", deshalb schreibe ich das jetzt auch.

Mir ist klar, wie sehr es dich geschockt haben muss, zu erfahren, dass ich einen Sohn habe. Du kannst dir deshalb vielleicht annähernd vorstellen, wie sehr mich das erst schockiert und überrumpelt hat. Ich hatte keine Ahnung von Noah, bis Eve damals in London im Hotel vor meiner Zimmertür stand, und mich um ein Gespräch gebeten hat. In dem

Gespräch sagte sie mir dann, dass Noah mein Sohn ist. Ich habe es ihr zuerst nicht geglaubt, aber mittlerweile sind alle meine Zweifel ausgeräumt.

Diese Nachricht hat mich nicht nur wegen Noah so aus dem Gleichgewicht gebracht, sondern auch unseretwegen. Ich hatte das tiefe Gefühl, dass sich zwischen uns beiden eine ernsthafte Beziehung anbahnt. Das war das Beste, was ich in den letzten Jahren gefühlt habe. Alles, was ich dir gesagt habe, ist die Wahrheit, und genauso wahr ist es, dass ich immer noch glaube und will, dass wir eine Beziehung leben können. Ich will jedenfalls mit dir leben, weil ich mir absolut sicher bin, dass ich dich liebe, und dass du die Frau bist, mit der ich mir ein gemeinsames Leben vorstellen kann. Vielleicht zweifelst du daran, vor allem wegen Noah, aber ich glaube und möchte, dass wir es auch zu dritt schaffen können – wenn wir beide es wollen.

Bitte, Jane, gib mir eine Chance, dir von Angesicht zu Angesicht zu erklären und zu zeigen, was ich für dich empfinde, und dir zu sagen, wie ich mir eine gemeinsame Zukunft für uns vorstelle, trotz der im Moment so widrigen Umstände. Falls du das anders siehst, oder deine Gefühle für mich nicht so stark sind, wie ich glaube und hoffe, möchte ich dich bitten, mir das nicht durch dein Schweigen mitzuteilen, sondern direkt und persönlich.

Ich habe kapiert, dass du nicht von mir mit SMS und am Telefon behelligt werden willst, deshalb war ich hier in Mousehole, um mit dir zu reden und dir das alles zu sagen. Du warst nicht da, deshalb dieser Brief, den ich dir auf den Schreibtisch gelegt habe (nachdem ich mich am Cerberus vorbeigekämpft habe) Margery mag mich wirklich nicht! Sie denkt, ich bin nicht gut für dich. Ich glaube das allerdings nicht.

Ich hoffe, du auch nicht. Ich weiß jedenfalls, dass du mehr als nur gut für mich bist. Du bist ein Geschenk, das man nur einmal im Leben bekommt. Und das möchte ich auf keinen Fall wegwerfen.

Was auch immer du entscheidest, ich werde es akzeptieren – wenn auch nicht kampflos!

Also, ich warte auf eine Nachricht von dir, ganz gleich, wie sie aussieht, statt dich weiter mit meinen Kontaktversuchen zu verfolgen.

Ich kann leider auf absehbare Zeit nicht zu dir nach Mousehole kommen, weil ich hier sozusagen angebunden bin. Aber ich bin hier und hoffe sehr, dass du dich bei mir meldest.

Ich liebe dich, Jane.
Wirklich und wahrhaftig.
Rick

22
RICK

„ … hold my heart in my hands, and it is for your to take, I give my heart in your hands, and feel beloved, at last.“

Der letzte Akkord verklang leise. Ich wagte nicht, die Augen zu öffnen, während ich die Kopfhörer absetzte. Bis auf das Rauschen des Blutes in meinen Ohren – mein Puls lag gefühlt bei zweihundert – herrschte in dem kleinen Raum des Studios absolute Stille. Das lag nicht nur daran, dass er schallisoliert war, sondern dass alle Anwesenden offenbar die Luft anhielten. Mich eingeschlossen.

Dann hörte ich ein scharfes Einatmen und anschließend ein rasselndes Geräusch, das ein Lachen, ein Räuspern oder eine Gerölllawine sein konnte. Ich wusste nur, dass es von Morrison kam.

„Fantastisch, Rick.“ Eine weibliche Stimme durchdrang das Rauschen in meinen Ohren. „Sie haben es hingekriegt.“

Noch bevor ich die Augen öffnete, fühlte ich eine Hand auf meiner Schulter. Ich drehte mich um, schlug die Augen auf und sah in das strahlende, eindeutig erfreute Gesicht von Grishelle Norman, der Regisseurin des Musicals, und die Person, von deren Daumen – im übertragenen Sinn – meine berufliche Zukunft abhing. Und wie es aussah, zeigte er nach oben.

„Ich …“

„Großartig, alter Junge! Wirklich großartig. Ich wusste, dass du es schaffst. Auch wenn es in letzter Zeit fast so aussah … na, egal, Schwamm drüber. Großartige Arbeit, alter Junge, wirklich großartig!“

Diese aufmunternden Worte, die von einem derben Schlag auf meine andere Schulter bekräftigt wurden, kamen aus dem Mund von Morrison. Sein Gesicht war knallrot, ob vor

Freude oder wegen des Stresses oder weil er die Luft angehalten hatte, wusste ich nicht. Und es war mir auch egal.

Mein Blick glitt zu der Frau, die neben Grishelle auf dem Ledersofa im hinteren Teil des Regieraums des Studios saß.

Britt Nix nahm ihre dicke, schwarze Designerbrille ab und strich eine Strähne ihres makellos frisierten, weißen Haares hinter ihr Ohr. Ich war mir sicher, dass ihre Coiffeuse diese Strähne genau aus diesem Grund so geschnitten hatte, dass sie ihr immer ins Gesicht glitt, wenn sie die Brille abnahm.

Sie sagte nichts, sondern bedachte mich mit einem unergründlichen Blick. Ich hob fragend eine Braue.

Sie verzog ihren linken Mundwinkel um etwa zwei Zentimeter nach oben und nickte knapp zu der Trennscheibe zum Aufnahmeraum. Dort hatten Isebell, die Hauptdarstellerin des Muscials, ihr Partner und der Backgroundchor gerade meinen letzten Song für das Musical gesungen.

Ich drehte mich um und sah durch die Scheibe.

Die Sänger umarmten sich abwechselnd, lachten und klatschten sich begeistert ab. Auch wenn es nur eine Pantomime war, wirkte ihre Freude über den Song aufrichtig.

Der Toningenieur zog einen Regler des Mischpults auf, sodass wir im Regieraum die Stimmen der Sänger direkt aus den Boxen hören konnten.

"… fantastisch, Leute. Das wird der Burner!“, rief Jake Browning, der männliche Hauptact und Partner von Isebell Mannings. „Gute Arbeit, Wiseman!“

Ich nickte und hielt ihm meinen erhobenen Daumen hin, dann drehte ich mich wieder zu den anderen im Regieraum herum.

„Wirklich gute Arbeit, Rick“, sagte Grishelle jetzt. „Aber wir sind natürlich noch nicht ganz fertig. Die Premiere ist in einer Woche, und bis dahin ist noch einiges zu tun. Wir machen jetzt gleich am besten die nächsten Termine für diese Woche.

Sie können sich darauf einstellen, dass Sie …“

Mein Handy summte in meiner Hosentasche, und ich griff unwillkürlich danach. Ich hatte für diese Audition natürlich mein Handy auf stumm geschaltet, mit zwei Ausnahmen. Ich zog das Gerät aus der Tasche und warf einen Blick darauf.

Es war nicht Jane. Und bei der Nummer, die angezeigt wurde, schlug mir das Herz bis in den Hals.

„Entschuldigen Sie, Grishelle“, unterbrach ich den Wortschwall der Regisseurin. „Ich muss da rangehen.“

„Rick steht Ihnen natürlich uneingeschränkt zur Verfügung“, sprang mir Morrison zu Hilfe, mit einem Blick, der mich auf der Stelle hätte tot zusammenbrechen lassen sollen. „Richtig, Rick?“

Ich starrte ihn fassungslos an. Er wusste doch genau …

„Rick?“ Grishelle hob eine Braue, ein Alarmzeichen, wie ich mittlerweile wusste. „Sie lassen während einer Audition Ihr Handy angeschaltet?“ Grishelles Stimme klang eisig.

Morrison verdrehte die Augen und schüttelte dann resigniert den Kopf. „Er hat in der Aufregung nur vergessen, es abzuschalten“, versicherte er der Regisseurin.

„Tatsächlich?“ Grishelle klang alles andere als überzeugt. „Aber offenbar ist der Anrufer wichtiger, als mit uns über das weitere Vorgehen zu sprechen. Und das, obwohl nur noch eine knappe Woche bis zur Premiere …!“

„Ja, Kate, was ist los?“

„Kate?“ Grishelles Stimme steuerte auf den absoluten Gefrierpunkt zu. „Er telefoniert ernsthaft mit seiner Freundin, während wir …“

„Nein, natürlich nicht, Grishelle.“ Morrison gab sich alle Mühe, die Situation zu retten, aber ich achtete nicht mehr auf ihn.

„Mr Wiseman, ich weiß, dass ich Sie nur im Notfall anrufen sollte, aber …“

„Ist etwas mit Noah?“

„Wer ist Noah?“

Die Frage kam von Britt Nix, aber sie war nicht an mich gerichtet, sondern an Morrison.

„Sein Sohn.“ Mein Agent lächelte Britt Nix an. „Er … die beiden …“

„Nein, nicht mit Noah.“ Kate zögerte. „Aber ein Doktor Walton aus dem Royal Marsden Hospital hat hier angerufen, weil man Sie nicht erreichen konnte.“

„War sein Sohn nicht der Grund, warum wir ihm diesen Aufschub gewährt haben?“ Grishelle hatte die Arme vor der Brust verschränkt und starrte mich wütend an.

„Ja, das stimmt“, sagte Morrison.

„Es geht um Eve?”, fragte ich alarmiert. „Was ist mit ihr?“

„Eve?“ Grishelles Ton wechselte von Kälte über Wut zu purem Unglauben. „Kate, Noah, Eve?“

„Vielleicht …“ Es kam nicht oft vor, dass es Morrison die Sprache verschlug, aber das war so ein Moment.

„Bitte geben Sie mir eine Sekunde“, bat ich Grishelle und Britt Nix und schob mich an den beiden Frauen und den fassungslosen Morrison vorbei aus dem Regieraum.

„Okay, Kate, was ist mit Eve?“

„Der behandelnde Arzt bittet Sie, sofort in der Klinik anzurufen. Offenbar hat sich ihr Zustand verschlechtert.“ Sie machte eine kleine Pause. „Und er hat Sie gebeten, Noah mitzubringen.“

Ich schluckte. „Ich …“ Ich kann hier nicht weg, wollte ich sagen und warf einen Blick durch die dreifachverglaste, schallisolierte Scheibe der Tür zum Regieraum. Dahinter erwiderten drei Augenpaare meinen Blick. Neugierig. Stinksauer. Verzweifelt. „Ich bin gleich da.“ Ich beendete das Gespräch, schob das Handy in die Tasche und holte tief Luft.

Okay, Wiseman. Zeit für eine Entscheidung. Mal wieder!

Ich straffte mich, öffnete die Tür zum Regieraum und trat ein.

„… auch Zeit, Wiseman! Meine Geduld ist nicht unerschöpflich …“

„Rick, ich habe Grishelle versichert, dass du auf jeden Fall …“

„Worum ging es bei dem Telefonat, Mr. Wiseman?“, fragte Britt Nix.

Ich schluckte. „Die Mutter meines Sohnes liegt im Krankenhaus“, antwortete ich auf die letzte Frage, die mit einem fast schon mitfühlenden Ton gestellt worden war, und richtete meinen Blick auf die Produzentin. „Sie hat Krebs im Endstadium und …“

„Das wissen wir ja, Wiseman, und das ist auch ganz schrecklich und zutiefst bedauerlich, aber …“

„Und?“, unterbrach Nix ihre Regisseurin ruhig. Sie hob die Hand, als Morrison etwas sagen wollte. „Moment, Morrison. Mr Wiseman?“

„Ich soll ins Krankenhaus kommen und Noah mitbringen, sagt der behandelnde Arzt.“ Ich schluckte. „Es tut mir leid, Ms Nix, aber ich kann nicht hierbleiben. Ich …“

„Natürlich nicht“, kam Britt Nix Grishelle zuvor, die bereits Luft geholt hatte, zweifellos, um mir mitzuteilen, was sie von dieser Arbeitseinstellung hielt.

„Aber Britt … Wir müssen …“

„Wir können die Termine festlegen und mit Morrison besprechen, der sie Mr Wiseman mitteilt. Ich nehme an, dass Sie nicht vorhaben, den Rest der Woche im Krankenhaus zu übernachten, Mr Wiseman?“

Natürlich hatte ich das nicht vor, andererseits wusste ich nicht, was mich dort erwartete, wenn ich hinfuhr. Das sagte ich der Produzentin auch.

„Verstehe." Sie überlegte kurz. „Sorgen Sie dafür, dass Sie dort für uns erreichbar sind, Rick."

Rick? Das klang irgendwie ... freundlich.

„Aber Britt!" Grishelle wollte sich nicht so schnell geschlagen geben.

„Grishelle, lassen Sie die Kirche im Dorf! Wir haben fast alles geklärt, die Songs sind fertig, für die Probeaufnahmen brauchen wir Rick nicht, da er uns seine Einwilligung geben wird, dass eventuelle Änderungen, die von uns vorgenommen werden, okay sind ...?"

Sie sah mich fragend an, und ich nickte.

„Morrison?"

„Ja, Ms Nix?"

„Wir fügen das zum Vertrag hinzu."

„Rick?"

„Ja, klar, Morrison."

„Okay."

„Okay."

„Aber Britt ..."

Britt Nix sah mich aufmerksam an, dann lächelte sie, und diesmal hoben sich beide Mundwinkel. „Wir haben Jahrzehnte lang um die Rechte berufstätiger, alleinerziehender Mütter gekämpft, Grishelle, und wir haben nicht gerade triumphale Fortschritte erzielt. Aber ich werde mir ganz sicher nicht nachsagen lassen, dass ausgerechnet ich in einem solchen Fall einem Vater meine Unterstützung versage. Wollen Sie das, Grishelle?"

„Ich ... Ich will ... Nein, natürlich nicht, aber ..."

„Gut. Rick, Sie bleiben erreichbar, wie abgemacht. Und jetzt fahren Sie schon." Sie wedelte mit der Hand in Richtung des Aufnahmestudios, wo die Sänger und der Chor die Pantomime auf der anderen Seite der Scheibe interessiert und etwas ratlos verfolgten. „Das da regeln wir."

„Danke, Ms Nix."

„Gern, Rick. Das war wirklich sehr gute Arbeit. Und nennen Sie mich Britt."

Ich zwinkerte Morrison zu, der mit leicht geöffnetem Mund dastand, und zwischen Britt, Grishelle und mir hin und hersah.

„Entschuldigen Sie, Grishelle. Ich melde mich bei Ihnen, sobald ich weiß, was da los ist."

Bevor Grishelle Norman mehr als nur „Das hoffe ich …" sagen konnte, war ich draußen, schnappte mir meine Jacke von der Garderobe, stürmte aus dem Studio und wählte die Nummer des Krankenhauses, während ich die Treppe aus dem dritten Stock hinunterraste.

Ich schloss den Jaguar auf und hatte mich gerade hinter das Steuer gesetzt, als mein Anruf entgegengenommen wurde.

„NHC-Center, Walton am Apparat."

„Doc, hier spricht Rick Wiseman. Sie haben versucht, mich zu erreichen? Ist etwas mit Eve passiert …?"

„Ja, Rick, das haben wir." Waltons Stimme klang ruhig und müde, wie immer. „Bitte, beruhigen Sie sich erst mal, okay? Sie ist noch am Leben, das ist im Moment das Wichtigste."

„Okay." Aber irgendwie wollte sich keine Erleichterung bei mir einstellen. Irgendetwas sagte mir, dass mir die nächsten Worte des Arztes nicht gefallen würden. „Aber …?"

Walton räusperte sich. „Wann können Sie hier sein?"

Ich warf einen Blick auf meine Uhr. „Ich sollte Noah mitbringen, richtig?"

Walton antwortete nicht sofort. „Das ist jedenfalls Eves Wunsch", sagte er dann.

„Dann brauche ich noch eine gute Dreiviertelstunde." Ich fädelte mich in den Verkehr ein und klemmte das Handy in die Halterung. Dann stellte ich es auf Lautsprecher. „Würden Sie mir sagen, worum es …"

„Eve möchte Sie und Noah gern sehen, Mr Wiseman." Walton machte eine kleine Pause. „Ich glaube, Sie spürt, dass es zu Ende geht."

Ich schluckte, und mir stieg ein saures Gefühl durch die Kehle in den Mund. Ich schluckte noch einmal. „Sie meinen …?"

„Ich kann nicht sagen, wie viel Zeit ihr noch bleibt, Mr Wiseman. Aber sie möchte, dass wir die Maschinen abstellen, die ihre lebenswichtigen Funktionen unterstützen. Ich kann nur schätzen, was das mit ihrem Körper macht."

„Sie will … die Maschinen abstellen?" Ich kam mir vor wie ein Papagei und fühlte mich wie vor den Kopf gestoßen. Ich hatte keine Ahnung, was das bedeutete. Oder vielleicht wollte ich es auch nicht wissen. „Was bedeutet das?"

„Sie bekommt natürlich auch in diesem Fall weiter Morphium gegen die Schmerzen." Walton machte eine Pause. „Aber es kann sehr gut sein, dass sie dann ins Koma fällt."

„Koma?"

„Sie wissen schon, sie verliert …"

„Ich weiß, was ein Koma ist, Doc, entschuldigen Sie." Plötzlich hatte ich das Gefühl, dass alles um mich herum unendlich weit weg war, obwohl ich vollkommen kontrolliert und ruhig durch die Stadt fuhr und alles mitbekam. Aber es wirkte wie hinter einem transparenten, undurchdringlichen Schleier. Gleichzeitig nahm ich alles überdeutlich wahr. Die ungesunde Gesichtsfarbe eines Mannes an einer roten Fußgängerampel. Den lila Frauenpower-Aufkleber auf dem Fahrrad einer jungen Frau vor mir, der irgendwie aus den Siebzigern zu stammen schien. Und das Gesicht von Jane, das sich vor mein inneres Auge schob.

Es passiert jetzt, dachte ich. *Jetzt passiert es wirklich.*

„Mr Wiseman?"

„Ja, Doc, entschuldigen Sie. Ich bin da."

Und das war ich auch. Irgendwie schien mein Bewusstsein in einen anderen Gang geschaltet zu haben. Plötzlich fühlte ich mich vollkommen ruhig. Ich hatte das Gefühl, als würde sich mein Blick auf alle Dinge verändern, als hätte ich nur noch das Wesentliche vor Augen.

Und das waren Eve, Noah und Jane.

„Also, wie ich schon sagte, sie will, dass wir die Maschinen abstellen …"

„Und sie will sich von Noah und mir verabschieden."

Walton räusperte sich. „Ja, Mr Wiseman. Ich nehme an, das kann man so sagen."

„Gut, Doc." Ich holte tief Luft, um den Druck in meinem Kopf zu lindern und das Rauschen in meinen Ohren loszuwerden. Es funktionierte nicht so richtig, aber es war auszuhalten. „Ich hole Noah vom Kindergarten ab, und wir sind in einer Dreiviertelstunde da. Reicht das?"

„Das reicht selbstverständlich, Mr Wiseman. Wir warten natürlich, bis Sie da sind."

„Okay, Doc, bis später. Ich beeile mich."

Ich konnte plötzlich nicht mehr weiter telefonieren. Mir verschwamm alles vor den Augen, während ich langsam durch die Straßen rollte, und ich wischte mir mit dem Handrücken die Tränen weg.

Du hast gewusst, dass es so kommt, Wiseman. Und du musst jetzt ruhig bleiben. Schon wegen Noah. Und wegen Eve. Sie soll mit einem guten Gefühl gehen, nicht mit der Angst, dass du es mal wieder vermasseln könntest.

Kurz bevor ich in die Straße von Noahs Kindergarten einbog, summte das Telefon in der Halterung erneut. Ich hatte alle Nachrichten wieder freigeschaltet und sah auf das Display, in der Erwartung, dass Walton noch einmal anrief, was sicher nichts Gutes bedeutete. Ich sah eine Parklücke etwa fünfhundert Meter vor dem Kindergarten, bremste und fuhr ohne zu Blinken hinein, was ein wütendes Hupen hinter mir zur Folge hatte.

Während ich entschuldigend die Hand hob, sah ich erneut auf das Display des Handys. Es war nicht das Krankenhaus.

Ich hätte nie gedacht, dass ich in dieser Situation so etwas wie Freude und Erleichterung verspüren könnte, aber beides durchströmte mich, und gleichzeitig überkam mich ein Gefühl von Ruhe und Zuversicht. Alles würde gut werden.

Es war eine Nachricht von Jane. Sie hatte sie offenbar schon vor einiger Zeit gesendet, als ich noch alle Anrufe blockiert hatte. Sie schrieb, dass sie nach London kommen und mit mir reden wollte, und wollte wissen, ob ich Zeit dafür hätte.

Ich würde ganz bestimmt so gut wie keine Zeit haben, aber noch viel klarer war, dass ich ihr Angebot niemals ablehnen würde.

Ich schrieb ihr, dass ich gerade unterwegs ins Royal Marsden Hospital war, weil sich Eves Zustand verschlechtert hatte, und versicherte ihr, dass ich immer für sie erreichbar wäre. Dann setzte ich noch ein Wort hinzu, das alles zu enthalten schien, was ich ihr in diesem Moment gerne gesagt hätte.

Komm!

23
JANE

Dicke Tropfen prasselten gegen mein Bürofenster, am Himmel türmten sich dunkle Wolken, dazwischen blitzte blauer Himmel auf. Die dramatische Atmosphäre dort draußen passte zu meiner Stimmung. Seit ich vor zwei Tagen Ricks Brief gelesen hatte, änderte sich meine Gefühlslage so abrupt und häufig wie das Wetter im April. In dem Brief hatte er sich nicht nur zu seiner Liebe bekannt, sondern auch keinen Zweifel daran gelassen, dass er sich allen Hindernissen zum Trotz eine Zukunft mit mir wünschte. *Ich werde dich nicht behelligen, melde dich, wenn du bereit bist, mit mir über alles zu reden.*

Durch Margerys Einmischung waren bereits einige Tage vergangen, seit Rick den Brief für mich hinterlassen hatte. Aufgrund meines Schweigens musste er denken, ich würde seine Gefühle nicht erwidern, oder zumindest nicht genug, um mich mit ihm gemeinsam den Herausforderungen zu stellen, die die neue Situation für uns bedeutete. Ich liebte ihn und verzehrte mich vor Sehnsucht nach ihm, doch dieses Gefühl machte mir auch Angst. Noch nie hatte mich jemand so tief berührt wie Rick, dadurch konnte er mich auch so verletzen wie es noch nie ein anderer Mann vermocht hatte.

Und dann war da noch sein Sohn. Sollte er tatsächlich seine Mutter verlieren, brauchte er seinen Vater umso mehr. Wie war es für Noah, wenn dieser Vater, den er gerade erst kennengelernt hatte, eine andere Frau als seine Mutter an seiner Seite hatte?

Plötzlich fiel mir wieder ein, was Edward bei unserem Gespräch am Wolfsgehege gesagt hatte: *Jane, ich weiß, wie schmerzhaft die Liebe sein kann. Das kannst du mir glauben. Aber ich habe mir unzählige Male gewünscht, ich hätte mehr um deine Mutter gekämpft, hätte unserer Liebe noch eine Chance gegeben.*

Schon zweimal hatte ich versucht, Rick zu erreichen, um ihm zumindest zu sagen, dass ich seinen Brief erst jetzt erhalten hatte, war jedoch jedes Mal auf seiner Mailbox gelandet. Er hatte mir nur eine kurze Nachricht geschickt, dass er gerade bei Eve im Krankenhaus sei und sich später melden würde. Wenn ich ihn liebte, musste ich dann jetzt nicht bei ihm sein und ihn unterstützen? Auch dieser Gedanke kam mir nicht zum ersten Mal, doch ich wusste immer noch keine Antwort darauf. Vielleicht war es auch völlig unpassend, ihn zu stören, wenn er seine ehemalige Geliebte und Mutter seines Kindes beim Sterben begleitete.

Schließlich klopfte es an der Tür und Margery kam herein. Seit sie mir gestanden hatte, wie dreist sie wieder einmal Schicksal gespielt und sich in mein Leben eingemischt hatte, trat sie erstaunlich zurückhaltend auf.

„Jane", sagte sie, „morgen kommt die Frau von *Watson* wegen des Animal-Coachings. Wir müssen besprechen, mit welchen Tieren wir sie arbeiten lassen wollen." Ihre Miene ließ trotz ihres sachlichen Tons keinen Zweifel daran, was sie von diesem Vorhaben hielt. „Ich meine, was auch immer sie da vorhat, mir kommt das alles ziemlich spanisch vor", setzte sie denn auch prompt hinzu.

Watson hatte die Idee, den Tierpark auch für Teambuilding-Maßnahmen zu nutzen. Offenbar waren sie mit einer Frau im Gespräch, die sich auf das Coaching mit Tieren spezialisiert hatte. Die sollte nun einen Workshop auf der *Animal Farm* abhalten. Während das für mich sehr interessant klang, war es für Margery neumodischer Unsinn, was bei ihrem Führungsstil kein Wunder war. Margery konnte mit einer Maßnahme zur Verbesserung des Betriebsklimas ebenso wenig anfangen wie Charly mit einem blutigen Steak.

„Da *Watson* die *Animal Farm* mit einem Haufen Geld unterstützt und uns damit gerettet hat, solltest du vielleicht ein bisschen offener ihren Projekten gegenüber sein“, entgegnete ich etwas schärfer als beabsichtigt. Ich räusperte mich und dachte darüber nach, welche Tiere sich wohl eigneten. Dabei spielte ich mit der Schneekugel vom Sankt Michael's Mount. *My a'th kar* stand dort in Kornisch unter einem Miniaturmodell des Michael's Mounts. *Ich liebe dich.* Ein irrwitzig kitschiges Andenken, das mich als kleines Mädchen so faszinierte, dass William es mir bei einem Besuch des Schlosses geschenkt hatte.

„Die hatte der ... Wiseman übrigens auf den Brief gestellt“, riss Margery mich aus meinen Gedanken.

„Was hast du gesagt?“

„Dieses kitschige Ding da hatte ...“, es kostete sie anscheinend große Überwindung, Ricks Namen auszusprechen und ihn als etwas anderes als „den Kerl“ zu bezeichnen. „Es stand auf dem Brief, den er dir hier gelassen hat.“

My a'th kar. Wieder musste ich an Edward denken. *Vielleicht lässt du deinem Rick noch ein kleines Türchen zu deinem Herzen offen.* Irgendwie kam es mir wie ein Zeichen vor, dass Rick mir ausgerechnet Williams Schneekugel mit der kornischen Liebeserklärung auf den Brief gestellt hatte. Als wüsste er um die Bedeutung, die dieser Ort und seine Sprache für mich hatten. Als würde er verstehen, dass ich die *Animal Farm* nicht aufgeben konnte, aber fest daran glauben, dass es dennoch ein „Wir“ gab.

„Jane?“, drängte Margery. „Was machen wir nun mit dieser Frau?“

Plötzlich wusste ich die Antwort auf alle Fragen, die mich in den letzten Tagen umgetrieben hatten. Mir war jetzt klar, was ich zu tun hatte: Ich musste nach London und Rick sagen, was ich für ihn empfand. Alles andere würde sich finden. Ich sah Margery fest in die Augen.

„Das wirst du morgen mit ihr klären, M“, sagte ich und formulierte den Satz bewusst als Anordnung und nicht als

Frage. „Du wirst dich offen und freundlich erkundigen, was sie vorhat und was sie dazu braucht. Dann wirst du sie beraten, welche Tiere sich am besten für ihr Coaching eignen“, fuhr ich fort. „Nimm Charly mit. Falls du Schwierigkeiten hast, freundlich zu sein, kann sie das etwas abfedern.“

Sie schnappte nach Luft, einen solchen Ton war sie von mir nicht gewohnt. „Und was machst du?“, stieß sie schließlich hervor.

„Nicht, dass dich das etwas anginge, aber ich fahre nach London.“ Sie richtete den Blick in Richtung Decke, als suchte sie Hilfe beim lieben Gott. Als sie wieder mich ansah, blickte ich ihr tief in die Augen. „Und, M“, sagte ich in ruhigem aber entschiedenem Ton, „ich verlasse mich darauf, dass diese Coaching-Frau *Watson* begeistert berichten wird, was für ein toller Tierpark wir sind.“

***

Eine Stunde später, ich hatte mit Margery noch letzte Details besprochen, meinen Schreibtisch grob geordnet und zwei unaufschiebbare Telefonate geführt, stand ich in meinem Schlafzimmer. Vor mir auf dem Bett lag der Koffer für Wochenendtrips, in den ich bereits meine Lieblingsjeans, Socken und Unterwäsche geworfen hatte.

Als ich gerade wieder vor meinem Kleiderschrank stand und überlegte, worauf ich in den nächsten Tagen vorbereitet sein sollte, surrte mein Handy, das ich auf dem Nachttisch abgelegt hatte. Sofort durchquerte ich den Raum und hob es auf: Eine Nachricht von Rick.

Bin im Royal Marsden Hospital. Eves Zustand hat sich verschlechtert. Komm!

Komm! Dieses eine kleine Wort beseitigte jegliche Zweifel, die ich noch gehabt haben mochte. Nachdem ich beschlossen hatte, zu Rick nach London zu fahren, hatte ich nicht noch einmal versucht, ihn anzurufen. Stattdessen hatte ich ihm eine Nachricht geschickt, in der ich ihn über meine Absicht informierte und ihn fragte, ob er Zeit hätte, mit mir zu reden. Seitdem hatte ich etwas ängstlich auf seine Antwort gewartet. Eigentlich konnte ich mir nicht wirklich vorstellen, dass er sagen würde, ich solle nicht kommen, aber ein Rest Unsicherheit war geblieben. Nun spürte ich die Erleichterung im ganzen Körper.

Rasch warf ich noch eine Bluse, ein T-Shirt und eine Strickjacke in den Koffer und zu guter Letzt meinen Kulturbeutel. Dann schloss ich ihn und eilte nach unten. Ich verabschiedete mich kurz von Margery und Joey, packte mein Gepäck in den Kofferraum und fuhr mit einem Kavaliersstart vom Hof.

Vielleicht hatte es sich im ersten Moment so angefühlt, als hätte Ricks Nachricht alle Zweifel beseitigt. *Komm!* Nicht *Wenn du magst* oder *Vielleicht* oder *Lass uns telefonieren.* Nein, einfach nur *Komm!* Irgendwie schien dieses eine klare Wort eine tiefe Verbundenheit zwischen uns auszudrücken. Es bedurfte keiner weiteren Erklärungen zwischen uns.

Doch während ich in der Dunkelheit über die leere Autobahn fuhr – inzwischen war es zehn Uhr abends, und es waren nur wenige Autos unterwegs – beschlich mich erneut Unsicherheit. Hatte Rick jetzt wirklich den Kopf, sich mit der ungeklärten, komplizierten Beziehung zu einer Zoodirektorin zu beschäftigen? Andererseits … vielleicht freute er sich aber auch, mich zu sehen. Wir waren nicht nur Liebende, wir waren auch Freunde, und in solchen Situationen brauchte man doch Freunde, oder?

Schließlich kam ich zu dem Schluss, dass ich Antworten auf diese Fragen nur bekam, wenn ich zu ihm fuhr, ihn sah und mit ihm sprach. Falls ich in seinen Augen las, dass er überfordert war oder ich aus anderen Gründen den Eindruck hatte, ich sollte besser wieder gehen, konnte ich das jederzeit tun.

Auf der anderen Seite der M4 sah ich den Parkplatz, auf dem Rick angehalten hatte, als wir von dem Treffen mit Edward aus London zurückgekommen waren. Dort hatten wir das erste Mal offen über Eve gesprochen. Im Grunde war Rick immer ehrlich zu mir gewesen. Ich sollte also darauf vertrauen, dass er mir in dieser schwierigen Situation nicht so deutlich gesagt hätte, ich sollte kommen, wenn er es nicht wirklich wollte.

Wieder zuversichtlicher schaltete ich das Autoradio ein und suchte den Sender Gold. *All You Need Is Love,* sangen die Beatles, und ich stimmte mit ein.

Gegen zwei Uhr morgens fuhr ich durch die Londoner Innenstadt und bog in die Fulham Road ein, in der sich das Royal Marsden Hospital befand – ein eindrucksvolles Backsteingebäude im viktorianischen Stil. Obwohl das Krankenhaus selbst über keinen Parkplatz verfügte, fand ich dank der späten Stunde schnell eine Lücke, keine hundert Meter vom Eingang entfernt. Ich stellte den Motor aus, atmete tief durch, stieg aus und überquerte die menschenleere Straße.

Als ich die eindrucksvolle hohe Halle des Krankenhauses betrat, hielt ich einen Moment inne und sah mich um. Außer mir waren nur vereinzelt Krankenhausangestellte zu sehen, die leicht an ihren blauen oder weißen Uniformen und den Namensschildern zu erkennen waren.

Langsam ging ich auf die Information zu. Hinter dem Schalter saß ein Mann um die Fünfzig mit braunen Locken. Sein gräulicher Teint und die Schatten unter seinen braunen Augen ließen vermuten, dass das heute nicht seine erste Nachtschicht war. Erst jetzt fiel mir auf, dass ich überhaupt nicht wusste, wo ich Rick in diesem riesigen Gebäude suchen sollte. Abrupt blieb ich mitten in der Halle stehen und wählte seine Nummer, landete jedoch direkt auf der Mailbox.

Da ich noch nicht einmal Eves Nachnamen kannte, konnte ich am Empfang auch nicht nach ihr fragen. Und natürlich konnte man sowieso nicht so einfach jemanden nachts im Krankenhaus besuchen, es sei denn, man war ein Verwandter und es handelte sich um einen Notfall. Warum hatte ich darüber nicht früher nachgedacht?

Um Zeit zum Nachdenken zu gewinnen und nicht weiter aufzufallen, schlenderte ich zu einem Getränkeautomaten und zog mir einen Kaffee. Den brauchte ich sowieso dringend. Während die braune Flüssigkeit in den Becher lief, überlegte ich, was ich tun konnte. Charly anzurufen, war mitten in der Nacht keine Option. Natürlich könnte ich einfach bis morgen früh warten, aber wollte ich das? Ricks Nachricht hatte dringlich geklungen, und ich wollte keine Minute länger als nötig mehr vergeuden.

Morrisons Nummer hatte ich nicht. Doch bei dem Gedanken an Morrison fiel mir ein, dass Eve und Rick früher zusammen in einer Band gespielt hatten. Wie hatten sie sich noch genannt? Irgendetwas, das so ähnlich wie Kanister klang … Ja, genau *The Lannisters*. Vielleicht fand ich über die Band einen Hinweis auf Eves Nachnamen. Ich gab in meinem Handy *The Lannisters* ein und tatsächlich erschienen sofort mehrere Bilder der Band. Die Frau, die vor Ricks Hotelzimmertür gestanden hatte, war leicht wiederzuerkennen. Und unter einem Porträtbild der Sängerin las ich den Namen Eve Snow. Mit diesem Namen musste man vermutlich Künstlerin werden.

Ich fasste neuen Mut, schnappte mir meinen Kaffee und ging entschlossen auf den Mann am Empfang zu.

„Guten Abend, Sir“, sagte ich.

Der Lockenkopf, sein Namensschild verriet mir, dass er Jeff hieß, sah mich aus müden Augen an, dann blickte er sehnsüchtig auf meinen Kaffeebecher.

„Äh, möchten Sie den vielleicht haben?", fragte ich, ohne darüber nachzudenken. „Ich habe noch nicht davon getrunken."

Jeff sah mich überrascht an, dann erschien ein schwaches Lächeln in seinem Gesicht und er griff, ohne zu zögern, nach dem Becher. „Sie schickt der Himmel. Vielen Dank." Er atmete den Kaffeeduft ein, dann prostete er mir mit dem Pappbecher zu und nahm vorsichtig einen Schluck von dem heißen Getränk.

„Mein Kollege ist krank. Das ist diese Woche schon meine vierte Nachtschicht." Er rieb sich die Augen, als wollte er unterstreichen, wie ermüdend das war.

Etwas unsicher richtete ich den Blick auf den Tresen und zupfte am Ärmel meiner Strickjacke, dann sah ich wieder zu ihm hoch.

„Könnten Sie mir wohl sagen, auf welcher Station Eve Snow liegt?", fragte ich schließlich ohne Umschweife.

„Wurde sie heute eingeliefert?", fragte er.

„Nein." Ich zögerte kurz und erzählte ihm dann eine herzzerreißende Geschichte von meiner Cousine Eve, die wie eine Schwester für mich war, weil wir zusammen aufgewachsen waren. Ihre Tante hätte mich mit drei Jahren zu sich genommen und für mich gesorgt. Und jetzt lag Eve im Sterben, ich war im Ausland gewesen, gerade erst zurückgekommen und wollte sie unbedingt noch mal sehen.

Keine Ahnung, woher ich auf einmal die Chuzpe nahm, dem netten Jeff so schamlos zu belügen. Und wie ich auf diese Geschichte gekommen war. Doch es funktionierte. Jeff tippte auf seiner Tastatur herum. „Da haben wir sie. Eve Snow. Ja, sie liegt auf der Palliativ-Station." Er machte eine Pause.

„Aber eigentlich ist jetzt natürlich keine Besuchszeit ... Auf der Palliativ-Station gelten allerdings andere Regeln." Er trank noch einen Schluck von seinem Kaffee. „Warten Sie, ich ruf da mal an."

Während er auf der Station anrief, atmete ich tief durch. Schließlich legte Jeff auf. „Sie sollen hochkommen. Fragen Sie nach Schwester Helen."

Nachdem er mir den Weg beschrieben hatte, begab ich mich in Richtung Fahrstuhl und stieg mit hämmerndem Herzen und weichen Knien in die Kabine. So hatte ich mich das letzte Mal mit fünfzehn auf einer Schulparty gefühlt, als Pete Leicester, in den ich schon lange heimlich verliebt war, mich zum Slowfox aufforderte. Das grelle Licht der Neonröhren und die Metallwände ließen jedoch wenig Platz für Romantik und erinnerten mich wieder daran, wo ich mich befand.

Beklommen überlegte ich, was mich wohl dort oben erwartete. Rick hielt Wache am Bett seiner schwer kranken Frau. Was hatte ich dort zu suchen? *Komm!* Nein, Rick wollte mich sehen, und ich wollte ihm meine Gefühle endlich genauso offen gestehen, wie er es in seinem Brief getan hatte. Nur deshalb war ich hier, erinnerte ich mich. Alles andere würde sich finden.

Als ich aus dem Aufzug trat, war ich überrascht, eine wesentlich wohnlichere Atmosphäre vorzufinden, als ich sie normalerweise in einem Krankenhaus erwarten würde. Keine Neonröhren, stattdessen sorgten gedimmte Wandlampen für warmes Licht. An den blassblau gestrichenen Wänden hingen große Blumenbilder. Zögernd und etwas unsicher ging ich den Flur hinunter, um das Schwesternzimmer zu suchen und nach Schwester Helen zu fragen, als am anderen Ende des Flurs eine Tür aufging und Rick heraustrat.

Mein Herz schlug so laut, dass ich davon überzeugt war, er müsse es hören. Während er die Tür hinter sich schloss, hielt er den Blick gesenkt, dann ging er langsam in meine Richtung; er schien tief in Gedanken versunken zu sein. Erst nach ein paar Schritten sah er auf, als hätte er meinen Blick oder meine Gegenwart gespürt. Als er mich schließlich entdeckte, blieb er abrupt stehen und blinzelte, als würde er seinen Augen nicht trauen. Ich musste trotz der Umgebung und der Umstände unwillkürlich lächeln. Langsam gingen wir nun aufeinander zu, und auch in seinem Gesicht erschien ein zartes, wenn auch trauriges Lächeln.

Als wir direkt voreinander standen, sah er mir tief in die Augen. „Du bist da", flüsterte er, dann schloss er mich fest in die Arme. Eine ganze Weile sagte keiner von uns ein Wort, wir hielten uns nur stumm in den Armen. Es fühlte sich ganz und gar richtig an. Jeder Zweifel, den ich noch gehabt haben mochte, wurde mit dieser Umarmung weggespült. Dieser Mann gehörte zu mir, und ich zu ihm, so verrückt die Umstände auch sein mochten. Tief atmete ich seinen vertrauten Geruch nach Sandelholz ein und lauschte auf das Klopfen seines Herzens.

Als wir uns schließlich voneinander lösten, sah ich zu ihm hoch. „Wie geht es Eve?"

Er räusperte sich und wandte den Blick ab. „Sie ist … sie ist … vor einer halben Stunde gestorben", sagte er heiser.

„Oh Rick, das tut mir so leid."

Wieder umarmten wir uns und hielten uns eine gefühlte Ewigkeit fest. Schließlich rückte Rick ein Stück von mir ab, legte seine Stirn an meine und sah mir tief in die Augen. „Ich bin so froh, dass du gekommen bist", sagte er. „Du hast mir so gefehlt."

„Du mir auch", erwiderte ich, bevor sich unsere Lippen zu einem zärtlichen Kuss trafen. Ich hatte Rick so viel sagen wollen, doch in diesem Moment spürte ich, dass weitere Worte überflüssig waren. Wir gehörten zusammen, das spürte ich mit absoluter Gewissheit tief in meinem Herzen, und ich wusste, dass Rick es genauso fühlte.

Epilog

JANE

„Wow, Janie, das Kleid ist der Hammer!“, rief Charly begeistert aus.

„Nicht zu gewagt?“ Mit kritischem Blick betrachtete ich im Spiegel das cremefarbene Brautkleid aus elegantem Kreppstoff, das ich mit Belle in London erworben hatte. Es hatte kurze Ärmel und war schulterfrei; über dem eng geschnittenen Mieder war der Stoff gerafft und ging dann in einen bodenlangen Fishtail-Rock über. Das edle Material umschmeichelte meine Kurven und fühlte sich einfach wundervoll an. Ja, Charly hatte recht, das Kleid war tatsächlich der Hammer.

„Nein, gar nicht“, antwortete Charly, „Onkel Rick wird begeistert sein. Du siehst total sexy aus. Und trotzdem stilvoll.“ Sie grinste.

„Danke, Süße. Zum Glück kennt sich deine Mom besser mit Roben aus als ich. Ohne sie wäre ich nie in diesem Laden gelandet.“

„Na ja, wann brauchst du auf der *Animal Farm* auch schon mal eine Robe?“ Sie fläzte sich in ihrem ärmellosen blauen Jumpsuit, in dem sie schon fast erwachsen aussah, auf dem großen Bett – das erste Möbelstück, das Rick und ich gemeinsam angeschafft hatten.

„Apropos hat sich Mom noch mal bei dir gemeldet?“, fragte sie. „Ich hab nichts mehr von ihr gehört.“

Belle sollte meine Trauzeugin sein, wenn Rick und ich uns gleich auf der *Animal Farm* das Ja-Wort gaben. Heute Morgen hatte sie angerufen und gesagt, dass ihr Flug nach Newquay Verspätung habe, sie aber pünktlich zur Trauung da sein werde. Vor drei Stunden hatte sie dann noch mal eine

Nachricht geschickt, nachdem sie in Cornwall gelandet und in den Mietwagen gestiegen war. Seitdem hatte ich nichts mehr von ihr gehört.

„Nein, ich auch nicht." Ich blickte auf meine Armbanduhr. „Sie müsste doch längst hier sein. Von Newquay aus braucht sie nicht länger als eine Stunde."

„Ich ruf sie noch mal an", sagte Charly und griff schon nach ihrem Handy.

„Okay." Ich schlüpfte in die zum Kleid passenden Riemchen-Sandaletten, die für meine Verhältnisse ungewöhnlich hoch waren. Das Haar hatte Charly mir in schmalen Zöpfen um den Kopf geflochten, die sie am Hinterkopf mit einer perlmuttfarbenen Spange festgesteckt hatte – eine Leihgabe von Belle. „Something old, something new, something borrowed, something blue and a silverpenny in your shoe to make all her wishes and dreams come true", hatte Belle zu meiner Überraschung zitiert. So viel Traditionsbewusstsein hatte ich ihr irgendwie nicht zugetraut. „Etwas Geliehenes hast du jetzt schon mal", hatte sie dann noch gesagt.

Margery hatte etwas Altes zu der Zeremonie beigesteuert und mir eine wunderschöne Perlenkette von sich geschenkt. Dass Margery auf derartige Rituale Wert legte, wunderte mich nicht, allerdings hätte ich nie mit einem so kostbaren Geschenk gerechnet, zumal Margery selbst niemals Schmuck trug. Die Kette hatte ihrer Mutter gehört, und es rührte mich sehr, dass sie mir dieses wertvolle Familienerbstück vermachte.

Margerys Einstellung gegenüber dem „Kerl" hatte sich vollkommen verändert, nachdem er mir einen Heiratsantrag gemacht hatte. „So viel Anstand hätte ich ihm gar nicht zugetraut", hatte sie kommentiert, als ich ihr von unserer Verlobung berichtete, doch auf ihrem Gesicht lag ein zufriedenes Lächeln. Sie hatte mir sogar gratuliert. „Ich freu mich für dich, Jane."

Um auch etwas Blaues zu haben, trug ich goldene Ohrstecker mit einem kleinen Lapislazuli, die ich von William zum Examen bekommen hatte. Für den Silverpenny wollte Edward sorgen.

„Sie geht nicht ran", sagte Charly niedergeschlagen.

In dem Moment klopfte es an der Tür und Margery trat ins Zimmer. Bei ihrem Anblick stockte mir der Atem, ich erkannte sie kaum wieder. Sie trug ein hellblaues Kostüm, das ich irgendwie mit Queen Elizabeth verband – eine hüftlange, vorn durchgeknöpfte Jacke zu einem wadenlangen Rock. Es stand ihr ausgezeichnet. Was mir jedoch die Sprache verschlug, war der dazu passende Hut mit dem opulenten Blumenschmuck auf ihrem Kopf. In dieser Aufmachung hätte sie ohne Weiteres an einer Trauung der Royals teilnehmen können.

„Bist du fertig, Jane?", fragte sie und ignorierte sowohl meine fassungslose Miene als auch Charlys große Augen. „Pfarrer Archer ist schon da. Und Edward wartet auch schon unten."

„Alles klar, M. Ich komme sofort. Aber Belle fehlt noch."

„Sie ist doch sicher gleich da, oder? Am besten kommt ihr schon mal runter", sagte sie und verließ gemessenen Schrittes den Raum.

***

Eine Viertelstunde später folgten Charly und ich ihr mit Joey im Schlepptau die Treppe hinunter in die Halle. Dem kleinen Stafford-Terrier hatte Charly zur Feier des Tages eine blaue Schleife um den Hals gebunden, die bereits etwas zerrupft aussah, weil er ständig mit den Zähnen danach schnappte und versuchte, sich von ihr zu befreien.

Am Fuß der Treppe wartete Edward auf uns. Auch er war im dunklen Anzug mit Krawatte ein ungewohnter Anblick. Als er mich sah, trat ein warmes Leuchten in seine Augen, und als ich auf ihn zuging, streckte er die Arme aus und ergriff meine Hände. „Du siehst wunderschön aus", sagte er bewegt. „Welche Ehre, dass ich dich den Gang hinunterführen darf."

Ich lächelte. „Danke, Edward. Aber ich bin sehr froh, dass du an meiner Seite bist." Ich warf kurz einen Blick in den Hof, wo alles für die Trauung vorbereitet war. „Mir ist ein bisschen flau im Magen."

„Du bekommst doch nicht etwa kalte Füße?"

„Nein, nein", ich lachte, „aber ich bin total aufgeregt."

„Das versteh ich", sagte er mitfühlend. „Sieh mal", er zog einen Silberpenny aus seiner Hosentasche. „Den dürfen wir nicht vergessen." Er deutete auf meine Schuhe. „Darf ich?"

„Natürlich." Ich lachte, als er sich hinunterbeugte und mir den Penny seitlich unter den Fuß in die Sandalette schob. „So, jetzt kann nichts mehr schiefgehen."

Er richtete sich wieder auf und blickte sich fragend um. „Wo ist denn Belle?"

„Das weiß ich auch nicht. Sie müsste eigentlich längst hier sein, aber wir erreichen sie nicht." Ich zuckte ratlos mit den Schultern. „Was machen wir, wenn sie nicht rechtzeitig kommt? Wir sollten Rick fragen, ob er etwas von ihr gehört hat."

„Ja, aber dich darf er vor der Hochzeit nicht sehen", schaltete sich Charly ein. „Ich könnte mal schnell zu ihm hinüberflitzen und ihn fragen", bot sie an.

„Danke, Charly, das wäre toll."

Ich sah ihr hinterher, wie sie über den Hof zum Cottage lief, wo sich Rick mit seinem Trauzeugen Dany und mit Morrison verschanzt hatte. Der Hof war nicht wiederzuerkennen. Zwischen Cottage und Herrenhaus standen zu beiden Seiten eines Ganges weiße Klappstühle in Reihen hintereinander, die an den Lehnen mit kleinen Blumensträußen geschmückt waren. Die meisten waren bereits von Hochzeitsgästen besetzt. Neben den Mitarbeitern und Ehrenamtlichen des Tierparks saßen dort ein paar Musikerfreunde von Rick und zwei alte Schulfreundinnen von mir – eine bunte Mischung.

Vorn stand ein weißes, von Blumen umranktes Rednerpult und dahinter ein mit rosa und weißen Rosen geschmückter Torbogen.

„Das habt ihr wunderschön gemacht, M.“ Ich sah zu Margery hinüber, die gerade Joey energisch in den Waschraum sperrte. „Vielen Dank.“

„Das meiste hat Charly gemacht“, erwiderte sie schnaufend. „Sie war kaum zu bremsen. Ich konnte gerade noch verhindern, dass sie weiße Tauben fliegen lässt“, brummte sie.

Wie aufs Stichwort sauste Charly über den Hof wieder zu uns. Nur gut, dass sie sich entschieden hatte, zu ihrem eleganten Jumpsuit bequeme Chucks zu tragen.

„Rick hat auch nichts von Mom gehört!“, platzte sie heraus, kaum dass sie durch die Tür war. „Aber wir können nicht länger warten, weil der Pfarrer gleich zur nächsten Trauung muss“, fuhr sie fort, ohne Luft zu holen. „Und Onkel Rick meint, es könnte ja jemand für Mom einspringen.“ Sie warf Margery einen vielsagenden Blick zu.

RICK

„Wo ist dieses verdammte Ding?”

Ich sah mich suchend um, aber das verdammte Ding – genauer meine Krawatte – war nirgendwo zu sehen. Dabei war ich mir sicher, dass ich sie auf den kleinen Tisch zu dem

Kästchen mit den Eheringen gelegt hatte … Mein Blick zuckte dorthin, und es durchfuhr mich siedend heiß. Das Kästchen war ebenfalls weg. Das hätte jetzt gerade noch gefehlt! Unwillkürlich schoss mir der Gedanke durch den Kopf, wie schön es wäre, Belle in meinem Team zu haben. Sie hätte nicht nur die Krawatte in der Hand, die sie für mich ausgesucht hatte, sondern ich müsste mir auch keine Sorgen machen, dass sie unsere Eheringe verschlampte.

„Wo sind …?“ Ich wirbelte zu Dany herum. „Wo hast du die …?“

Dany wirkte blendend in seinem festlichen Prinz-Albert-Anzug, den zu tragen er sich nicht hatte ausreden lassen. „Du glaubst doch nicht wirklich, Rick, dass ich es mir entgehen lasse, mit allem Pomp zu feiern, dass du dich endlich getraut hast?“, hatte er mich gefragt, als ich ihn bat, mein Trauzeuge zu werden. „Es würde mich nur interessieren, wie sie dich dazu gebracht hat?“

Ich hatte geschluckt und mich gehütet, ihm zu gestehen, dass Jane mich keineswegs hatte dazu bringen müssen. Im Gegenteil. Ein Jahr waren wir jetzt zusammen, und ich hatte mehr als einmal angesetzt, ihr einen Antrag zu machen, aber irgendwie wollten mir nie die richtigen Worte einfallen. Eigenartig, weil ich sonst an kreativen Ideen keinen Mangel hatte. Schon gar nicht, seit ich mit Jane zusammen war und mich jeder Tag, den ich mit ihr verbrachte, inspirierte. Das mochte kitschig klingen, aber es war die absolute Wahrheit.

„Wie ich bereits sagte, und zwar mindestens zwanzig Mal in der letzten Stunde, habe ich die Ringe sicherheitshalber in die Tasche gesteckt.“

„Sicherheitshalber?“ Ich runzelte die Stirn. Dann hörte ich ein ersticktes Lachen und blickte in die Richtung, aus der es kam.

Morrison saß auf der kleinen Couch in meinem Cottage,

neben ihm Britt Nix, und beide musterten mich feixend. Seit dem Erfolg des Musicals und meiner Songs hatte sich die Zusammenarbeit zwischen Morrison und Nix verstärkt, und offenbar nicht nur auf geschäftlicher Ebene. Wogegen ich nicht das Geringste einzuwenden hatte. Schließlich war ich einer der Hauptnutznießer, dass sich die beiden so gut verstanden. Es hatte mir nicht nur etliche äußerst gut bezahlte Auftritte eingebracht, sondern Nix und Morrison hatten ein neues Projekt aus der Taufe gehoben - wieder ein Musical, für das ich diesmal allein die musikalische Verantwortung tragen sollte.

Und dann hatte Dany mich mit dem Vorschlag überrascht, *The Lannisters* wiederzubeleben. Aber das waren Dinge, über die ich jetzt nicht nachdenken wollte.

„Ja, sicherheitshalber", hörte ich Dany sagen, und mein Blick zuckte wieder zu meinem ehemaligen und möglicherweise zukünftigen Bandkollegen und Trauzeugen zurück. In dem Jahr mit Jane hatte sich viel verändert, hatte *ich* mich stark verändert. Die erneuerte Freundschaft mit Dany war nur eines der positiven Dinge. „Damit sie nicht dasselbe Schicksal erleiden müssen wie deine Krawatte, die du, wie ich annehme, suchst."

Ich sah ihn verständnislos an und hörte, wie Morrison sein Lachen mit einem Husten zu kaschieren versuchte.

„Schicksal erleiden? Was willst du …?"

Dany verzog grinsend das Gesicht und deutete mit dem Kinn in Richtung der Cottage-Tür. Ich folgte der Geste mit dem Blick und musste unwillkürlich lächeln.

Noch eine Veränderung in meinem Leben, und eine besonders schöne. Mein Sohn.

Noah saß auf dem Boden. Er trug einen dunkelblauen Samtanzug mit einer kurzen Hose, einem weißen Hemd und einer ebenfalls dunkelblauen Schleifenkrawatte. Er spielte selbstvergessen mit Molly. Das Hängebauchschwein hatte offenbar einen Narren an Noah gefressen und ließ sich von ihm streicheln und behandeln, als wäre es eine Puppe. Molly hatte nicht einmal etwas dagegen gehabt, als Noah ihr ein Küchentuch als Halstuch umgebunden hatte. Oder so wie jetzt eine Krawatte …

„Das ist …!“ Ich machte unwillkürlich einen Schritt auf Noah zu und deutete mit dem Finger auf das Kleidungsstück, das mein Sohn diesem verdammten Hängebauchschwein um den Hals gehängt hatte. „Das ist …!“

Noah hob den Blick, sah mich an und strahlte. „Siehst du, ich habe Molly schön gemacht. Kann sie jetzt mit?“

„Ich … Wir … Das ist …!“

Dany kam mir zu Hilfe.

„Süßer“, sagte er und kniete sich in seinem eleganten Prinz-Albert-Frack neben meinem Sohn. „Das haben wir doch schon besprochen, richtig? Molly würde nervös werden, bei all den vielen Menschen …“ Seine Stimme klang erstickt, als er weiter redete, und ich erkannte, dass er ein Lachen unterdrücken musste. „Auch wenn ich zugeben muss, dass du dir wirklich viel Mühe gegeben hast, Molly zu verschönern. Ich weiß nur nicht, ob eine Krawatte wirklich ausreicht, sie zu dieser Hochzeit zuzulassen.“ Er wandte den Kopf und sah mich mit funkelnden Augen an. „Obwohl die Krawatte Molly deutlich besser steht als …“

Vielleicht bin ich ein bisschen vorschnell gewesen, Dany als Freund zu bezeichnen, dachte ich. *Aber das werden wir später klären.* Ich sorgte dafür, dass Dany an meinen Blick erkannte, was ich dachte. Bevor ich etwas tun konnte, flog die Tür des Cottages auf. Molly fuhr erschrocken herum und fegte mitsamt meiner Krawatte ins Freie.

„Es ist gleich so weit!“, platzte Charly herein, blieb dann wie angewurzelt stehen und fuhr herum. „War das nicht deine …?“

„Das war sie. Aber offenbar sind sich alle einig, dass sie

Molly besser steht."

„Das war ich!", verkündete Noah stolz und rappelte sich auf.

„Ach du Heiliger!", rief Charly und lachte schallend.

Mir klappte fast der Kiefer herunter, als ich meinen Sohn von vorne sah. Sein weißes Hemd war vollkommen durchnässt, zweifellos von Mollys feuchter Schnauze.

„Wir müssen dich wohl erst mal trockenlegen", stellte meine patente Nichte fest und nahm Noahs Hand, um mit ihm im Badezimmer zu verschwinden. Dann hielt sie inne und drehte sich zu mir herum.

„Hast du eigentlich Belle mittlerweile erreicht?" Ihr Lachen wich einem besorgten Ausdruck. „Ich rufe sie schon seit einer halben Stunde ununterbrochen an, aber sie geht nicht ran. Ich mache mir echt Sorgen."

Ich hatte mir bisher keine Sorgen gemacht, vor allem deshalb nicht, weil ich erstens davon ausgegangen war, dass Belle längst eingetroffen sei, und ich zweitens genug andere Dinge hatte, um die ich mir Sorgen machen musste. Wie zum Beispiel, was ich mir jetzt um den Hals meines weißen Frackhemdes binden sollte.

„Ist sie denn noch nicht da?" Mein Blick fiel auf Charlys Gesicht, und ich runzelte unwillkürlich die Stirn. Meine Nichte hatte recht. Das war ungewöhnlich. Belle kam zwar sehr gerne auf den letzten Drücker, aber sie war nichtsdestotrotz sehr zuverlässig. Außerdem hatte sie sich fast ebenso sehr über unsere Hochzeit gefreut wie Jane und ich. „Dass ich es noch erlebe, dass mein Bruderherz erwachsen wird und eine echte Beziehung eingeht, ist das größte Geschenk, das du mir machen konntest, Jane", hatte sie ihr anvertraut, als wir es ihr gesagt hatten. „Was hast du gemacht? Hast du ihn im Wolfsgehege eingeschlossen und ihn erst herausgelassen, als er dich angefleht hat, seine Frau zu werden?"

Irgendwie hatte es mir trotz Janes herzhaftem Lachen nicht gefallen, dass alle Welt zu glauben schien, ich hätte nur unter Androhung körperlicher Gewalt dazu gebracht werden können, Jane einen Antrag zu machen. Aber es stimmte, sie war tatsächlich die erste Frau, bei der ich auf die Idee gekommen war, für immer mit ihr zusammenleben zu wollen.

„So etwas Ähnliches", hatte Jane geantwortet und Belle zugezwinkert. Zum Glück hatte sie darauf verzichtet, trotz Belles neugierig gehobener Braue auszuführen, was genau mich veranlasst hatte, ihr diesen Antrag zu machen. Aber sie hatte nicht verhindern können, dass sich ihre Wangen gerötet hatten. Was mir ein Grinsen entlockte.

„Rufst du sie bitte noch einmal an?", bat mich Charly, bevor sie mit Noah im Badezimmer verschwand.

„Wo ist …?"

„Du hast es auf das elektrische Klavier gelegt", meldete sich Britt Nix, streckte ihre elegante Hand aus und deutete mit wackelnden Fingern auf die Ecke an der Wand, in der mein Klavier stand.

Mir fiel auf, dass ihre andere Hand wie zufällig locker auf der von Morrison lag, aber ich hatte jetzt keine Zeit, einen zweiten Gedanken daran zu verschwenden. Dafür war später immer noch Zeit genug. Ich ging zum Klavier, nahm mein Handy und wischte über das Display. Ich rief die Favoriten auf und tippte auf Belles Namen.

Nach ein paar Sekunden hörte ich ihre warme, etwas rauchige Stimme auf der Ansage.

„Hier spricht die Voicemail von Belle Wiseman. Was auch immer Sie von mir möchten, wird etwas warten müssen. Nichts kann wichtiger sein als die Hochzeit meines Bruders, zu der ich gerade unterwegs bin. Hinterlassen Sie Namen und Nummer, und ich melde mich nach der Zeremonie bei Ihnen."

Ich wartete eine Sekunde, aber niemand nahm ab. „Belle,

wo steckst du? Wir brauchen dich hier. Sofort!"

Ich wartete noch eine Sekunde, aber niemand unterbrach meine Nachricht, und ich tippte auf den Gesprächsbutton, um die Verbindung zu trennen.

„Was ist los?", erkundigte sich Morrison. Seine Heiterkeit war verschwunden, und er sah mich ernst an. „Ist etwas mit Belle?"

„Sie ist immer noch nicht da und geht nicht ans Telefon." Ich sah ihn an und zuckte ratlos mit den Schultern. „Wie es aussieht, sorgen die Wisemans dafür, dass sich die Trauung verzögert. Belle, weil sie nicht auftaucht, und Rick, weil er sich keine Schlinge um den Hals legen kann."

„Letzteres dürfte kein Problem sein." Morrison griff an seinen Hals und machte Anstalten, seine Krawatte zu lockern, aber ich hob abwehrend die Hände.

„Danke, Morrison, das ist sehr nett von dir, aber wenn ich mit dieser Signalfahne vorm Altar auftauche, läuft meine Braut schreiend davon."

Morrison blickte gespielt beleidigt auf die grellbunte Krawatte, die er sich umgebunden hatte. „Die habe ich aus einem trendigen Snobshop aus Notting Hill", protestierte er. Er drehte den Kopf und sah Britt Nix an. „Findest du sie auch schrecklich?"

„Ja", erwiderte die Produzentin, und dann legte sie zu meiner Überraschung ihre Hand auf seine Wange. „Aber das macht nichts." Sie ließ die Hand sinken und sah mich dann mit funkelnden Augen an. „Ich glaube, ich kann dich retten", fuhr sie dann fort und hob ihre Hand zu ihrer Bluse. Sie trug eine schwarze Samtschleife am Hals, die sie jetzt abnahm und mir hinhielt. Sie war mit zwei Klemmen am Kragen befestigt gewesen.

Ich starrte auf die Schleife. „Ich habe keine Ahnung, wie man so etwas …"

„Warte, ich lege sie dir an."

Während sich Britt an meinem Hals zu schaffen machte, tauchte Charly mit einem gesäuberten und offenbar trocken geföhnten Noah aus dem Badezimmer auf.

„Hast du Belle erreicht?", fragte sie mich.

Ich schüttelte den Kopf und sah dann zu Noah hinunter. „Alles klar?"

Noah nickte ernst. „Charly hat erklärt, warum Molly nicht dabei sein sollte." Er trat zu mir und nahm meine Hand. „Ist gut." Dann sah er mich mit großen Augen an. „Bist du böse wegen der Krawatte?"

Ich schüttelte den Kopf, was Britt mit einem scharfen Zischen quittierte. „Stillhalten!", befahl sie.

„Nein, bin ich nicht. Und Molly sah wirklich hübsch damit aus."

Noah lächelte strahlend.

„Was machen wir jetzt?", wollte Charly wissen. „Alle sind bereit, und wenn Mom nicht mittlerweile eingetroffen ist …"

„Dann muss jemand für sie einspringen", sagte ich. Und grinste. „Und ich weiß auch schon, wer."

Charly brauchte eine Zehntelsekunde, bis sie kapierte. „Tolle Idee!", rief sie und schoss im nächsten Moment aus der Tür. „Fünf Minuten!", warf sie noch über die Schulter zurück. Dann war sie weg.

Britt seufzte und trat zurück. „Es ist einfacher, Terry eine Schleife ins Haar zu binden als dir eine am Hemd zu befestigen", stellte sie fest.

Ich war mir zwar nicht sicher, ob ich den Vergleich mit ihrem frechen, hochintelligenten und sehr nervigen Yorkshireterrier zu schätzen wusste, aber als ich in den Spiegel blickte, musste ich zugeben, dass sie mich tatsächlich gerettet hatte. Die Schleife aus schwarzem Samt wirkte zwar ein klein wenig exotisch an meinem Frackhemd, aber trotzdem elegant. Auch wenn ich mir ein klein bisschen wie …

„Gary Cooper würde dir zweifellos applaudieren, wenn er dich damit sehen dürfte“, bemerkte Dany, der meine Gedanken lesen zu können schien.

„Mir ist es wichtiger, dass Jane mein Aufzug gefällt“, konterte ich.

Morrison blieb es vorbehalten, mit seiner üblichen, sarkastischen und treffenden Art das letzte Wort zu behalten. „Nun, das werden wir ja in spätestens fünf Minuten herausfinden, stimmt‘s?“ Er sah Britt an und zwinkerte ihr zu. „Und spätestens dann weißt du, wovor du Rick gerettet hast“, meinte er und lachte selbst am lautesten über seinen Witz.

Ich wandte mich vom Spiegel ab und musterte die Anwesenden der Reihe nach. Die Stimmung veränderte sich und die mutwillige Heiterkeit wich einem erwartungsvollen Ernst. Morrison, Britt und selbst Noah, der die Bedeutung des Moments irgendwie zu spüren schien, sahen mich aufmerksam an. Dann legte Noah sein Gesicht an meine Hand und rieb seine Wange an meinen Fingern, und sämtliche Anspannung fiel von mir ab.

„Also, mein Freund“, Dany trat auf mich zu und legte mir die Hand auf die Schulter, „bist du bereit?“

Ich sah in sein lächelndes Gesicht und nickte.

„So bereit wie noch nie in meinem Leben.“

JANE

Als wir vor das Haus traten, bot Edward mir seinen Arm, den ich dankbar annahm. Ich war es nicht gewohnt, auf hohen Absätzen zu laufen, noch dazu hatte ich tatsächlich vor Aufregung weiche Knie. Edward schien meine Nervosität zu spüren, denn er ließ mir einen Moment Zeit, mich zu sammeln, dann lächelte er mir aufmunternd zu, und gemeinsam schritten wir zur Hochzeitsgesellschaft hinüber.

Als ich mit Edward den Gang hinunterschritt, Rick im Hochzeitsstaat vor dem Blumen geschmückten Rednerpult stehen sah und sich die Gäste von ihren Stühlen erhoben, ging mir das Herz auf. Und als ich das warme Leuchten in Ricks Augen sah, war meine Nervosität wie weggeblasen und ich musste unwillkürlich lächeln. An seiner Seite stand Dany, wie üblich mit einem frechen Grinsen im Gesicht. Margery hingegen, die auf der anderen Seite stand, machte eine dem Anlass angemessene, feierliche Miene. Bildete ich es mir nur ein oder wirkte sie tatsächlich ein bisschen stolz, dass sie spontan zur Trauzeugin avanciert war?

Aus der ersten Reihe strahlte mich Charly an, neben ihr Noah, dessen kleine Fliege etwas schief saß, was ihm etwas Keckes verlieh. Ich zwinkerte den beiden kurz zu, dann konzentrierte ich mich auf die letzten Schritte.

Schließlich waren wir bei Rick angekommen, ich löste die Hand von Edwards Arm und trat neben meinen zukünftigen Ehemann. Es kam mir noch immer etwas unwirklich vor, dass er mir einen Antrag gemacht und ich tatsächlich Ja gesagt hatte. Doch es fühlte sich einfach richtig an.

„Du siehst ganz schön scharf aus", raunte Rick mir ins Ohr, als ich neben ihm stand.

„Danke, Mr Wiseman", flüsterte ich zurück, während die Hochzeitsgesellschaft hinter uns ein Lied anstimmte. „Du bist aber auch nicht schlecht." Ich grinste. „Interessante Krawatte."

Während der folgenden Ansprache des Pfarrers sah ich wie im Schnelldurchlauf vor meinem inneren Auge, was alles passiert war, seit Rick sich vor gut einem Jahr als mein Mieter auf der *Animal Farm* vorgestellt hatte - die erste Annäherung beim Sushi-Machen, unsere erste Nacht in London und die heimlichen Nächte im Cottage, die vielen Fahrten zwischen London und Mousehole, die Unsicherheit und die Leidenschaft, schließlich Eve … und Noah. Es war traurig und schön und auch ein bisschen verrückt. Kaum zu glauben, dass das alles erst ein Jahr her war. Inzwischen waren Rick, Noah und ich zu einer richtigen kleinen Familie zusammengewachsen.

Als Rick sich schließlich zu mir umdrehte und dem Pfarrer die Worte nachsprach, trat alles um uns herum in den Hintergrund, und es gab nur noch ihn und mich. „Vor Gottes Angesicht nehme ich dich an als meine Frau. Ich verspreche dir die Treue in guten und in bösen Tagen, in Gesundheit und Krankheit, bis der Tod uns scheidet. Ich will dich lieben, achten und ehren alle Tage meines Lebens." Ich spürte tief in meinem Herzen, wie ernst es ihm mit diesen Worten war.

„Trag diesen Ring als Zeichen unserer Liebe und Treue." Er schob mir den Ring auf den Finger und sah mir tief in die Augen.

Nachdem ich dem Pfarrer den Text ebenfalls nachgesprochen und Rick den Ring angesteckt hatte, erklärte der Pfarrer uns zu Mann und Frau und wollte gerade den Segen sprechen, als Rick ihn mit einer Mischung aus Empörung und Verwirrung ansah. „Müssen Sie jetzt nicht sagen, dass ich die Braut küssen darf?"

Der Pfarrer stutzte, dann lächelte er. „Das gehört eigentlich nicht zum Standard … aber gern … Sie dürfen die Braut jetzt küssen."

Grinsend wandte sich Rick wieder zu mir um, nahm behutsam mein Gesicht zwischen die Hände und küsste mich voller Zärtlichkeit, woraufhin zunächst Charly und Noah und schließlich auch die restlichen Hochzeitsgäste begeistert applaudierten. Als der Applaus nachließ, war deutlich ein anderes Geräusch zu hören – ein Handy klingelte.

„Oh, sorry", sagte Charly mit hochrotem Kopf, als sich alle Blicke auf sie richteten. „Das ist Mom", formte sie lautlos mit den Lippen, huschte aus der Stuhlreihe und entfernte sich rasch ein Stück von der Gesellschaft.

Der Pfarrer räusperte sich und zog unsere Aufmerksamkeit wieder auf sich. Ach ja, es fehlte ja noch der Segen.

Nachdem das auch erledigt war, und wir den Gang zurückschritten und die ersten Glückwünsche entgegennahmen, rannte Charly völlig aufgelöst auf uns zu.

„Mom! Sie hatte einen Unfall!"

****

Belle hat einen Unfall wegen eines Reifenplatzers, überschlägt sich, landet in einem Graben und verliert das Bewusstsein. Ihr Fahrzeug ist von der Straße aus nicht so leicht zu sehen. Als sie zu sich kommt, sieht sie himmlische braune Augen mit bernsteinfarbenen Pünktchen, dunkelbraune Locken und einen gepflegten Dreitagebart.

Sie glaubt, sie sei im Himmel, erst recht, als der attraktive Retter andeutet, dass er auch zur *Animal Farm* will.

Jane und Rick sind glücklich, auf der *Animal Farm* herrscht tierische Freude und wir danken euch, liebe Leserinnen, dass ihr unseren Protagonisten und uns bis zum Ende gefolgt seid.
Nur – es ist kein echtes Ende, jedenfalls nicht für die unter euch, die wie wir, Vergnügen an Belle Wiseman gefunden haben, Ricks Schwester und Janes frischgebackener Schwägerin.
Für alle, die wissen wollen, was es mit Belles Unfall auf sich hat und was sie in ihrem und Charlys aufregenden Leben noch erwartet, haben wir eine kleine Vorschau unseres nächsten Romans angehängt. Außer der *Animal Farm* spielen dort Belle und die Liebe – auch die zur Natur – die Hauptrolle.
Belle, Charly, Jane und Rick und wir würden uns freuen, euch alle dort wiederzusehen.

Ganz herzlich
Eure Taylor & Clay

1

BELLE

Ein explosionsartiger Knall schreckte mich aus meinen Gedanken. Der SUV schwankte und schleuderte nach links, auf die Sträucher der Böschung zu. Es knallte noch einmal, und im selben Moment presste sich ein festes Kissen auf mein Gesicht. Der Airbag! Wieso …?, schoss es mir durch den Kopf, als ich auch schon den Schmerz an der Stirn spürte. Mein Kopf prallte heftig nach hinten, gegen die Nackenstütze, wurde wieder nach vorn geschleudert, dann war es plötzlich ganz still. Als Nächstes nahm ich einen beißenden, schwefeligen Geruch wahr, der meine Nase und Lunge reizte, und ich hustete erstickt.

Ich blinzelte und öffnete langsam die Augen. Eine Staubwolke um mich herum legte sich langsam, und das irgendwie bedrohliche Knacken von Metall drang an meine Ohren. Wieder musste ich husten. Dieser Gestank war wirklich widerlich. Vorsichtig bewegte ich den Kopf und versuchte, mich zu orientieren. Ich saß hinter dem Steuer des Wagens, aus dem Lenkrad vor mir hing ein schlaffer Airbag. Durch die Windschutzscheibe blickte ich auf eine grüne Wiese, auf der drei schwarz-weiß-gefleckte Kühe standen und mich verdutzt aus ihren großen braunen Augen ansahen. Behutsam versuchte ich, den Kopf zu bewegen, erst zur einen, dann zur anderen Seite – okay, das ging. Mein Nacken fühlte sich zwar steif an, aber nicht steifer als sonst. Von dem beißenden Geruch des Airbags war mir leicht übel. Ich lehnte den Kopf an die Nackenstütze, schloss erneut die Augen und versuchte, mich zu sammeln.

Daran ist nur Ross schuld!, war der erste Gedanke, der mir durch den Kopf schoss. Ross mit seinen zweifelhaften Geschäften, in die er mich hineinziehen wollte. Ich war gerade am Flughafen von Newquay gelandet und hatte meinen Mietwagen abgeholt. Der Flug hatte ohnehin bereits Verspätung, und ich musste mich beeilen, weil … O Gott, die Hochzeit! Schlagartig öffnete ich die Augen wieder.

Meine Stirn brannte, und ein Blick in den schief hängenden Rückspiegel verriet mir, dass ich eine Art Brandwunde über der rechten Augenbraue hatte. Vermutlich vom Airbag. Sonst schien mein Gesicht unverletzt zu sein. Ich schaute an mir hinunter und bewege Arme und Hände – auch da sah alles okay aus. Doch meine Beine waren seltsam verdreht, und mein linker Fuß tat höllisch weh. Er war irgendwie zwischen den Pedalen eingeklemmt. Ich sollte die Tür öffnen, damit ich mich besser bewegen konnte. Ich zog am Griff, doch nichts passierte. Panik stieg in mir auf. Schlimm genug, dass ich hier neben einer gottverlassenen Landstraße im Graben gelandet war, aber wenn ich nicht aus dem Wagen kam … Bis mich hier jemand fand, konnten Stunden vergehen.

Ganz ruhig. Drei Sekunden einatmen. Sieben Sekunden die Luft anhalten. Vier Sekunden ausatmen. Zum Glück war das Fenster einen Spalt breit geöffnet, und der beißende Geruch vom Airbag zog langsam ab. Noch einmal atmete ich ein, hielt die Luft an und ließ sie langsam wieder entweichen. Diese Atemtechnik wurde mal als Beruhigungstipp in einer Frauenzeitschrift empfohlen. Seit ich sie erfolgreich in einem Streit mit Ross ausprobiert hatte, wandte ich sie inzwischen in allen möglichen Situationen an. Wenn Charly einen ihrer Teenager-Momente hatte und über ihren Kampf für das Wohl der Tiere alles andere vergaß. Oder wenn Rick mal wieder eine lange getroffene Verabredung vergessen hatte. Rick! Wo war mein Handy? Ich musste meinen Bruder anrufen und ihm sagen, was passiert war. Suchend sah ich mich im Wagen um. Wo hatte ich das Handy nach dem nervigen Telefonat mit Ross hingetan? Mein Blick wanderte von der Mittelkonsole zum Fußraum der Beifahrerseite. Da lag es. Doch als ich mich vorbeugte, um danach zu greifen, schoss mir erneut ein heftiger Schmerz in den linken Knöchel.

Es tat so weh, dass mir kurz schwarz vor Augen wurde, und ich mich in den Sitz zurückfallen ließ. Drei Sekunden einatmen, sieben Sekunden die Luft anh…

„Hallo?“, rief eine männliche Stimme, und ich stieß erschrocken die Luft aus. „Hallo? Geht es Ihnen gut?“

Ich öffnete die Augen und zuckte zurück, als ich direkt an der Scheibe neben mir ein Gesicht entdeckte. Um besser sehen zu können, hielt der Mann schützend die Hände um die Augen und hatte die Stirn an die Scheibe gelehnt.

„Ich kann die Tür nicht öffnen", rief ich ihm durch den Spalt im Fenster zu.

Er betrachtete die Tür und ruckelte an ihr. „Die hat sich verzogen. Können Sie ein Stück zur Seite rücken? Dann versuche ich, sie zu öffnen."

So weit es mein schmerzender Fuß zuließ, lehnte ich mich zur Beifahrerseite hinüber. Er nickte, stützte sich mit dem Fuß neben der Tür ab und riss sie mit aller Kraft auf. Während der Aktion hatte ich automatisch die Augen zugekniffen und als ich sie jetzt öffnete, blinzelte ich überrascht. Wow, mein Retter sah aus wie ein Bilderbuchheld! Widerspenstiges dunkelbraunes, fast schwarzes Haar, leuchtend blaue Augen, die von feinen Lachfältchen umgeben waren, markante Gesichtszüge.

„Können Sie aussteigen?", fragte der Mann mit besorgter Miene.

Ich räusperte mich. „Ja … ich meine, nein … ich weiß nicht." Hallo? Sprach da eine achtunddreißigjährige, selbstbewusste und unabhängige Investmentberaterin?

„Haben Sie Schmerzen?"

„Ja!" Wenigstens das konnte ich klar beantworten. „Mein Fuß ist zwischen den Pedalen eingeklemmt und tut ziemlich weh."

Er ging neben mir in die Hocke, und mir wehte ein holziger Duft mit einer Orangennote in die Nase. Nach dem beißenden Geruch des Airbags geradezu eine Wohltat. „Der linke?", fragte er.

„Ja, genau."

„Mh." Er streckte die Hand aus, und ich spürte, wie der Druck auf den Fuß nachließ. „Können Sie ihn jetzt vorsichtig bewegen?"

Ich versuchte es, verzog das Gesicht vor Schmerz, schaffte es aber, den Fuß zu befreien.

„Tut Ihnen sonst noch was weh?"

Ich schüttelte den Kopf.

„Können Sie sich zu mir umdrehen?"

Ich löste den Sicherheitsgurt, schob mich an Lenkrad und Airbag vorbei, saß schließlich seitwärts und ließ die Beine aus dem Wagen hängen.

„Darf ich mir das mal ansehen?" Der gut aussehende Fremde deutete auf meinen Knöchel, und ich nickte.

Fasziniert betrachtete ich die kräftigen Hände und muskulösen Unterarme, die unter den hochgekrempelten Ärmeln seines blauen Flanellhemds hervorlugten. Vorsichtig zog er mir den linken Pumps aus und tastete den Knöchel ab. Ein Kribbeln durchlief meinen Körper, über das ich den Schmerz beinahe vergaß.

„Können Sie den Fuß bewegen?"

Vorsichtig zog ich die Fußspitze an und beugte sie dann nach unten. „Gut", sagte er zufrieden.

„Jetzt versuchen Sie mal aufzutreten."

„Aua", entfuhr es mir, sobald mein Fuß den Boden berührte.

„Okay. Das muss geröntgt werden. Am besten rufen wir einen Rettungswagen. Und die Polizei müssen wir auch informieren." Er betrachtete den SUV. „Wie ist das überhaupt passiert?"

„Ein geplatzter Reifen. Aber bitte, nein, kein Rettungswagen. Ich muss dringend zu einer Hochzeit."

„Hoffentlich nicht zu Ihrer eigenen?", fragte er mit einem schiefen Grinsen, das ihn nur noch attraktiver machte.

„Nein. Mein Bruder heiratet heute, ich bin seine Trauzeugin."

Er zuckte die Schultern. „Tja, das muss wohl warten."

„Nein, nein, nein", widersprach ich und wollte energisch aufstehen, schrie jedoch bei dem Versuch erneut vor Schmerz auf. „Okay, gut. Aber ich muss dringend meinen Bruder anrufen und ihm Bescheid sagen. Und kann man das hier nicht irgendwie beschleunigen?" Ich machte eine umfassende Geste.

„Ist das Ihr Wagen?"

„Nein, ein Mietwagen."

„Dann müssen Sie auf jeden Fall die Polizei benachrichtigen." Er ließ kurz einen Blick über mich gleiten.

„Und es wäre auch besser, Sie würden sich im Krankenhaus durchchecken lassen.“

Ich verdrehte die Augen und stieß einen tiefen Seufzer aus.

Er sah mich mit durchdringendem Blick an und zögerte einen Moment. „Ich begleite Sie. Keine Widerrede.” Er zog ein Handy aus der Tasche und tippte auf dem Display herum. Dann hielt er es an sein Ohr und sah mich an, während er wartete. Er lächelte, und mir wurde heiß. „Ich bin übrigens Mitch.“

„Annabelle“, konnte ich gerade noch sagen, dann nahm offensichtlich am anderen Ende jemand ab, denn unvermittelt wurde seine Miene ernst, und er schilderte in sachlichem Ton, was passiert war und wo wir uns befanden. Während er sprach, betrachtete ich seinen Mund und ließ den Blick hoch zu seinen Augen wandern. So nervig die ganze Situation auch war, ich merkte, dass ich mich fast ein bisschen freute, mit ihm ins Krankenhaus zu fahren. Oder wohin auch immer …

Fortsetzung folgt.

Printed in Poland
by Amazon Fulfillment
Poland Sp. z o.o., Wrocław

45470758R00186